EDUARDO GALEANO
(1940-2015)

Eduardo Galeano nasceu em Montevidéu, no Uruguai. Viveu exilado na Argentina e na Catalunha, na Espanha, desde 1973. No início de 1985, com o fim da ditadura, voltou a Montevidéu.

Galeano comete, sem remorsos, a violação de fronteiras que separam os gêneros literários. Ao longo de uma obra na qual confluem narração e ensaio, poesia e crônica, seus livros recolhem as vozes da alma e da rua e oferecem uma síntese da realidade e sua memória.

Recebeu o prêmio José María Arguedas, outorgado pela Casa de las Américas de Cuba, a medalha mexicana do Bicentenário da Independência, o American Book Award da Universidade de Washington, os prêmios italianos Mare Nostrum, Pellegrino Artusi e Grinzane Cavour, o prêmio Dagerman da Suécia, a medalha de ouro do Círculo de Bellas Artes de Madri e o Vázquez Montalbán do Fútbol Club Barcelona. Foi eleito o primeiro Cidadão Ilustre dos países do Mercosul e foi o primeiro escritor agraciado com o prêmio Aloa, criado por editores dinamarqueses, e também o primeiro a receber o Cultural Freedom Prize, outorgado pela Lannan Foundation dos Estados Unidos. Seus livros foram traduzidos para muitas línguas.

Livros do autor publicados pela **L&PM** EDITORES:

Amares
Bocas do tempo
O caçador de histórias
De pernas pro ar: a escola do mundo ao avesso
Dias e noites de amor e de guerra
Espelhos – uma história quase universal
Fechado por motivo de futebol
Os filhos dos dias
Futebol ao sol e à sombra
O livro dos abraços
Mulheres
As palavras andantes
Ser como eles
O teatro do bem e do mal
Trilogia "Memória do fogo" (Série Ouro)
Trilogia "Memória do fogo":
   Os nascimentos (vol. 1)
   As caras e as máscaras (vol. 2)
   O século do vento (vol. 3)
Vagamundo
As veias abertas da América Latina

EDUARDO GALEANO

DE PERNAS PRO AR
A ESCOLA DO MUNDO AO AVESSO

Tradução de SERGIO FARACO

Com gravuras de
JOSÉ GUADALUPE POSADA

www.lpm.com.br
L&PM POCKET

Coleção **L&PM** POCKET, vol. 820

A L&PM Editores agradece à Siglo Veintiuno Editores pela cessão das capas, que conferiram uma identidade visual comum à obra de Eduardo Galeano, tanto na América como na Europa.

Texto de acordo com a nova ortografia.
Título original: *Patas arriba – la escuela del mundo al revés*

Este livro foi publicado em formato 14x21 pela L&PM Editores em 1999.
Primeira edição na Coleção **L&PM** POCKET: setembro de 2009
Esta reimpressão: dezembro de 2024

Texto e concepção gráfica: Eduardo Galeano
Tradução: Sergio Faraco
Capa: Tholön Kunst
Gravuras: José Guadalupe Posada (1852-1913)
Revisão: Sergio Faraco e Lia Cremonese

CIP-Brasil. Catalogação na Fonte
Sindicato Nacional dos Editores de Livros, RJ

G15d

Galeano, Eduardo H., 1940-2015
  De pernas pro ar: a escola do mundo ao avesso / Eduardo Galeano; tradução de Sergio Faraco; com gravuras de José Guadalupe Posada. – Porto Alegre, RS: L&PM Editores, 2024.
  384p. : il. – (Coleção L&PM POCKET; v. 820)

  Tradução de: *Patas arriba: la escuela del mundo al revés*
  Inclui bibliografia e índice
  ISBN 978-85-254-1942-2

  1. Problemas sociais. 2. História social - Século XX. 3. História econômica - Século XX. 4. Política internacional - Século XX. 5. Áreas Subdesenvolvidas - Condições sociais. I. Título. II. Série.

09-4202.   CDD: 361.1
                               CDU: 364.6

© Eduardo Galeano, 1999, 2009.

L&PM Editores
Rua Comendador Coruja, 314, loja 9 – Floresta – 90.220-180
Porto Alegre – RS – Brasil / Fone: 51.3225.5777

Pedidos & Depto. comercial: vendas@lpm.com.br
Fale conosco: info@lpm.com.br
www.lpm.com.br

Impresso no Brasil
Primavera de 2024

Para Helena, este livro
que lhe devia.

De pernas pro ar tem muitos cúmplices. É um prazer denunciá-los.

José Guadalupe Posada, o grande artista mexicano morto em 1913, é o único inocente. As gravuras que acompanham este livro, esta crônica, foram publicadas sem que ele soubesse.

Em troca, outras pessoas colaboraram sabendo o que faziam, e o fizeram com um entusiasmo digno de melhor causa.

O autor começa por confessar que não teria podido cometer estas páginas sem o auxílio de Helena Villagra, Karl Hübener, Jorge Marchini e seu ratinho eletrônico.

Lendo e comentando a primeira tentativa criminosa, também participaram da maldade Walter Achugar, Carlos Álvarez Insúa, Nilo Batista, Roberto Bergalli, Davi Cámpora, Antonio Doñate, Gonzalo Fernández, Mark Fried, Juan Gelman, Susana Iglesias, Carlos Machado, Mariana Mactas, Luis Niño, Raquel Villagra e Daniel Weinberg.

Certa parte da culpa – alguns mais, outros menos – cabe a Rafael Balbi, José Barrientos, Mauricio Beltrán, Susan Bergholz, Rosa del Olmo, Milton de Ritis, Claudio Durán, Juan Gasparini, Claudio Hughes, Pier Paolo Marchetti, Stella Maris Martínez, Dora Mirón Campos, Norberto Pérez, Ruben Prieto, Pilar Royo, Ángel Ruocco, Hilary Sandison, Pedro Scaron, Horacio Tubio, Pinio Ungerfeld, Alejandro Valle Baeza, Jorge Ventocilla, Guillermo Waksman, Gaby Weber, Winfried Wolf e Jean Ziegler.

E num alto grau é também responsável Santa Rita, a padroeira das causas impossíveis.

Montevidéu, meados de 1998

Vão passando, senhoras e senhores!

Vão passando!
Entrem na escola do mundo ao avesso!
Que se alce a lanterna mágica!
Imagem e som! A ilusão da vida!
Em prol do comum estamos oferecendo!
Para ilustração do público presente
e bom exemplo das gerações vindouras!
Venham ver o rio que cospe fogo!
O Senhor Sol iluminando a noite!
A Senhora Lua em pleno dia!
As Senhoritas Estrelas expulsas do céu!
O bufão sentado no trono do rei!
O bafo de Lúcifer toldando o universo!
Os mortos passeando com um espelho na mão!
Bruxos! Saltimbancos!
Dragões e vampiros!
A varinha mágica que transforma
um menino numa moeda!
O mundo perdido num jogo de dados!
Não confundir com grosseiras imitações!
Deus bendiga quem vir!
Deus perdoe quem não!
Pessoas sensíveis e menores, abster-se.

(Baseado nos pregões da lanterna mágica, do século XVIII)

Programa de estudos

A escola do mundo ao avesso
    Educando com o exemplo
    Os alunos
    Curso básico de injustiça
    Curso básico de racismo e machismo

Cátedras do medo
    O ensino do medo
    A indústria do medo
    Aulas de corte e costura: como fazer inimigos sob medida

Seminário de ética
    Trabalhos práticos: como triunfar na vida e fazer amigos
    Lições contra os vícios inúteis

Aulas magistrais de impunidade
    Modelos para estudar
    A impunidade dos caçadores de gente
    A impunidade dos exterminadores do planeta
    A impunidade do sagrado motor

Pedagogia da solidão
    Lições da sociedade de consumo
    Curso intensivo de incomunicação

A contraescola
    Traição e promessa do fim do milênio
    O direito ao delírio

Mensagem aos pais

Hoje em dia as pessoas já não respeitam nada. Antes, colocávamos num pedestal a virtude, a honra, a verdade e a lei... A corrupção campeia na vida americana de nossos dias. Onde não se obedece outra lei, a corrupção é a única lei. A corrupção está minando este país. A virtude, a honra e a lei se evaporaram de nossas vidas.

> (Declarações de Al Capone ao jornalista Cornelius Vanderbilt Jr. Entrevista publicada na revista *Liberty* em 17 de outubro de 1931, dias antes de Al Capone ir para a prisão.)

Se Alice voltasse

Há 130 anos, depois de visitar o país das maravilhas, Alice entrou num espelho para descobrir o mundo ao avesso. Se Alice renascesse em nossos dias, não precisaria atravessar nenhum espelho: bastaria que chegasse à janela.

> "Se você decide treinar seu cão, merece felicitações por ter tomado a decisão certa. Em pouco tempo, descobrirá que os papéis do amo e do cão ficam perfeitamente delineados."
> (Centro Internacional Purina)

A escola do mundo ao avesso

- Educando com o exemplo
- Os alunos
- Curso básico de injustiça
- Curso básico de racismo e machismo

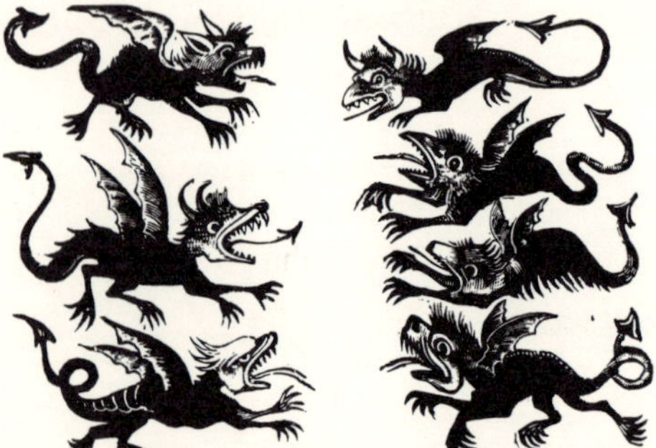

Educando com o exemplo

A escola do mundo ao avesso é a mais democrática das instituições educativas. Não requer exame de admissão, não cobra matrícula e dita seus cursos, gratuitamente, a todos e em todas as partes, assim na terra como no céu: não é por nada que é filha do sistema que, pela primeira vez na história da humanidade, conquistou o poder universal.

Na escola do mundo ao avesso o chumbo aprende a flutuar e a cortiça a afundar. As cobras aprendem a voar e as nuvens a se arrastar pelos caminhos.

Os modelos do êxito

O mundo ao avesso gratifica o avesso: despreza a honestidade, castiga o trabalho, recompensa a falta de escrúpulos e alimenta o canibalismo. Seus mestres caluniam a natureza: a injustiça, dizem, é lei natural. Milton Friedman, um dos membros mais conceituados do corpo docente, fala da "taxa *natural* de desemprego". Por lei *natural*, garantem Richard Herrnstein e Charles Murray, os negros estão nos mais baixos degraus da escala social. Para explicar o êxito de seus negócios, John Rockefeller costumava dizer que *a natureza* recompensa os mais aptos e castiga os inúteis. Mais de um século depois, muitos donos do mundo continuam acreditando que Charles Darwin escreveu seus livros para lhes prenunciar a glória.

Sobrevivência dos mais aptos? A aptidão mais útil para abrir caminho e sobreviver, o *killing instinct*, o instinto assassino, é uma virtude humana quando serve para que as grandes empresas façam a digestão das pequenas empresas e para que os países fortes devorem os países fracos, mas é prova de bestialidade quando um pobre-diabo sem trabalho sai a buscar comida com uma faca na mão. Os enfermos da *patologia antissocial*, loucura e perigo de que cada pobre é portador, inspiram-se nos modelos de *boa saúde* do êxito social. O ladrão de pátio aprende o que sabe elevando o olhar rasteiro aos cumes: estuda o exemplo dos vitoriosos e, mal ou bem, faz o que pode para lhes copiar os méritos. Mas "os fodidos sempre serão fodidos", como costumava dizer Dom Emílio Azcárraga, que foi amo e senhor da televisão mexicana. As possibilidades de que um banqueiro que depena um banco desfrute em paz o produto de seus golpes são diretamente proporcionais às possibilidades de que um ladrão que rouba um banco vá para a prisão ou para o cemitério.

Quando um delinquente mata por dívida não paga, a execução se chama *ajuste de contas*; e se chama *plano de ajuste* a execução de um país endividado, quando a tecnocracia internacional resolve liquidá-lo. A corja financeira sequestra os países e os arrasa se não pagam o resgate. Comparado com ela, qualquer bandidão é mais inofensivo do que Drácula à luz do sol. A economia mundial é a mais eficiente expressão do crime organizado. Os organismos internacionais que controlam a moeda, o comércio e o crédito praticam o terrorismo contra os países pobres e contra os pobres de todos os países, com uma frieza profissional e uma impunidade que humilham o melhor dos lança-bombas.

A arte de enganar o próximo, que os vigaristas praticam caçando incautos pelas ruas, chega ao sublime quando alguns políticos de sucesso exercitam seus talentos. Nos subúrbios do mundo, chefes de estado vendem saldos e retalhos de seus países, a preço de liquidação de fim de temporada, como nos subúrbios das cidades os delinquentes vendem, a preço vil, o butim de seus assaltos.

Os pistoleiros de aluguel realizam, num plano menor, a mesma tarefa que cumprem, em grande escala, os generais condecorados por crimes elevados à categoria de glórias militares. Os assaltantes que, à espreita nas esquinas, atacam a manotaços, são a versão artesanal dos golpes dados pelos grandes especuladores, que lesam multidões pelo computador. Os violadores que mais ferozmente violam a natureza e os direitos humanos jamais são presos. Eles têm as chaves das prisões. No mundo como ele é, mundo ao avesso, os países responsáveis pela paz universal são os que mais armas fabricam e os que mais armas vendem aos demais países. Os bancos mais conceituados são os que mais narcodólares lavam e mais dinheiro roubado guardam. As indústrias mais exitosas são as que mais envenenam o planeta, e a salvação do meio ambiente é o mais brilhante negócio das empresas que o aniquilam. São dignos de impunidade e felicitações aqueles que matam mais pessoas em menos tempo, aqueles que ganham mais dinheiro com menos trabalho e aqueles que exterminam mais natureza com menos custo.

Caminhar é um perigo e respirar é uma façanha nas grandes cidades do mundo ao avesso. Quem não é prisioneiro da necessidade é prisioneiro do medo: uns não dormem por causa da ânsia de ter o que não têm, outros não dormem por causa do pânico de perder o que têm. O mundo ao avesso nos adestra para ver o próximo como uma ameaça e não como uma promessa, nos reduz à solidão e nos consola com drogas químicas e amigos cibernéticos. Estamos condenados a morrer de fome, a morrer de medo ou a morrer de tédio, isso se uma bala perdida não vier abreviar nossa existência.

Será esta liberdade, a liberdade de escolher entre ameaçadores infortúnios, nossa única liberdade possível? O mundo ao avesso nos ensina a padecer a realidade ao invés de transformá-la, a esquecer o passado ao invés de escutá-lo e a aceitar o futuro ao invés de imaginá-lo: assim pratica o crime, assim o recomenda. Em sua escola, escola do crime, são obrigatórias as aulas de impotência, amnésia e resignação. Mas está visto que não há desgraça sem graça, nem cara que não tenha sua coroa, nem desalento que não busque seu alento. Nem tampouco há escola que não encontre sua contraescola.

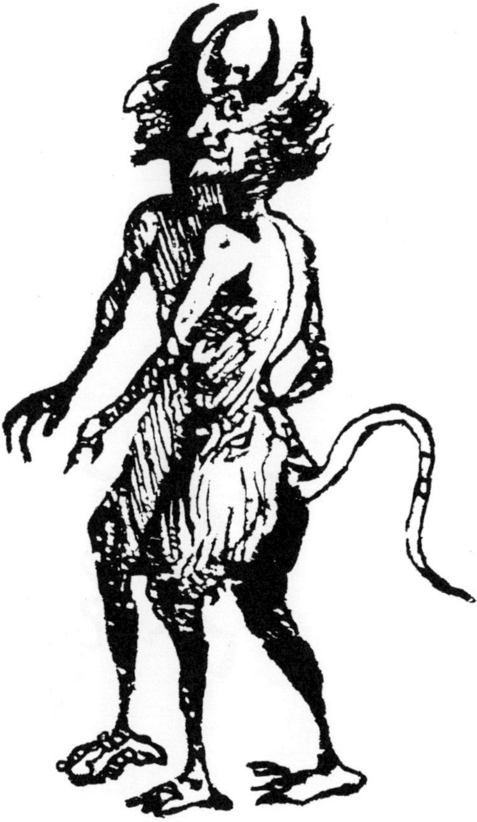

Os alunos

Dia após dia nega-se às crianças o direito de ser crianças. Os fatos, que zombam desse direito, ostentam seus ensinamentos na vida cotidiana. O mundo trata os meninos ricos como se fossem dinheiro, para que se acostumem a atuar como o dinheiro atua. O mundo trata os meninos pobres como se fossem lixo, para que se transformem em lixo. E os do meio, os que não são ricos nem pobres, conserva-os atados à mesa do televisor, para que aceitem desde cedo, como destino, a vida prisioneira. Muita magia e muita sorte têm as crianças que conseguem ser crianças.

Os de cima, os de baixo e os do meio

No oceano do desamparo, erguem-se as ilhas do privilégio. São luxuosos campos de concentração, onde os poderosos só privam com os poderosos e jamais podem esquecer, nem por um átimo, que são poderosos. Em algumas das grandes cidades latino-americanas, os sequestros se tornaram um costume e os meninos ricos crescem encerrados dentro da bolha do medo. Moram em mansões amuralhadas, grandes casas ou grupos de casas protegidos por cercas eletrificadas e guardas armados, e dia e noite são vigiados por guarda-costas e câmeras de circuito fechado. Os meninos ricos viajam, como o dinheiro, em carros blindados. Apenas de vista conhecem sua cidade. Descobrem o metrô em Paris ou Nova York, mas jamais o tomam em São Paulo ou na capital do México.

Eles não vivem na cidade onde vivem. Para eles é vedado o vasto inferno que lhes ameaça o minúsculo céu privado. Além das fronteiras, estende-se uma região de terror onde as pessoas são muitas e feias, sujas, invejosas. Em plena era da globalização, os meninos já não pertencem a lugar algum, mas os que menos lugar têm são os que mais coisas têm: eles crescem sem raízes, despojados de identidade cultural e sem outro sentido social que a certeza da realidade ser um perigo. Sua pátria está nas marcas de prestígio universal, que lhes destacam as roupas e tudo o que usam, e sua linguagem é a linguagem dos códigos eletrônicos internacionais. Nas mais diversas cidades, nos mais distantes lugares do mundo, os filhos do privilégio se parecem entre si, nos costumes e tendências, como entre si

Mundo infantil

É preciso ter muito cuidado ao atravessar a rua, explicava o educador colombiano Gustavo Wilches a um grupo de meninos.

— *Ainda que abra o sinal verde, jamais atravessem sem olhar para os dois lados*.

Wilches contou aos meninos que certa vez um automóvel o atropelara e o deixara caído no meio da rua. Recordando o acidente que quase lhe custara a vida, Wilches franziu o cenho. Mas os meninos perguntaram:

— *De que marca era o carro? Tinha ar condicionado? Teto solar elétrico? Tinha faróis de neblina? De quantos cilindros era o motor?*

> ## Vitrinas
>
> *Brinquedos para eles*: rambos, robocops, ninjas, batmans, monstros, metralhadoras, pistolas, tanques, automóveis, motocicletas, caminhões, aviões, naves espaciais.
>
> *Brinquedos para elas*: barbies, heidis, tábuas de passar, cozinhas, liquidificadores, lava-roupas, televisores, bebês, berços, mamadeiras, batons, rolos, cosméticos, espelhos.

se parecem os *shopping centers* e os aeroportos, que estão fora do tempo e do espaço. Educados na realidade virtual, deseducam-se da realidade real, que ignoram ou que tão só existe para ser temida ou ser comprada.

Fast food, fast cars, fast life: desde que nascem, os meninos ricos são treinados para o consumo e para a fugacidade e passam a infância acreditando que as máquinas são mais confiáveis do que os homens. Chegando a hora do ritual de iniciação, ganharão seu primeiro jipão "fora de estrada", com tração nas quatro rodas, mas durante os anos de espera eles se lançam a toda velocidade nas autopistas cibernéticas e confirmam sua identidade devorando imagens e mercadorias, fazendo *zapping* e fazendo *shopping*. Os cibermeninos viajam pelo ciberespaço com a mesma desenvoltura com que os meninos abandonados perambulam pelas ruas das cidades.

Muito antes dos meninos ricos deixarem de ser meninos e descobrirem as drogas caras que mascaram a solidão e o medo, já estão os meninos pobres aspirando gasolina e cola de sapateiro. Enquanto os meninos ricos brincam de guerra com balas de raios *laser*, os meninos de rua são ameaçados pelas balas de chumbo.

Na América Latina, crianças e adolescentes somam quase a metade da população total. A metade dessa metade vive na miséria. Sobreviventes: na América Latina, a cada hora, cem crianças morrem de fome ou doença curável, mas há cada vez mais crianças pobres em ruas e campos dessa região que fabrica pobres e proíbe a pobreza. Crianças são, em sua maioria, os pobres; e pobres são, em sua maioria, as crianças. E, entre todos os reféns do sistema, são elas que vivem em pior condição. A sociedade as espreme, vigia, castiga e às vezes mata: quase nunca as escuta, jamais as compreende.

Esses meninos, filhos de gente que só trabalha de vez em quando ou que não tem trabalho nem lugar no mundo, são obrigados, desde cedo, a aceitar qualquer tipo de ganha-pão, extenuando-se em troca de comida ou de pouco mais, em todos os rincões do mapa do mundo. Depois de aprender a caminhar, aprendem quais são as recompensas que se dão aos pobres que se portam bem: eles, e elas, são a mão de obra gratuita das fabriquetas, das lojinhas e das biroscas caseiras, ou são a mão de obra a preço de banana de indústrias de exportação que fabricam trajes esportivos para as grandes empresas internacionais. Trabalham nas lidas agrícolas e nos carregamentos urbanos, ou trabalham em suas casas para quem mande ali. São escravinhos e escravinhas da economia familiar ou do *setor informal* da economia globalizada, onde ocupam o escalão mais baixo da população ativa a serviço do mercado mundial:

nos lixões da cidade do México, Manila ou Lagos, juntam garrafas, latas e papéis, e disputam restos de comida com os urubus;

mergulham no Mar de Java em busca de pérolas;

catam diamantes nas minas do Congo;

são as toupeiras nas galerias das minas do Peru, imprescindíveis por causa da pequena estatura, e, quando seus pulmões deixam de funcionar, são enterrados em cemitérios clandestinos;

colhem café na Colômbia e na Tanzânia e se envenenam com os pesticidas;

envenenam-se com os pesticidas nas plantações de algodão da Guatemala e nas bananeiras de Honduras;

na Malásia recolhem o látex das árvores do caucho, em jornadas de trabalho que vão de estrela a estrela;

deitam trilhos ferroviários na Birmânia;

ao norte da Índia se derretem nos fornos de vidro e ao sul nos fornos de tijolos;

em Bangladesh têm mais de trezentas ocupações diferentes, com salários que oscilam entre o nada e o quase nada por um dia que nunca acaba;

correm corridas de camelos para os emires árabes e são ginetes campeiros nas estâncias do Rio da Prata;

A fuga/1

Conversando com um enxame de meninos de rua, daqueles que se penduram nos ônibus na cidade do México, a jornalista Karina Avilés perguntou-lhes sobre as drogas.

– *Me sinto muito bem, acabo com os problemas* – disse um deles.

– *Quando volto ao que sou, me sinto engaiolado como um passarinho.*

Esses meninos, habitualmente, são perseguidos pelos seguranças e pelos cães da *Central Camionera del Norte*. O gerente-geral da empresa declarou à jornalista:

– *Não desejamos que os meninos morram, pois de algum modo são humanos.*

em Porto Príncipe, Colombo, Jakarta ou Recife servem as refeições do amo, em troca do direito de comer o que cai da mesa;

vendem frutas nos mercados de Bogotá e chicletes nos ônibus de São Paulo; limpam para-brisas nas esquinas de Lima, Quito ou São Salvador;

lustram sapatos nas ruas de Caracas ou Guanajuato;

costuram roupa na Tailândia e chuteiras no Vietnã;

costuram bolas de futebol no Paquistão e bolas de beisebol em Honduras e no Haiti;

para pagar as dívidas de seus pais, colhem chá e tabaco nas plantações do Sri Lanka e jasmins no Egito, destinados à perfumaria francesa;

alugados pelos pais, tecem tapetes no Irã, no Nepal e na Índia, desde antes do amanhecer até depois da meia-noite, e quando alguém chega para resgatá-los, perguntam: "Você é o meu novo amo?";

vendidos a cem dólares pelos pais, oferecem-se no Sudão para prazeres sexuais ou qualquer trabalho.

À força recrutam meninos os exércitos em alguns lugares da África, Oriente Médio e América Latina. Nas guerras, os soldadinhos trabalham matando e, sobretudo, trabalham morrendo: eles somam a metade das vítimas nas recentes guerras africanas. Com exceção da guerra, que é coisa de machos segundo ensinam a tradição e a realidade, em quase todas as demais tarefas os braços das meninas são tão úteis quanto os braços dos meninos. Mas o mercado de trabalho, para as meninas, reincide na discriminação que normalmente pratica contra as mulheres: elas, as meninas, sempre ganham menos do que o pouquíssimo que eles, os meninos, ganham, isso quando ganham.

No mundo todo, a prostituição é o destino precoce de muitas meninas e, em menor grau, também dos meninos. Por incrível que pareça, calcula-se que há pelo menos cem mil prostitutas infantis nos Estados Unidos, segundo o in-

> ## A fuga/2
>
> Nas ruas do México, uma menina cheira tolueno, solventes, cola ou o que seja. Passada a tremedeira, conta:
> – *Eu alucinei com o Diabo, ele se meteu em mim e, putz, fiquei na beirinha, já ia pular, o edifício tinha oito andares, mas nisso se foi a alucinação, o Diabo saiu de mim. A alucinação que eu mais gostei foi quando me apareceu a Virgenzinha de Guadalupe. Já alucinei duas vezes com ela.*

forme da UNICEF de 1997. Mas é nos bordéis e nas ruas do sul do mundo que trabalha a esmagadora maioria das vítimas infantis do comércio sexual. Esta multimilionária indústria, vasta rede de traficantes, intermediários, agentes turísticos e proxenetas, age com escandalosa impunidade. Na América Latina, não há nada de novo: a prostituição infantil existe desde que, em 1536, inaugurou-se a primeira *casa de tolerância* em Porto Rico. Atualmente, meio milhão de meninas brasileiras trabalham vendendo o corpo, em benefício de adultos que as exploram: tantas como na Tailândia, não tantas como na Índia. Em algumas praias do Mar do Caribe, a próspera indústria do turismo sexual oferece meninas virgens a quem possa pagar. A cada ano aumenta o número de meninas lançadas no mercado de consumo: segundo as estimativas dos organismos internacionais, pelo menos um milhão de meninas se acrescentam, anualmente, à oferta mundial de corpos.

São incontáveis os meninos pobres que trabalham, em suas casas ou fora delas, para a família ou para qualquer um. A maioria trabalha ao arrepio da lei e das estatísticas.

E os demais meninos pobres? Dos demais, são muitos os que sobram. O mercado não precisa deles, não precisará jamais. Não são rentáveis, jamais o serão. Do ponto de vista da ordem estabelecida, eles começam roubando o ar que respiram e depois roubam tudo o que encontram: a fome e as balas costumam lhes abreviar a viagem do berço à sepultura. O mesmo sistema produtivo que despreza os velhos, teme os meninos. A velhice é um fracasso, a infância um perigo. Há cada vez mais meninos marginalizados que, no dizer de alguns especialistas, *nascem com tendência ao crime*. Eles integram o setor mais ameaçador dos *excedentes populacionais*. O menino como perigo público, *a conduta antissocial do menor na América*, tem sido há muitos anos o tema recorrente dos congressos panamericanos sobre a infância. Os meninos que vêm do campo para a cidade e os meninos pobres em geral *são de conduta potencialmente antissocial*, segundo nos alertam os congressos desde 1963. Essa obsessão a respeito dos meninos doentes de violência, orientados para o vício e a perdição, é compartilhada pelos governos e alguns entendidos no assunto. Cada *niño* contém uma possível corrente do *El Niño*, e é preciso prevenir a devastação que pode provocar. No Primeiro Congresso Policial Sul-Americano, celebrado em Montevidéu em 1979, a polícia colombiana explicou que "o aumento sempre crescente da população com menos de dezoito anos induz à estimativa de maior população POTENCIALMENTE DELINQUENTE." (Maiúsculas no documento original.)

Nos países latino-americanos, a hegemonia do mercado está rompendo os laços da solidariedade e fazendo em pedaços o tecido social comunitário. Que destino têm os joões-ninguém, os donos de nada, em países onde o direito de propriedade já se torna o único direito? E os filhos dos joões-ninguém? Muitos deles, cada vez mais numerosos, são compelidos pela fome ao roubo, à mendicidade e

> ## Para que o surdo escute
>
> Cresce cada vez mais o número de crianças desnutridas no mundo. Doze milhões de crianças menores de cinco anos morrem anualmente em consequência de diarreias, anemia e outros males ligados à fome. A UNICEF divulga esses dados em seu informe de 1998 e propõe que a luta contra a fome e a morte das crianças "torne-se uma prioridade mundial absoluta", recorrendo ao único argumento que, hoje em dia, pode ser eficaz: "As carências de vitaminas e minerais na alimentação custam a alguns países o equivalente a mais de 5% de seu produto nacional bruto em vidas perdidas, incapacidades e menos produtividade".

à prostituição. A sociedade de consumo os insulta oferecendo o que nega. E eles se lançam aos assaltos, bandos de desesperados unidos pela certeza de que a morte os espera: segundo a UNICEF, em 1995 havia oito milhões de meninos abandonados, meninos de rua, nas grandes cidades latino-americanas. Segundo a organização Human Rights Watch, em 1993 os esquadrões parapoliciais assassinaram seis meninos por dia na Colômbia e quatro por dia no Brasil.

Entre uma ponta e outra, o meio. Entre os meninos que vivem prisioneiros da opulência e os que vivem prisioneiros do desamparo, estão aqueles que têm muito mais do que nada, mas muito menos do que tudo. Cada vez são menos livres os meninos de classe média. "Que te deixem ser ou não te deixem ser: esta é a questão", disse Chumy Chúmez, humorista espanhol. Dia após dia a liberdade desses meninos é confiscada pela sociedade que sacraliza a ordem ao mesmo tempo em que gera a desordem. O medo do meio: o piso range sob os pés, já não há garantias, a estabilidade é instável, evaporam-se os empregos, esfuma-se o dinheiro, chegar ao fim do mês é uma façanha. *Bem-vinda, classe média*, saúda um cartaz na entrada de um dos bairros mais miseráveis de Buenos Aires. A classe média continua vivendo num estado de impostura, fingindo que cumpre as leis e acredita nelas e simulando ter mais do que tem, mas nunca lhe foi tão difícil cumprir esta abnegada tradição. Está asfixiada pelas dívidas e paralisada pelo pânico, e no pânico cria seus filhos. Pânico de viver, pânico de empobrecer; pânico de perder o emprego, o carro, a casa, as coisas, pânico de não chegar a ter o que se deve ter para chegar a ser. No clamor coletivo pela segurança pública, ameaçada pelos monstros do delito que espreitam, é a classe média que grita mais alto. Defende a ordem como se fosse sua proprietária, embora seja apenas uma inquilina atropelada pelo preço do aluguel e pela ameaça de despejo.

Apanhados nas armadilhas do pânico, os meninos de classe média estão cada vez mais condenados à humilhação da reclusão perpétua. Na cidade do futuro, que já está sendo do presente, os telemeninos, vigiados por babás eletrônicas, contemplarão a rua de alguma janela de suas telecasas: a rua proibida pela violência ou pelo pânico da violência, a rua onde ocorre o sempre perigoso e às vezes prodigioso espetáculo da vida.

Fontes consultadas

BRISSET, Claire. *Un monde qui dévore ses enfants*. Paris: Liana Levi, 1997.

CHILDHOPE. *Hacia dónde van las niñas y adolescentes víctimas de la pobreza*. Informe sobre Guatemala, México, Panamá, República Dominicana, Nicaragua, Costa Rica, El Salvador y Honduras, em abril de 1990.

COMEXANI (Colectivo Mexicano de Apoyo a la Niñez). *IV informe sobre los derechos y la situación de la infancia*. México: 1997.

DIMENSTEIN, Gilberto. *A guerra dos meninos: assassinato de menores no Brasil*. São Paulo: Brasiliense, 1990.

GILBERT, Eva et al. *Políticas y niñez*. Buenos Aires: Losada, 1997.

IGLESIAS, Susana; VILLAGRA, Helena; BARRIOS, Luis. *Un viaje a través de los espejos de los Congresos Panamericanos del Niño*, en el volumen de UNICEF-UNICRI-ILANUD, "La condición jurídica de la infancia en América Latina". Buenos Aires: Galerna, 1992.

MONANGE/HELLER. *Brésil: rapport d'enquête sur les assassinats d'enfants*. Paris: Fédération Internationale des Droits de l'Homme, 1992.

OIT (Organización Internacional del Trabajo). *Todavía queda mucho por hacer: el trabajo de los niños en el mundo de hoy*. Ginebra, 1989.

PILOTTI, Francisco & RIZZINI, Irene. *A arte de governar crianças*. Rio de Janeiro: Amais, 1995.

TRIBUNALE PERMANENTE DEI POPOLI. *La violazione dei diritti fondamentali dell'infanzia e dei minori*. Roma: Nova Cultura, 1995.

UNICEF (Fondo de las Naciones Unidas para la Infancia). *Estado mundial de la infancia: 1997*. Nueva York, 1997.

_____. *Estado mundial de la infancia: 1998*. Nueva York, 1998.

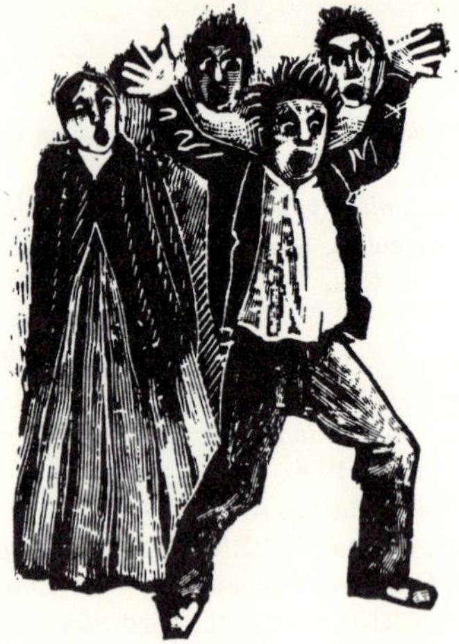

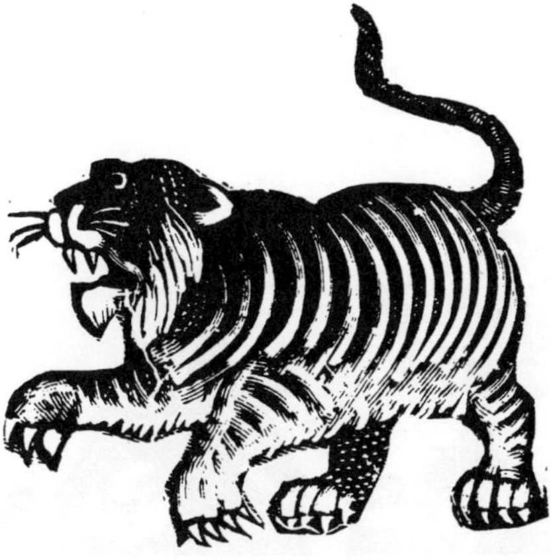

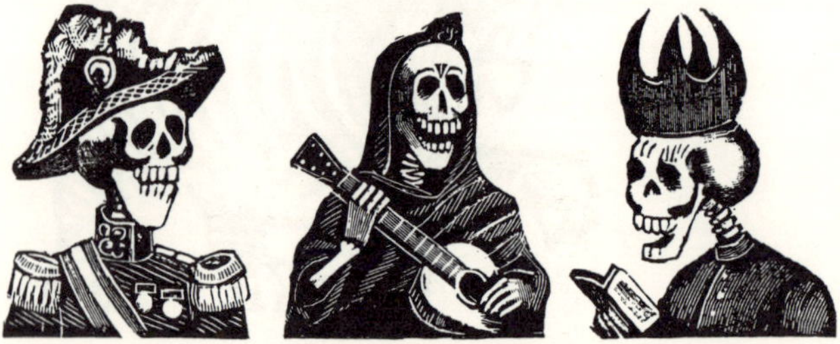

Curso básico de injustiça

A publicidade manda consumir e a economia o proíbe. As ordens de consumo, obrigatórias para todos, mas impossíveis para a maioria, são convites ao delito. Sobre as contradições de nosso tempo, as páginas policiais dos jornais ensinam mais do que as páginas de informação política e econômica.

Este mundo, que oferece o banquete a todos e fecha a porta no nariz de tantos, é ao mesmo tempo igualador e desigual: *igualador* nas ideias e nos costumes que impõe e *desigual* nas oportunidades que proporciona.

A igualação e a desigualdade

A ditadura da sociedade de consumo exerce um totalitarismo simétrico ao de sua irmã gêmea, a ditadura da organização desigual do mundo.

A maquinaria da *igualação* compulsiva atua contra a mais bela energia do gênero humano, que se reconhece em suas diferenças e através delas se vincula. O melhor que o mundo tem está nos muitos mundos que o mundo contém, as diferentes músicas da vida, suas dores e cores: as mil e uma maneiras de viver e de falar, crer e criar, comer, trabalhar, dançar, brincar, amar, sofrer e festejar que temos descoberto ao longo de milhares e milhares de anos.

A igualação, que nos uniformiza e nos apalerma, não pode ser medida. Não há computador capaz de registrar os crimes cotidianos que a indústria da cultura de massas comete contra o arco-íris humano e o humano direito à identidade. Mas seus demolidores progressos saltam aos olhos. O tempo vai se esvaziando de história e o espaço já não reconhece a assombrosa diversidade de suas partes. Através dos meios massivos de comunicação, os donos do mundo nos comunicam a obrigação que temos todos de nos contemplar num único espelho, que reflete os valores da cultura de consumo.

Quem não tem, não é: quem não tem carro, não usa sapato de marca ou perfume importado está fingindo existir. Economia de importação, cultura de impostação: no reino da tolice, estamos todos obrigados a embarcar no cruzeiro do consumo, que sulca as agitadas águas do mercado. A maioria dos navegantes está condenada ao naufrágio, mas a dívida externa vai pagando, por conta de todos, as passagens dos que podem viajar. Os empréstimos, que permitem a uma minoria se empanturrar de coisas inúteis, atuam a serviço do boapintismo de nossas classes médias e da copiandite de nossas classes altas, e a televisão se encarrega de transformar em necessidades reais, aos olhos de todos, as demandas artificiais que o norte do mundo inventa sem descanso e, exitosamente, projeta sobre o sul. (*Norte* e *Sul*, diga-se de passagem, são termos que neste livro designam a partilha da torta mundial e nem sempre coincidem com a geografia.)

Que acontece com os milhões e milhões de meninos latino-americanos que serão jovens condenados ao desemprego ou aos salários de fome? A publicidade estimula a demanda ou, antes, promove a violência? A televisão oferece o serviço completo: não só ensina a confundir qualidade de vida com quantidade de coisas, como, além disso,

> ## A exceção
>
> Só existe um lugar onde o norte e o sul do mundo se enfrentam em igualdade de condições: é um campo de futebol do Brasil, na foz do rio Amazonas. A linha do equador corta pela metade o Estádio Zerão, no Amapá, de modo que cada equipe joga um tempo no sul e outro tempo no norte.

oferece diariamente cursos audiovisuais de violência, que os videogames complementam. O crime é o espetáculo de maior sucesso na telinha. *Bate tu antes que te batam*, aconselham os mestres eletrônicos dos videojogos. *Estás só, conta só contigo*. Carros que voam, gente que explode: *Tu também podes matar*. E enquanto isso, crescem as cidades, as cidades latino-americanas já estão entre as maiores do mundo. E com as cidades, em ritmo de pânico, cresce o delito.

A economia mundial exige mercados de consumo em constante expansão para dar saída à sua produção crescente e para que não despenquem suas taxas de lucro, mas, ao mesmo tempo, exige braços e matéria-prima a preços irrisórios para baratear os custos da produção. O mesmo sistema que precisa vender cada vez mais precisa também pagar cada vez menos. Este paradoxo é mãe de outro paradoxo: o norte do mundo dita ordens de consumo cada vez mais imperiosas, dirigidas ao sul e ao leste, para multiplicar os consumidores, mas em muito maior grau multiplica os delinquentes. Ao apoderar-se dos fetiches que dão existência real às pessoas, cada assaltante quer ter o que sua vítima tem, para ser o que sua vítima é. Armai-vos uns aos outros: hoje em dia, no manicômio das ruas, qualquer um pode morrer a balaços: o que nasceu para morrer de fome e também o que nasceu para morrer de indigestão.

Não se pode reduzir a cifras a igualação cultural imposta pelos moldes da sociedade de consumo. Em troca, a desigualdade econômica pode ser medida. Confessa-a o Banco Mundial, que tanto faz por ela, e a confirmam os diversos organismos das Nações Unidas. Nunca foi tão pouco democrática a economia mundial, nunca foi o mundo tão escandalosamente injusto. Em 1960, o vinte por cento mais rico da humanidade possuía trinta vezes mais do que o vinte por cento mais pobre. Em 1990, a diferença era de sessenta vezes. De lá para cá a tesoura continuou se abrindo: no ano 2000 a diferença será de noventa vezes. Nos extremos dos extremos, entre os ricos riquíssimos, que aparecem nas páginas pornofinanceiras das revistas *Forbes* e *Fortune*, e os pobres pobríssimos, que aparecem nas ruas e nos campos, o abismo é muito mais profundo. Uma mulher grávida corre cem vezes mais risco de vida na África do que na Europa. O valor dos produtos para animais de estimação que, a cada ano, são vendidos nos Estados Unidos, é quatro vezes maior do que o de toda a produção da Etiópia. As vendas de apenas dois gigantes, General Motors e Ford, superam largamente o valor da produção de toda a África negra. Segundo o Programa das Nações Unidas para o Desenvolvimento, "dez pessoas, os dez ricos mais ricos do planeta, têm uma riqueza equivalente ao valor da produção total de cinquenta países, e 447 milionários somam uma fortuna maior do que o que ganha anualmente metade da humanidade".

O responsável por este organismo das Nações Unidas, James Gustave Speth, declarou em 1997 que, no último meio século, o número de ricos dobrara no mundo, mas o número de pobres triplicara, e 1,6 bilhão de pessoas estão vivendo em piores condições do que há quinze anos.

Pouco antes, na assembleia do Banco Mundial e do Fundo Monetário Internacional, o presidente do Banco Mundial havia lançado um balde de água fria no plenário.

Em plena celebração da boa marcha do governo do planeta, exercido pelos dois organismos, James Wolfensohn advertiu: se as coisas continuarem assim, em trinta anos haverá cinco bilhões de pessoas pobres no mundo "e a desigualdade explodirá, como uma bomba-relógio, no rosto das próximas gerações". Enquanto isso, sem cobrar em dólares, nem em pesos, nem mesmo em mercadorias, uma mão anônima propunha num muro de Buenos Aires: "Combata a fome e a pobreza! Coma um pobre!"

Para documentar nosso otimismo, como aconselha Carlos Monsiváis, o mundo segue sua marcha: dentro de cada país se reproduz a injustiça que rege as relações entre os países, e vai-se abrindo mais e mais, ano após ano, a brecha entre os que têm tudo e os que não têm nada. Bem o sabemos na América. Ao norte, nos Estados Unidos, os mais ricos dispunham, há meio século, de vinte por cento da renda nacional. Agora, têm quarenta por cento. E ao sul?

A América Latina é a região mais injusta do mundo. Em nenhum outro lugar se distribui tão mal os pães e os peixes; em nenhum outro lugar é tão imensa a distância que separa os poucos que têm o direito de mandar dos muitos que têm o dever de obedecer.

A economia latino-americana é uma economia escravista que posa de pós-moderna: paga salários africanos, cobra preços europeus, e a injustiça e a violência são as mercadorias que produz com mais alta eficiência. Cidade do México, 1997, dados oficiais: oitenta por cento de pobres, três por cento de ricos e, no meio, o resto. E a Cidade do México é a capital do país que, no mundo dos anos 90, gerou mais multimilionários de súbita fortuna: segundo dados das Nações Unidas, um só mexicano ostenta uma riqueza equivalente ao que possuem dezessete milhões de mexicanos pobres.

Não há no mundo nenhum país tão desigual como o Brasil, e alguns analistas já estão falando na *brasilização* do planeta para traçar um retrato do mundo que está chegando. E ao dizer *brasilização* eles não se referem, por certo, à difusão internacional do futebol alegre, do carnaval espetacular e da música que desperta os mortos, maravilhas através das quais o Brasil resplandece a grande altura, mas à imposição, em escala universal, de um modelo de sociedade fundamentado na injustiça social e na discriminação racial. Nesse modelo, o crescimento da economia multiplica a pobreza e a marginalidade. *Belíndia* é outro nome do Brasil: assim o economista Edmar Bacha batizou este país, onde uma minoria consome como os ricos da Bélgica, enquanto a maioria vive como os pobres da Índia.

Na era das privatizações e do mercado livre, o dinheiro governa sem intermediários. Qual a função que se atribui ao estado? O Estado deve ocupar-se da disciplina da mão de obra barata, condenada a um salário-anão, e da repressão

> ## Pontos de vista/1
>
> Do ponto de vista da coruja, do morcego, do boêmio e do ladrão, o crepúsculo é a hora do café da manhã.
>
> A chuva é uma maldição para o turista e uma boa notícia para o camponês.
>
> Do ponto de vista do nativo, pitoresco é o turista.
>
> Do ponto de vista dos índios das ilhas do Mar do Caribe, Cristóvão Colombo, com seu chapéu de penas e sua capa de veludo encarnado, era um papagaio de dimensões nunca vistas.

das perigosas legiões de braços que não encontram trabalho: um Estado juiz e policial, e pouco mais do que isso. Em muitos países do mundo, a justiça social foi reduzida à justiça penal. O Estado vela pela segurança pública: de outros serviços já se encarrega o mercado – e da pobreza, gente pobre, regiões pobres cuidará Deus, se a polícia não puder. Embora a administração pública queira posar de mãe piedosa, não tem outro remédio senão consagrar suas minguadas energias às funções de vigilância e castigo. Nestes tempos neoliberais, os direitos públicos se reduzem a favores do poder, e o poder se ocupa da saúde pública e da educação pública como se fossem formas de caridade pública em véspera de eleições.

A pobreza mata a cada ano, no mundo, mais gente que toda a Segunda Guerra Mundial, que matou muito. Mas, do ponto de vista do poder, o extermínio, afinal, não chega a ser um mal, pois sempre ajuda a regular a população, que está crescendo além da conta. Os entendidos denunciam os *excedentes populacionais* ao sul do mundo, onde as massas ignorantes não sabem fazer nada senão violar, dia e noite, o sexto mandamento: as mulheres sempre querem e os homens sempre podem. *Excedentes populacionais* no Brasil, onde há dezessete habitantes por quilômetro quadrado, ou na Colômbia, onde há 29? A Holanda tem quatrocentos habitantes por quilômetro quadrado e nenhum holandês morre de fome. No Brasil e na Colômbia, um punhado de vorazes fica com tudo. Haiti e El Salvador, os países mais superpovoados das Américas, são tão superpovoados quanto a Alemanha.

O poder, que pratica a injustiça e vive dela, transpira violência por todos os poros. Sociedades divididas em bons e maus: nos infernos suburbanos espreitam os condenados de pele escura, culpados de sua pobreza e com tendência hereditária ao crime. A publicidade lhes dá água na boca e a polícia os expulsa da mesa. O sistema nega o que oferece: objetos mágicos que transformam sonhos em realidade, luxos que a tevê promete, as luzes de neon anunciando o paraíso nas noites da cidade, esplendores de riqueza virtual. Como sabem os donos da riqueza real, não há *valium* que possa atenuar tanta ansiedade nem *prozac* capaz de apagar tanto tormento. A prisão e as balas são a terapia dos pobres.

Até vinte ou trinta anos passados, a pobreza era fruto da injustiça, denunciada pela esquerda, admitida pelo centro e raras vezes negada pela direita. Mudaram muito os tempos, em tão pouco tempo: agora a pobreza é o justo castigo que a ineficiência merece. A pobreza sempre pode merecer compaixão, mas já não provoca indignação: há pobres pela lei do jogo ou pela fatalidade do destino. Tampouco a violência é filha da injustiça. A linguagem dominante, imagens e palavras produzidas em série, atua quase sempre a serviço de um sistema de recompensas e castigos que concebe a vida como uma impiedosa disputa entre poucos ganhadores e muitos perdedores nascidos para perder. A violência se manifesta, em geral, como

Pontos de vista/2

Do ponto de vista do sul, o verão do norte é inverno.

Do ponto de vista de uma minhoca, um prato de espaguete é uma orgia.

Onde os hindus veem uma vaca sagrada, outros veem um grande hambúrguer.

Do ponto de vista de Hipócrates, Galeno, Maimônides e Paracelso, havia uma enfermidade no mundo chamada indigestão, mas não havia uma enfermidade chamada fome.

Do ponto de vista de seus vizinhos no povoado de Cardona, o *Toto* Zaugg, que andava com a mesma roupa no verão e no inverno, era um homem admirável:

– O *Toto* nunca tem frio – diziam.

Ele não dizia nada. Frio ele tinha, o que não tinha era agasalho.

---

fruto da má conduta de maus perdedores, os numerosos e perigosos inadaptados sociais gerados pelos bairros pobres e pelos países pobres. A violência está em sua natureza. Ela corresponde, como a pobreza, à ordem natural, à ordem biológica ou, talvez, zoológica: assim eles são, assim foram e assim serão. A injustiça, fonte do direito que a perpetua, é hoje mais injusta do que nunca no sul do mundo, no norte também, mas tem pouca ou nenhuma existência para os grandes meios de comunicação que fabricam a opinião pública em escala universal.

O código moral do fim do milênio não condena a injustiça, condena o fracasso. Robert McNamara, um dos responsáveis pela Guerra do Vietnã, escreveu um livro onde reconheceu que a guerra foi um erro. Mas essa guerra, que matou mais de três milhões de vietnamitas e 58 mil norte-americanos, *não foi um erro por ter sido injusta*, mas porque os Estados Unidos a levaram adiante mesmo sabendo que não a ganhariam. O pecado está na derrota, não na injustiça. Segundo McNamara, já em 1965 havia esmagadoras evidências da impossibilidade do triunfo das forças invasoras, mas o governo norte-americano continuou agindo como se o contrário fosse possível. Não se questiona o fato de que os Estados Unidos tenham passado quinze anos praticando o terrorismo internacional, tentando impor no Vietnã um governo que os vietnamitas não queriam: a primeira potência militar do mundo descarregou sobre um pequeno país mais bombas do que todas as bombas lançadas na Segunda Guerra Mundial, mas este é um detalhe sem maior importância.

Naquele interminável morticínio, afinal, os Estados Unidos nada fizeram senão exercer o direito das grandes potências de invadir e dobrar qualquer país. Os militares, os comerciantes, os banqueiros e os fabricantes de opiniões e de emoções dos países dominantes têm o direito de impor aos demais países ditaduras militares ou governos dóceis, podem lhes ditar a política econômica e todas as políticas, podem lhes dar ordens de aceitar intercâmbios ruinosos e empréstimos extorsivos, podem exigir servidão ao seu estilo de vida e determinar suas tendências de consumo. É um *direito natural*, consagrado pela impunidade com que é exercido e pela rapidez com que é esquecido.

A memória do poder não recorda: abençoa. Ela justifica a perpetuação do privilégio por direito de herança, absolve os crimes dos que mandam e proporciona justificativas ao seu discurso. A memória do poder, que os centros de educação e os meios de comunicação difundem como única memória possível, só escuta as vozes que repetem a tediosa litania de sua própria sacralização. A impunidade exige a desmemória. Há países e pessoas

> ## Pontos de vista/3
>
> Do ponto de vista das estatísticas, se uma pessoa recebe mil dólares e outra não recebe nada, cada uma dessas duas pessoas aparece recebendo quinhentos dólares no cálculo da receita *per capita*.
>
> Do ponto de vista da luta contra a inflação, as medidas de ajuste são um bom remédio. Do ponto de vista de quem as padece, as medidas de ajuste multiplicam o cólera, o tifo, a turberculose e outras maldições.

exitosas e há países e pessoas fracassadas porque os eficientes merecem prêmio e os inúteis, castigo. Para que as infâmias possam ser transformadas em façanhas, a memória do norte se divorcia da memória do sul, a acumulação se desvincula do esvaziamento, a opulência não tem nada a ver com o penúria. A memória rota nos faz crer que a riqueza é inocente da pobreza, que a riqueza e a pobreza vêm da eternidade e para a eternidade caminham, e que assim são as coisas porque Deus ou o costume querem que sejam.

Oitava maravilha do mundo, décima sinfonia de Beethoven, undécimo mandamento do Senhor: por todas as partes se escutam hinos de louvor ao mercado livre, fonte de prosperidade e garantia de democracia. A liberdade de comércio é vendida como nova, mas tem uma longa história, e essa história tem muito a ver com as origens da injustiça, que reina em nosso tempo como se tivesse nascido de um repolho ou de uma orelha de cabra:

há três ou quatro séculos, Inglaterra, Holanda e França exerciam a pirataria, em nome da liberdade de comércio, através dos bons ofícios de Sir Francis Drake, Henry Morgan, Piet Heyn, François Lolonois e outros neoliberais da época;

a liberdade de comércio foi a justificativa que toda a Europa usou para enriquecer vendendo carne humana, no tráfico de escravos;

quando os Estados Unidos se tornaram independentes da Inglaterra, a primeira coisa que fizeram foi proibir a liberdade de comércio, e os tecidos norte-americanos, mais caros e mais feios do que os tecidos ingleses, passaram a ser obrigatórios, desde a fralda do bebê até a mortalha do morto;

depois, é claro, os Estados Unidos hastearam a bandeira da liberdade de comércio para obrigar os países latino-americanos a consumir suas mercadorias, seus empréstimos e seus ditadores militares;

envoltos nas pregas desta mesma bandeira, os soldados britânicos impuseram o consumo do ópio na China, a canhonaços, enquanto o filibusteiro William Walker restabelecia a escravidão, também a canhonaços e também em nome da liberdade, na América Central;

rendendo homenagem à liberdade de comércio, a indústria britânica reduziu a Índia à última miséria, e a banca britânica ajudou a financiar o extermínio do Paraguai, que até 1870 foi o único país latino-americano verdadeiramente independente;

passou o tempo e quis a Guatemala, em 1954, praticar a liberdade de comércio, comprando petróleo da União Soviética, mas os Estados Unidos organizaram uma fulminante invasão, que pôs as coisas no seu devido lugar;

pouco depois, também Cuba ignorou que sua liberdade de comércio consistia em aceitar os preços que lhe impunham, comprou o proibido petróleo russo e então se armou uma tremenda confusão, que resultou na invasão de Playa Girón e no embargo interminável.

A linguagem/1

As *empresas multinacionais* são assim chamadas porque operam em muitos países ao mesmo tempo, mas pertencem a poucos países que monopolizam a riqueza, o poder político, militar e cultural, o conhecimento científico e a alta tecnologia. As dez maiores multinacionais somam atualmente uma receita maior do que a de cem países juntos.

Países em desenvolvimento é o nome pelo qual os entendidos designam os países subordinados ao desenvolvimento alheio. Segundo as Nações Unidas, os países em desenvolvimento enviam aos países desenvolvidos, através das desiguais relações comerciais e financeiras, dez vezes mais dinheiro do que aquele que recebem através da ajuda externa.

Ajuda externa é o nome do impostinho que o vício paga à virtude nas relações internacionais. A ajuda externa é distribuída de tal maneira que, em regra, confirma a injustiça, raramente a contradiz. A África negra, em 1995, acumulava 75 por cento dos casos de Aids no mundo, mas recebia só três por cento dos fundos distribuídos pelos organismos internacionais para a prevenção da peste.

Todos os antecedentes históricos ensinam que a liberdade de comércio e demais liberdades do dinheiro se parecem com a liberdade dos países como Jack, *o Estripador* se parecia com São Francisco de Assis. O mercado livre transformou nossos países em bazares repletos de bagulhos importados, que a maioria das pessoas pode olhar mas não pode tocar. Assim tem sido desde os tempos longínquos em que os comerciantes e latifundiários usurparam a independência, conquistada por nossos soldados descalços, e a colocaram à venda. Foram aniquiladas as oficinas artesanais que podiam ter gerado a indústria nacional, e os portos e as grandes cidades, que despovoam o interior, escolheram os delírios do consumo em lugar dos desafios da criação. Passaram-se os anos e em supermercados da Venezuela vi saquinhos de água da Escócia para acompanhar o uísque. Em cidades centro-americanas, onde até as pedras transpiram copiosamente, vi estolas de pele para as damas presunçosas. No Peru, enceradeiras elétricas alemãs para casas de chão batido que não dispunham de eletricidade.

Outro caminho, o inverso, percorreram os países desenvolvidos. Eles nunca deixaram Herodes entrar em suas festinhas infantis de aniversário. O mercado livre é a única mercadoria que fabricam sem subsídios, mas tão só para fins de exportação. Eles a vendem, nós a compramos. Continua sendo muito generosa a ajuda que seus estados dão à produção agrícola nacional, que apesar de seus custos altíssimos pode ser despejada sobre nossos países a preços baratíssimos, condenando à ruína os pequenos produtores do sul do mundo. Cada produtor rural dos Estados Unidos recebe, em média, subsídios estatais cem vezes maiores do que a receita de um agricultor das Filipinas, segundo dados das Nações Unidas. Isso sem falar no feroz protecionismo das potências desenvolvidas na custódia do que mais lhes importa: o monopólio das tecnologias de ponta, da biotecnologia e das indústrias do conhecimento e da comunicação, privilégios defendidos com unhas e dentes para que o norte permaneça sabendo e o sul permaneça copiando e que assim seja pelos séculos dos séculos.

Continuam sendo altas muitas das barreiras econômicas e mais altas do que nunca todas as barreiras humanas. Basta dar uma olhada nas novas leis de imigração dos

> ## A linguagem/2
>
> Em 1995, a imprensa argentina revelou que alguns diretores do Banco da Nação tinham recebido 37 milhões de dólares da empresa norte-americana IBM, em troca de uma contratação de serviços cotados 120 milhões de dólares acima do preço normal.
>
> Três anos depois, esses diretores do banco estatal reconheceram ter embolsado e depositado na Suíça tais vinténs, mas tiveram o bom gosto de evitar a palavra *suborno* ou a grosseira expressão popular *coima*: um deles usou a palavra *gratificação*, outro disse que era uma *gentileza* e o mais delicado explicou que se tratava de *um reconhecimento da alegria da IBM*.

países europeus ou no muro de aço que os Estados Unidos estão construindo ao longo da fronteira com o México: não é uma homenagem àqueles que tombaram no muro de Berlim, mas uma porta fechada, mais uma, nos narizes dos trabalhadores mexicanos que insistem em ignorar que a liberdade de trocar de país é um privilégio do dinheiro. (Para que o muro não pareça opressivo, anuncia-se que será pintado de cor de salmão, terá azulejos decorados com arte infantil e buraquinhos para que se enxergue o outro lado.)

A cada vez que se reúnem, e se reúnem com inútil frequência, os presidentes das Américas emitem comunicados repetindo que "o mercado livre contribuirá para a prosperidade". Para a prosperidade de quem é algo que não fica muito claro. A realidade, que também existe embora às vezes não se note, e que fala embora às vezes se faça de muda, nos informa que o livre fluxo de capitais está engordando cada dia mais os narcotraficantes e os banqueiros que acoitam seus narcodólares. O desmoronamento dos controles públicos, nas finanças e na economia, facilita-lhes o trabalho: proporciona-lhes boas máscaras e lhes permite organizar, com maior eficiência, os circuitos de distribuição de droga e a lavagem do dinheiro sujo. Diz também a realidade que esse sinal verde está servindo para que o norte do mundo possa dar rédea solta à sua generosidade, instalando no sul e no leste suas indústrias mais poluidoras, pagando salários simbólicos, presenteando-nos com seus lixos nucleares e outros lixos.

A linguagem/3

Na era vitoriana, era proibido fazer menção às calças na presença de uma senhorita. Hoje em dia, não fica bem dizer certas coisas perante a opinião pública:

o capitalismo exibe o nome artístico de *economia de mercado*;

o imperialismo se chama *globalização*;

as vítimas do imperialismo se chamam *países em vias de desenvolvimento*, que é como chamar meninos aos anões;

o oportunismo se chama *pragmatismo*;

a traição se chama *realismo*;

os pobres se chamam *carentes*, ou *carenciados*, ou *pessoas de escassos recursos*;

a expulsão dos meninos pobres do sistema educativo é conhecida pelo nome de *deserção escolar*;

o direito do patrão de despedir o trabalhador sem indenização nem explicação se chama *flexibilização do mercado de trabalho*;

a linguagem oficial reconhece os direitos das mulheres entre os direitos das *minorias*, como se a metade masculina da humanidade fosse a maioria;

em lugar de ditadura militar, diz-se *processo*;

as torturas são chamadas *constrangimentos ilegais* ou também *pressões físicas e psicológicas*;

quando os ladrões são de boa família, não são ladrões, são *cleptomaníacos*;

o saque dos fundos públicos pelos políticos corruptos atende ao nome de *enriquecimento ilícito*;

chamam-se *acidentes* os crimes cometidos pelos motoristas de automóveis;

em vez de cego, diz-se *deficiente visual*;

um negro é *um homem de cor*;

onde se diz *longa e penosa enfermidade*, deve-se ler câncer ou Aids;

mal súbito significa infarto;

nunca se diz morte, mas *desaparecimento físico*;

tampouco são mortos os seres humanos aniquilados nas operações militares: os mortos em batalha são *baixas*, e os civis, que nada têm a ver com o peixe e sempre pagam o pato, são *danos colaterais*;

em 1995, quando das explosões nucleares da França no Pacífico sul, o embaixador francês na Nova Zelândia declarou: "Não gosto da palavra bomba. Não são bombas. São *artefatos que explodem*";

chamam-se *Conviver* alguns dos bandos assassinos da Colômbia, que agem sob a proteção militar;

Dignidade era o nome de um dos campos de concentração da ditadura chilena e *Liberdade* o maior presídio da ditadura uruguaia;

chama-se *Paz e Justiça* o grupo paramilitar que, em 1997, matou pelas costas 45 camponeses, quase todos mulheres e crianças, que rezavam numa igreja do povoado de Acteal, em Chiapas.

Fontes consultadas

ÁVILA CURIEL, Abelardo. *Hambre, desnutrición y sociedad*. La investigación epidemiológica de la desnutrición en México. Guadalajara: Universidad, 1990.

BARNET, Richard Jr.; CAVANAGH, John. *Global dreams: imperial corporations and the New World Order*. New York: Simons & Schuster, 1994.

CHESNAIS, François. *La mondialization du capital*. Paris: Syros, 1997.

GOLDSMITH, Edward; MANDER, Jerry. *The case against the global economy*. San Francisco: Sierra Club, 1997.

FAO (Food and Agriculture Organization). *Production yearbook*. Roma, 1996.

HOBSBAWN, Eric. *Age of extremes. The short twentieth century: 1914/1991*. New York: Pantheon, 1994.

IMF (International Monetary Fund). *International financial statistics yearbook*. Washington, 1997.

INSTITUTO DEL TERCER MUNDO. *Guía del mundo/1998*. Montevideo: Mosca, 1998.

MCNAMARA, Robert. *In retrospect*. New York: Times Books, 1995.

PNUD (Programa de las Naciones Unidas para el Desarollo). *Informe sobre desarollo humano/1995*. Nueva York/Madrid/México, 1995.

_____. *Informe sobre desarollo humano/1996*. Nueva York/Madrid/México, 1996.

_____. *Informe sobre desarollo humano/1997*. Nueva York/Madrid/México, 1997.

RAMONET, Ignacio. *Géopolitique du chaos*. Paris: Galileé, 1997.

WORLD BANK. *World development report/1995*. Oxford: University Press, 1996.

_____. *World Bank atlas*. Washington, 1997.

_____. *World developtment indicators*. Washington, 1997.

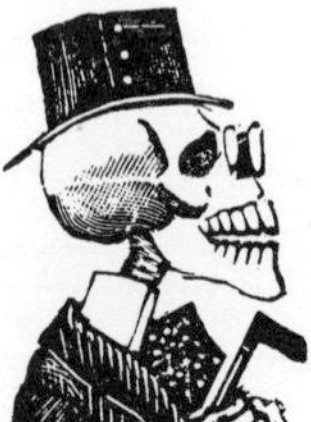
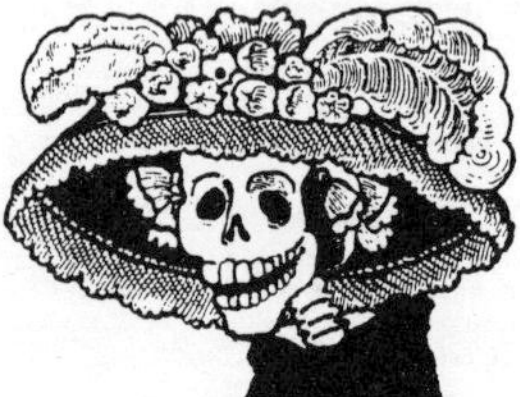
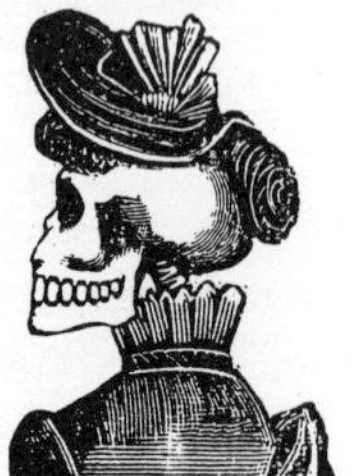

Curso básico
de racismo e machismo

Os subordinados devem obediência eterna a seus superiores, assim como as mulheres devem obediência aos homens. Uns nascem para mandar, outros para obedecer.

O racismo, como o machismo, justifica-se pela herança genética: não são os pobres uns fodidos por culpa da história e sim por obra da biologia. Levam no sangue o seu destino e, pior, os cromossomos da inferioridade costumam misturar-se com as perversas sementes do crime. E quando se aproxima um pobre de pele escura, o perigômetro acende a luz vermelha. E dispara o alarme.

Os mitos, os ritos e os fitos

Nas Américas e também na Europa a polícia caça estereótipos, imputáveis do delito de trazer uma cara. Cada suspeito que não é branco confirma a regra escrita, com tinta invisível, nas profundidades da consciência coletiva: o crime é preto, talvez marrom ou, ao menos, amarelo.

Esta *demonização* ignora a experiência histórica do mundo. Ainda que se focalizem tão só os últimos cinco séculos, seria preciso reconhecer que não foram nada escassos os crimes de cor branca. No tempo do Renascimento, os brancos constituíam apenas a quinta parte da população mundial, mas já se diziam portadores da vontade divina. Em nome de Deus, exterminaram sabe-se lá quantos milhões de índios nas Américas e arrancaram sabe-se lá quantos milhões de negros da África. Brancos foram os reis, os vampiros de índios e os traficantes negreiros que fundaram a escravidão hereditária na América e na África, para que os filhos dos escravos nascessem escravos nas minas e nas plantações. Brancos foram os autores dos incontáveis atos de barbárie que a Civilização cometeu, nos séculos seguintes, para impor, a ferro e fogo, seu branco poder imperial sobre os quatro pontos cardeais do planeta. Brancos foram os chefes de estado e os chefes guerreiros que organizaram e executaram, com a ajuda dos japoneses, as duas guerras mundiais que, no século XX, mataram 64 milhões de pessoas, na maioria civis. E brancos foram os que planejaram e realizaram o holocausto dos judeus, que também incluiu vermelhos, ciganos e homossexuais, nos campos nazistas de extermínio.

A certeza de que alguns povos nascem para ser livres e outros para ser escravos guiou os passos de todos os impérios que existiram no mundo. Mas foi a partir do Renascimento e da conquista da América que o racismo se articulou como um sistema de absolvição moral a serviço da voracidade europeia. Desde então, o racismo impera: no mundo colonizado, deprecia as maiorias; no mundo colonizador, marginaliza as minorias. A era colonial precisou do racismo tanto quanto da pólvora, e de Roma os papas caluniavam Deus, atribuindo-lhe a ordem de arrasamento. O direito internacional nasceu para dar valor legal à invasão e ao saque, ao mesmo tempo em que o racismo outorgava salvo-condutos às atrocidades militares e dava justificativas à impiedosa exploração dos povos e das terras submetidas.

A identidade

"Onde estão meus ancestrais? A quem devo celebrar? Onde encontrarei minha matéria-prima? Meu primeiro antepassado americano... foi um índio, um índio dos tempos primevos. Os antepassados de vocês o esfolaram vivo e eu sou seu órfão."

(Mark Twain, que era branco, em *The New York Times*, 26 de dezembro de 1881)

Na América hispânica, um novo vocabulário ajudou a determinar o lugar de cada pessoa na escala social, segundo a degradação sofrida pela mistura de sangues. *Mulato* era, e é, o mestiço de branco com negra, numa óbvia alusão à mula, filha estéril do burro e da égua, enquanto muitos outros termos foram inventados para classificar as mil cores geradas pelas sucessivas mancebias de europeus, americanos e africanos no Novo Mundo. Nomes simples como *castizo, cuarterón, quinterón, morisco, cholo, albino, lobo, zambaigo, cambujo, albarazado, barcino, coyote, chamiso, zambo, jíbaro, tresalbo, jarocho, lunarejo* e *rayado*, e também nomes compostos como *torna atrás, ahí te estás, tente en el aire* e *no te entiendo*, batizavam os frutos das saladas tropicais e definiam a maior ou menor gravidade da maldição hereditária.*

De todos os nomes, "não te entendo" é o mais revelador. Desde aquilo que se costuma chamar *descobrimento da América*, temos cinco séculos de "não te entendos". Cristóvão Colombo acreditou que os índios eram índios da Índia, que os cubanos habitavam a China e os haitianos o Japão. Seu irmão Bartolomeu inaugurou a pena de morte nas

---
* Ver nota do tradutor na p. 349.

Américas, queimando vivos seis indígenas pelo delito de sacrilégio: os culpados tinham enterrado estampinhas católicas para que os novos deuses tornassem fecundas as colheitas. Quando os conquistadores chegaram às costas do leste do México, perguntaram: "Como se chama este lugar?" Os nativos responderam: "Não entendemos nada", que na língua maia soava parecido com "yucatán", e desde então aquela região se chama Yucatán. Quando os conquistadores se internaram até o coração da América do Sul, perguntaram: "Como se chama esta lagoa?" Os nativos contestaram: "A água, senhor?", que na língua guarani soava parecido com "ypacaraí", e desde então se chama Ypacaraí aquela lagoa nas cercanias de Assunção do Paraguai. Os índios sempre foram imberbes, mas em 1694, em seu *Dictionnaire universel*, Antoine Furetière os descreveu como "barbados e cobertos de pelos", porque a tradição iconográfica europeia mandava que os selvagens fossem peludos como os macacos. Em 1774, o frade doutrinador do povoado de San Andrés Itzapan, na Guatemala, descobriu que os índios não adoravam a Virgem Maria, mas a serpente esmagada sob seu pé, por ser a serpente uma velha amiga, divindade dos maias, e descobriu também que os índios veneravam a cruz porque a cruz tinha a forma do encontro da chuva com a terra. Ao mesmo tempo, na cidade alemã de Krönigsberg, o filósofo Immanuel Kant, que nunca tinha estado na América, sentenciou que os índios eram *incapazes de civilização* e estavam destinados ao extermínio. E de fato era nisso que os índios andavam ocupados, embora não por méritos próprios: não eram muitos os que tinham sobrevivido aos disparos do arcabuz e do canhão, aos ataques das bactérias e dos vírus desconhecidos na América e às jornadas sem fim de trabalho forçado nos campos e nas minas de ouro e prata. E muitos tinham sido condenados ao açoite, à fogueira ou à forca pelo pecado da idolatria: os *incapazes de civilização* viviam em comunhão com a

> ## Para a cátedra de direito penal
>
> Em 1986, um deputado mexicano visitou o presídio de Cerro Huego, em Chiapas. Ali encontrou um índio tzotzil que degolara seu pai e fora condenado a trinta anos de prisão. O deputado descobriu que, todo o santo meio-dia, o defunto pai trazia tortilhas e feijão para o filho encarcerado.
>
> Aquele detento tzotzil fora interrogado e julgado em língua castelhana, que ele entendia pouco ou nada, e abaixo de pancada havia confessado ser o autor de um crime chamado parricídio.

natureza e acreditavam, como muitos de seus netos ainda acreditam, que sagrada é a terra e sagrado é tudo o que na terra anda ou da terra brota.

E continuaram os equívocos, século após século. Na Argentina, no fim do século XIX, chamou-se *conquista do deserto* às campanhas militares que aniquilaram os índios do sul, embora a Patagônia, naquela época, estivesse menos deserta do que agora. Até pouco tempo atrás, o Registro Civil argentino não aceitava nomes indígenas, *por serem estrangeiros*. A antropóloga Catalina Buliubasich descobriu que o Registro Civil tinha resolvido documentar os índios não documentados do planalto de Salta, ao norte do país. Os nomes aborígines tinham sido trocados por nomes tão pouco estrangeiros como *Chevroleta*, *Ford*, *Veintisiete*, *Ocho*, *Trece*, e até havia indígenas rebatizados com o nome de Domingo Faustino Sarmiento, assim completinho, em memória de um figurão que até sentia asco pela população nativa.

Hoje em dia, os índios são considerados *um peso morto* para a economia de países que, em grande medida, dependem de seus braços, e *um lastro* para a cultura do plástico que esses países têm por modelo.

Na Guatemala, um dos poucos países onde puderam recuperar-se da catástrofe demográfica, os índios sofrem de maus-tratos como a mais marginalizada das minorias, embora constituam a maioria da população: os mestiços e os brancos, ou os que dizem ser brancos, se vestem e vivem, ou gostariam de se vestir ou viver, à moda de Miami, *para não parecer índios*, e enquanto isso milhares de estrangeiros vêm em peregrinação ao mercado de Chichicastenango, um dos baluartes da beleza no mundo, onde a arte indígena oferece seus tecidos de assombrosa imaginação criadora. O coronel Carlos Castillo Armas, que em 1954 usurpou o poder, sonhava em transformar a Guatemala numa Disneylândia. Para salvar os índios da ignorância e do atraso, o coronel se propôs a lhes "despertar o gosto estético", como explicou num folheto de propaganda, "ensinando-lhes a tecer, a bordar e outros trabalhos". A morte o surpreendeu no meio da tarefa.

Estás igual a um índio, ou *fedes como um negro*, dizem algumas mães aos filhos que não querem tomar banho, nos países de mais forte presença indígena ou negra. Mas os cronistas do antigo Reino das Índias registraram o assombro dos conquistadores diante da frequência com que os índios se banhavam, e desde então foram os índios, e mais tarde os escravos africanos, que tiveram a gentileza de transmitir aos demais latino-americanos seus hábitos de higiene.

A fé cristã desconfiava do banho, parecido com o pecado porque dava prazer. Na Espanha, nos tempos da Inquisição, quem se banhava com alguma frequência estava confessando sua heresia muçulmana e podia acabar seus dias na fogueira. Na Espanha de hoje, o árabe é árabe se veraneia em Marbella. O árabe pobre é apenas um mouro e, para os racistas, *mouro hediondo*. No entanto, como há de saber qualquer um que tenha visitado aquela festa da água que é a Alhambra de Granada, a cultura muçulmana é uma cultura da água desde os tempos em que a cultura cristã negava toda a água que não fosse de beber. Na verdade, o chuveiro se popularizou na Europa com grande atraso, mais ou menos ao mesmo tempo que a televisão.

Os indígenas são covardes e os negros assustadiços, mas eles sempre foram boa carne de canhão nas guerras de conquista, nas guerras da independência, nas guerras civis e nas guerras de fronteiras na América Latina. Índios eram os soldados que os espanhóis usaram para massacrar índios na época da conquista. No século XIX, a guerra da independência foi uma hecatombe para os negros argentinos,

A deusa

Na noite de Iemanjá, toda a costa é uma festa. Bahia, Rio de Janeiro, Montevidéu e outros litorais celebram a deusa do mar. A multidão acende na areia um esplendor de velas e lança às águas um jardim de flores brancas e também perfumes, colares, tortas, caramelos e outros coqueterias e guloseimas que agradam à deusa.

Os crentes, então, fazem um pedido:
o mapa do tesouro escondido,
a chave do amor proibido,
o reencontro dos perdidos,
a ressurreição dos queridos.

Enquanto os crentes pedem, seus desejos se realizam. Talvez o milagre não dure mais do que as palavras que o nomeiam, mas, enquanto ocorre essa fugaz conquista do impossível, os crentes são luminosos e brilham na noite.

Quando as ondas levam as oferendas, eles retrocedem, sempre olhando o horizonte para não dar as costas à deusa. E, a passos vagarosos, regressam à cidade.

sempre colocados na primeira linha de fogo. Na guerra contra o Paraguai, os cadáveres dos negros brasileiros juncaram os campos de batalha. Os índios formavam as tropas do Peru e da Bolívia na guerra contra o Chile: "essa raça abjeta e degradada", como a chamava o escritor peruano Ricardo Palma, foi enviada ao matadouro, enquanto os oficiais fugiam gritando *Viva a pátria*! Em tempos recentes, índios foram os mortos na guerra entre Equador e Peru; e só havia soldados índios nos exércitos que arrasaram as comunidades índias nas montanhas da Guatemala: os oficiais, mestiços, cumpriam em cada crime uma feroz cerimônia de exorcismo contra a metade de seu próprio sangue.

Trabalha como um negro, dizem aqueles que também dizem que os negros são vadios. Diz-se: *o branco corre, o negro foge*. O branco que corre é homem roubado, o negro que foge é ladrão. Até Martín Fierro, o personagem que encarnou os gaúchos pobres e perseguidos, opinava que os negros eram ladrões, feitos pelo Diabo para servir de tição no inferno. E também os índios: *El indio es indio y no quiere / apiar de su condición / ha nacido indio ladrón / y como indio ladrón muere*. Negro ladrão, índio ladrão: a

O inferno

Nos tempos coloniais, Palenque foi o santuário de liberdade que, selva adentro, escondia os escravos negros fugitivos de Cartagena das Índias e das plantações da costa colombiana.

Passaram-se os anos, os séculos. Palenque sobreviveu. Os palenqueiros continuam acreditando que a terra, sua terra, é um corpo, feito de montes, selvas, ares, gentes, que respira pelas árvores e chora pelos arroios. E também seguem acreditando que, no paraíso, são recompensados aqueles que desfrutaram a vida, e no inferno são castigados aqueles que não obedeceram a ordem divina: no inferno ardem, condenados ao fogo eterno, as mulheres frias e os homens frios, que desobedeceram as sagradas vozes que mandam viver com alegria e com paixão.

tradição do equívoco manda que os ladrões sejam os mais roubados.

Desde os tempos da conquista e da escravidão, aos índios e aos negros foram roubados os braços e as terras, a força de trabalho e a riqueza; e também a palavra e a memória. No Rio da Prata, *quilombo* significa bordel, caos, desordem, degradação, mas esta expressão africana, no idioma banto, quer dizer *campo de iniciação*. No Brasil, *quilombos* foram os espaços de liberdade fundados selva adentro pelos escravos fugitivos. Alguns desses santuários resistiram durante muito tempo. Um século inteiro durou o reino livre de Palmares, no interior de Alagoas, que resistiu a mais de trinta expedições militares dos exércitos da Holanda e de Portugal. A história real da conquista e da colonização das Américas é uma história da dignidade incessante. Não houve nenhum dia sem rebelião em todos os anos daqueles séculos, mas a história oficial apagou quase todas essas revoltas, com o desprezo que merecem os atos de má conduta da mão de obra. Afinal, quando os negros e os índios se negavam a aceitar a escravidão e o trabalho forçado como destino, estavam cometendo delitos de subversão contra a organização do universo. Entre a ameba e Deus, a ordem universal se organiza numa longa cadeia de subordinações sucessivas. Assim como os planetas giram em torno do sol, devem girar os servos ao redor dos senhores. A desigualdade social e a discriminação racial integram a harmonia do cosmo desde os tempos coloniais. E assim continua sendo, e não só nas Américas. Em 1995, Pietro Ingrao fazia tal constatação na Itália: "Tenho uma empregada filipina em casa. Que estranho. É difícil aceitar a ideia de que uma família filipina tenha em sua casa uma empregada branca."

Nunca faltaram pensadores capazes de elevar a categoria científica os preconceitos da classe dominante, mas o século XIX foi pródigo na Europa. O filósofo Auguste Comte, um dos fundadores da sociologia moderna, acreditava na superioridade da raça branca e na perpétua infância da mulher. Como quase todos os seus colegas, Comte não tinha dúvidas sobre este princípio universal: são brancos os homens aptos a exercer o mando sobre os condenados às posições subalternas.

Cesare Lombroso tornou o racismo uma questão policial. Este professor italiano, que era judeu, quis demonstrar a periculosidade dos *selvagens primitivos* através de um método muito semelhante ao que Hitler utilizou, meio século depois, para justificar o antissemitismo. Segundo Lombroso, os delinquentes nasciam delinquentes, e os sinais de animalidade que os denunciavam eram os mesmos sinais peculiares aos negros africanos e aos índios americanos descendentes da raça mongoloide. Os homicidas tinham pômulos largos, cabelo crespo e escuro, pouca barba, grandes caninos; os ladrões tinham nariz

Os heróis e os malditos

Dentro de alguns atletas habita uma multidão. Nos anos 40, quando os negros norte-americanos não podiam partilhar com os brancos nem mesmo o cemitério, Jack Robinson se impôs no beisebol. Milhões de negros pisoteados recuperaram sua dignidade através desse atleta que, como nenhum outro, brilhava num esporte que era exclusivo dos brancos. O público o insultava, atirava-lhe amendoim, os rivais cuspiam nele e, em casa, Robinson recebia ameaças de morte.

Em 1994, enquanto o mundo aclamava Nelson Mandela e sua longa luta contra o racismo, o atleta Josiah Thugwane se tornava o primeiro negro sul-africano a vencer numa olimpíada. Nos últimos anos, passou a ser normal que troféus olímpicos sejam conquistados por atletas de países como Quênia, Etiópia, Somália, Burundi ou África do Sul. Tiger Woods, chamado *o Mozart do golfe*, vem triunfando num esporte de brancos ricos. E já faz muitos anos que são negros os astros do basquete e do boxe. São negros, ou mulatos, os jogadores que mais alegria e beleza dão ao futebol.

Segundo o dúplice discurso racista, é perfeitamente possível aplaudir os negros de sucesso e maldizer os demais. Na Copa do Mundo de 1998, vencida pela França, eram imigrantes quase todos os jogadores que vestiam a camisa azul e iniciavam as partidas ao som da Marselhesa. Uma pesquisa realizada na época confirmou que, de cada dez franceses, quatro têm preconceitos raciais, mas todos os franceses comemoraram o triunfo como se os negros e os árabes fossem filhos de Joana d'Arc.

achatado; os violadores, pálpebras e lábios grossos. Como os selvagens, os criminosos não ruborizavam, o que lhes permitia mentir descaradamente. As mulheres, sim, ruborizavam, mas Lombroso descobriu que "até as mulheres consideradas normais têm sinais criminaloides". Também os revolucionários: "Nunca vi um anarquista de rosto simétrico".

Herbert Spencer situava no império da razão as desigualdades que, hoje em dia, são leis do mercado. Embora passado mais de um século, algumas de suas certezas parecem atuais em nossa era neoliberal. Segundo Spencer, o Estado devia colocar-se entre parênteses, para não interferir nos processos de *seleção natural* que dão o poder aos homens mais fortes e mais bem dotados. A proteção social só servia para aumentar o enxame de desocupados e a escola pública procriava descontentes. O estado devia limitar-se a instruir as *raças inferiores* em ofícios manuais e a mantê-las longe do álcool.

Como costuma ocorrer com a polícia em suas batidas, o racismo encontra o que ele mesmo põe. Até os primeiros anos do século XX ainda estava na moda pesar cérebros para medir a inteligência. Esse método científico, sobre proporcionar obscena exibição de massas encefálicas, demonstrou que os índios, os negros e as mulheres tinham cérebros bem menos pesadinhos. Gabriel René Moreno, a grande figura intelectual do século passado na Bolívia, já havia constatado, balança na mão, que o cérebro indígena e o cérebro mestiço pesavam entre cinco, sete e dez onças menos do que o cérebro de raça branca. Na relação com a inteligência, o peso do cérebro tem a mesma importância que o tamanho do pênis na relação com o desempenho sexual, ou seja: nenhuma. Mas os homens da ciência andavam à caça de crânios famosos e não se abatiam, apesar dos resultados desconcertantes de suas operações. O cérebro de Anatole France, por exemplo, pesou a metade do que pesou

Nomes

O maratonista Doroteo Guamuch, índio quíchua, foi o atleta mais importante de toda a história da Guatemala. Por ser uma glória nacional, teve de abrir mão do nome maia e passou a chamar-se Mateo Flores.

Em homenagem às suas proezas, foi batizado com o nome de Mateo Flores o maior estádio de futebol do país, enquanto ele ganhava a vida como *caddy*, carregando tacos e recolhendo bolinhas nos campos do Mayan Golf Club.

o de Ivan Turgueniev, embora os mérito literários de ambos fossem considerados parelhos...

Há um século, Alfred Binet inventou em Paris o primeiro teste de coeficiente intelectual, com o saudável propósito de identificar as crianças que, nas escolas, precisassem de maior auxílio do professor. O próprio inventor foi o primeiro a advertir que tal instrumento não servia para medir a inteligência, que não pode ser medida, e que não devia ser usado para desqualificar ninguém. Mas, já em 1913, as autoridades norte-americanas impuseram o teste de Binet às portas de Nova York, bem perto da Estátua da Liberdade, aos recém-chegados imigrantes judeus, húngaros, italianos e russos, concluindo que, em cada dez imigrantes, oito tinham uma mente infantil. Três anos depois, as autoridades bolivianas aplicaram o mesmo teste nas escolas públicas de Potosí: oito de cada dez crianças eram anormais. E desde então, até nossos dias, o desprezo racial e social continua invocando o valor científico das aferições do coeficiente intelectual, que tratam as pessoas como se fossem números. Em 1994, o livro *The bell curve* teve um espetacular sucesso de vendas nos Estados Unidos. A obra, escrita por dois professores universitários, proclamava sem papas na língua o que muitos pensam mas não se atrevem a dizer, ou dizem em voz baixa: os negros e os pobres tem um coeficiente intelectual inevitavelmente menor do que os brancos e os ricos, por herança genética, e portanto o dinheiro empregado em sua educação e em assistência social é dinheiro jogado pela janela. Os pobres, e sobretudo os pobres de pele negra, são burros, e não são burros porque são pobres, mas pobres porque são burros.

O racismo só reconhece a força de evidência de seus próprios preconceitos. Está provado que, para os pintores e escultores mais famosos do século XX, a arte africana foi fonte primordial de inspiração e muitas vezes objeto de plágio descarado. Também parece indubitável que os ritmos de origem africana estão salvando o mundo de morrer de tristeza ou de tédio. O que seria de nós sem a música que veio da África e gerou novas magias no Brasil, nos Estados Unidos e nas costas do Mar do Caribe? No entanto, para Jorge Luis Borges, para Arnold Toynbee e para muitos outros importantes intelectuais contemporâneos, era evidente a esterilidade cultural dos negros.

Nas Américas, a cultura real é filha de várias mães. Nossa identidade, que é múltipla, realiza sua vitalidade criadora a partir da fecunda contradição das partes que a integram. Mas temos sido adestrados para não nos enxergarmos. O racismo, que é mutilador, impede que a condição humana resplandeça plenamente com todas as suas cores. A América continua doente de racismo: de norte a sul, continua cega de si mesma. Nós, os latino-americanos da minha geração, fomos educados por Hollywood. Os índios eram uns tipos de catadura amargurada, emplumados e pintados, mareados de tanto dar voltas ao redor das diligências. Da África, só sabemos o que nos ensinou o professor Tarzan, inventado por um romancista que nunca esteve lá.

As culturas de origem não europeia não são culturas, mas ignorâncias, úteis, no melhor dos casos, para comprovar a impotência das raças inferiores, atrair turistas e dar a nota típica nas festas de fim de curso ou nas datas pátrias. Na verdade, a raiz indígena ou a raiz africana, e em alguns países as duas ao mesmo tempo, florescem com tanta força como a raiz europeia nos jardins da cultura mestiça. São evidentes seus frutos prodigiosos, nas artes de alto prestígio e também nas artes que o desprezo chama de artesanato, nas culturas reduzidas ao folclore e nas religiões depreciadas como superstição. Essas raízes, ignoradas mas não ignorantes, nutrem a vida cotidiana de gente de carne e osso, embora muitas vezes as pessoas não saibam ou prefiram não saber, e estão vivas nas linguagens que a cada dia revelam o que somos através do que falamos e do que calamos, em nossas maneiras de comer e de cozinhar o que comemos, nas músicas que dançamos, nos jogos que jogamos e nos mil e um rituais, secretos ou compartilhados, que nos ajudam a viver.

Justiça

Em 1997, um automóvel de placa oficial trafegava em velocidade normal por uma avenida de São Paulo. No carro, que era novo e caro, iam três homens. Num cruzamento, um policial mandou o carro parar. Fez com que os três desembarcassem e os manteve durante uma hora de mãos para cima, e de costas, enquanto os interrogava insistentemente, querendo saber onde tinham furtado o veículo.

Os três homens eram negros. Um deles, Edivaldo Brito, era o Secretário de Justiça do governo de São Paulo. Os outros dois eram funcionários da Secretaria. Para Brito, aquilo não era uma novidade. Em menos de um ano, já lhe acontecera cinco vezes a mesma coisa.

O policial que os deteve também era negro.

Durante séculos estiveram proibidas as divindades oriundas do passado americano e das costas da África. Hoje em dia já não vivem na clandestinidade e embora sejam ainda objeto de desprezo, usualmente são louvadas por numerosos brancos e mestiços que acreditam nelas, ou ao menos as invocam e lhes pedem favores. Nos países andinos, já não são só os índios que viram o copo e deixam cair o primeiro gole para que o beba Pachamama, a deusa da terra. Nas ilhas do Caribe e nas costas atlânticas da América do Sul, já não são só os negros que oferecem flores e guloseimas a Iemanjá, a deusa do mar. Ficaram para trás os tempos em que os deuses negros e indígenas precisavam disfarçar-se de santos cristãos para existir. Já não sofrem perseguições ou castigos, mas são vistos com desdém pela cultura oficial. Em nossas sociedades, alienadas, adestradas durante séculos para cuspir no espelho, não é fácil aceitar que as religiões originárias da América e as que vieram da África nos navios negreiros mereçam tanto respeito quanto as religiões cristãs dominantes. Não mais, mas nem um pouquinho menos. Religiões? Religiões, esses engodos? Essas exaltações pagãs da natureza, essas perigosas celebrações da paixão humana? Podem parecer pitorescas e até simpáticas na forma, mas, no fundo, são meras expressões da ignorância e do atraso.

Há uma longa tradição de identificação das pessoas de pele escura, e de seus símbolos de identidade, com a ignorância e com o atraso. Para abrir o caminho do progresso na República Dominicana, o generalíssimo Leónidas Trujillo mandou esquartejar a facão, em 1937, 25 mil negros haitianos. O generalíssimo, mulato, neto de avó haitiana, branqueava o rosto com pó de arroz e ambicionava branquear o país. A título de indenização, a República Dominicana pagou 29 dólares por morto ao governo do Haiti. Ao fim de prolongadas negociações, Trujillo admitiu dezoito mil mortos, elevando a soma total para 522 mil dólares.

Pontos de vista/4

Do ponto de vista do oriente do mundo, o dia do ocidente é noite.

Na Índia, quem está de luto se veste de branco.

Na Europa antiga, o negro, cor da terra fértil, era a cor da vida, e o branco, cor dos ossos, era a cor da morte.

Segundo os velhos sábios da região colombiana do Chocó, Adão e Eva eram negros e negros eram seus filhos Caim e Abel. Quando Caim matou seu irmão com uma bordoada, trovejaram as iras de Deus. Diante da fúria do Senhor, o assassino empalideceu de culpa e medo, e tanto empalideceu que branco se tornou até o fim dos seus dias. Os brancos somos, todos nós, filhos de Caim.

Enquanto isso, longe dali, Adolf Hitler estava esterilizando os ciganos e os mulatos filhos de soldados negros do Senegal, que anos antes tinham vindo para a Alemanha com uniforme francês. O plano nazista de limpeza da raça ariana havia começado com a esterilização dos doentes hereditários e dos criminosos, e continuou, depois, com os judeus.

A primeira lei de eugenia foi aprovada, em 1901, no estado norte-americano de Indiana. Três décadas mais tarde, já eram trinta os estados norte-americanos onde a lei permitia a esterilização dos deficientes mentais, dos assassinos perigosos, dos estupradores e dos membros de categorias tão nebulosas como "os pervertidos sociais", "os aficionados do álcool e das drogas" e "as pessoas doentes e degeneradas". Em sua maioria, por certo, os esterilizados eram negros. Na Europa, a Alemanha não foi o único país que teve leis inspiradas em razões de higiene social e de pureza racial. Houve outros. Por exemplo: na Suécia, fontes oficiais há pouco reconheceram que mais de sessenta mil pessoas tinham sido esterilizadas com base numa lei dos anos 30 que só foi derrogada em 1976.

Nos anos 20 e 30 era normal que os educadores mais conceituados das Américas mencionassem a necessidade de *regenerar a raça, melhorar a espécie, mudar a qualidade biológica das crianças*. Ao inaugurar o sexto Congresso Pan-Americano da Criança, em 1930, o ditador peruano Augusto Leguía deu ênfase ao *melhoramento étnico*, fazendo eco à Conferência Nacional sobre a Criança do Peru, que lançara um alarme a respeito da "infância retardada, degenerada e criminosa". Seis anos antes, no Congresso Pan-Americano da Criança celebrado no Chile, tinham sido numerosas as vozes que exigiam "selecionar as sementes que se semeiam, para evitar crianças impuras", enquanto o jornal argentino *La Nación*, em editorial, falava na necessidade de "zelar pelo futuro da raça", e o jornal chileno *El Mercurio* advertia que a herança indígena "dificulta, por seus hábitos e ignorância, a adoção de certos costumes e conceitos modernos".

Um dos protagonistas desse congresso no Chile, o médico socialista José Ingenieros, escrevera em 1905 que os negros, "abjeta escória", mereciam a escravidão por motivos "de realidade puramente biológica". Os direitos do homem não podiam viger para "estes seres simiescos, que parecem mais próximos dos macacos antropoides do que dos brancos civilizados". Segundo Ingenieros, mestre da juventude, "estas amostras de carne humana" tampouco deviam ambicionar a cidadania, "porque não podiam se considerar pessoas no conceito jurídico". Em termos menos insolentes, anos antes, expressara-se outro médico, Raymundo Nina Rodrigues: este pioneiro da antropologia brasileira comprovara que "o estudo das raças inferiores tem fornecido à ciência exemplos bem observados dessa incapacidade orgânica, cerebral".

Assim se prova que os índios são inferiores
(Segundo os conquistadores dos
séculos XVI e XVII)

Suicidam-se os índios das ilhas do Mar do Caribe? *Porque são vadios e não querem trabalhar.*

Andam desnudos, como se o corpo todo fosse a cara? *Porque os selvagens não têm pudor.*

Ignoram o direito de propriedade, tudo compartilham e não têm ambição de riqueza? *Porque são mais parentes do macaco do que do homem.*

Banham-se com suspeitosa frequência? *Porque se parecem com os hereges da seita de Maomé, que com justiça ardem nas fogueiras da Inquisição.*

Acreditam nos sonhos e lhes obedecem as vozes? *Por influência de Satã ou por crassa ignorância.*

É livre o homossexualismo? A virgindade não tem importância alguma? *Porque são promíscuos e vivem na antessala do inferno.*

Jamais batem nas crianças e as deixam viver livremente? *Porque são incapazes de castigar e de ensinar.*

Comem quando têm fome e não quando é hora de comer? *Porque são incapazes de dominar seus instintos.*

Adoram a natureza, considerando-a mãe, e acreditam que ela é sagrada? *Porque são incapazes de ter religião e só podem professar a idolatria.*

A maioria dos intelectuais das Américas tinha certeza de que *as raças inferiores* bloqueavam o caminho do progresso. O mesmo opinavam quase todos os governos: no sul dos Estados Unidos, eram proibidos os casamentos mistos, e os negros não podiam entrar nas escolas, nos banheiros e tampouco nos cemitérios reservados aos brancos. Os negros da Costa Rica não podiam entrar na cidade de

> # Assim se prova que os negros são inferiores
> ## (Segundo os pensadores
> ## dos séculos XVIII e XIX)
>
> *Barão de Montesquieu, pai da democracia moderna*: É impensável que Deus, que é sábio, tenha posto uma alma, sobretudo uma alma boa, num corpo negro.
>
> *Karl von Linneo, classificador de plantas e animais*: O negro é vagabundo, preguiçoso, negligente, indolente e de costumes dissolutos.
>
> *David Hume, entendido em entendimento humano*: O negro pode desenvolver certas habilidades próprias das pessoas, assim como o papagaio consegue articular certas palavras.
>
> *Etienne Serres, sábio em anatomia*: Os negros estão condenados ao primitivismo porque têm pouca distância entre o umbigo e o pênis.
>
> *Francis Galton, pai da eugenia, método científico para impedir a propagação dos ineptos*: Assim como um crocodilo jamais poderá chegar a ser uma gazela, um negro jamais poderá chegar a ser um membro da classe média.
>
> *Louis Agassiz, eminente zoólogo*: O cérebro de um negro adulto equivale ao de um feto branco de sete meses: o desenvolvimento do cérebro é bloqueado porque o crânio do negro se fecha muito antes do que o crânio do branco.

San José sem salvo-conduto. Nenhum negro podia cruzar a fronteira de El Salvador, e aos índios era vedado andar pelas calçadas da cidade mexicana de San Cristóbal de Las Casas.

É certo que na América Latina não houve leis de eugenia, talvez porque, na época, a fome e a polícia se encarregaram do assunto. Atualmente, continuam morrendo como moscas, de fome ou de doenças curáveis, as crianças indígenas da Guatemala, da Bolívia e do Peru, e são negros oito de cada dez meninos de rua assassinados pelos esquadrões da morte nas cidades do Brasil. A última lei norte-americana de eugenia foi derrogada na Virgínia, em 1972, mas nos Estados Unidos a mortalidade dos bebês negros é duas vezes maior do que a dos brancos, e são negros quatro de cada dez adultos executados na cadeira elétrica, ou por injeção, comprimidos, fuzilamento ou forca.

No tempo da Segunda Guerra Mundial, muitos negros norte-americanos morreram nos campos de batalha da Europa. Enquanto isso, a Cruz Vermelha dos Estados Unidos proibia o uso de sangue dos negros nos bancos de sangue, para que não se materializasse, pela transfusão, a mistura de sangues proibida na cama. O pânico da contaminação, que se expressou em algumas maravilhas literárias de William Faulkner e em numerosos horrores dos encapuçados da Ku Klux Klan, é um fantasma que ainda não desapareceu dos pesadelos norte-americanos. Ninguém poderia negar as conquistas dos movimentos pelos direitos civis, que nas últimas décadas tiveram êxitos espetaculares contra os costumes racistas da nação. Melhorou muito a situação dos negros. No entanto, padecem o dobro de desemprego em relação aos brancos e frequentam mais as prisões do que as universidades. De cada quatro negros norte-americanos, um já passou pela prisão ou nela está. Na capital, Washington, três de cada quatro já estiveram presos ao menos uma vez. Em Los Angeles, os negros que conduzem automóveis caros são sistematicamente detidos pela polícia, que em regra os humilha e, não raro, bate neles, como ocorreu com Rodney King, caso que em 1991 desencadeou uma explosão de fúria coletiva, fazendo a cidade tremer. Em 1995, o embaixador norte-americano na Argentina, James Cheek, criticou a lei nacional de patentes, um tímido gesto de independência, declarando: "É digna do Burundi". E ninguém moveu uma palha, nem na Argentina, nem nos Estados Unidos, nem no Burundi. Diga-se de passagem que, na época, havia guerra no Burundi e também na Iugoslávia. Segundo as agências internacionais de informação, no Burundi se enfrentavam tribos, mas na Iugoslávia eram etnias, nacionalidades ou grupos religiosos.

Há duzentos anos, o cientista alemão Alexander von Humboldt, que soube ver a realidade hispano-americana, escreveu que "a pele menos ou mais branca determina a classe a que pertence o homem na sociedade". Esta frase continua retratando não só a América hispânica, mas todas as Américas, de norte e a sul, apesar das indesmentíveis mudanças ocorridas e ainda que a Bolívia tenha tido, recentemente, um vice-presidente índio, e que os Estados Unidos possam ostentar algum general negro condecorado, alguns importantes políticos negros e alguns negros que triunfaram no mundo dos negócios.

No fim do século XVIII, os poucos mulatos latino-americanos que tinham enriquecido podiam comprar *certificados de brancura* da coroa espanhola e *cartas de branquidão* da coroa portuguesa, e a súbita mudança de pele lhes outorgava os direitos correspondentes a tal ascensão social. Nos séculos seguintes, o dinheiro continuou sendo capaz, nalguns casos, de semelhante alquimia. Por exceção, também o talento: o brasileiro Machado de Assis, o maior escritor latino-americano do século XIX, era mulato e, segundo dizia seu compatriota Joaquim Nabuco, transformara-se em branco por obra de sua mestria literária. Mas, em termos gerais, pode-se dizer que, nas Américas, a chamada *democracia racial* é uma pirâmide social. E a cúspide rica é branca ou pensa que é branca.

No Canadá ocorre com os indígenas algo muito parecido com o que ocorre com os negros nos Estados Unidos:

não são mais do que cinco por cento da população, mas, de cada dez presos, três são índios, e a mortalidade dos bebês é o dobro da dos brancos. No México, os salários da população indígena chegam apenas à metade da média nacional, e a desnutrição ao dobro. É raro encontrar brasileiros de pele negra na universidade, nas telenovelas ou nos anúncios publicitários. Nas estatísticas oficiais do Brasil há muito menos negros do que em realidade os há, e os devotos das religiões africanas figuram como católicos. Na República Dominicana, onde mal ou bem não há quem não tenha antepassados negros, os documentos de identidade registram a cor da pele, mas a palavra *negro* não aparece nunca:

– *Não ponho "negro" para não desgraçar o infeliz para o resto da vida* – disse-me um funcionário.

A fronteira dominicana com o Haiti, país de negros, chama-se *O mau passo*. Em toda a América Latina, os anúncios de jornal que pedem *candidatos de boa presença* estão pedindo, em realidade, candidatos de pele clara. Há um advogado negro em Lima: os juízes sempre o confundem com o réu. Em 1996, o prefeito de São Paulo obrigou por decreto, sob pena de multa, que todos pudessem usar os elevadores dos edifícios particulares, habitualmente vedados aos pobres, ou seja, aos negros e aos mulatos de cor acentuada. No fim desse mesmo ano, às vésperas do Natal, a catedral de Salta, no norte argentino, ficou sem presépio. As figuras sagradas tinham traços e roupas indígenas: eram índios os pastores e os reis magos, a Virgem e São José e até o Jesusinho recém-nascido. Tamanho sacrilégio não podia durar. Diante da indignação da alta sociedade local e as ameaças de incêndio, o presépio foi desmanchado.

Já nos tempos da conquista, era tido como certo que os índios estavam condenados à servidão nesta vida e ao inferno na outra. Sobravam evidências do reinado de Satã na América. Entre as provas mais irrefutáveis estava o fato de que o homossexualismo era praticado livremente nas costas do Mar do Caribe e outras regiões. Desde 1446, por ordem do rei Afonso V, os homossexuais iam para a fogueira: "Mandamos e pomos por lei geral que todo homem que tal pecado fizer, por qualquer guisa que possa ser, seja queimado e feito pelo fogo em pó, por tal que nunca de seu corpo e sepultura possa ser ouvida memória". Em 1497, também Isabel e Fernando, os reis católicos da Espanha, mandaram que fossem queimados vivos os culpados do *nefando crime da sodomia*, que até então morriam a pedradas ou pendurados na forca. Os guerreiros que conquistaram a América deram algumas contribuições dignas de consideração à tecnologia das mortes exemplares. Em 1513, dois dias antes daquilo que chamam *descobrimento do Oceano Pacífico*, o capitão Vasco Núñez de Balboa *aperreou* cinquenta índios que ofendiam a Deus praticando *abominável pecado contra natura*. Em vez de queimá-los vivos, lançou-os a cães viciados em devorar carne humana. O espetáculo teve lugar no Panamá, à luz das fogueiras. O cão de Balboa, *Leoncico*, que recebia soldo de alferes, destacou-se entre os demais com sua mestria na arte de destripar.

Quase cinco séculos depois, em maio de 1997, na pequena cidade brasileira de São Gonçalo do Amarante, um homem matou quinze pessoas e se suicidou com um tiro no peito, porque na cidade andavam comentando que ele era homossexual. A ordem que impera no mundo desde a conquista da América não teve jamais a intenção de socializar os bens terrenos, que Deus nos livre e guarde, mas, em troca, dedicou-se fervorosamente a universalizar as mais desprezíveis fobias da tradição bíblica.

Em nosso tempo, o movimento *gay* ganhou amplos espaços de liberdade e respeito, sobretudo nos países do norte do mundo, mas ainda perduram muitas teias de aranha para sujar nossos olhos. Ainda há muita gente que vê no homossexualismo uma culpa sem expiação, um estigma indelével e contagioso, ou um convite à perdição que tenta os inocentes: os pecadores, doentes ou delinquentes dependendo de quem os julga, constituem, em qualquer caso, um perigo público. Numerosos homossexuais foram e continuam sendo vítimas dos *grupos de limpeza social* que operam na Colômbia e dos esquadrões da morte no Brasil, ou de qualquer dos tantos energúmenos de uniforme policial ou traje civil que, no mundo inteiro, exorcizam seus demônios espancando o próximo ou peneirando-o a punhaladas ou balaços. Segundo o antropólogo Luiz Mott, do Grupo Gay da Bahia, não menos do que 1800 homossexuais foram assassinados no Brasil nos últimos quinze anos. "Eles se matam entre si", dizem as fontes oficiosas da polícia, "isso é coisa de *bicha*". Que vem a ser exatamente a mesma explicação que amiúde se escuta sobre as guerras da África, "isso é coisa de negro", ou sobre as matanças de indígenas na América, "isso é coisa de índio".

"Isso é coisa de mulher", diz-se também. O racismo e o machismo bebem nas mesmas fontes e cospem palavras parecidas. Segundo Eugenio Raúl Zaffaroni, o texto fundador do direito penal é *El martillo de las brujas*, um

---

Pontos de vista/5

Se os Evangelhos tivessem sido escritos pelas Santas Apóstolas, como seria a primeira noite da era cristã?

São José, contariam as Apóstolas, estava de mau humor. Era o único de cara fechada naquele presépio onde o Menino Jesus, recém-nascido, resplandecia em seu bercinho de palha. Todos sorriam: a Virgem Maria, os anjinhos, os pastores, as ovelhas, o boi, o asno, os magos vindos do Oriente e a estrela que os conduzira até Belém. Todos sorriam, menos um. E São José, sombrio, murmurou:

— Eu queria uma menina...

> ## Pontos de vista/6
>
> Se Eva tivesse escrito o Gênesis, como seria a primeira noite de amor do gênero humano?
> Eva teria começado por esclarecer que não nasceu de nenhuma costela, não conheceu qualquer serpente, não ofereceu maçã a ninguém e tampouco Deus chegou a lhe dizer "parirás com dor e teu marido te dominará". E que, enfim, todas essas histórias são mentiras descaradas que Adão contou aos jornalistas.

manual da Inquisição escrito contra a metade da humanidade e publicado em 1546. Os inquisidores dedicaram todo o manual, da primeira à última página, à justificação do castigo da mulher e à demonstração de sua inferioridade biológica. E já haviam sido as mulheres longamente maltratadas na Bíblia e na mitologia grega, desde os tempos em que a tolice de Eva fez com que Deus nos expulsasse do Paraíso e a imprudência de Pandora abriu a caixa que encheu o mundo de desgraças. "A cabeça da mulher é o homem", explicava São Paulo aos coríntios, e dezenove séculos depois Gustave Le Bon, um dos fundadores da psicologia social, pôde concluir que uma mulher inteligente é algo tão raro quanto um gorila de duas cabeças. Charles Darwin reconhecia algumas virtudes femininas, como a intuição, mas eram "virtudes características das raças inferiores".

Desde os albores da conquista da América os homossexuais foram acusados de traição à condição masculina. O mais imperdoável dos agravos ao Senhor, que, como seu nome indica, é macho, era a efeminação daqueles índios "que para ser mulheres só lhes faltam as tetas e parir". Em nossos dias, acusam-se as lésbicas de traição à condição feminina, porque essas degeneradas não reproduzem a mão de obra. A mulher, nascida para fabricar filhos, despir bêbados ou vestir santos, tradicionalmente tem sido acusada de estupidez congênita, como os índios, como os negros. E como eles, tem sido condenada aos subúrbios da história. A história oficial das Américas só reserva um lugarzinho para as fiéis sombras dos figurões, para as mães abnegadas e as viúvas sofredoras: a bandeira, o bordado e o luto. Raramente são mencionadas as mulheres europeias que também foram protagonistas da conquista da América ou as nativas que empunharam a espada nas guerras de independência, mesmo que os historiadores machistas só concedessem aplausos às suas virtudes guerreiras. E muito menos se fala nas índias e nas negras que encabeçaram algumas das muitas rebeliões da era colonial. São invisíveis: só aparecem lá de vez em quando e isso procurando muito. Há pouco, lendo um livro sobre o Suriname, descobri Kaála, comandante de libertos, que com seu bastão sagrado conduzia os escravos fugitivos e que abandonou seu marido, por ser relapso no amor, matando-o de desgosto.

Como também ocorre com os índios e os negros, a mulher é inferior, mas ameaça. "É preferível a maldade do homem à bondade da mulher", advertia o Eclesiastes

(42,14). E Ulisses sabia muito bem que precisava prevenir-se do canto das sereias, que cativam e desgraçam os homens. Não há tradição cultural que não justifique o monopólio masculino das armas e da palavra, nem há tradição popular que não perpetue o desprestígio da mulher ou que não a aponte como um perigo. Ensinam os provérbios, transmitidos por herança, que a mulher e a mentira nasceram no mesmo dia e que palavra de mulher não vale um alfinete, e na mitologia rural latino-americana são quase sempre fantasmas de mulheres, as temíveis *almas penadas*, que por vingança assustam os viajantes nos caminhos. No sono e na vigília, manifesta-se o pânico masculino diante da possível invasão dos territórios proibidos do prazer e do poder. E assim sempre foi pelos séculos dos séculos.

Por algo foram as mulheres vítimas da caça às bruxas e não só nos tempos da Inquisição. Endemoniadas: espasmos e uivos, talvez orgasmos e, para agravar o escândalo, orgasmos múltiplos. Só a possessão de Satã podia explicar tanto fogo proibido, que com o fogo era castigado. Mandava Deus que fossem queimadas vivas as pecadoras que ardiam. A inveja e o pânico diante do prazer feminino não tinham nada de novo. Um dos mitos mais antigos e universais, comum a muitas culturas de muitas épocas e de diversos lugares, é o mito da vulva dentada, o sexo da fêmea como uma boca cheia de dentes, insaciável boca de piranha que se alimenta da carne dos machos. E neste mundo de hoje, neste fim de século, há 120 milhões de mulheres mutiladas do clitóris.

Não há mulher que não seja suspeita de má conduta. Segundo os boleros, são todas ingratas; segundo os tangos, são todas putas (menos mamãe). Nos países do sul do mundo, uma de cada três mulheres casadas recebe pancadas como parte da rotina conjugal, o castigo pelo que fez e pelo que poderia fazer:

– *Estamos dormindo* – diz uma operária do bairro Casavalle, de Montevidéu. – *Um príncipe te beija e te faz dormir. Quando despertas, o príncipe te baixa o pau.*

E outra:

– *Eu tenho o mesmo medo que minha mãe tinha, e minha mãe tinha o mesmo medo que minha avó tinha.*

Confirmação do direito de propriedade: o macho proprietário garante a pancadas seu direito de propriedade sobre a fêmea, assim como macho e fêmea garantem a pancadas seu direito de propriedade sobre os filhos.

E os estupros, acaso não são ritos que, pela violência, celebram esse direito? O estuprador não procura, não encontra prazer: precisa submeter. O estupro grava a fogo uma marca de propriedade na anca da vítima e é a expressão mais brutal do caráter fálico do poder, desde sempre manifestado através da flecha, da espada, do fuzil, do canhão, do míssil e de outras ereções. Nos Estados Unidos, uma mulher é estuprada a cada seis minutos. No México, a cada nove minutos. Diz uma mulher mexicana:

– *Não há diferença entre ser estuprada e ser atropelada por um caminhão, exceto que os homens, depois, perguntam se você gostou.*

As estatísticas só registram os estupros denunciados, que na América Latina são em muito menor número do que os ocorridos. Em sua maioria, as mulheres estupradas calam por medo. Muitas meninas, estupradas em suas casas, vão parar na rua: fazem a vida, corpos baratos, e algumas, como os meninos de rua, têm sua casa no asfalto. Diz Lélia, quatorze anos, criada ao deus-dará nas ruas do Rio de Janeiro:

– *Todos roubam. Eu roubo e me roubam.*

Quando Lélia trabalha, vendendo seu corpo, pagam-lhe quase nada ou pagam batendo nela. E, quando rouba, os policiais roubam dela o que ela rouba e ainda roubam seu corpo.

Diz Angélica, dezesseis anos, perdida nas ruas da cidade do México:

— *Eu disse à minha mãe que meu irmão tinha abusado de mim e ela me expulsou de casa. Agora vivo com um guri e estou grávida. Ele disse que, se for menino, vai me apoiar. Se for menina, não diz nada.*

"No mundo de hoje, nascer menina é um risco", diz a diretora da UNICEF. E denuncia a violência e a discriminação que a mulher sofre, desde a infância, a despeito das conquistas dos movimentos feministas no mundo todo. Em 1995, em Pequim, a Conferência Internacional sobre os Direitos das Mulheres revelou que, no mundo atual, elas ganham a terça parte do que ganham os homens por trabalho igual. De cada dez pobres, sete são mulheres. De cada cem mulheres, apenas uma é proprietária de algo. Voa torta a humanidade, pássaro de uma asa só. Nos parlamentos, em média, há uma mulher para cada dez legisladores, e em alguns parlamentos não há nenhuma. Se reconhece à mulher certa utilidade em casa, na fábrica ou no escritório e até se admite que possa ser imprescindível na cama ou na cozinha, mas o espaço público é virtualmente monopolizado pelos machos, nascidos para as lidas do poder e da guerra. Carol Bellamy, que encabeça a agência UNICEF das Nações Unidas, é um caso raro. As Nações Unidas pregam o direito à igualdade, mas não o praticam: no mais alto nível, onde são tomadas as decisões, os homens ocupam oito de cada dez cargos no máximo organismo internacional.

A mamãe desprezada

As obras de arte da África negra, frutos da criação coletiva, obras de ninguém, obras de todos, raramente são exibidas em pé de igualdade com as obras dos artistas que se consideram dignos desse nome. Esses butins do saque colonial podem ser encontrados, por exceção, em alguns museus de arte da Europa e dos Estados Unidos e também em algumas coleções privadas, mas seu espaço *natural* é nos museus de antropologia. Reduzida à categoria de artesanato ou expressão folclórica, a arte africana só consegue ser digna de atenção alinhada entre outros costumes de povos exóticos.

O mundo chamado *ocidental*, acostumado a atuar como credor do resto do mundo, não tem maior interesse em reconhecer suas próprias dívidas. No entanto, qualquer um que tenha olhos para olhar e admirar, poderia muito bem perguntar: Que seria da arte do século XX sem a contribuição da arte negra? Sem a mamãe africana, que lhes deu de mamar, teriam existido as pinturas e as esculturas mais famosas de nosso tempo?

Numa obra publicada pelo Museu de Arte Moderna de Nova York, William Rubin e outros estudiosos fizeram um revelador cotejo de imagens. Página a página, documentam a dívida da arte que chamamos arte com a arte dos povos chamados *primitivos*, que é fonte de inspiração e de plágio.

Os principais protagonistas da pintura e da escultura contemporâneas foram alimentados pela arte africana e alguns a copiaram sem ao menos dizer obrigado. O gênio mais alto da arte do século, Pablo Picasso, sempre trabalhou rodeado de máscaras e tapetes africanos, e essa influência aparece em muitas maravilhas que deixou. A obra que deu origem ao cubismo, *Les demoiselles d'Avinyó* (as senhoritas da rua das putas, em Barcelona), contém um dos numerosos exemplos. O rosto mais célebre do quadro, o que mais agride a simetria tradicional, é a reprodução exata de uma máscara do Congo exposta no Museu Real da África Central, na Bélgica, que representa um rosto deformado pela sífilis.

Algumas cabeças de Amedeo Modigliani são irmãs gêmeas de máscaras do Mali e da Nigéria. As guarnições de signos dos tapetes tradicionais do Mali serviram de modelo para os grafismos de Paul Klee. Algumas das talhas estilizadas do Congo e do Quênia, feitas muito antes do nascimento de Alberto Giacometti, poderiam passar por obras suas em qualquer museu do mundo e ninguém se daria conta. Poder-se-ia fazer um joguinho de diferenças – e seria muito difícil identificá-las – entre o óleo de Max Ernst, *Cabeça de homem*, e a escultura em madeira da Costa do Marfim *Cabeça de um cavaleiro*, que pertence a uma coleção particular de Nova York. A *Luz da lua numa rajada de vento*, de Alexander Calder, traz um rosto que é *clone* de uma máscara *luba* do Congo, pertencente ao Museu de Seattle.

Fontes consultadas

BERRY, Mary Frances; BLASSINGAME, John W. *Long memory. The black experience in America*. New York/Oxford: Oxford University Press, 1982.

COMMAGER, Henry Steele. *The empire of reason: how Europe imagined and America realized the enlightenment*. New York: Doubleday, 1978.

ESCOBAR, Ticio. *La belleza de los otros*. Asunción: CDI, 1993.

FRIEDEMANN, Nina S. de. Vida y muerte en el Caribe afrocolombiano: cielo, tierra, cantos y tambores. In: *América Negra*. Bogotá (8), 1994.

GALTON, Francis. *Herencia y eugenesia*. Madrid: Alianza, 1988.

GOULD, Stephen Jay. *Ever since Darwin*. New York: Norton, 1977.

_____. *The mismeasure of man*. New York: Norton, 1981.

GRAHAM, Gerardo et al. *The idea of race in Latin America, 1870/1940*. Austin: University of Texas, 1990.

GUINEA, Gerardo. *Armas para ganar una nueva batalla*. Gobierno de Guatemala, 1957.

HERRNSTEIN, Richard; MURRAY, Charles. *The bell curve: intelligence and class structure in american life*. New York: Free Press, 1994.

IGLESIAS, Susana et al., op. cit.

INGENIEROS, José. *Crónicas de viaje*. Buenos Aires: Elmer, 1957.

INGRAO, Pietro. Chi é l'invasore. In: *Il Manifesto*. Roma, 17 de novembro de 1995.

KAMINER, Wendy. *It's all the rage: crime and culre*. New York: Addison-Wesley, 1995.

LEWONTIN, R.C. et al. *No está en los genes. Racismo, genética y ideología*. Barcelona: Crítica, 1987.

LOMBROSO, Cesare. *L'homme criminel*. Paris: Alcan, 1887.

_____. *Los anarquistas*. Madrid: Júcar, 1977.

LOZANO DOMINGO, Irene. *Lenguaje femenino, lenguaje masculino*. Madrid: Minerva, 1995.

MARTÍNEZ, Stella Maris. *Manipulación genética y derecho penal*. Buenos Aires: Universidad, 1994.

MÖRNER, Magnus. *La mezcla de razas en la historia de América Latina*. Buenos Aires: Paidós, 1969.

ORGANIZACIÓN DE LAS NACIONES UNIDAS (CEPAL/CELADE). *Población, equidad y transformación productiva*. Santiago de Chile, 1995.

PALMA, Milagros. *La mujer es puro cuento*. Bogotá: Tercer Mundo, 1986.

PRICE, Richard. *First time. The historical vision of an afroamerican people*. Baltimore: John Hopkins University, 1983.

RODRIGUES, Raymundo Nina. *As raças humanas e a responsabilidade penal no Brasil*. Salvador: Progresso, 1957.

ROJAS-MIX, Miguel. *América imaginaria*. Barcelona: Lumen, 1993.

ROWBOTHAM, Sheila. *La mujer ignorada por la historia*. Madrid: Debate, 1980.

RUBIN, William et al. *"Primitivism" in 20th. century art*. New York: Museum of Modern Art, 1984.

SHIPLER, David K. *A country of strangers: black and whites in America*. New York: Knopf, 1997.

SPENCER, Herbert. *El individuo contra el estado*. Sevilla, 1885.

TABET, Paola. *La pelle giusta*. Torino: Einaudi, 1997.

TAUSSIG, Michael. *Shamanism, colonialism and the wild man*. Chicago: University Press, 1987.

TREXLER, Richard. *Sex and conquest*. Cambridge: Polity, 1995.

UNICEF, informes citados.

UNITED NATIONS POPULATION FUND. *State of world population*. New York, 1997.

VIDART, Daniel. *Ideología y realidad de América*. Bogotá: Nueva América, 1985.

WEATHERFORD, Jack. *Indian givers. How the indians of the Americas transformed the world*. New York: Fawcett, 1988.

ZAFFARONI, Eugenio Raúl. *Criminología. Aproximación desde un margen*. Bogotá: Temis, 1988.

_____. Prólogo. In: CHRISTIE, Nils. *La industria del control del delito*. Buenos Aires: Del Puerto, 1993.

> A justiça é como as serpentes: só
> morde os descalços.
> (Monsenhor Óscar Arnulfo Romero,
> Arcebispo de San Salvador,
> assassinado em 1980)

Cátedras do medo

- O ensino do medo
- A indústria do medo
- Aulas de corte e costura: como fazer inimigos sob medida

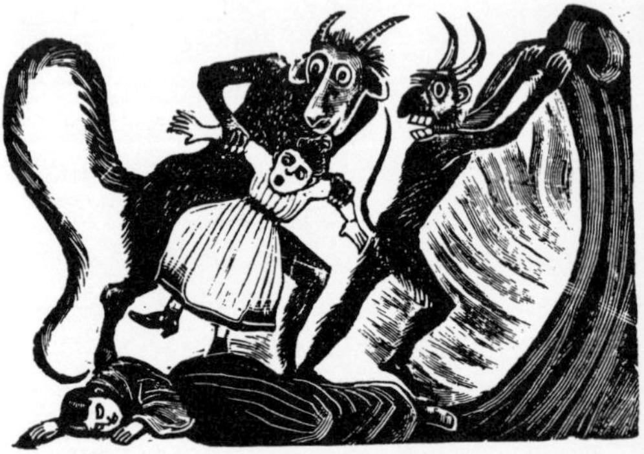

O ensino do medo

Num mundo que prefere a segurança à justiça, há cada vez mais gente que aplaude o sacrifício da justiça no altar da segurança. Nas ruas das cidades são celebradas as cerimônias. Cada vez que um delinquente cai varado de balas, a sociedade sente um alívio na doença que a atormenta. A morte de cada malvivente surte efeitos farmacêuticos sobre os bem-viventes. A palavra farmácia vem de *phármakos*, o nome que os gregos davam às vítimas humanas nos sacrifícios oferecidos aos deuses nos tempos de crise.

O grande perigo do fim do século

Em meados de 1982, ocorreu no Rio de Janeiro um fato rotineiro: a polícia matou um suspeito de furto. A bala entrou pelas costas, como costuma acontecer quando os agentes da lei matam em legítima defesa, e o assunto foi arquivado. Em seu relatório, o chefe explicou que o suspeito era "um verdadeiro *micróbio social*", do qual o planeta estava livre. Os jornais, as rádios e a televisão do Brasil frequentemente definem os delinquentes com um vocabulário provindo da medicina e da zoologia: *vírus, câncer, infecção social, animais, bestas, insetos, feras selvagens* e também *pequenas feras* quando os delinquentes são meninos. Os aludidos sempre são pobres. Quando não o são, a notícia merece a primeira página: "Garota morta ao furtar era de classe média", titulou o jornal *Folha de S. Paulo*, em sua edição de 25 de outubro de 1995.

Sem contar as numerosas vítimas dos grupos paramilitares, em 1992 a polícia do estado de São Paulo matou *oficialmente* quatro pessoas por dia, o que no ano todo deu um total quatro vezes maior do que todos os mortos da ditadura militar que reinou no Brasil durante quinze anos. No fim de 1995, ganharam aumento de salário, por atos de bravura, os policiais do Rio de Janeiro. Esse aumento se traduziu de imediato noutro aumento: multiplicou-se o número de *supostos delinquentes* mortos a tiros. "Não são cidadãos, são bandidos", explica o general Nilton Cerqueira, estrela da repressão durante a ditadura militar e atual responsável pela segurança pública no Rio. Ele sempre acreditou que um bom soldado e um bom policial atiram primeiro e perguntam depois.

As forças armadas latino-americanas mudaram de orientação depois do terremoto da revolução cubana em 1959. Da defesa das fronteiras de cada país, que era a missão tradicional, passaram a se ocupar do *inimigo interno*, a subversão guerrilheira e suas múltiplas incubadoras, porque assim o exigia a defesa do mundo livre e da ordem democrática. Inspirados nesses propósitos, os militares acabaram com a liberdade e com a democracia em muitos países. Em apenas quatro anos, entre 1962 e 1966, houve nove golpes de estado na América Latina. Nos anos seguintes, os fardados continuaram derrubando governos civis e massacrando gente, conforme mandava o catecismo da doutrina da segurança nacional. Passou o tempo, a ordem civil foi restabelecida. O inimigo continua sendo *interno*, mas já não é o mesmo. As forças armadas estão começando a participar da luta contra os chamados *delin-*

O medo global

Os que trabalham têm medo de perder o trabalho.

Os que não trabalham têm medo de nunca encontrar trabalho.

Quem não tem medo da fome, tem medo da comida.

Os motoristas têm medo de caminhar e os pedestres têm medo de ser atropelados.

A democracia tem medo de lembrar e a linguagem tem medo de dizer.

Os civis têm medo dos militares, os militares têm medo da falta de armas, as armas têm medo da falta de guerras.

É o tempo do medo.

Medo da mulher da violência do homem e medo do homem da mulher sem medo.

Medo dos ladrões, medo da polícia.

Medo da porta sem fechaduras, do tempo sem relógios, da criança sem televisão, medo da noite sem comprimidos para dormir e medo do dia sem comprimidos para despertar.

Medo da multidão, medo da solidão, medo do que foi e do que pode ser, medo de morrer, medo de viver.

---

quentes comuns. A doutrina da segurança nacional está sendo substituída pela histeria da segurança pública. Em regra, os militares não gostam nem um pouco desse rebaixamento à categoria de meros policiais, mas a realidade o exige.

Até trinta anos passados, a ordem teve inimigos de todas as cores, desde o rosa pálido até o vermelho vivo. A atividade dos ladrões de galinha e dos navalheiros de arrabalde só atraía os leitores das páginas policiais, os devoradores de violências e os peritos em criminologia.

Agora, no entanto, a chamada *delinquência comum* é uma obsessão universal. O delito se democratizou e está ao alcance de qualquer um: muitos o exercem, todos o sofrem. Tamanho perigo constitui a fonte mais fecunda de inspiração para políticos e jornalistas, que em altos brados exigem mão de ferro e pena de morte; e também auxílio civil de alguns chefes militares. O pânico coletivo, que identifica a democracia com o caos e a insegurança, é uma das explicações possíveis para o sucesso das campanhas políticas de alguns generais latino-americanos. Até há poucos anos, esses militares exerciam sangrentas ditaduras ou delas participavam com destaque, mas depois entraram na luta democrática com surpreendente eco popular. O general Ríos Montt, anjo exterminador dos indígenas da Guatemala, estava liderando as pesquisas quando teve sua candidatura presidencial interditada, e o mesmo ocorreu com o general Oviedo no Paraguai. O general Bussi, que enquanto matava suspeitos depositava nos bancos suíços até o suor de sua testa, foi eleito e reeleito governador da província argentina de Tucumán. Outro assassino fardado, o general Banzer, foi recompensado com a presidência da Bolívia.

Os técnicos do Banco Interamericano de Desenvolvimento, capazes de traduzir em dinheiro a vida e a morte, calculam que a América Latina perde anualmente 168 bilhões de dólares no grau mais alto do delito. Estamos ganhando o campeonato mundial do crime. Os homicídios latino-americanos superam em seis vezes a média mundial. Se a economia crescesse no ritmo em que cresce o crime, seríamos os mais prósperos do planeta. Paz em El Salvador? Que paz? Em El Salvador, ao ritmo de um assassinato por hora, multiplica-se por dois a violência dos piores anos da guerra. A indústria do sequestro é a mais lucrativa na Colômbia, no Brasil e no México. Em nossas grandes cidades, nenhuma pessoa pode se considerar normal se não sofreu, ao menos, uma tentativa de furto. Há cinco vezes mais as-

> ## América Latina, paisagens típicas
>
> Os Estados deixam de ser empresários e tornam-se policiais.
> Os presidentes se transformam em gerentes de empresas estrangeiras.
> Os ministros da Economia são bons tradutores.
> Os industriais se transformam em importadores.
> Os mais dependem cada vez mais das sobras dos menos.
> Os trabalhadores perdem seus trabalhos.
> Os agricultores perdem suas terrinhas.
> As crianças perdem sua infância.
> Os jovens perdem a vontade de acreditar.
> Os velhos perdem sua aposentadoria.
> "A vida é uma loteria", opinam os que ganham.

sassinatos no Rio de Janeiro do que em Nova York. Bogotá é a capital da violência, Medellín a cidade das viúvas. Policiais de elite, membros dos *grupos especiais*, começaram a patrulhar as ruas de algumas cidades latino-americanas. Estão equipados, da cabeça aos pés, para a Terceira Guerra Mundial. Levam visor noturno infravermelho, fone de ouvido, microfone e colete à prova de bala. Na cintura, levam cápsulas de agressivos agentes químicos e munições, na mão um fuzil-metralhadora e na coxa uma pistola.

Na Colômbia, de cada cem crimes, 97 ficam impunes. Parecida é a proporção de impunidade nos subúrbios de Buenos Aires, onde até pouco tempo atrás a polícia dedicava suas melhores energias ao exercício da delinquência e ao fuzilamento dos jovens: desde a restauração da democracia, em 1983, até meados de 1987, a polícia havia fulminado 314 jovens de aspecto suspeito. No fim de 1997, em plena reorganização policial, a imprensa informou que havia cinco mil fardados que recebiam o soldo, mas ninguém sabia o que faziam e nem onde estavam. Ao mesmo tempo, as pesquisas revelavam o descrédito das forças da ordem no Rio da Prata: eram muito poucos os argentinos e os uruguaios dispostos a recorrer à polícia depois de algum problema grave. Seis de cada dez uruguaios aprovavam a justiça por conta própria e uns quantos estavam se associando ao Clube de Tiro.

Nos Estados Unidos, quatro de cada dez cidadãos reconhecem, nas sondagens de opinião, que alteraram seu modo de vida em função da criminalidade, e ao sul do rio Bravo os furtos e os assaltos são tão comentados quanto o futebol e o tempo. A indústria da opinião pública joga lenha na fogueira e contribui sobremaneira para tornar a segurança pública uma mania pública. É preciso reconhecer, no entanto, que a realidade é o que mais ajuda. E a realidade diz que a violência cresce ainda mais do que aquilo que as estatísticas confessam. Em muitos países, as pessoas não registram as ocorrências, porque não acreditam na polícia ou têm medo dela. O jornalismo uruguaio chama *superbandos* às quadrilhas autoras de assaltos espetaculares e *polibandos* àquelas que têm policiais entre seus membros. De cada dez venezuelanos, nove acreditam que a polícia rouba. Em 1996, a maioria dos policiais do Rio de Janeiro admitiu que havia recebido propostas de suborno, enquanto um dos chefes declarava que "a polícia foi criada para ser corrupta" e atribuía a culpa à sociedade, "que deseja uma polícia corrupta e violenta".

Um informe recebido pela Anistia Internacional, de fontes da própria polícia, revelou que os fardados cometem seis de cada dez delitos na capital mexicana. Para prender cem delinquentes ao longo de um ano, são necessários quatorze policiais em Washington, quinze em Paris, dezoito em Londres e 1295 na cidade do México. Em 1997, o prefeito admitiu:

– *Permitimos que quase todos os policiais se corrompessem.*

– *Mas não são todos?* – perguntou o incômodo Carlos Monsiváis. – *O que há com eles? Ainda tem algum querendo bancar o honesto? É preciso dar um jeito nele.*

Neste fim de século, tudo se globaliza e tudo se parece: a roupa, a comida, a falta de comida, as ideias, a falta de ideias e também o delito e o medo do delito. No mundo inteiro, o crime aumenta mais do que aquilo que os numerozinhos cantam, embora cantem muito: desde 1970, as denúncias de delito cresceram três vezes mais do que a população mundial. Nos países do leste da Europa, enquanto o consumismo enterrava o comunismo, a violência cotidiana subia no mesmo ritmo em que caíam os salários: nos anos 90, multiplicou-se por três na Bulgária, na República Tcheca, na Hungria, na Letônia, na Lituânia e na

Estônia. O crime organizado e o crime desorganizado se apoderaram da Rússia, onde floresce como nunca a delinquência infantil. Chamam-se *esquecidos* os meninos que vagam pelas ruas das cidades russas: "Temos centenas de milhares de crianças sem lar", reconhece, no fim do século, o presidente Bóris Yeltsin.

Nos Estados Unidos, o pânico dos assaltos traduziu-se de modo mais eloquente numa lei promulgada na Louisiana no fim de 1997. Essa lei autoriza qualquer motorista a matar quem tente roubá-lo, ainda que o ladrão esteja desarmado. A rainha da beleza da Louisiana promoveu pela televisão, com todos os dentes de seu sorriso, este fulminante método de evitar problemas. Enquanto isso, subia espetacularmente a popularidade do prefeito de Nova York, Rudolph Giuliani, que batia duramente nos delinquentes com sua política de *tolerância zero*. Em Nova York, o delito caiu na mesma proporção em que subiram as denúncias de brutalidade policial. A repressão bestial, poção mágica muito elogiada pelos meios de comunicação, foi descarregada raivosamente sobre os negros e outras *minorias*, que formam a maioria da população nova-iorquina. A *tolerância zero*, rapidamente, tornou-se um modelo exemplar para as cidades latino-americanas.

Eleições presidenciais em Honduras, 1997: a delinquência é o tema central dos discursos de todos os candidatos, e todos prometem segurança a uma população acossada pelo crime. Eleições legislativas na Argentina, no mesmo ano: a candidata Norma Miralles proclama-se partidária da pena de morte, mas com sofrimento prévio: "Matar um condenado é pouco, porque não sofre". Pouco antes, o prefeito do Rio de Janeiro, Luiz Paulo Conde, dissera que preferia a prisão perpétua ou os trabalhos forçados, porque a pena de morte tem o inconveniente de ser "uma coisa muito rápida".

Não há lei que funcione diante da invasão dos fora da lei: multiplicam-se os assustados, e os assustados podem ser mais perigosos que os perigos que os assustam. O acossamento não é sentido tão só pelos fruidores da abundância, mas também por muitos dos numerosos sobreviventes da escassez, pobres que sofrem o esbulho de outros mais pobres ou mais desesperados do que eles. *Turba enlouquecida queima vivo um menino que furtou uma laranja*, titulam os diários: entre 1979 e 1988, a imprensa brasileira noticiou 272 linchamentos, fúria cega dos pobres contra os pobres, vinganças ferozes executadas por gente que não tinha dinheiro para pagar o serviço à polícia. Pobres também eram os autores dos 52 linchamentos que ocorreram na Guatemala em 1997 e pobres eram os autores dos 166 linchamentos que ocorreram, entre 1986 e 1991, na Jamaica. E enquanto isso, nesses mesmos cinco anos, o gatilho rápido da polícia jamaicana matou mais de mil suspeitos. Uma pesquisa posterior indicou que um terço da população entendia que era necessário enforcar os delinquentes, já que nem a vingança popular nem a violência policial eram suficientes. As pesquisas de 1997 no Rio de Janeiro e em São Paulo revelaram que mais da metade dos consultados considerava *normal* o linchamento de malfeitores.

Boa parte da população também aplaude, às claras ou secretamente, os esquadrões da morte, que aplicam a pena capital – ainda que a lei não a autorize – com a habitual participação ou cumplicidade de policiais e militares. No Brasil, começaram matando guerrilheiros. Depois, delinquentes

> ## O inimigo público/1
>
> Em abril de 1997, os telespectadores brasileiros foram convidados a votar: que fim merecia o jovem autor de um assalto violento? A maioria esmagadora dos votos foi pelo extermínio: a pena de morte recebeu o dobro dos votos da pena de prisão.
>
> Segundo a investigadora Vera Malaguti, o inimigo público número um está sendo esculpido tendo por modelo o rapaz bisneto de escravos, que vive nas favelas, não sabe ler, adora música *funk*, consome drogas ou vive delas, é arrogante e agressivo, e não mostra o menor sinal de resignação.

adultos. Depois, homossexuais e mendigos. Depois, adolescentes e crianças. Sílvio Cunha, presidente de uma associação de comerciantes do Rio de Janeiro, declarava em 1991:

– *Quem mata um jovem favelado presta um serviço à sociedade.*

A dona de uma loja no bairro de Botafogo sofreu quatro assaltos em dois meses. Um policial lhe explicou o que ocorria: de nada adiantava prender os meninos, pois o juiz os soltava e voltavam ao roubo nosso de cada dia.

– *Depende de você* – disse o policial.

E ofereceu horas extras, a preço razoável, para fazer o serviço:

– *Acabar com eles* – disse.

– *Acabar?*

– *Acabar mesmo.*

Contratados pelos comerciantes, os grupos de extermínio, que no Brasil preferem chamar-se *de autodefesa*, encarregam-se da limpeza das cidades, enquanto outros

> ## O inimigo público/2
>
> No princípio de 1998, o jornalista Samuel Blixen fez uma comparação eloquente. O butim de cinquenta assaltos, realizados pelas mais audaciosas quadrilhas de delinquentes do Uruguai, somava cinco milhões de dólares. O butim de dois assaltos, cometidos sem fuzis ou pistolas por um banco e um financista, somava setenta milhões.

colegas pistoleiros se encarregam da limpeza dos campos, a serviço dos latifundiários, matando trabalhadores sem-terra e outros indivíduos incômodos. Segundo a revista *Istoé* (20 de maio de 1998), a vida de um juiz vale quinhentos dólares, e quatrocentos a de um sacerdote. Trezentos dólares é o preço para matar um advogado. As organizações de assassinos de aluguel oferecem seus serviços pela internet, com preços especiais para os membros assinantes.

Na Colômbia, os esquadrões da morte, que se autodenominam *grupos de limpeza social*, também começaram matando guerrilheiros e agora matam qualquer um, a serviço dos comerciantes, dos proprietários rurais ou de quem queira pagar. Muitos de seus membros são policiais e militares sem farda, mas também são treinados verdugos de pouca idade. Em Medellín funcionam algumas escolas de sicários, que oferecem dinheiro fácil e emoções fortes a meninos de quinze anos. Esses meninos, instruídos na arte do crime, às vezes matam, por encomenda, outros meninos tão mortos de fome quanto eles. Pobres contra pobres, como de costume: a pobreza é um cobertor muito curto e cada qual puxa para um lado. Mas as vítimas podem ser também importantes políticos ou jornalistas famosos. O alvo escolhido se chama *cão* ou *pacote*. Os jovens assassinos cobram pelo trabalho de acordo com a importância do *cão* e o risco da operação. Frequentemente, os exterminadores trabalham protegidos pela fachada legal das empresas que vendem segurança. No fim de 1997, o governo colombiano reconheceu que dispunha de apenas trinta fiscais para controlar três mil empresas de segurança particular. No ano anterior, houve uma fiscalização exemplar: numa só recorrida, que durou uma semana, um fiscal inspecionou quatrocentos *grupos de autodefesa*. Não encontrou nada errado.

Os esquadrões da morte não deixam rastros. Raríssimas vezes se quebra a regra da impunidade, raríssimas vezes se quebra o silêncio. Uma exceção, na Colômbia: em meados de 1991, sessenta mendigos foram mortos na cidade de Pereira. Os assassinos não foram presos, mas, ao menos, treze agentes policiais e dois oficiais foram aposentados, cumprindo "pena disciplinar". Outra exceção, no Brasil: em meados de 1993, foram metralhados cinquenta meninos que dormiam nos portais da igreja da Candelária, no Rio de Janeiro. Oito morreram. A matança teve repercussão mundial e, passado algum tempo, foram presos dois dos policiais que, em trajes civis, tinham executado a operação. Um milagre.

Afanásio Jazadji foi eleito deputado estadual com o maior número de votos da história eleitoral do estado de São Paulo. Ele adquiriu popularidade através do rádio. Dia após dia, microfone na mão, pregava: chega de problemas, chegou a hora das soluções. Solução para o problema dos presídios superlotados: "Temos de agarrar todos esses presos incorrigíveis, encostá-los na parede e torrá-los com um lança-chamas. Ou explodi-los com uma bomba, bum!, e assunto resolvido. Esses vagabundos nos custam milhões e milhões." Em 1987, entrevistado por Bell Chevigny, Jazadji declarou que a tortura é bem aplicada, porque a polícia só tortura os culpados. Às vezes, disse, a polícia não sabe que crime o delinquente cometeu e o descobre batendo nele, como faz o marido quando dá uma surra em sua mulher. A tortura, concluiu, é o único jeito de saber a verdade.

Por volta do ano de 1252, o papa Inocêncio IV autorizou o suplício contra os suspeitos de heresia. A Inquisição desenvolveu a produção da dor, que a tecnologia do século XX elevou a níveis de perfeição industrial. A Anistia Internacional documentou a prática sistemática de torturas com choques elétricos em cinquenta países. No século XIII, o poder falava sem papas na língua. Hoje em dia, tortura-se, mas não se admite. O poder evita as más palavras. No fim de 1996, quando o Supremo Tribunal de Israel autorizou a tortura contra os prisioneiros palestinos, chamou-a *pressão física moderada*. Na América Latina, as torturas são chamadas *coações ilegais*. Desde sempre, os delinquentes comuns, ou quem tenha a cara de, sofrem *coações* nas delegacias de nossos países. É costume, considera-se normal que a polícia arranque confissões através de métodos de suplício idênticos àqueles que as ditaduras aplicavam aos presos políticos. A diferença está em que boa parte daqueles presos políticos provinha da classe média e alguns da classe alta, e nesses casos as fronteiras de classe social são os únicos limites que, eventualmente, a impunidade pode reconhecer. No tempo do horror militar, as campanhas de denúncias empreendidas pelos organismos de direitos humanos nem sempre soaram em sinos de pau: algum eco tiveram, às vezes muito eco, no fechado âmbito dos países submetidos às ditaduras e também nos meios universais de comunicação. Mas, em troca, quem ouve os presos comuns? Eles são socialmente desprezíveis e juridicamente invisíveis. Quando algum comete a loucura de denunciar que foi torturado, a polícia volta a submetê-lo ao mesmo tratamento, com redobrado fervor.

Cárceres imundos, prisioneiros como sardinha em lata: em sua grande maioria, são prisioneiros sem condenação. Muitos, sem processo sequer, estão ali sem que ninguém saiba o porquê. Se se comparasse, o inferno de Dante pareceria algo de Disney. Continuamente estalam motins nessas prisões que fervem. As forças da ordem liquidam a balaços os desordeiros e, de quebra, matam todos que encontram pela frente, atenuando o problema da falta de espaço. Em 1992, houve mais de cinquenta motins nos presídios latino-americanos com mais graves problemas de superlotação. Os motins deixaram um saldo de novecentos mortos, quase todos executados a sangue-frio.

Graças à tortura, que faz um mudo cantar, muitos prisioneiros estão na cadeia por delitos que jamais cometeram: mais vale um inocente atrás das grades do que um culpado em liberdade. Outros confessaram assassinatos que parecem brinquedos de criança ao lado das façanhas de alguns generais, ou roubos que parecem piadas se comparados com as fraudes de nossos mercadores e banqueiros ou com as comissões recebidas pelos políticos a cada vez que vendem um pedaço do país. Já não há ditaduras militares, mas as democracias latino-americanas têm seus cárceres inchados de presos. Os presos são pobres, como é natural, porque só os pobres vão para a cadeia em países onde ninguém é preso quando vem abaixo uma ponte recém-inaugurada, quando se leva à bancarrota um banco depenado ou quando desmorona um edifício sem alicerces.

O mesmo sistema de poder que fabrica a pobreza é o que declara guerra sem quartel aos desesperados que gera. Há um século, Georges Vacher de Lapouge exigia mais guilhotina para purificar a raça. Este pensador francês, que acreditava que todos os gênios são alemães, estava convencido de que só a guilhotina podia corrigir os erros da *seleção natural* e deter a alarmante proliferação dos ineptos e dos criminosos. "Um bom bandido é um bandido morto", dizem agora os que exigem uma terapia social de mão de ferro. A sociedade tem o direito de matar, em legítima defesa da saúde pública, ante a ameaça dos arrabaldes crivados de vagabundos e viciados. Os problemas sociais reduziram-se a problemas policiais e há um clamor crescente pela pena de morte. É um castigo justo, diz-se, que economiza as despesas com presídios, exerce um saudável efeito intimidativo e resolve o problema da reincidência suprimindo o possível reincidente. Morrendo, aprende-se. Na maioria dos países latino-americanos a lei não autoriza a pena capital, mas o terror estatal a aplica sempre que o tiro de advertência do policial entra pela nuca de um suspeito e sempre que os esquadrões da morte fuzilam com impunidade. Com ou sem lei, o Estado pratica o homicídio com premeditação, dolo e prevalecimento, e no entanto, por mais que o Estado mate, não consegue evitar o desafio das ruas convertidas em terra de ninguém.

O poder corta e torna a cortar a erva daninha, mas não pode atacar a raiz sem atentar contra sua própria vida. Condena-se o criminoso, não a máquina que o fabrica, como se condena o viciado e não o modo de vida que cria a necessidade do consolo químico ou da sua ilusão de fuga. E assim se exime de responsabilidade uma ordem social que lança cada vez mais gente às ruas e às prisões, e que gera cada vez mais desesperança e desespero. A lei é como uma teia de aranha, feita para aprisionar moscas e outros insetos pequeninos e não os bichos grandes, como concluiu Daniel Drew. E já faz um século que José Hernández, o poeta, comparou a lei com uma faca, que jamais fere quem a maneja. Os discursos oficiais, no entanto, invocam a lei como se ela valesse para todos e não só para os infelizes que não podem evitá-la. Os delinquentes pobres são os vilões do filme: os delinquentes ricos escrevem o roteiro e dirigem os atores.

Em outros tempos, a polícia agia a serviço de um sistema produtivo que necessitava de mão de obra abundante e dócil. A justiça castigava os vadios e os agentes os empurravam para dentro das fábricas a golpes de baioneta. Assim a sociedade industrial europeia proletarizou os camponeses e pôde impor, nas cidades, a disciplina do trabalho. Como se pode impor, agora, a disciplina da falta de trabalho? Que técnicas da obediência obrigatória podem funcionar contra as crescentes multidões que não têm e não terão emprego? Que se pode fazer com os náufragos, quando são tantos, para que seus destemperos não ponham o bote a pique?

Hoje em dia, a *razão de Estado* é a razão dos mercados financeiros que dirigem o mundo e que produzem tão só a especulação. Marcos, porta-voz dos indígenas de Chiapas, retratou o que ocorre com palavras certeiras: assistimos, disse ele, ao *striptease* do Estado. O Estado se livra de tudo, exceto de sua prenda íntima indispensável, que é a repressão. A hora da verdade: o sapateiro com seus sapatos. O Estado só deve existir para pagar a dívida externa e garantir a paz social.

O Estado assassina por ação e por omissão. Fins de 1995, notícias do Brasil e da Argentina:

Crimes por ação: a polícia militar do Rio de Janeiro matava civis num ritmo oito vezes mais acelerado do que no final do ano anterior, ao passo que a polícia dos subúrbios de Buenos Aires caçava jovens como se fossem passarinhos.

Crimes por omissão: ao mesmo tempo, quarenta enfermos dos rins morriam na cidade de Caruaru, no nordeste do Brasil, porque a saúde pública procedera às diálises com água contaminada. Na província de Misiones, no nordeste da Argentina, a água potável contaminada por pesticidas gerava bebês com lábio leporino e deformações na medula espinhal.

Falemos claramente

O Primeiro Congresso Policial Sul-Americano se reuniu no Uruguai, em 1979, em plena ditadura militar. O Congresso decidiu continuar sua atividade no Chile, em plena ditadura militar, *em benefício dos altos interesses que rutilam na rota dos povos da América*, segundo consta da resolução final.

Nesse Congresso de 1979, a polícia argentina, também em plena ditadura militar, destacou a função das forças da ordem na luta contra a delinquência infanto-juvenil. O informe da polícia argentina chamou pão ao pão, vinho ao vinho: *Embora pareça simplista, diremos e reiteraremos que o mínimo comum é a realidade familiar, que pouco tem a ver com o aspecto sócioeconômicocultural, e se situa na raiz da mesma, na sua essência e substrato vivificador de sua dinâmica e evolução... O adolescente carenciado trata de encontrar em outras subculturas (hippie, do delito etc.) os modelos identificatórios, produzindo, de tal maneira, uma incisão no processo de socialização... A manutenção da ordem pública transcende o interindividual e, desdobrando-se no intraindivíduo, retoma essa única e indivisível realidade do ser indivíduo e do ser social... Se alguns dos menores manifestaram condutas que podiam descambar para comportamentos inadequados que representassem perigo individual-social, foram facilmente detectados, orientados e resolvidos.*

Nas favelas do Rio de Janeiro, as mulheres levam latas d'água na cabeça, como coroas, e os meninos soltam pipas ao vento para avisar que a polícia está chegando. Quando chega o carnaval, desses morros descem as rainhas e os reis de pele negra: perucas de cachos brancos, colares de luzes, mantos de seda. Na quarta-feira de cinzas, quando o carnaval acaba e vão-se os turistas, a polícia prende quem continua fantasiado. E em todo o resto dos dias do ano, o Estado se ocupa em cercear, a ferro e fogo, os plebeus que foram monarcas por três dias. No princípio do século havia no Rio uma única favela. Nos anos 40, quando já havia umas quantas, o escritor Stefan Zweig as visitou: não encontrou ali violência ou tristeza. Agora, são mais de quinhentas as favelas do Rio. Vive ali muita gente que trabalha, braços baratos que servem a mesa e lavam os carros e as roupas e os banheiros dos bairros acomodados, e vivem também muitos excluídos do mercado de trabalho e do mercado de consumo que, em alguns casos, recebem dinheiro ou alívio através das drogas. Do ponto de vista da sociedade que as gerou, as favelas não são mais do que refúgios do crime organizado e do tráfico de cocaína. A polícia militar as invade com frequência, em operações que se parecem com as da Guerra do Vietnã, e também se ocupam delas dezenas de grupos de extermínio. Os mortos, analfabetos filhos de analfabetos, são, em sua maioria, adolescentes negros.

Há um século, o diretor do reformatório infantil de Illinois chegou à conclusão de que uma terça parte de seus internos não tinha recuperação. Aqueles meninos eram os futuros criminosos, "que amam o mundo, a carne e o Diabo". Não ficou muito claro o que se podia fazer com essa terça parte, mas já na época alguns cientistas, como o inglês Cyril Burt, propunham a eliminação da fonte do crime, os pobres muito pobres, "impedindo a propagação de sua espécie". Cem anos depois, os países do sul do mundo tratam os pobres muito pobres como se fossem lixo tóxico. Os países do norte exportam para o sul seus resíduos industriais perigosos e assim se livram deles, mas o sul não pode exportar para o norte seus resíduos humanos perigosos. Que fazer com os pobres muito pobres que não têm remédio? As balas fazem o que podem para impedir "a propagação da espécie", enquanto o Pentágono, vanguarda militar do mundo, anuncia a renovação de seus arsenais: as guerras do século XXI exigirão mais armamento especial para os saques e os motins de rua. Em algumas cidades americanas, como Washington e Santiago do Chile, e em numerosas cidades britânicas, já há câmeras de vídeo vigiando as ruas.

A sociedade de consumo consome fugacidades. Coisas, pessoas: as coisas, fabricadas para não durar, morrem pouco depois de nascer; e há cada vez mais pessoas condenadas desde que chegam à vida. Os meninos abandonados das ruas de Bogotá, que antes se chamavam *gamines*, moleques, agora se chamam *descartáveis* e estão marcados para morrer. Os numerosos ninguéns, os fora de lugar, são "economicamente inviáveis", segundo a linguagem técnica. A lei do mercado os expulsa, por superabundância de mão de obra barata. Que destino têm esses excedentes humanos? O mundo os convida a desaparecer, dizendo-lhes: "Vocês não existem, porque não merecem existir". A realidade oficial tenta ocultá-los ou perdê-los: chama-se *Cidade Oculta* a população marginal que mais cresceu em Buenos Aires e chamam-se *Cidades Perdidas* os bairros de lata e papelão que brotam nos barrancos e lixeiras da cidade do México.

A Fundação Casa Alianza entrevistou mais de 140 meninos órfãos e abandonados que viviam e vivem nas ruas da cidade de Guatemala: todos tinham vendido seu corpo por moedas, todos sofriam de doenças venéreas, todos cheiravam cola e solventes. Em certa manhã, em meados de 1990, alguns desses meninos estavam conversando num parque quando chegaram alguns homens armados e os puseram num caminhão. Uma menina se salvou, escondida numa lata de lixo. Dias depois apareceram os cadáveres de quatro meninos: sem orelhas, sem olhos, sem línguas. A polícia lhes dera uma boa lição.

Em abril de 1997, Galdino Jesus dos Santos, um chefe indígena que estava de visita em Brasília, foi queimado vivo enquanto dormia numa parada de ônibus. Cinco rapazes de boa família, que andavam farreando, jogaram álcool nele e lhe tocaram fogo. Eles se justificaram dizendo:

– *Pensamos que era um mendigo.*

Um ano depois, a justiça brasileira lhes aplicou penas leves de prisão, pois não se tratava de um caso de homicídio qualificado. O relator do Tribunal de Justiça do Distrito Federal explicou que os rapazes tinham utilizado apenas a metade do combustível que possuíam e isto provava que tinham atuado "movidos pelo ânimo de brincar, não de matar". A queima de mendigos é um esporte que os jovens da classe alta brasileira praticam com certa frequência, mas, em geral, a notícia não aparece nos jornais.

Os *descartáveis*: meninos de rua, desocupados, mendigos, prostitutas, travestis, homossexuais, punguistas e outros ladrões de pouca monta, viciados, borrachos e os catadores de baganas. Em 1993, os *descartáveis* colombianos saíram debaixo das pedras e se juntaram para gritar. A manifestação explodiu quando se soube que os *grupos de limpeza social* andavam matando mendigos para vendê-los aos estudantes de medicina que aprendem anatomia na Universidade Livre de Barranquilla. E então Nicolás Buenaventura, contador de histórias, contou para eles a verdadeira história da Criação. Diante dos vomitados do sistema, contou Nicolás que tinham sobrado pedacinhos de tudo aquilo que Deus havia criado. Enquanto nasciam de sua mão o sol e a lua, o tempo, o mundo, os mares e as selvas, Deus ia lançando no abismo tudo aquilo que era descartável. Mas Deus, distraído, esqueceu-se de criar a mulher e o homem, e a mulher e homem não tiveram outro remédio senão o de fazer-se por si mesmos. E ali no fundo do abismo, na lixeira, a mulher e o homem se criaram com as sobras de Deus. Os seres humanos nascemos do lixo e por isso temos todos algo do dia e algo da noite, e somos todos tempo e terra e água e vento.

Fontes consultadas

BANCO DE DATOS DE DERECHOS HUMANOS Y VIOLENCIA POLÍTICA EN COLOMBIA. In: *Noche y niebla*. Bogotá: CINEP; Justicia y Paz, 1997 y 1998.

BARATTA, Alessandro. *Criminología crítica y crítica del derecho penal*. México: Siglo XXI, 1986.

BATISTA, Nilo. Fragmentos de um discurso sedicioso. In: *Discursos sediciosos*. Rio de Janeiro: Instituto Carioca de Criminologia (1), 1996.

BATISTA, Vera Malaguti. *Drogas e criminalização da juventude pobre no Rio de Janeiro*. Niterói: Universidade Federal/História Contemporânea, 1997.

BERGALLI, Roberto. Epílogo. In: PAVARINI, Massimo. *Control y dominación. Teorías criminológicas burguesas y proyecto hegemónico*. México: Siglo XXI, 1983.

BLIXEN, Samuel. Para rapiñar, rapiñar a lo grande. *Brecha*. Montevideo, 13 feb. 1998.

CEPAL (Comisión Económica para América Latina, Naciones Unidas). *Marginalidad e integración social en Uruguay*. Montevideo, 1997.

CHEVIGNY, Paul. *Edge of the knife. Police violence in the Americas*. New York: The New Press, 1995.

GIRARD, René. *Le boue émissaire*. Paris: Grasset, 1978.

MONSIVÁIS, Carlos. Por mi madre, bohemios. *La Jornada*. México, 29 sept. 1997.

ORIS, John. Law and order. *Latin Trade*. Miami, junho de 1997.

PLATT, Anthony M. Street crime. A view from the left. *Crime and Social Justice*. Berkeley (9).

_____. *The child savers. The invention of delinquency*. Chicago: University of Chicago, 1977.

RUIZ HARRELL, Rafael. La impunidad y la eficiencia policíaca. *La Jornada*. México, 22 de janeiro de 1997.

SUDBRACK, Umberto Guaspari. Grupos de extermínio: aspectos jurídicos e de política criminal. *Discursos sediciosos*. Rio de Janeiro: Instituto Carioca de Criminologia (2), 1996.

VAN DIJK, Jam J. M. *Responses to crime across the world; results of the international crime victims survey*. Universidade de Leyden; Ministério de Justiça da Holanda, 1996.

VENTURA, Zuenir. *Cidade partida*. São Paulo: Companhia das Letras, 1994.

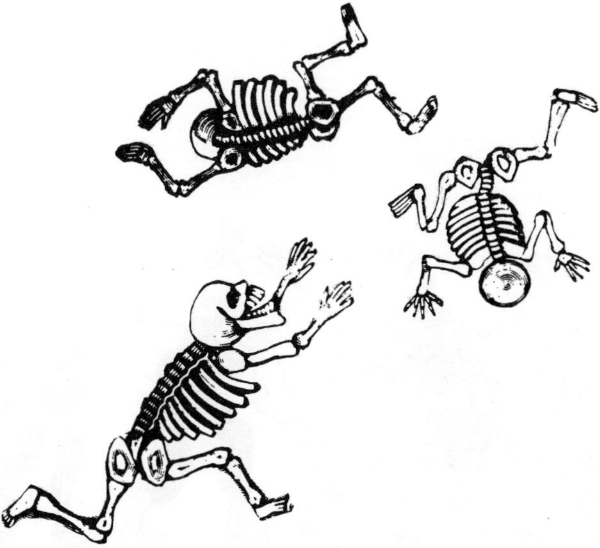

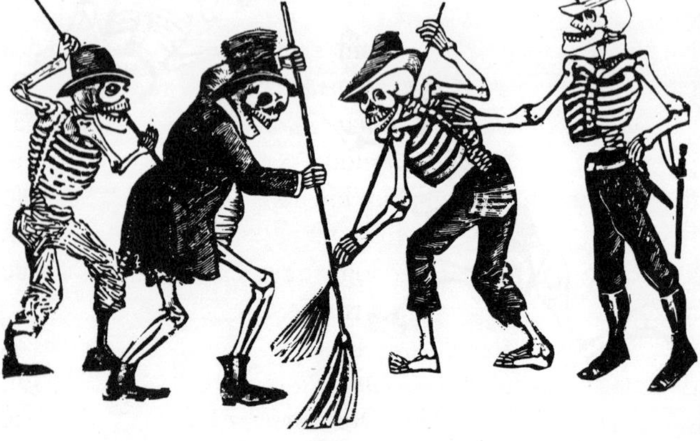

A indústria do medo

O medo é a matéria-prima das prósperas indústrias da segurança particular e do controle social. Uma demanda firme sustenta o negócio. A demanda cresce tanto ou mais do que os delitos que a geram e os peritos garantem que assim continuará. Floresce o mercado da vigilância particular e dos presídios privados, enquanto todos nós, uns mais, outros menos, vamos nos tornando sentinelas do próximo e prisioneiros do medo.

O tempo e os carcereiros cativos

"Nossa melhor publicidade são os noticiários da televisão", diz, e sabe o que diz, um dos especialistas em venda de segurança. Na Guatemala, há 180 empresas do ramo, no México seiscentas, no Peru 1500. Há três mil na Colômbia. No Canadá e nos Estados Unidos, gasta-se com a segurança particular o dobro do que se gasta com a segurança pública. Na passagem do século haverá dois milhões de guardas particulares nos Estados Unidos. Na Argentina, o negócio da segurança movimenta um bilhão de dólares por ano. No Uruguai, a cada dia aumenta o número de casas que passam a ter quatro fechaduras em lugar de três, o que faz com que algumas portas pareçam guerreiros das Cruzadas.

Uma canção de Chico Buarque começa com os uivos de uma sirene policial: *Chame o ladrão! Chame o ladrão!*, suplica o cantor brasileiro. Na América Latina, a indústria do controle do delito não se alimenta apenas da incessante torrente de notícias de assaltos, sequestros, homicídios e estupros: também se nutre do desprestígio da polícia pública, que delinque com entusiasmo e que pratica uma suspeita ineficiência. Já estão gradeadas ou cercadas as casas de todos os que têm algo a perder, por pouco que seja, e mesmo os ateus nos encomendamos a Deus antes de nos encomendarmos à polícia.

Também nos países onde a polícia pública é mais eficaz, o alarme ante a ameaça do crime se traduz na privatização do pânico. Nos Estados Unidos, à multiplicação da segurança particular soma-se a multiplicação das armas de fogo, que ficam à disposição na mesa de cabeceira ou no porta-luvas do automóvel. A National Rifle Association, presidida pelo ator Charlton Heston, tem quase três milhões de membros, e justifica o porte de arma pelas Sagradas Escrituras. Motivos não lhe faltam para estofar o peito de orgulho: há 230 milhões de armas de fogo nas mãos dos cidadãos. Isso dá uma média de uma arma por habitante, descontados os bebês e os alunos do jardim da infância. Na realidade, o arsenal está concentrado em um terço da população: para esse terço, a arma é como a mulher amada, que não se pode dormir sem ela, ou como o cartão de crédito, que não se pode sair sem ele.

No mundo inteiro, são cada vez menos numerosos os cães que podem dar-se o luxo de ser cães de companhia, e são cada vez mais numerosos os que estão obrigados a afugentar intrusos para ganhar seu osso. Vendem-se como água os alarmes para carros e os pequenos alarmes pessoais, que guincham como loucos na carteira da dama ou no bolso do cavalheiro, assim como os bastões elétricos portáteis, ou *shockers*, que levam o suspeito ao desmaio, ou aerossóis que o paralisam à distância. A empresa Security Passions, cujo nome bem define as paixões de fim de século, lançou recentemente no mercado uma elegante

Deixai vir a mim os pequeninos

A venda de armas de fogo é proibida para menores nos Estados Unidos, mas a publicidade se dirige a essa clientela. Um anúncio da National Rifle Association diz que o futuro dos esportes de tiro está "nas mãos de nossos netos" e um folheto da National Shooting Sports Foundation explica que qualquer criança de dez anos deveria dispor de uma arma de fogo quando fica sozinha em casa ou quando sai sozinha para fazer alguma compra. O catálogo da fábrica de armas New England Firearms diz que os meninos são "o futuro desses esportes que todos amamos".

Segundo dados do Violence Police Center, nos Estados Unidos as balas matam a cada dia, por homicídio, suicídio ou acidente, quatorze crianças e adolescentes menores de dezenove anos. A nação vive como sufocada, de sobressalto em sobressalto, por causa do tiroteio infantil. A dois por três aparece um menino, quase sempre branco, sardento, que dá uma rajada de balas em seus colegas de aula ou em seus professores.

---

jaqueta que atrai os olhares e repele as balas. "Proteja-se e proteja sua família", aconselha pela internet a publicidade dessas armaduras de couro, de aspecto esportivo. (Na Colômbia, as sempre prósperas fábricas de coletes à prova de bala vendem cada vez mais os tamanhos infantis.)

Em muitos lugares são instalados circuitos fechados de televisão e alarmes com monitores, que controlam na tela as pessoas e as empresas. Às vezes, a vigilância eletrônica é obra dessas pessoas e dessas empresas, às vezes é obra do estado. Na Argentina, os dez mil funcionários dos organismos estatais de inteligência gastam dois milhões de dólares por dia espiando gente: grampeiam telefones, filmam e gravam.

Não há país que não use a segurança pública como explicação ou pretexto. As câmeras e os microfones ocultos estão à espreita nos bancos, nos supermercados, nos escritórios, nos estádios esportivos e não raro atravessam as fronteiras da vida privada, seguindo os passos do cidadão até seu quarto. Não haverá um olho escondido nos botões da televisão? Ouvidos que escutam do cinzeiro? Billy Graham, o milionário telepastor da pobreza de Jesus, reconheceu que se cuida muito quando fala ao telefone e até quando fala com sua mulher na cama. "Nosso negócio não promove o Grande Irmão", defende-se o porta-voz da Security Industry Association dos Estados Unidos. Num profético romance, George Orwell imaginou, há meio século, o pesadelo de uma cidade onde o poder, o Grande Irmão, vigiava todos os habitantes por telas de televisão. Chamou-o *1984*. Talvez tenha se enganado na data.

Quem são os carcereiros, quem são os cativos? Poder-se-ia dizer que, de algum modo, todos nós estamos presos. Os que estão dentro das prisões e os que estamos fora delas. São livres, acaso, aqueles que são prisioneiros da necessidade, obrigados a viver para trabalhar porque não podem dar-se o luxo de trabalhar para viver? E os prisioneiros do desespero, que não têm trabalho nem o terão, condenados a viver roubando ou fazendo milagres? E os prisioneiros do medo, acaso somos livres? E acaso não somos todos prisioneiros do medo, os de cima, os de baixo e também os do meio? Em sociedades obrigadas ao salve-se quem puder, somos prisioneiros os vigias e os vigiados, os eleitos e os párias. O desenhista argentino Nik imaginou um jornalista entrevistando um vizinho de bairro, que responde agarrado às grades:

– *Veja... todos nós colocamos grades nas janelas, câmeras de tevê, holofotes, ferrolhos duplos e vidro blindado...*

– *Você ainda recebe seus parentes?*

— *Sim. Tenho um regime de visitas.*
— *E o que diz a polícia?*
— *Diz que, se eu tiver bom comportamento, no domingo de manhã vou poder sair para ir à padaria.*

Já vi grades até em alguns casebres de lata e tábua nos subúrbios das cidades, pobres se defendendo de outros pobres, uns e outros tão pobres quanto um rato de igreja. O desenvolvimento urbano, metástase da desigualdade: crescem os subúrbios, e nos subúrbios há choças e jardins. Os subúrbios ricos geralmente se situam não muito longe dos arrabaldes que os abastecem de criadas, jardineiros e guardas. Nos espaços do desamparo, espreita a revolta dos que só comem de vez em quando. Nos espaços do privilégio, os ricos vivem em prisão domiciliar. Num bairro fechado de San Isidro, em Buenos Aires, declara um entregador de jornais:

Crônica familiar

Em Assunção do Paraguai, morreu a tia mais querida de Nicolás Escobar. Morreu serenamente, em casa, enquanto dormia. Quando soube que perdera a tia, Nicolás tinha seis anos de idade e milhares de horas de televisão. E perguntou:
– *Quem a matou?*

– *Viver aqui? Nem morto. Se não tenho nada para esconder, por que vou viver trancado?*

Os helicópteros atravessam os céus da cidade de São Paulo, indo e vindo entre as prisões de luxo e os terraços dos edifícios do centro. As ruas, sequestradas pelos marginais, envenenadas pela poluição, são uma armadilha que urge evitar. Fugitivos da violência e do *smog*, os ricos são obrigados à clandestinidade. Paradoxos do afã exibicionista: a opulência, cada vez mais, está obrigada a refugiar-se atrás de altas muralhas, em casas sem rosto, invisíveis à inveja e à cobiça dos demais. Erguem-se microcidades nos arredores das grandes cidades. Ali se agrupam mansões, protegidas por complexos sistemas eletrônicos de segurança e guardas armados que vigiam suas fronteiras. Assim como os *shopping centers* se equivalem às catedrais de outros tempos, estes castelos de nosso tempo têm torres, almenaras e troneiras para divisar o inimigo e mantê-lo à distância. Mas não têm a distinção e a beleza daquelas velhas fortalezas de pedra.

Os cativos do medo não sabem que estão presos. Mas os prisioneiros do sistema penal, que levam um número no peito, perderam a liberdade e perderam o direito de esquecer que a perderam. Os presídios mais modernos, últimos guinchos da moda, tendem a ser, todos eles, presídios de segurança máxima. Já não há uma proposta de reintegrar o delinquente à sociedade, recuperar o extraviado, como se dizia antigamente. A proposta, agora, é isolá-lo e já ninguém se dá o trabalho de mentir sermões. A justiça tapa os olhos para não ver de onde vem o que delinquiu, nem por que delinquiu, o que seria o primeiro passo de sua possível reabilitação. O presídio-modelo do fim do século não tem o menor propósito de regeneração e nem sequer de castigo. A sociedade enjaula o perigo público e joga fora a chave.

Em alguns presídios de construção recente, nos Estados Unidos, as paredes das celas são de aço e sem janelas, e as portas se abrem e se fecham eletronicamente. O sistema penitenciário norte-americano só é generoso na distribuição de televisores, aos quais atribui efeitos narcóticos, mas cada vez há mais presos que têm pouco ou nenhum contato com os demais presos. O preso isolado pode ver, de vez em quando, um guarda, embora os guardas também sejam escassos. A tecnologia atual permite que um só funcionário, da cabine de controle, vigie cem prisioneiros. As máquinas fazem o resto.

Também os presos em prisão domiciliar são controlados por meios eletrônicos, desde que um juiz chamado Love, Jack Love, concebeu amorosamente um bracelete de controle remoto. O bracelete, fixado no pulso ou no tornozelo do delinquente, permite que se vigiem seus movimentos, sabendo-se se tenta arrancá-lo, se bebe álcool ou se foge de casa. Do jeito que vamos, segundo o criminologista Nils Christie, em pouco tempo os processos penais serão conduzidos por vídeo, sem que o réu jamais seja visto pelo promotor que o acusa, pelo advogado que o defende e ou pelo juiz que o condena.

Em 1997 havia 1,8 milhão de presos em presídios dos Estados Unidos, mais do que o dobro do que havia dez anos antes. Mas tal número se multiplica *por três* se se somam os que purgam prisão domiciliar, os que estão em liberdade sob fiança e em liberdade condicional: cinco vezes mais negros do que os apenados na África do Sul nos piores tempos do *apartheid* e um total equivalente à população de toda a Dinamarca. A gigantesca clientela, tentadora para qualquer investidor, foi um dos fatores da privatização. Nos Estados Unidos há cada vez mais presídios privados, embora a experiência, breve mas eloquente, fale de péssima comida e de maus-tratos e prove que os presídios privados não são mais baratos do que os públicos, pois seus lucros desmesurados anulam os baixos custos.

Por volta do século XVII, os carcereiros subornavam os juízes para que lhes enviassem presos. Quando chegava a hora da liberdade, os presos estavam endividados e tinham de mendigar ou trabalhar para os carcereiros até o fim de seus dias. No fim do século XX, uma empresa norte-americana de presídios privados, Corrections Corporation, figura entre as cinco empresas de mais alta cotação na Bolsa de Nova York. Corrections Corporation nasceu em 1983, com capitais que vinham dos frangos fritos de Kentucky, e desde a largada anunciou que ia vender presídios como se vendem frangos. No fim de 1997, o valor de suas ações se multiplicara setenta vezes e a empresa já estava instalando presídios na Inglaterra, na Austrália e em Porto Rico. O mercado interno, contudo, é a base do negócio. Há cada vez mais presos nos Estados Unidos: os presídios são hotéis sempre cheios. Em 1992, mais de cem empresas se dedicavam ao desenho, à construção e à administração de presídios.

Em 1996, o World Research Group promoveu uma reunião de especialistas, com o fim de *maximizar* o lucro dessa dinâmica indústria. A convocação dizia: "Enquanto as detenções e as reclusões estão crescendo, os lucros também crescem: os lucros do crime". Na verdade, a criminalidade decresceu nos Estados Unidos, nestes últimos anos, mas o mercado oferece cada vez mais presos. O número

À venda

Estes são alguns dos anúncios publicados, em abril de 1998, na revista norte-americana *Corrections Today*.

Bell Atlantic propõe "os mais seguros sistemas telefônicos" para vigiar e gravar as chamadas: "O mais completo controle sobre para quem, quando e como telefonam os presos".

O anúncio da US West Inmate Telephone Service mostra um preso à espreita, com um toco de cigarro entre os lábios: "Ele poderia te destripar. Em algum lugar do presídio pode haver um criminoso violento, que esconde uma arma afiada."

Noutra página, uma sombra ameaçadora, outro preso à espreita: "Não lhe facilite nem uma polegada", adverte a empresa LCN, que oferece as melhores fechaduras de alta segurança: qualquer porta que não esteja hermeticamente fechada "é um convite aberto ao problema".

"Os presos estão mais durões do que nunca. Felizmente, nossos produtos também", assegura Modu Form, que fabrica mobiliário indestrutível. Motor Coach Industries mostra o último modelo de sua prisão sobre rodas: algo assim como um canil dividido em jaulas de aço. "Economize tempo, economize dólares", aconselha Mark Correctional Systems, fabricante de prisões: "Economia! Qualidade! Rapidez! Durabilidade! Segurança!"

de presos aumenta não só quando a criminalidade cresce, mas também quando decresce: quem não vai preso pelo que fez, vai pelo que poderia fazer. As estatísticas do delito não devem perturbar o brilhante andamento do negócio. De resto, uma executiva do ramo, Diane McClure, tranquilizou os acionistas, em outubro de 1997, com uma boa notícia:

"Nossas análises do mercado mostram que o crime *juvenil* continuará crescendo".

Em uma entrevista no princípio de 1998, a romancista Toni Morrison declarou que "o tratamento brutal dos presos nos presídios privados chegou a extremos tão escandalosos que até os texanos se assustaram. Texas, que não é um lugar famoso por seu bom coração, está rescindindo os contratos." Mas os presos, os não-livres, estão a serviço do mercado livre e não merecem tratamento melhor do que qualquer outra mercadoria. Os presídios privados se especializam em alta segurança e baixos custos, e tudo indica que continuará sendo próspero o negócio da dor e do castigo. A National Criminal Justice Commission estima que, no ritmo atual de crescimento da população carcerária, no ano de 2020 estarão atrás das grades seis de cada dez homens negros. Nos últimos vinte anos, os gastos públicos em presídios aumentaram em novecentos por cento. Isso não contribui nem um pouco para atenuar o medo da população, que padece de um clima geral de insegurança, mas contribui bastante para a prosperidade da indústria carcerária.

"Afinal, presídio quer dizer dinheiro", conclui Nils Christie. E conta o caso de um parlamentar britânico, Edward Gardner, que nos anos 80 cruzou o Atlântico chefiando uma comissão europeia que foi aos Estados Unidos estudar o assunto. Sir Edward era inimigo dos presídios privados. Quando regressou a Londres, mudou de opinião e se tornou presidente da empresa Contract Prison PLC.

Fontes consultadas

Anúncio publicado em *The US News and World Report*, maio de 1995.
Anúncio publicado em *Crónica*. Guatemala, 19 de julho de 1996.
Anúncio publicado em *The New Internationalist*. Oxford, agosto de 1996.
Anúncio publicado em *La Maga*. Buenos aires, 13 de agosto de 1997.
BATES, Eric. Private prisions. *The Nation*. New York, 5 de janeiro de 1998.
BURTON ROSE, Daniel; PENS, Dan; WRIGHT, Paul. *The celling of America. An inside look at the U.S. prison industry*. Maine: Common Courage, 1998.
CHRISTIE, Nils. *La industria del control del delito. La nueva forma del holocausto?* Buenos Aires: Del Puerto, 1993.
_____. Entrevista. *The New Internationalist*. Oxford, agosto de 1996.
FOUCAULT, Michel. *Vigilar y castigar. Nacimiento de la prisión*. México: Siglo XXI, 1976.
HUMAN RIGHTS WATCH. *Prison conditions in the United States*. New York, 1992.
LYON, David. *El ojo electrónico*. Madrid: Alianza, 1995.
MARRON, Kevin. *The slammer. The crisis in Canada's prison system*. Toronto: Doubleday, 1996.
MORRISON, Toni. Entrevista em *Die Zeit*, 12 de fevereiro de 1998.
NEUMAN, Elías. *Los que viven del delito y los otros. La delincuencia como industria*. Buenos Aires: Siglo XXI, 1997.
RUSCHE, Georg; KIRCHHEIMER, Otto. *Pen y estructura social*. Bogotá: Temis, 1984.

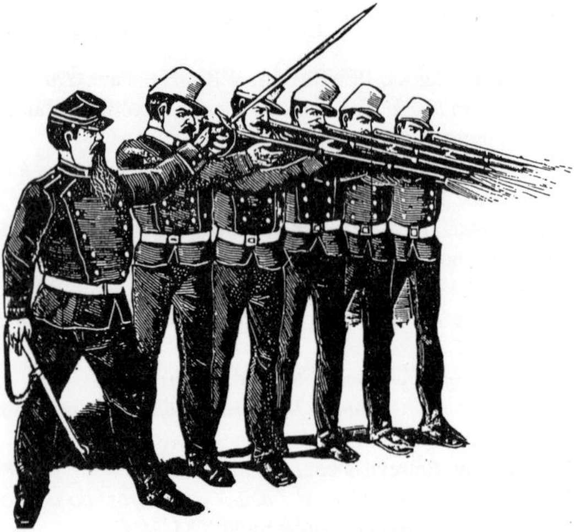

Aulas de corte e costura: como fazer inimigos sob medida

Muitos dos grandes negócios promovem o crime e do crime vivem. Nunca houve tanta concentração de recursos econômicos e conhecimentos científicos e tecnológicos dedicados à produção da morte. Os países que mais vendem armas no mundo são os mesmos que têm a seu cargo a paz mundial. Felizmente para eles, se a ameaça à paz está diminuindo e já se afastam suas nuvens negras, o mercado da guerra se recupera e oferece promissoras perspectivas de carneações rentáveis. As fábricas de armas trabalham tanto quanto as fábricas que fazem inimigos na medida de suas necessidades.

A amplo guarda-roupa do Diabo

Boas notícias para a economia militar, que é o mesmo que dizer: boas notícias para a economia. A indústria das armas – venda de morte, exportação de violência – trabalha e prospera. O mundo oferece mercados firmes e em alta, enquanto a semeadura universal da injustiça continua dando boas colheitas e crescem a delinquência e as drogas, a agitação social e o ódio nacional, regional, local e pessoal.

Após alguns anos de declive com o fim da Guerra Fria, a venda de armamentos voltou a aumentar. O mercado mundial de armas cresceu oito por cento em 1996, com um faturamento total de quarenta bilhões de dólares. Na liderança dos países compradores está a Arábia Saudita, com nove bilhões de dólares. Este país, há muitos anos, também lidera a lista de países que violam os direitos humanos. Em 1996, diz a Anistia Internacional, "continuaram chegando informes sobre torturas e maus-tratos aos detidos, e os tribunais impuseram penas de flagelação, entre 120 e 200 açoites, a pelo menos 27 pessoas. Entre eles, 24 filipinos que, segundo os informes, foram condenados por práticas homossexuais. Ao menos 69 pessoas receberam sentença de morte e foram executadas". E também: "O governo do rei Fahd manteve a proibição dos partidos políticos e dos sindicatos. Continua sendo exercida rigorosa censura à imprensa."

Há muitos anos essa monarquia petroleira é o melhor cliente da indústria norte-americana de armamentos e dos aviões britânicos de combate. A saudável permuta de petróleo por armamentos permite que a ditadura saudita afogue em sangue o protesto interno, e permite que os Estados

Pontos de vista/7

Numa parede de São Francisco, uma mão escreveu: "Se o voto mudasse alguma coisa, seria ilegal".

Numa parede do Rio de Janeiro, outra mão escreveu: "Se os homens parissem, o aborto seria legal".

Na selva, chamam *lei da cidade* ao costume de devorar o mais fraco?

Do ponto de vista de um povo enfermo, o que significa moeda sã?

A venda de armas é uma boa notícia para a economia. É também uma boa notícia para seus defuntos?

Pontos de vista/8

Até pouco tempo atrás, os historiadores da democracia ateniense só de passagem mencionavam os escravos e as mulheres. Os escravos eram a maioria na população da Grécia e as mulheres eram a metade. Como seria a democracia ateniense, considerada do ponto de vista dos escravos e das mulheres?

A Declaração de Independência dos Estados Unidos proclamou, em 1776, que "todos os homens nascem iguais". O que isso significava do ponto de vista dos escravos negros, meio milhão de escravos que continuaram sendo escravos depois da declaração? E as mulheres, que continuaram sem ter nenhum direito, nasciam iguais a quem?

Do ponto de vista dos Estados Unidos, é justo que os nomes dos norte-americanos tombados no Vietnã estejam gravados num imenso muro de mármore, em Washington. Do ponto de vista dos vietnamitas que a invasão norte-americana matou, faltam ali sessenta muros.

Unidos e a Grã-Bretanha alimentem suas economias de guerra e assegurem suas fontes de energia contra qualquer ameaça: armas e petróleo, dois fatores-chave da prosperidade nacional. Até se poderia pensar que o rei Fahd, ao comprar armas por milhões, compra também a impunidade. Por motivos que só Alá sabe, jamais vemos, ouvimos ou lemos, nos meios massivos de comunicação, denúncias de atrocidades na Arábia Saudita. Esses mesmos meios, no entanto, costumam preocupar-se com os direitos humanos em outros países árabes. O fundamentalismo islâmico é demoníaco quando obstaculiza os negócios, e os melhores amigos são aqueles que mais armas compram. A indústria norte-americana de armamentos luta contra o terrorismo vendendo armas a governos terroristas, cuja única relação com os direitos humanos consiste em que fazem o possível para aniquilá-los.

Na Era da Paz, que é o nome que se diz que tem o período histórico iniciado em 1946, as guerras mataram não menos do que 22 milhões de pessoas e expulsaram de suas terras, de suas casas ou de seus países quarenta milhões. Nunca falta uma guerra ou guerrinha para levar à boca dos telespectadores famintos de notícias. Mas os informadores jamais informam e os comentaristas jamais comentam qualquer coisa que ajude a entender o que está acontecendo. Para tanto, teriam de começar por responder às perguntas mais elementares: *Quem está traficando com toda essa dor humana? Quem ganha com esta tragédia?* "A cara do verdugo está sempre escondida", cantou uma vez Bob Dylan.

Em 1968, dois meses antes da bala que explodiu em seu rosto, o pastor Martin Luther King denunciara que seu país era "o maior exportador de violência no mundo". Trinta anos depois, os números informam: de cada dez dólares que o mundo gasta em armamentos, quatro e meio vão parar nos Estados Unidos. Os dados do Instituto Internacional de Estudos Estratégicos indicam que os maiores vendedores de armas são Estados Unidos, Reino Unido, França e Rússia. Na lista, alguns lugares atrás, também figura a China. Casualmente, são estes os cinco países que têm poder de veto no Conselho de Segurança das Nações Unidas. Em bom português, o poder de veto significa *poder de decisão*. A Assembleia Geral do máximo organismo internacional, que congrega todos os países, formula recomendações, mas quem decide é o Conselho de Segurança. A Assembleia fala ou cala, o Conselho faz e desfaz. Ou seja: *a paz mundial está nas mãos das cinco potências que exploram o grande negócio da guerra.*

Enigmas

Do que acham graça as caveiras?

Quem é o autor das piadas sem autor? Quem é o velhinho que inventa piadas e as semeia pelo mundo? Em que caverna se esconde?

Por que Noé pôs mosquitos na arca?

São Francisco de Assis também amava os mosquitos?

As estátuas que faltam são tantas quanto as que sobram?

Se a tecnologia da comunicação está cada vez mais desenvolvida, por que as pessoas estão cada vez mais incomunicáveis?

Por que nem Deus entende os entendidos em comunicação?

Por que os livros de educação sexual deixam o leitor sem vontade de fazer amor por vários anos?

Nas guerras, quem vende as armas?

O resultado nada tem de surpreendente. Os membros permanentes do Conselho de Segurança têm o direito de fazer o que lhes dá na telha. Nesta última década, impunemente, os Estados Unidos puderam bombardear o bairro mais pobre da cidade do Panamá e depois arrasar o Iraque; a Rússia pôde castigar a ferro e fogo os clamores de independência da Chechênia; a França pôde violar o Pacífico Sul com suas explosões nucleares; e a China pôde continuar fuzilando legalmente, a cada ano, dez vezes mais gente do que aquela que caiu varada de balas, em meados de 1989, na praça de Tien An Men. Como já acontecera na Guerra das Malvinas, a invasão do Panamá serviu para que a aviação militar provasse a eficácia de seus novos modelos. A invasão do Iraque, por sua vez, foi transformada pela televisão numa vitrina universal das novas armas que estavam no mercado: venham ver as novidades da morte na grande feira de Bagdad.

Tampouco surpreende o infeliz balanço mundial da guerra e da paz. Por cada dólar que as Nações Unidas gastam em suas missões de paz, o mundo emprega dois mil dólares em gastos de guerra, destinados ao sacrifício de seres humanos em caçadas onde o caçador e a presa são da mesma espécie e onde tem mais êxito quem mais pessoas mata. Como dizia dom Theodore Roosevelt, "nenhum triunfo pacífico é tão grandioso quanto o supremo triunfo da guerra". E em 1906, deram-lhe o Prêmio Nobel da Paz.

Há 35 mil armas nucleares no mundo. Os Estados Unidos possuem a metade e o resto pertence à Rússia e a outras potências, estas em menor medida. Os donos do monopólio nuclear bradam aos céus quando a Índia ou o Paquistão, ou quem quer que seja, realiza o sonho da explosão própria, ou então denunciam o perigo que o mundo corre: cada uma dessas armas pode matar vários milhões de pessoas e umas quantas seriam suficientes para dar um fim à aventura humana no planeta, e ao planeta também. Mas as grandes potências jamais revelam quando Deus tomou a decisão de lhes outorgar o monopólio e nem por que continuam fabricando essas armas. Nos anos da Guerra Fria, o armamento nuclear era um perigosíssimo instrumento de intimidação recíproca. Mas agora que Estados Unidos e Rússia andam de braços dados, para que servem esses imensos arsenais? Para assustar quem? A humanidade inteira?

Toda guerra tem o inconveniente de exigir um inimigo e, sendo possível, mais de um. Sem provocação, ameaça ou agressão de um ou de vários inimigos, espontâneos ou fabricados, a guerra se mostra pouco convincente e a oferta de armas pode enfrentar um dramático problema de contração da demanda. Em 1989, apareceu no mercado mundial uma nova boneca Barbie, que vestia uniforme de guerra e fazia continência. Barbie escolheu um mau momento para iniciar sua carreira militar. No fim daquele ano caiu o Muro de Berlim e em seguida o resto do edifício desabou. Veio abaixo o Império do Mal e, subitamente, Deus ficou órfão do Diabo. Num primeiro momento, o orçamento do Pentágono e o negócio da venda de armas viram-se numa desconfortável situação.

Pontos de vista/9

Do ponto de vista da economia, a venda de armas não se distingue da venda de alimentos.

Os desmoronamento de um edifício ou a queda de um avião são inconvenientes do ponto de vista de quem está dentro, mas são convenientes para o crescimento do PNB, o Produto Nacional Bruto, que às vezes poderia ser chamado de Produto Criminal Bruto.

Inimigo se procura. Já fazia muitos anos que os alemães e os japoneses estavam convertidos ao Bem e agora eram os russos que, de um dia para outro, perdiam seus longos caninos e o cheiro de enxofre. A síndrome da ausência de vilões encontrou em Hollywood uma terapia imediata. Ronald Reagan, lúcido profeta, já anunciara que era preciso ganhar a guerra no espaço sideral. Todo o talento e dinheiro de Hollywood foram consagrados à fabricação de inimigos nas galáxias. A invasão extraterrestre, antes, já tinha sido tema de filme, mas sem maior repercussão. Apressadamente, e com tremendo sucesso de bilheteria, as telas avocaram a tarefa de mostrar a feroz ameaça dos marcianos e outros estrangeiros reptiloides ou baratáceos, que às vezes adotam a forma humana para enganar incautos e, de quebra, reduzir os custos da filmagem.

Enquanto isso, aqui na Terra, melhorou o panorama. É verdade que a oferta de malvados caiu, mas ao sul do mundo continuaram agindo vilões de longa duração. O Pentágono deveria erigir um monumento para Fidel Castro, por seus quarenta anos de trabalho abnegado. Muammar al-Khaddafi, que era um vilão bem cotado, na atualidade trabalha pouco, quase nada, mas Saddan Hussein, que foi bonzinho nos anos 80, nos 90 passou a ser malvado malvadíssimo, e continua sendo tão útil que, em 1998, os Estados Unidos ameaçaram invadir novamente o Iraque, para que as pessoas deixassem de falar nos hábitos sexuais do presidente Bill Clinton. No princípio de 1991, outro presidente, George Bush, advertira que não era necessário procurar inimigos nas lonjuras siderais. Depois de invadir o Panamá, e enquanto invadia o Iraque, Bush sentenciou:

– *O mundo é um lugar perigoso.*

E ao longo dos anos esta certeza continuou sendo a mais irrefutável justificação da próspera indústria militar e do orçamento de guerra mais alto do planeta, que misteriosamente se chama *orçamento de Defesa*. O nome é um enigma. Os Estados Unidos não foram invadidos por ninguém desde que os ingleses incendiaram Washington em

Nasce uma estrela?

Em meados de 1998, a Casa Branca afixou outro vilão no mural do mundo: responde pelo nome artístico de Osama bin Laden, é fundamentalista islâmico, usa barba e turbante e, no regaço, acaricia um fuzil. Fará carreira essa nova figura estelar? Terá boa bilheteria? Conseguirá demolir os alicerces da civilização ocidental ou será apenas um ator secundário? Nos filmes de horror nunca se sabe.

1812. Tirante uma fugaz incursão de Pancho Villa nos tempos da revolução mexicana, nenhum inimigo atravessou suas fronteiras. Em contrapartida, os Estados Unidos sempre tiveram o desagradável costume de invadir os outros.

Boa parte da opinião pública norte-americana padece de uma assombrosa ignorância a respeito de tudo o que ocorre fora de seu país, e teme ou despreza o que ignora. No país que mais desenvolveu a tecnologia da informação, os noticiários da televisão dão pouco ou nenhum espaço às novidades do mundo, exceto para confirmar que os estrangeiros têm tendência ao terrorismo e à ingratidão. Cada ato de rebelião ou explosão de violência, ocorra onde ocorrer, torna-se uma nova prova de que a conspiração internacional segue sua marcha, alimentada pelo ódio e pela inveja. Pouco importa que a Guerra Fria tenha terminado, pois o demônio dispõe de um amplo guarda-roupa e não se veste apenas de vermelho. As pesquisas indicam que, agora, a Rússia ocupa o último lugar na lista dos inimigos, mas numerosos cidadãos temem um ataque nuclear de algum grupo terrorista. Não se sabe qual é o grupo terrorista que dispõe de armas nucleares, mas, como adverte Woody Allen, "já ninguém pode morder um hambúrguer sem medo de que exploda". Na verdade, o mais feroz atentado terrorista da história norte-americana ocorreu em 1995, em Oklahoma, e o autor não foi um estrangeiro munido de armas nucleares, foi um cidadão norte-americano, branco, condecorado na guerra contra o Iraque.

Entre todos os fantasmas do terrorismo internacional, o *narcoterrorismo* é o que mais assusta. Dizer *a droga* é como era dizer, noutras épocas, *a peste*: o mesmo terror, a mesma sensação de impotência. Uma maldição misteriosa, encarnação do demônio que tenta e arruina suas vítimas. E como todas as desgraças, vem de fora. Da maconha, antes chamada *the killer weed*, a erva assassina, já pouco se fala,

O desejo

Um homem encontrou a lâmpada de Aladim atirada por aí. Como era bom leitor, reconheceu-a e a friccionou. O gênio apareceu, fez uma reverência e se ofereceu:

– *Estou à sua disposição, amo. Formule um desejo e será cumprido. Mas é um desejo só.*

Como era um bom filho, o homem pediu:

– *Quero que ressuscites minha mãe morta.*

O gênio fez uma careta:

– *Perdão, amo, mas é um desejo impossível. Formule outro.*

Como era um bom homem, pediu:

– *Desejo que o mundo pare de gastar dinheiro para matar gente.*

O gênio engoliu em seco:

– *Bem... como disse que se chamava sua mamãe?*

---

talvez porque a maconha esteja incorporada exitosamente à agricultura local, sendo cultivada em onze estados da União. Em contrapartida, a heroína e a cocaína, produzidas no estrangeiro, foram elevadas à categoria de inimigos que solapam as bases da nação.

As fontes oficiais estimam que os cidadãos norte-americanos gastam em drogas uns 110 bilhões de dólares por ano, o que equivale a uma décima parte do valor de toda a produção industrial do país. As autoridades jamais prenderam um só traficante norte-americano importante, mas a guerra contra as drogas multiplicou os consumidores. Como ocorria com o álcool no tempo da *lei seca*, a proibição estimula a demanda e faz florescer os lucros. Segundo Joe McNamara, que foi chefe de polícia em San José da Califórnia, os lucros chegam a 17 mil por cento.

A droga é tão norte-americana quanto o pastel de maçã, norte-americana como tragédia e também como negócio, mas a culpa é da Colômbia, Bolívia, Peru, México e outros mal-agradecidos. No estilo da Guerra do Vietnã, helicópteros e aviões bombardeiam os cultivos latino-americanos culpados ou suspeitos, com venenos químicos fabricados por Dow Chemical, Chevron, Monsanto e outras empresas. Essas fumigações, que arrasam a terra e a saúde humana, já se mostraram inúteis na erradicação das plantações, que simplesmente mudam de lugar. Os camponeses que cultivam a coca e as amapolas, objetivos móveis das campanhas militares, são, na verdade, meros figurantes no vitorioso teatro da droga. As matérias-primas pesam pouco ou nada no preço final. Entre os campos onde se colhe a coca e as ruas de Nova York, onde a cocaína é vendida, o preço se multiplica entre cem e quinhentas vezes, segundo as bruscas oscilações da cotação do pó branco no mercado clandestino.

Não há melhor aliado do que o narcotráfico para as instituições bancárias, as fábricas de armas e os chefes militares: a droga dá fortunas aos bancos e pretextos para a máquina da guerra. Assim, uma indústria ilegal de morte presta serviços a uma indústria legal de morte: militarizam-se, ao mesmo tempo, o vocabulário e a realidade. Segundo um dos porta-vozes da ditadura militar que assolou o Brasil desde 1964, as drogas e o amor livre eram *táticas da guerra revolucionária* contra a civilização cristã. Em 1985, o delegado norte-americano à conferência sobre estupefacientes e psicotrópicos, disse em Santiago do Chile que a luta contra a droga chegava a ser *uma guerra mundial*. Em 1990, o chefe de polícia de Los Angeles, Daryl Gates, opinou que deveriam ser peneirados a tiros os consumidores de drogas, *porque estamos em guerra*. Pouco antes, o presidente George Bush fizera uma exortação para *ganhar a guerra* contra a droga, explicando que era *uma guerra internacional* devido à procedência forânea dessa gravíssima ameaça à nação. A guerra contra a droga continua sendo o tema indefectível de todos os discursos presidenciais, desde qualquer presidente de clube de bairro que fala na inauguração de uma piscina até o presidente dos Estados Unidos, que não perde ocasião de confirmar seu direito de dar ou negar atestados de boa conduta aos demais países.

Assim, um problema de saúde pública foi transformando-se num problema de segurança pública, que não reconhece fronteiras. O Pentágono tem o dever de intervir nos campos de batalha onde se está lutando contra a *narcossubversão* e contra o *narcoterrorismo*, duas palavras novas que juntam no mesmo saco a rebelião e a delinquência. A Estratégia Nacional contra a droga não é dirigida por um médico, mas por um militar.

Frank Hall, que foi chefe de narcóticos da polícia de Nova York, declarou certa vez: "Se a cocaína importada desaparecesse, seria substituída em dois meses por drogas sintéticas". A intervenção nos demais países parece derivar do senso comum, mas o fato é que o combate contra as fontes latino-americanas do mal proporciona a melhor justificativa para a manutenção de um controle militar e até mesmo político em toda a região. O Pentágono tem a intenção de instalar no Panamá um Centro Multilateral Antidrogas, para coordenar a luta dos exércitos das Américas contra o narcotráfico. O Panamá foi uma grande base militar norte-americana durante todo o século XX. O tratado que impôs essa humilhação vai até o último dia do século e a luta contra a droga poderia exigir a prorrogação do aluguel do país por outra eternidade.

Já faz algum tempo que a droga vem justificando a intervenção militar norte-americana nos países ao sul do rio Bravo. O Panamá foi a vítima da primeira invasão com tal pretexto. Em 1989, 26 mil soldados irromperam no Panamá e, a ferro e fogo, impuseram um presidente, o inapresentável Guillermo Andara, que multiplicou o narcotráfico alegando combatê-lo. E é em nome da guerra contra a droga que o Pentágono está se imiscuindo na Colômbia, Peru e Bolívia, como na casa da Mãe Joana. Essa sagrada causa, *vade retro* Satanás, também serve para dar aos militares latino-americanos uma nova razão de ser, para estimular o retorno deles à cena civil e para presenteá-los com os recursos de que necessitam para fazer frente às repetidas explosões de protesto social.

O general Jesús Gutiérrez Rebollo, que encabeçava a guerra contra as drogas no México, já não dorme em sua casa. Desde fevereiro de 1997 está preso por tráfico de cocaína. Mas os helicópteros e o sofisticado armamento que os Estados Unidos enviaram ao México para o combate às drogas têm sido mais úteis quando usados contra os camponeses revoltados em Chiapas e outros lugares. Boa parte da ajuda militar norte-americana antinarcóticos é utilizada, na Colômbia, para matar camponeses em áreas que nada têm a ver com as drogas. As forças armadas que mais sistematicamente violam os direitos humanos, como é o caso da Colômbia, são as que estão recebendo mais assistência norte-americana, em armamentos e assessoria técnica. Essas forças armadas já levam uns quantos anos na guerra contra os pobres inimigos da ordem e em defesa da ordem inimiga dos pobres.

Afinal, não é de outra coisa que se trata: a guerra contra a droga é uma máscara da guerra social. O mesmo ocorre com a guerra contra a delinquência comum. Sataniza-se o viciado e, sobretudo, o viciado pobre, como se sataniza o pobre que rouba, para absolver a sociedade que os gera. Contra quem se aplica a lei? Na Argentina, a quarta parte dos presos sem condenação está atrás das grades pela posse de menos de cinco gramas de maconha ou cocaína. Nos Estados Unidos, a cruzada antinarcóticos está centralizada no *crack*, a devastadora cocaína de quarta categoria consumida pelos negros, latinos e outras carnes de prisão. Segundo confessam os dados do US Public Health Service, oito de cada dez consumidores de drogas são brancos, mas há um só branco entre cada dez presos por drogas. Nas prisões federais norte-americanas explodiram algumas revoltas que os meios de comunicação noticiaram como *motins raciais*: eram protestos contra a injustiça das sentenças, que castigam os viciados no *crack* com uma severidade cem vezes maior do que aquela aplicada aos consumidores de cocaína. Literalmente, cem vezes: segundo a lei federal, um grama de *crack* equivale a cem gramas de cocaína. Os presos do *crack* são quase todos negros.

Na América Latina, onde os delinquentes pobres são o novo *inimigo interno* da segurança nacional, a guerra contra a droga aponta para o objetivo que Nilo Batista descreve no Brasil: "O adolescente negro das favelas, que vende drogas a outros adolescentes bem-nascidos". Um assunto de farmácia ou uma afirmação do poder social e racial? No Brasil, e em todas as partes, os mortos na guerra contra a droga são muito mais numerosos do que os mortos por overdose de drogas.

Serei curioso

Por que se identifica a coca com a cocaína?

Se a coca é tão perversa, por que se chama Coca-Cola um dos símbolos da civilização ocidental?

Se se proíbe a coca pelo mau uso que se faz dela, por que não se proíbe também a televisão?

Se se proíbe a indústria da droga, indústria assassina, por que não se proíbe a indústria de armamentos, que é a mais assassina de todas?

Com que direito os Estados Unidos atuam como policiais da droga no mundo, se os Estados Unidos são o país que compra mais da metade das drogas produzidas no mundo?

Por que entram e saem dos Estados Unidos os pequenos aviões da droga com tão assombrosa impunidade? Por que a tecnologia moderníssima, que pode fotografar uma pulga no horizonte, não pode detectar um avião que passa diante da janela?

Por que nunca foi preso nos Estados Unidos nenhum peixe gordo da rede interna do tráfico, ainda que fosse um só dos reis da neve que operam dentro das fronteiras?

Por que os meios massivos de comunicação falam tanto da droga e tão pouco de suas causas? Por que se condena o viciado e não o modo de vida que dissemina a ansiedade, a angústia, a solidão e o medo? Por que não se condena a cultura de consumo que induz ao consumo químico?

Se uma enfermidade se transforma em delito e este delito se transforma em negócio, é justo castigar o enfermo?

Por que não empreendem os Estados Unidos uma guerra contra seus próprios bancos, que lavam boa parte dos dólares que as drogas geram? Ou contra os banqueiros suíços, que lavam mais branco?

Por que os traficantes são os mais fervorosos partidários da proibição?

A livre circulação de mercadorias e capitais não favorece o tráfico ilegal? Não é o negócio da droga a mais perfeita prática da doutrina neoliberal? Acaso não cumprem os narcotraficantes com a lei de ouro do mercado, segundo a qual não há demanda que não encontre sua oferta?

Por que as drogas de maior consumo, hoje em dia, são as drogas da produtividade, as que mascaram o cansaço e o medo, as que mentem onipotência, as que ajudam a render mais e a ganhar mais? Não se pode ler nisso um sinal dos tempos? Será por pura casualidade que, hoje, parecem coisas da pré-história as alucinações improdutivas do ácido lisérgico, que foi a droga dos anos 70? Eram outros os desesperados? Eram outros os desesperos?

Fontes consultadas

AMNISTÍA INTERNACIONAL. *Informe 1995*. Londres/Madrid, 1995.
_____. *Informe 1996*. Londres/Madrid, 1996
_____. *Informe 1997*. Londres/Madrid, 1997
BERGALLI, Roberto. Introducción a la cuestión de la droga en Argentina. *Poder y Control*. Barcelona (2), 1987.
BATISTA, Nilo. Política criminal com derramamento de sangue. *Revista Brasileira de Ciências Criminais*. São Paulo (20), 1997.
DEL OLMO, Rosa. La cara oculta de la droga. *Poder y Control*. Barcelona (2), 1987.
_____. *Proibir ou domesticar? Política de drogas na América Latina*. Caracas: Nueva Sociedad, 1992.
DEL OLMO, Rosa et al. Drogas. El conflicto de fin de siglo. *Cuadernos de Nueva Sociedad*. Caracas (1), 1997.
HUMAN RIGHTS WATCH. *Colombia's killer networks: The military-parmilitary partnership and the United States*. New York, 1996,
INTERNATIONAL INSTITUTE FOR STRATEGIC STUDIES. *The military balance, 1997/98*. Oxford: Oxford University Press, 1997.
LEVINE, Michael. *The big white lie. The CIA and the cocaine/crack epidemic: An undercover odyssey*. New York: Thunder's Mouth, 1993.
MILLER, Jerome. *Search and destroy; African-american males in the criminal justice system*. Cambridge: Cambridge University Press, 1996.
NATIONAL INSTITUTE ON DRUG ABUSE. *National household survey on drug abuse. Population estimates, 1990*. Washington: U.S. Government, 1991.
NIÑO, Luis Fernando. De qué hablamos cuando hablamos de drogas? In: *Drogas: mejor hablar de ciertas cosas*, de vários autores. Buenos Aires: Faculdad de derecho e Ciencias Sociales/Universidad, 1997.
REUTER, Peter. *The organization of illegal markets. An economic analysis*. Washington: US Department of Justice, 1985.
SCHELL, Jonathan. The gift of time. The case for abolishing nuclear weapons. *The Nation*. Nova York, 2-9 de fevereiro de 1998.
WRAY, Stephan John. *The drug war and information warfare in Mexico*, tese. Austin: University of Texas, agosto de 1997.
YOUNGERS, Coletta. The only war we've got. Drug enforcement in Latin America. *Nacla*. New York, setembro/outubro de 1997.

> El que no llora no mama,
> y el que no afana es un gil.
> (Do tango *Cambalache*, de Enrique
> Santos Discépolo)

Seminário de ética

▪ Trabalhos práticos: como triunfar na vida e fazer amigos

▪ Lições contra os vícios inúteis

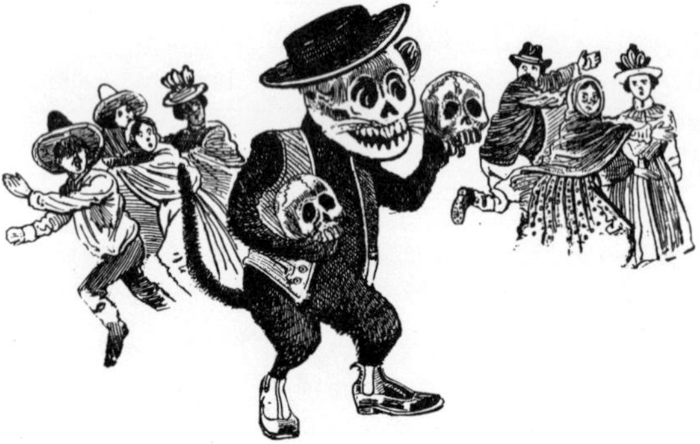

Trabalhos práticos: como triunfar na vida e fazer amigos

O crime é o espelho da ordem. Os delinquentes que povoam as prisões são pobres e quase sempre atuam com armas curtas e métodos caseiros. Se não fosse por esses defeitos da pobreza e do feitio artesanal, os delinquentes de bairro bem poderiam ostentar coroas de reis, cartolas de cavalheiros, mitras de bispos e quepes de generais, e assinariam decretos governamentais em lugar de apor a impressão digital ao pé das confissões.

O poder imperial

A rainha Vitória da Inglaterra deu nome a uma época, a era vitoriana, que foi tão vitoriosa: tempo de esplendores de um império dono dos mares do mundo e de boa parte de suas terras. Segundo nos informa a Enciclopédia Britânica em sua letra V, a rainha guiou seus compatriotas com o exemplo de sua vida austera, sempre fundada na moral e nos bons costumes, e a ela deve ser atribuída, em grande parte, a consolidação de conceitos como dignidade, autoridade e respeito à família, características da sociedade vitoriana. Seus retratos sempre a mostram com uma cara de quem comeu e não gostou, o que talvez esteja a revelar as dificuldades que enfrentou e os dissabores que sofreu por sua perseverança na vida virtuosa.

Embora a Enciclopédia Britânica não mencione este pormenor, a rainha Vitória foi, além disso, a maior traficante de drogas do século dezenove. Em seu longo reinado, o ópio se tornou a mais valiosa mercadoria do comércio imperial. O cultivo em grande escala da amapola e a produção do ópio desenvolveram-se na Índia por iniciativa britânica e sob controle britânico. Boa parte desse ópio entrava na China por contrabando. A indústria da droga abrira na China um crescente mercado de consumo. Calcula-se que havia uns doze milhões de viciados quando, em 1839, o imperador proibiu o tráfico e o uso do ópio, por causa de seus efeitos devastadores sobre a população, e mandou confiscar os carregamentos de alguns navios britânicos. A rainha, que jamais em sua vida mencionou a palavra *droga*, denunciou esse imperdoável sacrilégio contra a liberdade de comércio e enviou sua frota de guerra às costas da China. A palavra *guerra* tampouco foi mencionada ao longo das duas décadas que durou, com um par de interrupções, a Guerra do Ópio iniciada em 1839.

Atrás dos navios de guerra iam os navios mercantes carregados de ópio. Concluída cada ação militar, começava a operação mercantil. Numa das primeiras batalhas, a tomada do porto de Tin-hai, em 1841, morreram três britânicos e mais de dois mil chineses. O balanço das perdas e dos lucros foi mais ou menos o mesmo nos anos seguintes. Houve uma primeira trégua, interrompida em 1856, quando a cidade de Cantão foi bombardeada por ordem de sir John Bowring, um devoto cristão que sempre dizia: "Jesus é livre comércio, livre comércio é Jesus". A segunda trégua acabou em 1860, quando transbordou o copo de paciência da rainha Vitória. Já era hora de dar um basta à teimosia dos chineses. A canhonaços caiu Pequim e as tropas invasoras assaltaram e incendiaram o palácio imperial de verão. A China, então, aceitou o ópio, multiplicaram-se os viciados e os mercadores britânicos foram felizes e comeram perdizes.

O poder do segredo

Os países mais ricos do mundo são Suíça e Luxemburgo. Dois países pequenos, duas grandes praças financeiras. Do minúsculo Luxemburgo pouco ou nada se sabe. A Suíça goza de fama universal graças à pontaria de Guilherme Tell, à precisão dos relógios e à discrição dos banqueiros.

Vem de longe o prestígio da banca helvética: uma tradição de sete séculos garante sua seriedade e sua segurança. Mas foi durante a Segunda Guerra Mundial que a Suíça passou a ser uma grande potência financeira. A Suíça não participou da guerra. Participou, no entanto, do negócio da guerra, vendendo seus serviços, por muito bom preço, à Alemanha nazista. Um negócio brilhante: a banca suíça convertia em divisas internacionais o ouro que Hitler roubava dos países ocupados e dos judeus presos, inclusive os dentes de ouro dos mortos nas câmaras de gás dos campos de concentração. O ouro entrava na Suíça sem nenhum obstáculo, ao passo que os perseguidos pelos nazistas eram devolvidos na fronteira.

Bertolt Brecht dizia que roubar um banco é crime, mas crime maior é fundá-lo. Depois da guerra, a Suíça se transformou na cova internacional de Ali Babá para os ditadores, os políticos ladrões, os malabaristas da evasão fiscal e os traficantes de drogas e de armas. Sob as calçadas resplandecentes da Banhofstrasse de Zurique ou da Correterie de Genebra, dormem, invisíveis, convertidos em lingotes de ouro e em montanhas de cédulas, os frutos do saque e da fraude.

O segredo bancário já não é o que era, debilitado como está pelos escândalos e pelas investigações judiciais, mas, mal ou bem, continua ativo este motor da prosperidade nacional. O dinheiro continua tendo o direito de usar disfarce e máscara, um carnaval que dura o ano inteiro, e os plebiscitos revelam que, para a maioria da população, isso não parece nada mau.

Por mais sujo que venha o dinheiro, por mais complicada que seja a enxaguadura, a lavanderia não deixa nem uma manchinha. Nos anos 80, quando Ronald Reagan presidia os Estados Unidos, Zurique foi o centro de operações das manipulações de vária natureza que estiveram a cargo do coronel Oliver North. Segundo revelou o escritor suíço Jean Ziegler, armas norte-americanas eram levadas ao Irã, país inimigo, que as pagava, em parte, com morfina e heroína. Em Zurique vendia-se a droga e em Zurique depositava-se o dinheiro, que logo ia financiar os mercenários que bombardeavam cooperativas e escolas na Nicarágua. Na época, Reagan costumava comparar esses mercenários com os Pais Fundadores dos Estados Unidos.

Templos de altas colunas de mármore ou discretas capelas, os santuários helvéticos evitam perguntas e oferecem mistérios. Ferdinand Marcos, o déspota das Filipinas, tinha entre um e um e meio bilhão de dólares guardados em quarenta bancos suíços. O cônsul geral das Filipinas em Zurique era um diretor do Crédit Suisse. No princípio de 1998, doze anos depois da queda de Marcos, ao fim de muitas marchas e contramarchas judiciais, o Tribunal Federal mandou devolver 570 milhões ao estado filipino. Não era tudo, mas era algo, uma exceção à regra: normalmente, o dinheiro criminoso desaparece sem deixar rastro. Os cirurgiões suíços mudam seu rosto e seu nome, e dão vida legal à sua nova identidade de fantasia. Do butim da dinastia dos Somoza, vampiros da Nicarágua, não apareceu nada. Quase nada se encontrou, e nada se restituiu, do que a dinastia Duvalier roubou no Haiti. Mobutu Sese Seko, que espremeu o suco do Congo até a última gota, encontrava-se com seus banqueiros em Genebra, sempre com sua escolta de Mercedes blindados. Mobutu tinha algo entre quatro e cinco bilhões de dólares: apenas seis milhões apareceram quando sua ditadura foi derrubada. O ditador do Mali, Moussa Traoré, tinha um bilhão e pouco: os banqueiros suíços devolveram quatro milhões.

Na Suíça foram parar os troquinhos dos militares argentinos que se sacrificaram pela pátria exercendo o terror desde 1976. Vinte e dois anos depois, uma investigação judicial revelou a ponta desse *iceberg*. Quantos milhões não se dissiparam na névoa que cobre as contas fantasmas? Nos anos 90, a família Salinas depenou o México. Raúl Salinas, irmão do presidente, era chamado de Senhor Dez por Cento, graças às comissões que embolsava pela privatização de serviços públicos e pela proteção da máfia da droga. A imprensa informou que esse rio de dólares desembocou no Citibank e também na Union de Banques Suisses, na Société de Banque Suisse e em outras vertentes da Cruz Vermelha do dinheiro. Como recuperá-lo? Nas mágicas águas do lago de Genebra, o dinheiro mergulha e torna-se invisível.

Há quem elogie o Uruguai chamando-o *a Suíça da América*. Os uruguaios não estamos compreendendo muito bem essa homenagem. Será pela vocação democrática de nosso país ou pelo segredo bancário? Há alguns anos, o segredo bancário está transformando o Uruguai no baú de tesouros do Cone Sul: um grande banco com vista para o mar.

O poder divino

Na última noite de 1970, três banqueiros de Deus se reuniram num hotel de Nassau, nas ilhas Bahamas. Acariciados pela brisa do trópico, envoltos numa paisagem de cartão postal, Roberto Calvi, Michele Sindona e Paul Marcinkus celebraram o nascimento do novo ano fazendo um brinde à aniquilação do Marxismo. Doze anos depois, eles aniquilaram o Banco Ambrosiano.

O Banco Ambrosiano não era marxista. Conhecido como *la banca dei preti*, o banco dos padres, o Ambrosiano não admitia acionistas que não fossem batizados. Não era a única instituição bancária ligada à Igreja. O Banco do Espírito Santo, fundado pelo papa Paulo V por volta de 1605, já não fazia milagres financeiros em benefício divino – já passara às mãos do estado italiano –, mas o Vaticano tinha, e continua tendo, seu próprio banco oficial, piedosamente chamado Instituto para Obras Religiosas (IOR). De qualquer modo, o Ambrosiano era muito importante, o segundo banco privado da Itália, e seu naufrágio foi definido pelo diário *Financial Times* como a mais grave crise de toda a história bancária do Ocidente. A colossal fraude deixou um buraco de mais de um bilhão de dólares e comprometeu diretamente o Vaticano, que era um de seus principais

> ## Para a cátedra de religião
>
> Quando cheguei a Roma pela primeira vez, já não acreditava em Deus e tinha apenas a terra como único céu e único inferno. Mas não guardava más recordações do Deus pai dos anos da minha infância, e em meu íntimo continuava ocupando um lugar profundo o Deus filho, o rebelde da Galileia que desafiara a cidade imperial onde eu agora estava aterrissando naquele avião da Alitalia. Do Espírito Santo, confesso, pouco ou nada me restava: apenas a vaga lembrança de uma pomba branca de asas abertas, que descia em picada e engravidava as virgens.
>
> Mal entrei no aeroporto de Roma, um grande cartaz me feriu os olhos:
>
> BANCO DO ESPÍRITO SANTO
>
> Eu era muito jovem e fiquei impressionado ao descobrir que a pomba andava metida nisso.

acionistas e um dos maiores beneficiários de seus empréstimos.

Muitos camelos passaram pelo buraco dessa agulha. O Ambrosiano teceu uma teia universal para a lavagem de dólares que vinham do tráfico de drogas e de armas, trabalhou lado a lado com as máfias da Sicília e dos Estados Unidos e com a rede de narcotráfico da Turquia e da Colômbia. Serviu de veículo para a evasão do fruto dos contrabandos e sequestros da *Cosa Nostra* e foi um regador de dólares para os sindicatos polacos, em luta contra o regime comunista. Também abasteceu generosamente os *contras* da Nicarágua e, na Itália, a loja P-2: esses maçons se aliaram à Igreja, sua inimiga de sempre, para que, unidos, pudessem enfrentar o inimigo de então, o perigo vermelho. Os cabeças da P-2 receberam do Ambrosiano cem milhões de dólares, que contribuíram para sua prosperidade familiar e os ajudaram a formar um governo paralelo e também a promover atentados terroristas para castigar a esquerda italiana e assustar a população.

O esvaziamento do banco foi aumentando ao longo dos anos, através de muitas bocas financeiras abertas na Suíça, Bahamas, Panamá e outros paraísos fiscais. Chefes de governo, ministros, cardeais, banqueiros, capitães de indústria e altos funcionários foram cúmplices do saque organizado por Calvi, Sindona e Marcinkus. Calvi, que administrava fundos para a Santa Sé e presidia o Ambrosiano, era famoso pelo gelo de seu sorriso e pela sua habilidade em piruetas contábeis. Sindona, rei da Bolsa italiana, homem de confiança do Vaticano para seus investimentos imobiliários e financeiros, servia também de veículo para as contribuições da embaixada norte-americana aos partidos italianos de direita. Em vários países possuía bancos, fábricas e hotéis, e até era dono do edifício Watergate, em Washington, que ganhara escandalosa fama graças à curiosidade do presidente Nixon. O arcebispo Marcinkus, que presidia o Instituto para Obras Religiosas, nascera em Chicago, no mesmo bairro em que havia nascido Al Capone. Homem robusto, sempre com um charuto na boca, monsenhor Marcinkus tinha sido guarda-costas do papa antes de tornar-se chefe de seus negócios.

Os três trabalharam para a maior glória de Deus e de seus próprios bolsos. Pode-se dizer que tiveram uma carreira exitosa. Mas nenhum dos três pôde escapar do destino de perseguição e martírio que os evangelhos anunciaram aos apóstolos da fé. Pouco antes da quebra do Banco Ambrosiano, Roberto Calvi apareceu enforcado sob uma ponte de Londres. Quatro anos depois, Michele Sindona, recluso num presídio de alta segurança, pediu um café com açúcar: não o entenderam muito bem e serviram café com cianureto. Meses mais tarde foi expedida ordem de captura contra o arcebispo Marcinkus, por quebra fraudulenta.

O poder político

Há sessenta anos, o escritor Roberto Arlt aconselhava a quem desejasse fazer carreira política:
– *Proclame: "Roubei e quero roubar mais". Prometa leiloar até a última polegada de terra argentina, vender o Congresso e instalar um cortiço no Palácio da Justiça. Em seus discursos, diga: "Roubar não é fácil, senhores. É preciso ser cínico e eu sou. É preciso ser traidor e eu sou."*

Segundo o escritor argentino, essa seria a fórmula de êxito seguro, pois todos os sem-vergonhas falam de honestidade e as pessoas estão fartas de mentiras. Um político brasileiro, Adhemar de Barros, conquistou o eleitorado do estado de São Paulo, o mais rico do país, com o lema "Rouba, mas faz". Na Argentina, em contrapartida, esse conselho nunca prosperou entre os candidatos, e em nossos dias continua sendo impossível encontrar um político que tenha a coragem de anunciar que roubará, ou que à viva voz confesse que já roubou, e não há nenhum saqueador de fundos públicos capaz de reconhecer: "Roubei para mim mesmo, roubei para ter uma vida folgada". Se sua consciência existisse e fosse capaz de atormentá-lo, o ladrão seria capaz de dizer: "Fiz isso pelo partido, pelo povo, pela pátria". É por amor à pátria que alguns políticos a levam para casa.

A fórmula de Roberto Arlt não funcionaria. Nenhum político brasileiro seguiu a receita de Adhemar de Barros.

> ## Preços
>
> Em 1993, o minúsculo Partido da Social Democracia Brasileira não tinha o número de deputados de que necessitava para apresentar-se às eleições presidenciais. Por um preço que oscilou entre trinta e cinquenta mil dólares, o PSDB obteve o passe de alguns deputados de outros partidos. Um deles admitiu e, de resto, explicou:
> – *É o que fazem os jogadores de futebol, quando mudam de time.*
> Quatro anos depois a cotação havia subido em Brasília. Dois deputados venderam por duzentos mil dólares seus votos para a emenda constitucional que tornaria possível a reeleição do presidente Fernando Henrique Cardoso.

Em regra – está comprovado –, o que mais rende voto é o teatro, o desempenho nos palanques, a máscara bem escolhida. Como disse outro escritor argentino, José Pablo Feinmann, o sucesso eleitoral costuma decorrer do duplo discurso e da dupla personalidade. Como Superman e Batman, os super-heróis, muitos políticos profissionais cultivam a esquizofrenia, e ela lhes dá superpoderes, como o medroso Clark Kent se transforma em Superman apenas tirando os óculos e como o insípido Bruce Wayne se transforma em Batman quando põe a capa do morcego.

Não é preciso ser um *expert* em politicologia para perceber que, em regra, os discursos só alcançam seu verdadeiro sentido quando entendidos ao contrário. A regra tem poucas exceções: na planície, os políticos prometem mudanças, no governo mudam... de opinião. Alguns ficam redondos de tanto dar voltas. Dá torcicolo vê-los girar, da esquerda para a direita, com tanta rapidez. *Primeiro a educação e a saúde!*, eles clamam, como clama o capitão do navio: *Primeiro as mulheres e as crianças!*, e a educação e a saúde são as primeiras que se afogam. Os discursos elogiam o trabalho, enquanto os fatos injuriam os trabalhadores. Os políticos que juram, com a mão no peito, que a soberania nacional não tem preço, costumam ser os mesmos que depois a oferecem; e os que anunciam que expulsarão os ladrões, costumam ser o mesmos que depois roubam até as ferraduras de um cavalo a galope.

Em meados de 1996, Abdalá Bucaram conquistou a presidência do Equador dizendo ser o açoite dos corruptos. Bucaram, um político exibicionista que acreditava cantar como Julio Iglesias e que acreditava que isso era um mérito, não durou muito no poder. Foi derrubado por uma revolta popular, poucos meses depois. Uma das gotas que fez transbordar o copo da paciência popular foi a festa que deu Jacobito, seu filho de dezoito anos, para comemorar o primeiro milhão de dólares que ganhara fazendo milagre nas alfândegas.

Para a cátedra das relações internacionais

Terence Todman e James Cheek foram embaixadores dos Estados Unidos na Argentina, em tempos recentes. Os dois, um atrás do outro, percorreram o mesmo caminho: por amor ao tango, foram embora e voltaram. Recém terminado o trabalho diplomático, regressaram a Buenos Aires para fazer *lobby*.

Ambos exerceram toda a sua influência sobre o governo argentino, em favor de empresas privadas que desejavam administrar os aeroportos do país. E pouco depois a imagem de Cheek, com uma boneca nos joelhos, ocupou os televisores e os jornais. Concluída sua campanha vitoriosa pelos aeroportos, Cheek passou a ser empregado de Barbie, a mulherzinha que convida a cometer o pecado do plástico.

Almas generosas

Nos Estados Unidos, a venda de favores políticos é legal e pode realizar-se abertamente, sem necessidade de disfarce ou risco de escândalo.

Trabalham em Washington mais de dez mil profissionais do suborno, cujo trabalho é influir sobre os legisladores e os inquilinos da Casa Branca. Numa soma que certamente é menor do que foi, o Center for Responsive Politics registrou 1,2 bilhão de dólares legalmente pagos ao longo de 1997, por numerosas organizações empresariais e profissionais: uma média de cem milhões de dólares por mês. Encabeçavam a longa lista de *doadores* a American Medical Association, ligada ao negócio da saúde privada, a Câmara de Comércio e as empresas Philip Morris, General Motors e Edison Electric.

A quantia, que vai aumentando ano a ano, não inclui os pagamentos feitos por baixo da mesa. Johnnie Chung, um homem de negócios que reconheceu ter feito doações ilegais, explicou em 1998: "A Casa Branca é como o metrô: para entrar, é preciso pôr moedas".

Em 1990, Fernando Collor chegou à presidência do Brasil. Numa campanha eleitoral breve e fulminante, que a televisão tornou possível, Collor vociferou seus discursos moralistas contra os *marajás*, os altos funcionários públicos que depenavam o estado. Dois anos e meio depois, Collor foi destituído, quando estava metido até o pescoço nos escândalos de suas contas fantasmas e de suas faustosas exibições de riqueza súbita. Em 1993, também o presidente da Venezuela, Carlos Andrés Pérez, foi destituído de seu cargo e condenado à prisão domiciliar por malversação de dinheiro público. Em nenhum caso, nunca, na história da América Latina, alguém foi obriga-

Vidas exemplares/1

Em setembro de 1994, nos estúdios de televisão da Rede Globo, em Brasília, o ministro da Fazenda, Rubens Ricupero, estava esperando que se ajustassem as luzes e os microfones para uma entrevista. Entrementes, conversava, bem à vontade, com o jornalista. Falando em confiança, o ministro confessou que só divulgava os dados econômicos favoráveis ao governo e que, em troca, ocultava os números que não convinham:

– *Eu não tenho escrúpulos* – disse.

E anunciou ao jornalista, assim, cá entre nós:

– *Depois das eleições vamos botar a polícia contra os grevistas*.

Mas houve uma falha eletrônica. E a conversa confidencial, recolhida por satélite, chegou às antenas parabólicas de todo o Brasil. As palavras do ministro foram ouvidas no país inteiro. Nessa ocasião histórica, os brasileiros ouviram a verdade: uma vez só e por causa de um erro, ouviram a verdade.

Depois disso, o ministro não percorreu de joelhos o caminho de Santiago, nem se flagelou nas costas e nem lançou cinzas sobre a cabeça. Tampouco buscou refúgio nos cumes do Himalaia. Rubens Ricupero tornou-se secretário-geral da Conferência das Nações Unidas para o Comércio e o Desenvolvimento (UNCTAD).

do a devolver o dinheiro que roubou: nem os presidentes derrubados, nem os muitos ministros comprovadamente corruptos, nem os diretores de serviços públicos, nem os legisladores, nem os funcionários que recebem dinheiro por baixo da mesa. Nunca ninguém devolveu nada. Não digo que lhes tenha faltado a intenção: é que ninguém se lembrou disso.

Não se rouba só dinheiro. Às vezes também se roubam eleições, como ocorreu no México, em 1988, quando o candidato oposicionista de esquerda, Cuauhutémoc Cárdenas, foi despojado da presidência que, por maioria de votos, tinha ganhado nas urnas. Anos depois, em 1997, alguns legisladores do PRI, o partido do governo, acusaram o líder oposicionista de direita, Diego Fernández de Cevallos, de ter recebido quatorze milhões de dólares por sua cumplicidade na fraude. A imprensa deu destaque à notícia porque a troca de bofetadas transformou a sessão parlamentar numa rodada de boxe. Mas o caso do suborno, ainda que muito comentado, não foi levado adiante, como se por trás daquilo não estivesse algo muito mais grave: a denúncia implicava uma confissão de fraude eleitoral de parte dos próprios legisladores oficialistas.

Os roubos maiores pertencem à ordem dos vícios aceitos por costume. Enquanto se desprestigia a democracia, difunde-se a moral do vale-tudo: ninguém triunfa mijando água-benta. Quantos norte-americanos acreditam que seus senadores têm *nível ético muito alto*? Dois por cento. Em fins de 1996, o diário *Página 12* publicou em Buenos Aires uma reveladora pesquisa do Gallup: de cada dez argentinos, sete opinavam que a desonestidade é a única via que conduz ao sucesso. E nove de cada dez entrevistados, jovens ou não jovens, reconheciam que a evasão de impostos e o pagamento de subornos à burocracia e à polícia eram práticas habituais.

Castiga-se embaixo o que se recompensa em cima. O roubo pequeno é delito contra a propriedade, o roubo grande é direito dos proprietários. Os políticos sem escrúpulos não fazem outra coisa senão agir de acordo com as regras do jogo de um sistema onde o êxito justifica os meios que o tornam possível, por mais sujos que sejam: as trampas contra o fisco e contra o próximo, a falsificação de balanços, a evasão de capitais, a quebra de empresas, a invenção de sociedades anônimas de ficção, os subfaturamentos, os superfaturamentos, as comissões fraudulentas.

Vidas exemplares/2

No fim da década de 80, todos os jovens espanhóis queriam ser como ele. As pesquisas coincidiam: aquela estrela do mundo financeiro espanhol, rei Midas da banca, tinha eclipsado o Cid Campeador e Dom Quixote e era o modelo das novas gerações. Acrobata dos grandes saltos de ascensão social, viera de um povoadinho da Galícia para os pincaros do poder e do sucesso. As leitoras das revistas sentimentais o escolhiam por unanimidade: o espanhol mais atraente, o marido ideal. Sempre sorridente, o cabelo liso de gel, parecia recém-saído da tinturaria quando lia os balanços ou dançava *sevillanas* ou navegava no Mediterrâneo. *Quero ser Mario Conde*, era o título de uma canção da moda.

Dez anos depois, em 1997, o promotor pediu 44 anos de prisão para Mario Conde, o que não era muito para quem cometera a maior fraude financeira de toda a história da Espanha.

O poder dos sequestradores

Segundo o dicionário, *sequestrar* significa "reter indevidamente uma pessoa para exigir dinheiro pelo seu resgate". O delito é duramente castigado em todos os códigos penais, mas a ninguém ocorreria mandar prender o grande capital financeiro, que converte em reféns muitos países do mundo e, com alegre impunidade, cobra-lhes, dia após dia, fabulosos resgates.

Nos velhos tempos, os *marines* ocupavam as alfândegas para cobrar as dívidas dos países centro-americanos e das ilhas do Mar do Caribe. A ocupação norte-americana do Haiti durou dezenove anos, de 1915 a 1934. Os invasores só se retiraram depois que o Citibank pôde cobrar os empréstimos feitos, várias vezes multiplicados pelos juros. E em seu lugar, os *marines* deixaram um exército nacional fabricado para exercer a ditadura e pagar a dívida externa. Na atualidade, em tempos democráticos, os tecnocratas internacionais são mais eficazes do que as expedições militares. O povo haitiano não elegeu nem deu um voto sequer ao Fundo Monetário Internacional ou ao Banco Mundial, mas são eles que decidem para onde vai cada peso que entra nas arcas públicas. Como em todos os países pobres, mais poder do que o voto tem o veto: o voto democrático propõe e a ditadura financeira dispõe.

O Fundo Monetário se chama Internacional, como o Banco se chama Mundial, mas estes irmãos gêmeos vivem, recebem e decidem em Washington; e a numerosa tecnocracia jamais cospe no prato em que come. Ainda que os Estados Unidos sejam o país com mais dívidas no mundo, ninguém lhe dita do exterior a ordem de leiloar a Casa Branca, e mesmo não passaria pela cabeça de nenhum funcionário internacional o cometimento de tal insolência. Em contrapartida, os países do sul do mundo, que entregam 250 mil dólares *por minuto* por conta do serviço da dívida, são países cativos, e os credores lhes esquartejam a soberania como os patrícios romanos, em outros tempos imperiais, esquartejavam seus devedores plebeus. Por muito que paguem esses países, não há maneira de mitigar a sede do grande balde furado que é a dívida externa. Quanto mais pagam, mais devem, e quanto mais devem, mais obrigados ficam a obedecer a ordem de desmantelar o estado, hipotecar a independência política e alienar a economia nacional. *Viveu pagando e morreu devendo*, podia constar das lápides.

Santa Edwiges, padroeira dos endividados, é a santa mais solicitada do Brasil. Em peregrinação, acodem aos seus altares milhares e milhares de devedores desesperados, suplicando que os credores não lhes tomem o televisor, o carro ou a casa. Às vezes, Santa Edwiges faz um milagre. Como poderia a santa ajudar países onde os credores já se apossaram do governo? Esses países têm a liberdade de fazer o que lhes mandam fazer alguns senhores sem rosto, que vivem muito longe e que, à longa distância, praticam a extorsão financeira. Eles abrem ou fecham a bolsa, conforme a submissão demonstrada ao *right economic track*, o caminho econômico correto. A verdade única é imposta com um fanatismo digno dos monges da Inquisição, dos comissários do partido único ou dos fundamentalistas do Islã: dita-se exatamente a mesma política para países tão diversos como Bolívia e Rússia, Mongólia e Nigéria, Coreia do Sul e México.

Em fins de 1997, o presidente do Fundo Monetário Internacional, Michel Camdessus, declarou: "O Estado não deve dar ordens aos bancos". Traduzido, isto significa: "São os bancos que devem dar ordens ao Estado". E no princípio de 1996, o banqueiro alemão Hans Tietmeyer, presidente do Bundesbank, já constatara: "Os mercados financeiros desempenharão, cada vez mais, o papel de *gendarmes*. Os políticos devem compreender que, desde agora, estão sob o controle dos mercados financeiros". Certa vez, o sociólogo brasileiro Hebert de Souza, o *Betinho*, propôs que os presidentes fossem desfrutar os cruzeiros turísticos. Os governos governam cada vez menos, e quem neles votou se sente, cada vez mais, menos representado por eles. As pesquisas revelam a pouca fé: acreditam na democracia menos da metade dos brasileiros e pouco mais da metade dos chilenos, mexicanos, paraguaios e peruanos. Nas eleições legislativas de 1997, registrou-se no Chile o maior número de votos em branco ou nulos de toda a sua história. E nunca tinham sido tantos os jovens que não se deram o trabalho de fazer sua habilitação eleitoral.

O poder globalitário

Em seus doze anos de governo, desde 1979, Margaret Thatcher exerceu a ditadura do capital financeiro sobre as ilhas britânicas. A *Dama de Ferro*, muito elogiada por suas virtudes masculinas, pôs fim à era dos bons modos, pulverizou os operários em greve e restabeleceu uma rígida sociedade de classes com assombrosa celeridade. A Grã-Bretanha tornou-se o modelo da Europa. Entrementes, o Chile se tornara o modelo da América Latina, sob a ditadura militar do general Pinochet. Hoje, os dois países-modelo figuram entre os países mais injustos do mundo. Segundo os dados sobre a distribuição de renda e consumo publicados pelo Banco Mundial, atualmente uma enorme distância separa os britânicos e chilenos que têm de sobra dos britânicos e chilenos que vivem das sobras. Nos dois países, por incrível que pareça, a desigualdade social é maior do que

O azeite

É proibido que as empresas alemãs paguem subornos a alemães. Mas até pouco tempo atrás, quando as empresas compravam políticos, militares ou funcionários estrangeiros, o fisco os premiava. Os subornos eram deduzidos dos impostos. Segundo o jornalista Martin Spiewak, a empresa de telecomunicações Siemens e a metalúrgica Klöckner fizeram pagamentos dessa espécie, no valor de 32 milhões de dólares, a militares próximos do ditador Suharto, da Indonésia.

Um dos porta-vozes do Partido Social-Democrata, Ingomar Hauchler, estimou em 1997 que as empresas alemãs gastavam anualmente três milhões de dólares para azeitar seus negócios no exterior. As autoridades justificavam tal procedimento como defesa das fontes de trabalho e das boas relações comerciais, e também invocavam o respeito à identidade cultural: comprando favores, respeitava-se a cultura dos países onde a corrupção era costume.

em Bangladesh, Índia, Nepal ou Sri Lanka. E, por incrível que pareça, os Estados Unidos, desde que Ronald Reagan empunhou o timão em 1980, conseguiram alcançar uma desigualdade maior do que a sofrida em Ruanda.

A razão do mercado impõe dogmas totalitários, que Ignacio Ramonet chama *globalitários*, em escala universal. A razão torna-se religião e obriga a cumprir seus mandamentos: sentar-se direitinho na cadeira, não levantar a voz e fazer os deveres sem perguntar por quê. Que horas são? As que mandar, senhor.

Nos maltratados países do sul do mundo, os de baixo pagam a boa figura que fazem os de cima, e as consequências são visíveis: hospitais sem remédios, escolas sem teto, alimentos sem subsídios. Nenhum juiz poderia mandar para a cadeia um sistema mundial que, impunemente, mata de fome, mas este crime é um crime, ainda que cometido como se fosse a coisa mais normal do mundo. "O pão dos indigentes é a vida dos pobres: quem dele os priva, é sanguinário" (Eclesiástico, 34, 25), e o teólogo Leonardo Boff constata que, em nossos dias, o mercado está celebrando mais sacrifícios humanos do que os astecas no Templo Maior ou os cananeus ao pé da estátua de Moloch.

A mão comercial da ordem globalitária rouba o que sua mão financeira empresta. Diz-me quanto vendes, dir-te-ei quanto vales: as exportações latino-americanas não chegam a cinco por cento das exportações mundiais, as africanas somam dois por cento. Cada vez custa mais o que o sul compra e cada vez custa menos o que vende. Para comprar, os governos se endividam mais e mais, e para pagar os juros dos empréstimos vendem as joias da avó e a avó também.

Obediente às ordens do mercado, o Estado se privatiza. Não seria o caso de *desprivatizá-lo*, estando o Estado como está, nas mãos dos banqueiros internacionais e dos políticos nacionais que o desprestigiam para depois vendê-lo, impunemente, a preço de banana? O tráfico de favores, a troca de empregos por votos, inchou de parasitas os estados latino-americanos. Uma insuportável *burrocracia* exerce o proxenetismo, no sentido original do termo: há dois mil anos, a palavra *proxeneta* designava quem apressava os trâmites burocráticos em troca de propinas. A ineficiência e a corrupção tornam possível que as privatizações se realizem com a concordância ou a indiferença da opinião pública majoritária.

Os países se desnacionalizam num ritmo vertiginoso, à exceção de Cuba e do Uruguai, onde um plebiscito rechaçou a alienação das empresas públicas, com 72 por cento dos votos, em fins de 1992. Os presidentes viajam pelo mundo, transformados em vendedores ambulantes: vendem o que não é seu, e esse procedimento delituoso bem mereceria uma denúncia policial, se a polícia fosse digna de confiança. "Meu país é um produto, eu ofereço um produto que se chama Peru", proclamou em mais de uma ocasião o presidente Alberto Fujimori.

Privatizam-se os lucros, socializam-se os prejuízos. Em 1990, o presidente Carlos Menem mandou para as cucuias a Aerolíneas Argentinas. Esta empresa pública, que era lucrativa, foi vendida, ou antes presenteada, a outra empresa pública, a espanhola Iberia, que era um exemplo universal de má administração. As rotas internacionais e nacionais foram vendidas por um preço quinze vezes inferior ao seu valor, e dois aviões Boeing 707, que estavam vivos e voando e ainda poderiam voar muito, foram vendidos pelo módico preço de 1,54 dólares cada um.

Em sua edição de 31 de janeiro de 1998, o jornal uruguaio *El Observador* felicitou o governo do Brasil por sua decisão de vender a empresa telefônica nacional, Telebrás. O aplauso ao presidente Fernando Henrique Cardoso, "por tirar dos ombros empresas e serviços que se tornaram uma carga para os cofres estatais e os consumidores", foi publicado na página 2. Na página 16, o mesmo jornal, no mesmo dia, informou que a Telebrás, "a empresa mais rentável do

Brasil, gerou no ano anterior lucros líquidos de 3,9 bilhões de dólares, um recorde na história do país".

O governo brasileiro mobilizou um exército de seiscentos e setenta advogados para fazer frente ao bombardeio de ações contra a privatização da Telebrás, e justificou seu programa de desnacionalizações pela necessidade de dar ao mundo "sinais de que somos um país aberto". O escritor Luis Fernando Verissimo opinou que esses sinais "são algo assim como aqueles chapéus pontudos que na Idade Média identificavam os bobos da aldeia".

O poder do cassino

Dizem que a astrologia foi inventada para dar a impressão de que a economia é uma ciência exata. Jamais os economistas saberão amanhã por que suas previsões de ontem não se realizaram hoje. Eles não têm culpa. Verdade seja dita, eles ficaram sem assunto desde que a economia real deixou de existir para dar lugar à economia virtual. Agora mandam as finanças, e o frenesi da especulação financeira é matéria, sobretudo, para psiquiatras.

Os banqueiros Rotschild souberam da derrota de Napoleão em Waterloo através do pombo-correio, mas agora as notícias andam mais depressa do que a luz, e com elas viaja o dinheiro nas telas dos computadores. Um anel digno de Saturno gira, enlouquecido, ao redor da Terra: está formado pelos 2.000.000.000.000 de dólares que a cada dia movem os mercados das finanças mundiais. De todos esses muitos zeros, tantos que até tonteia olhá-los, só uma ínfima parte corresponde a transações comerciais ou a investimentos produtivos. Em 1997, de cada cem dólares negociados em divisas, apenas dois dólares e meio tiveram algo a ver com o intercâmbio de bens e serviços. Nesse ano, às vésperas do furacão que varreu as Bolsas da Ásia e do mundo, o

A linguagem/4

A linguagem do mundo dos negócios, linguagem universal, dá novos sentidos às velhas palavras e assim enriquece a comunicação humana e o inglês de Shakespeare.

As opções, *options*, já não definem a liberdade de escolher, mas o direito de comprar. Os futuros, *futures*, deixaram de ser mistérios, transformados em contratos. Os mercados, *markets*, já não são praças buliçosas, mas telas de computadores. A sala, *lobby*, já não é usada para receber amigos, mas para comprar políticos. Já não são só as naus que se afastam *offshore*, mar adentro: *offshore* também se vai o dinheiro, para evitar impostos e perguntas. As lavanderias, *laundries*, que antigamente se ocupavam da roupa, agora lavam o dinheiro sujo.

O *lifting* já não consiste em levantar pesos ou ânimos: *lifting* é a cirurgia que impede que envelheçam os autores de todas essas obras.

---

governo da Malásia propôs uma medida de senso comum: a proibição de transações de divisas não comerciais. A iniciativa não foi escutada. A gritaria das Bolsas faz muito barulho, e seus beneficiários deixam surdo qualquer um. Para dar um exemplo, em 1995 tão só três das dez maiores fortunas do Japão estavam ligadas à economia real. Os outros sete multimilionários eram grandes especuladores.

Dez anos antes da crise mundial, o mercado financeiro sofrera outro colapso. Destacados economistas da Casa Branca, do Congresso dos Estados Unidos e das Bolsas de Nova York e Chicago tentaram explicar o que havia ocorrido. A palavra *especulação* não foi mencionada em nenhuma dessas análises. Os esportes populares merecem respeito: de cada dez norte-americanos, quatro participam de algum modo do mercado de valores. As bombas inteligentes, *smart bombs*, eram as que matavam iraquianos na Guerra do Golfo sem que ninguém soubesse, salvo os mortos; e o *smart money* é o que pode render lucros de quarenta por cento, sem que ninguém saiba como. Wall Street se chama assim, Rua do Muro, por causa do muro erguido há séculos para que os escravos negros não fugissem. Atualmente, é o centro da jogatina eletrônica universal, e a humanidade toda é prisioneira das decisões que ali são tomadas. A economia virtual transfere capitais, derruba preços, depena incautos, arruína países e, num piscar de olhos, fabrica milionários e mendigos.

Em plena obsessão mundial pela insegurança, a realidade ensina que os delitos do capital financeiro são muito mais temíveis do que os delitos que aparecem nas páginas policiais dos jornais. Mark Mobius, que especula por conta de milhares de aplicadores, explicava à revista alemã *Der Spiegel* no princípio de 1998: "Meus clientes acham graça dos critérios éticos. Eles querem que multipliquemos seus lucros." Durante a crise de 1987, outra frase o tornara famoso: "É preciso comprar quando o sangue corre pelas ruas, ainda que o sangue seja o meu". George Soros, o especulador mais bem-sucedido do mundo, que ganhou uma fortuna derrubando sucessivamente a libra esterlina, a lira e o rublo, sabe do que está falando quando diz: "O principal inimigo da sociedade aberta, acho eu, já não é o comunismo, é a ameaça capitalista".

O doutor Frankenstein do capitalismo gerou um monstro que caminha por conta própria e não há quem o detenha. É uma espécie de Estado por cima dos Estados, um poder invisível que a todos governa, embora não tenha sido eleito por ninguém. Neste mundo há muita miséria, mas há também muito dinheiro e a riqueza não sabe o que fazer consigo mesma. Em outros tempos, o capital financeiro ampliava, por via do crédito, os mercados de consumo. Estava a serviço do sistema produtivo, que para ser necessita crescer: atualmente, já num grau fora de controle, o capital financeiro pôs o sistema produtivo a seu serviço e com ele brinca como brinca o gato com o rato.

Cada queda das Bolsas é uma catástrofe para os aplicadores modestos, que acreditaram no conto da loteria financeira, e é também uma catástrofe para os bairros mais pobres da aldeia global, que sofrem as consequências sem ter nada a ver com o assunto: de um manotaço, a crise lhes esvazia o prato e dá um sumiço a seus empregos. De vez em quando as crises das Bolsas ferem de morte os sacrificados milionários que, dia após dia, curvados ao computador, mãos calosas no teclado, redistribuem a riqueza do mundo resolvendo o destino do dinheiro, o nível das taxas de juros e o valor dos braços, das coisas e das moedas. Eles são os únicos trabalhadores que podem desmentir a mão anônima que um dia escreveu num muro de Montevidéu: "Ao que trabalha, não lhe sobra tempo para ganhar dinheiro".

Fontes consultadas

ARLT, Roberto. *Aguafuertes porteñas*. Buenos Aires: Losada, 1985.
BOFF, Leonardo. *A nova era: a civilização planetária*. São Paulo: Ática, 1994.
CALABRÒ, Maria Antonietta. *Le mani della Mafia. Vent'anni di finanza e politica attraverso la storia del Banco Ambrosiano*. Roma: Edizioni Associate, 1991.
DI GIACOMO, Maurizio; MINGUELL, Jordi. *El finançament de l'Església Catòlica*. Barcelona: Index, 1996.
FEINMANN, José Pablo. Dobles vidas, dobles personalidades. *Página 30*. Buenos Aires, setembro de 1997.

GREENBERG, Michael. *British trade and the opening of China*. New York: Monthly Review Press, 1951.

HAWKEN, Paul. *The ecology of commerce: A declaration of sustainability*. New York: Harper Business, 1993.

HENWOOD, Doug. *Wall Street*. New York/Londres: Verso, 1997.

LIETAER, Bernard. De la economía real a la especulativa. *Revista del Sur/Third World Resurgence*. Montevideo, janeiro/fevereiro de 1998.

NEWSINGER, John. Britain's opium wars. *Monthly Review*. New York, outubro de 1997.

PÉREZ, Encarna; ÁNGEL NIETO, Miguel. *Los cómplices de Mario Conde. La verdad sobre Banesto, su presidente y la Corporación Industrial*. Madrid: Temas de Hoy, 1993.

RAMONET, Ignacio, op. cit.

SAAD HERRERÍA, Pedro. *La caída de Abdalá*. Quito: El Conejo, 1997.

SILJ, Alessandro. *Malpaese*. Milano: Donzelli, 1996.

SOROS, George. The capitalist threat. *The Atlantic Monthly*, fevereiro de 1997.

SPIEWAK, Martin. Bastechend einfach. *Das Sonntagsblatt*. Hamburg, 24 de fevereiro de 1995.

VERBITSKY, Horacio. *Robo para la Corona. Los frutos prohibidos del árbol de la corrupción*. Buenos Aires: Planeta, 1991.

WORLD BANK, op. cit.

ZIEGLER, Jean. *La Suisse lave plus blanc*. Paris: Seuil, 1990.

_____. *La Suisse, l'or et les morts*. Paris: Seuil, 1997.

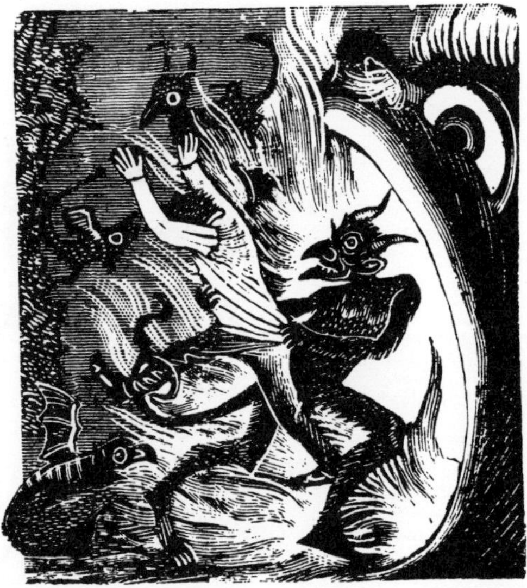

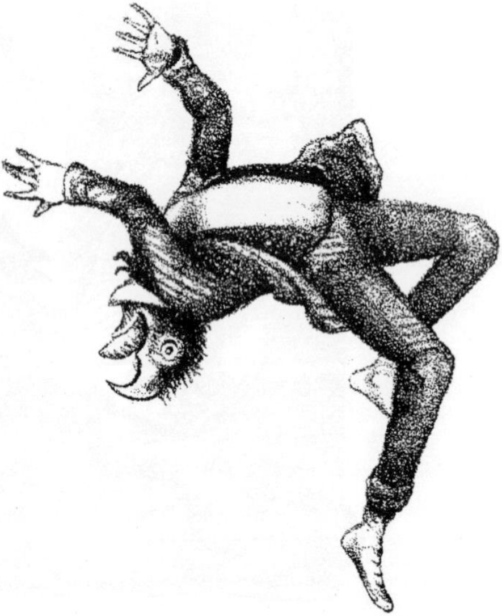

Lições contra
os vícios inúteis

O desemprego multiplica a delinquência e os salários humilhantes a estimulam. Jamais teve tanta atualidade o velho provérbio que ensina: *O vivo vive do bobo e o bobo de seu trabalho*. De resto, já ninguém diz, porque ninguém acreditaria, *trabalha e prosperarás*.

O direito ao trabalho já se reduz ao direito de trabalhar pelo que querem te pagar e nas condições que querem te impor. O trabalho é o vício mais inútil. Não há no mundo mercadoria mais barata do que a mão de obra. Enquanto caem os salários e aumentam os horários, o mercado de trabalho vomita gente. Pegue-o ou deixe-o, porque a fila é comprida.

Emprego e desemprego no tempo do medo

A sombra do medo morde os calcanhares do mundo, que anda que te anda, aos tombos, dando seus últimos passos rumo ao fim do século. Medo de perder: perder o trabalho, perder o dinheiro, perder a comida, perder a casa, perder: não há exorcismo capaz de proteger da súbita maldição do azar. Até um grande ganhador, eventualmente, pode transformar-se em vencido, um fracassado indigno de perdão ou compaixão.

Quem se salva do terror da falta de trabalho? Quem não teme ser um náufrago das novas tecnologias, ou da globalização, ou de qualquer outro dos muitos mares revoltos do mundo atual? Furiosas, as ondas golpeiam: a ruína ou a fuga das indústrias locais, a concorrência de mão de obra mais barata de outras latitudes, ou o implacável avanço das máquinas, que não exigem salário, nem férias, nem gratificações, nem aposentadoria, nem indenização por demissão, nem qualquer coisa além da eletricidade que as nutre.

O desenvolvimento da tecnologia não está servindo para multiplicar o tempo do ócio e os espaços de liberdade, mas está multiplicando a falta de emprego e semeando o medo. É universal o pânico ante a possibilidade de receber a carta que lamenta comunicar-lhe que estamos obrigados a prescindir de seus serviços em razão da nova política de gastos, ou devido à inadiável reestruturação da empresa, ou apenas porque sim, já que nenhum eufemismo abranda o fuzilamento. Qualquer um pode cair, a qualquer hora e em qualquer lugar. Qualquer um pode se transformar, de um dia para outro, num velho de quarenta anos.

Em seu informe sobre os anos 96 e 97, diz a OIT – Organização Internacional do Trabalho – que "a evolução do emprego no mundo continua sendo desalentadora". Nos países industrializados, o desemprego continua muito alto e aumentam as desigualdades sociais, ao passo que nos chamados países em desenvolvimento há um progresso espetacular do desemprego, uma pobreza crescente e um descenso do nível de vida. "Daí se espalha o medo", conclui o informe. E o medo se espalha: o trabalho ou nada. Na entrada de Auschwitz, o campo nazista de extermínio, um grande cartaz dizia: *O trabalho liberta*. Mais de meio século depois, o funcionário ou o operário que tem trabalho deve agradecer o favor que alguma empresa lhe faz, permitindo que rasgue a alma dia após dia, carne de rotina, no escritório ou na fábrica. Encontrar trabalho, ou conservá-lo,

> ## Frases célebres
>
> Em 28 de novembro de 1990, os jornais argentinos divulgaram o pensamento de um dirigente sindical elevado ao poder político. Luis Barrionuevo explicou assim sua súbita fortuna:
> – *Não se faz dinheiro trabalhando.*
> Diante da chuva de denúncias por fraude, os amigos lhe ofereceram um jantar de desagravo. Depois foi eleito presidente de um clube de futebol da primeira divisão e continuou dirigindo o sindicato da alimentação.

ainda que sem férias, sem aposentadoria, sem nada, e ainda que seja em troca de um salário de merda, é algo para celebrar como a um milagre.

São Caetano é o santo mais solicitado na Argentina. Acorrem multidões para implorar trabalho ao padroeiro dos desempregados. Nenhum outro santo ou santa tem tamanha clientela. Entre maio e outubro de 1997, apareceram novas fontes de trabalho. Não se sabe se foi obra de São Caetano ou da democracia: aproximavam-se as eleições legislativas e o governo argentino humilhou o santo distribuindo meio milhão de empregos a torto e a direito. Mas os empregos, que pagavam duzentos dólares mensais, duraram pouco mais do que a campanha eleitoral. Algum tempo depois, o presidente Menem aconselhou os argentinos a jogar golfe, porque o golfe distrai e acalma os nervos.

Há cada vez mais desempregados no mundo. E no mundo há cada vez mais gente. Que farão os donos do mundo com tanta humanidade inútil? Mandarão para a Lua? No início de 1998, gigantescas manifestações na França, Alemanha, Itália e outros países ganharam as manchetes da imprensa mundial. Alguns desempregados desfilaram metidos em sacos pretos de lixo: era a representação do drama do trabalho no mundo atual. Na Europa, ainda há subsídios que melhoram a sorte dos desempregados, mas o fato é que, de cada quatro jovens, um não consegue emprego fixo. No último quarto de século o trabalho clandestino triplicou na Europa. Na Grã-Bretanha, são cada vez mais numerosos os trabalhadores que permanecem em suas casas, sempre disponíveis e sem receber nada, até que toque o telefone. Trabalham por algum tempo, a serviço de uma empreiteira de mão de obra. Depois voltam para casa e, sentados, esperam que o telefone toque outra vez.

A globalização é uma cartola onde as fábricas desaparecem como por mágica, fugindo para os países pobres. A tecnologia, que reduz vertiginosamente o tempo de trabalho necessário para a produção de cada coisa, empobrece e submete os trabalhadores, ao invés de libertá-los da necessidade e da servidão. E o trabalho deixou de ser imprescindível para que o dinheiro se reproduza. São muitos os capitais que tomam o rumo das aplicações financeiras. Sem transformar a matéria, sem tocá-la sequer, o dinheiro se reproduz mais fertilmente fazendo amor consigo mesmo. Siemens, uma das maiores empresas industriais do mundo, está ganhando mais com suas aplicações financeiras do que com suas atividades produtivas.

Nos Estados Unidos há muito menos desemprego do que na Europa, mas os novos empregos são precários, mal remunerados e sem assistência social. "Vejo entre meus alunos", diz Noam Chomsky, "eles temem não conseguir emprego se se comportarem mal e isso tem um efeito disciplinador". De cada dez trabalhadores, apenas um tem o privilégio de um emprego permanente, em tempo integral, nas quinhentas empresas norte-americanas de maior magnitude. De cada dez empregos oferecidos na Grã-Bretanha, nove são precários. Na França, oito em cada dez. A história está dando um salto de dois séculos, mas para trás: a maioria dos trabalhadores não tem, no mundo atual, estabilidade no emprego e nem direito à indenização por demissão. A insegurança no trabalho derruba os salários. Seis de cada dez norte-americanos estão recebendo salários inferiores aos salários de um quarto de século atrás, embora nesses 25 anos a economia dos Estados Unidos tenha crescido em quarenta por cento.

Apesar disso, milhares e milhares de trabalhadores braçais mexicanos, os *costas molhadas*, continuam atravessando o rio fronteiriço e arriscando a vida em busca de outra vida. Em duas décadas, duplicou-se a diferença entre os salários dos Estados Unidos e os do México. A diferença era de quatro vezes e agora é de oito. Como bem sabem os capitais que emigram para o sul em busca de braços baratos, e como bem sabem os braços baratos que tentam emigrar para o norte, o trabalho, no México, é a única mercadoria que a cada mês baixa de preço. Nestes últimos vinte anos, boa parte da classe média caiu na pobreza, os pobres caíram na miséria e os miseráveis caíram dos quadros estatísticos. A estabilidade dos que têm trabalho está garantida por lei, mas, na prática, depende da Virgem de Guadalupe.

A precariedade do emprego, fator principal, junto com o desemprego, da crise dos salários, é universal como a gripe. Sofre-se dela em todas as partes e em todos os níveis. Ninguém está a salvo. Não respiram em paz nem sequer os trabalhadores especializados dos setores mais sofisticados e dinâmicos da economia mundial. Também ali, a contratação por tarefa está substituindo velozmente os empregos fixos. Nas telecomunicações e na eletrônica já estão funcionando as *empresas virtuais*, que precisam de muito pouca gente. As tarefas são realizadas de computador para computador, sem que os trabalhadores se conheçam entre si e sem que conheçam seus empregadores, fantasmas fugidios que não devem obediência a nenhuma legislação nacional. Os profissionais altamente qualificados estão condenados à incerteza e à instabilidade no trabalho como qualquer filho de vizinho, embora ganhem muito mais e embora sejam os meninos mimados, sempre abstratos, das revistas que elogiam os milagres da tecnologia na era da felicidade universal.

O medo da perda do emprego e a angústia de não encontrá-lo não são alheios a um disparate que as estatísticas registram e que só pode parecer normal num mundo que tem um parafuso a menos. Nos últimos trinta anos, os horários de trabalho *declarados*, que costumam ser inferiores aos horários reais, *aumentaram* notavelmente nos Estados Unidos, Canadá e Japão, e só diminuíram, pouca coisa, em alguns países europeus. Este é um pérfido atentado contra o senso comum, cometido pelo mundo ao avesso: o assombroso aumento da produtividade operado pela revolução tecnológica não só não se traduz numa elevação proporcional dos salários, como nem sequer diminui os horários de trabalho nos países de mais alta tecnologia. Nos Estados Unidos, as frequentes pesquisas

O realismo capitalista

Lee Iacocca, que foi o executivo-estrela da empresa Chrysler, visitou Buenos Aires em fins de 1993. Em sua conferência, falou com admirável sinceridade sobre desemprego e educação:

– *O problema do desemprego é um tema duro. Hoje nós podemos fazer o dobro de carros com o mesmo número de operários. Quando se fala em melhorar o nível educacional da população, como solução para o problema do desemprego, sempre digo que me preocupa a lembrança do que aconteceu na Alemanha: ali se promoveu a educação como remédio para o desemprego e o resultado foi a frustração de milhares de profissionais, que foram empurrados para o socialismo e para a rebelião. Me custa dizer, mas me pergunto se não seria melhor que os desempregados agissem com lucidez e fossem procurar trabalho diretamente no McDonald's.*

indicam que o trabalho, atualmente, é a principal fonte de *stress*, muito à frente dos divórcios e do medo da morte. No Japão, o *karoshi*, excesso de trabalho, está matando dez mil pessoas por ano.

Quando o governo da França decidiu, em maio de 1998, reduzir a semana de trabalho de 39 para 35 horas, dando assim uma elementar lição de cordura, a medida provocou protestos clamorosos de empresários, políticos e tecnocratas. Na Suíça, que não tem problemas de desemprego, tocou-me assistir, faz algum tempo, a um acontecimento que me deixou estupefato. Um plebiscito propôs que se trabalhassem menos horas sem que houvesse redução salarial, e os suíços votaram contra. Lembro-me de que, na época, não entendi, e o fato é que ainda hoje não entendo. O trabalho é uma obrigação universal desde que Deus condenou Adão a ganhar o pão com o suor de sua testa, mas não há razão para que se leve tão a sério a vontade divina. Suspeito de que esse fervor laboral teve muito a ver com o terror do desemprego – embora no caso da Suíça o desemprego seja uma ameaça mínima e distante – e com o pânico do tempo livre. Ser é ser útil, para ser é preciso ser vendável. O tempo que não se traduz em dinheiro – tempo livre, tempo de vida vivida pelo prazer de viver e não pelo dever de produzir – gera medo. Afinal, isso não tem nada de novo. O medo foi sempre, junto com a cobiça, um dos motores mais ativos do sistema que outrora se chamava capitalismo.

O medo do desemprego permite que, impunemente, sejam burlados os direitos trabalhistas. A jornada máxima de oito horas já não pertence à ordem jurídica, mas ao campo literário, onde brilha entre outras obras de poesia surreal; e já são relíquias, dignas de ser exibidas nos museus de arqueologia, as contribuições previdenciárias patronais à aposentadoria operária, a assistência médica, o seguro contra acidentes de trabalho, o abono de férias, o décimo-terceiro salário e o salário-família. Os direitos trabalhistas, legalmente consagrados com valor universal, foram em outros tempos frutos de outros medos: o medo das greves operárias e o medo da ameaça da revolução social, que parecia estar à espreita. Mas aquele poder assustado, o poder de ontem, é o poder que hoje em dia assusta para ser obedecido. E assim se desfazem, num momento, as conquistas operárias que custaram dois séculos.

O medo, pai de família numerosa, também gera ódio. Nos países do norte do mundo, costuma traduzir-se em ódio contra os estrangeiros que oferecem seus braços a preço de desespero. É a invasão dos invadidos. Eles vêm das terras onde mil e uma vezes desembarcaram as tropas coloniais de conquista e as expedições militares de castigo. Os que fazem, agora, essa viagem ao contrário não são soldados

> ## As estatísticas
>
> Nas ilhas britânicas, de cada quatro empregos, um é temporário. Em numerosos casos, é tão temporário que não se entende por que é chamado de emprego. Para *massagear os números*, como dizem os ingleses, as autoridades, entre 1979 e 1997, mudaram os critérios estatísticos em 32 ocasiões, até chegar à fórmula perfeita que é aplicada na atualidade: não está desempregado quem trabalha mais de uma hora por semana. Modéstia à parte, no Uruguai os índices do desemprego são calculados assim desde que tenho memória.

obrigados a matar: são trabalhadores obrigados a vender seus braços na Europa e no norte de América, a qualquer preço. Vêm da África, da Ásia, da América Latina, e nestes últimos vinte anos, depois da hecatombe do poder burocrático, vêm também do leste europeu.

Nos anos da grande expansão econômica europeia e norte-americana, a prosperidade crescente exigia mais e mais mão de obra, e pouco importava que os braços fossem estrangeiros, enquanto trabalhassem muito e ganhassem pouco. Nos anos de recessão, ou de crescimento enfermo e ameaçado pelas crises, os hóspedes inevitáveis se tornaram intrusos indesejáveis: cheiram mal, fazem barulho e tiram o emprego dos outros. Esses trabalhadores, bodes emissários do desemprego e de todas as desgraças, estão também condenados ao medo. Várias espadas pendem sobre suas cabeças: a sempre iminente expulsão do país para onde foram, fugindo de uma vida penosa, e a sempre possível explosão do racismo, suas advertências sangrentas, seus castigos: turcos incendiados, árabes apunhalados, negros baleados, mexicanos espancados. Os imigrantes pobres realizam as tarefas mais pesadas e mais mal remuneradas, nos campos e nas ruas. Depois das horas de trabalho, vêm as horas do perigo. Nenhuma tinta mágica pode torná-los invisíveis.

Paradoxalmente, muitos trabalhadores do sul do mundo emigram para o norte, ou intentam contra vento e maré essa aventura proibida, ao mesmo tempo em que muitas fábricas do norte emigram para o sul. O dinheiro e as pessoas se cruzam no caminho. O dinheiro dos países ricos viaja para os países pobres atraído pelas diárias de um dólar e pelas jornadas sem horário, e os trabalhadores dos países pobres viajam, ou pretenderiam viajar, para os países ricos, atraídos pelas imagens de felicidade que a publicidade oferece ou a esperança inventa. O dinheiro viaja sem alfândegas ou problemas, é recebido com beijos, flores e sons de trombeta. Em contrapartida, os trabalhadores que emigram empreendem uma odisseia que às vezes termina nos abismos do Mar Mediterrâneo, no Mar do Caribe ou nos pedregais do rio Bravo.

Em outras épocas, enquanto Roma se apoderava do Mediterrâneo e de muito mais, os exércitos regressavam arrastando caravanas de prisioneiros de guerra. Esses prisioneiros se tornavam escravos e a caça aos escravos empobrecia os trabalhadores livres. Quanto mais escravos havia em Roma, mais caíam os salários e mais difícil era conseguir emprego. Dois mil anos depois, o empresário argentino Enrique Pescarmona fez uma reveladora apologia da globalização:

– *Os asiáticos trabalham vinte horas por dia* – declarou – *por oitenta dólares ao mês. Se quero competir, tenho de recorrer a eles. É o mundo globalizado. Em nossos escritórios de Hong Kong, as moças filipinas estão sempre bem-dispostas. Não tem isso de sábado ou domingo. Se for preciso trabalhar corrido durante vários dias, sem dormir, elas trabalham, e não recebem horas extras e não reivindicam nada.*

Uns meses antes desta elegia, incendiou-se uma fábrica de bonecas em Bangkok. As operárias, que ganhavam menos de um dólar por dia e comiam e dormiam na fábrica, morreram queimadas vivas. A fábrica estava fechada por fora, como os barracões na época da escravidão.

São numerosas as indústrias que emigram para os países pobres, em busca de braços, que os há baratíssimos e em abundância. Os governos desses países pobres dão as boas-vindas às novas fontes de trabalho, que em bandeja de prata são trazidas pelos messias do progresso. Mas em muitos desses países pobres, o novo proletariado fabril trabalha em condições que evocam o nome que o trabalho tinha na época do Renascimento: *tripalium*, que era também o nome de um instrumento de tortura. O preço de uma camiseta com a imagem da princesa Pocahontas,

A lei e a realidade

Gérard Filoche, fiscal do trabalho em Paris, já chegou à conclusão de que o ladrão que rouba o rádio de um automóvel sofre um castigo maior do que o empresário responsável pela morte de um operário num acidente que podia ser evitado.

Filoche sabe, por experiência própria, que são muitas as empresas francesas que mentem o valor dos salários, os horários e o tempo de serviço dos trabalhadores e que, impunemente, burlam as normas legais de segurança e higiene: "Os assalariados devem calar-se", diz, "porque vivem com a faca do desemprego na garganta".

Para cada milhão de violações à lei que os fiscais constatam na França, só treze mil recebem condenações ao fim do processo. E, em quase todos os casos, essa condenação consiste no pagamento de uma multa ridícula.

vendida pela Disney, equivale ao salário de toda uma semana do operário que costurou tal camiseta no Haiti, num ritmo de 375 camisetas por hora. O Haiti foi o primeiro país do mundo a abolir a escravidão, e dois séculos depois dessa façanha, que custou muitos mortos, padece o país da escravidão assalariada. A cadeia McDonald's dá brinquedos de presente aos seus clientes infantis. Esses brinquedos são fabricados no Vietnã, onde as operárias trabalham dez horas seguidas, em galpões hermeticamente fechados, em troca de oitenta centavos. O Vietnã derrotou a invasão militar dos Estados Unidos, e um quarto de século depois daquela façanha, que custou muitos mortos, padece o país da humilhação globalizada.

A caça aos braços já não requer exércitos, como ocorria nos tempos coloniais. Disso se encarrega, sozinha, a miséria da maior parte do planeta. É a morte da geografia: os capitais atravessam as fronteiras na velocidade da luz, por obra e graça das novas tecnologias da comunicação e do transporte, que fizeram desaparecer o tempo e as distâncias. E quando uma economia se resfria nalgum lugar do planeta, outras economias espirram na outra ponta do mundo. Em fins de 1997, a desvalorização da moeda na Malásia implicou o sacrifício de milhares de empregos na indústria calçadista do sul do Brasil.

Os países pobres estão metidos até o pescoço no concurso universal de boa conduta, para ver quem oferece salários mais raquíticos e mais liberdade para envenenar o meio ambiente. Os países competem entre si, corpo a corpo, para seduzir as grandes empresas multinacionais. As *melhores* condições para as empresas são as *piores* condições para o nível dos salários, para a segurança no trabalho e a saúde da terra e do povo. Em todas as partes do mundo os direitos dos trabalhadores estão sendo nivelados *por baixo*, enquanto a mão de obra disponível se multiplica como nunca antes ocorrera, nem nos piores tempos.

"A globalização tem ganhadores e perdedores", adverte um informe das Nações Unidas. "Supõe-se que uma maré de riqueza em ascensão levantará todos os barcos. Mas alguns podem navegar melhor do que outros. Os iates e os transatlânticos estão realmente se levantando, em resposta às novas oportunidades, mas as balsas e os botes a remo estão fazendo água e alguns estão afundando rapidamente." Os países tremem ante a possibilidade de que o dinheiro não venha, ou de que o dinheiro fuja. O naufrágio é uma realidade ou uma ameaça que se traduz no pânico generalizado. Se vocês não se portarem bem, dizem as empresas, vamos para as Filipinas, ou para a Tailândia, ou para a Indonésia, ou para a China, ou para Marte. Portar-se mal significa defender a natureza ou o que resta dela, reconhecer o direito de criar sindicatos, exigir o respeito às normas internacionais e às leis locais e aumentar o salário mínimo.

Em 1995, a cadeia de lojas GAP vendia nos Estados Unidos camisas *made in San Salvador*. Por cada camisa vendida a vinte dólares, os operários salvadorenhos recebiam dezoito centavos. Os operários, ou melhor, as operárias – na maioria eram mulheres e meninas – que se esfalfavam mais de quatorze horas por dia no inferno das oficinas, organizaram um sindicato. A empreiteira de mão de obra despediu 350. Veio a greve. Houve espancamentos por parte da polícia, sequestros, prisões. No fim do ano, as lojas GAP anunciaram que estavam indo para a Ásia.

Na América latina, a nova realidade do mundo se traduz num vertical crescimento do chamado *setor informal* da economia. O *setor informal*, que traduzido significa *trabalho à margem da lei*, oferece 85 de cada cem novos empregos. Os trabalhadores à margem da lei trabalham mais, ganham menos, não recebem benefícios sociais e não estão amparados pelas garantias trabalhistas conquistadas em longos anos, duros anos, de luta sindical. Tampouco é muito melhor a situação dos trabalhadores legais: *desregulamentação* e *flexibilização* são os eufemismos que definem uma situação na qual cada um deve se arrumar como pode. Essa situação foi certeiramente definida por uma velha operária paraguaia, que me disse, a propósito de sua aposentadoria de fome:

– *Se este é o prêmio, como não será o castigo!*

Vidas exemplares/3

Em meados de 1998, irrompeu uma onda de indignação popular contra a ditadura do general Suharto, na Indonésia. Vai daí que o Fundo Monetário Internacional agradeceu os serviços prestados, e o general se aposentou.

Sua vida de trabalho tinha começado em 1965, quando assaltou o poder matando meio milhão de comunistas, ou supostos comunistas. Suharto não teve outro remédio senão deixar o governo, mas guardou as economias acumuladas em mais de trinta anos de trabalho: 16 bilhões de dólares, segundo a revista *Forbes* (28 de setembro de 1997).

Um par de meses depois da retirada de Suharto, seu sucessor, o presidente Habibie, falou por televisão: exortou ao jejum. O presidente disse que se o povo indonésio deixasse de comer dois dias por semana, nas segundas e nas quintas-feiras, a crise econômica seria superada.

Jorge Bermúdez tem três filhos e três empregos. Ao raiar do dia sai a recorrer as ruas da cidade de Quito num velho Chevrolet que faz as vezes de táxi. Na primeira hora da tarde passa a dar aulas de inglês, há dezesseis anos ele é professor num colégio público, onde ganha 150 dólares mensais. Quando termina sua jornada no colégio público, dá aulas num colégio particular até a meia-noite. Jorge Bermúdez jamais tem um dia livre. Há algum tempo sofre de ardências no estômago e anda de mau humor e com pouca paciência. Um psicólogo lhe explicou que eram mal-estares psicossomáticos e transtornos de conduta derivados do excesso de trabalho, e recomendou que abandonasse dois de seus três empregos para restabelecer sua saúde física e mental. O psicólogo não o orientou como fazer para chegar ao fim do mês.

No mundo ao avesso, a educação não compensa. O ensino público latino-americano é um dos setores mais castigados pela nova situação do trabalho. Os professores recebem elogios, são homenageados com discursos afetados que exaltam o trabalho abnegado dos apóstolos do magistério que, com suas mãos amorosas, moldam a argila das novas gerações; e, além disso, recebem salários que só se enxergam com lupa. O Banco Mundial chama a educação de "um investimento em capital humano", o que, de seu ponto de vista, é um elogio, mas, num informe recente, propõe como possibilidade *reduzir* os salários do professorado nos países onde "a oferta de professores" permite manter o nível docente.

Reduzir os salários? Que salários? "Pobres, mas docentes", diz-se no Uruguai. E também: "Tenho mais fome do que um professor". Os professores universitários estão

---

Ao deus-dará

Em fins de 1993 assisti aos funerais de uma linda escola profissionalizante, que funcionara durante três anos em Santiago do Chile. Os alunos dessa escola vinham dos subúrbios mais pobres da cidade. Eram jovens condenados a ser delinquentes, mendigos ou putas. A escola lhes ensinava profissões, ferraria, marcenaria, jardinagem e sobretudo lhes ensinava a ter amor próprio e a ter amor pelo que faziam. Pela primeira vez ouviam dizer que eles mesmos valiam a pena e que valia a pena fazer o que estavam aprendendo a fazer. A escola dependia de ajuda estrangeira. Quando se acabou o dinheiro, os professores recorreram ao Estado. Foram ao ministério e nada. Foram à prefeitura e o prefeito os aconselhou:

– *Transformem numa empresa.*

Vantagens

Em fins de 1997, Leonardo Moledo publicou um artigo em defesa dos baixos salários no ensino argentino. Esse professor universitário revelou que as magras compensações aumentam a cultura geral, favorecem a diversidade e a circulação de conhecimentos e evitam as deformações da fria especialização. Graças ao seu salário de fome, um catedrático que, pela manhã, ensina cirurgia do cérebro, pode enriquecer sua cultura e a cultura alheia fazendo fotocópias à tarde e, à noite, exibindo suas habilidades como trapezista de circo. Um especialista em literatura germânica tem a estupenda oportunidade de atender também um forno de pizza e à noite pode desempenhar a função de lanterninha do Teatro Colón. O titular de Direito Penal pode dar-se o luxo de manejar um caminhão de entregas de segunda a sexta e, nos fins de semana, dedicar-se aos cuidados de uma praça, e o adjunto de biologia molecular está em ótimas condições para aproveitar sua formação fazendo bicos em chapeação e pintura de automóveis.

nas mesmas condições. Em meados de 1995, li nos jornais o chamamento para um concurso na Faculdade de Psicologia de Montevidéu. Precisava-se de um professor de Ética e ofereciam-se cem dólares por mês. Pensei cá comigo que era preciso ser um mago da ética para não se deixar corromper por semelhante fortuna.

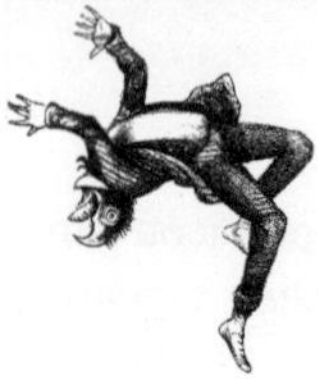

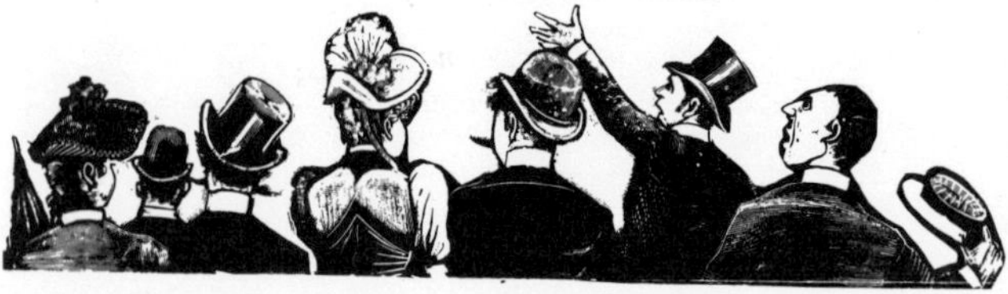

Fontes consultadas

BANCO MUNDIAL. *Prioridades y estrategias para la educación.* Washington, 1996.

CERRUTTI, Gabriela. Entrevista com o empresário Enrique Pescarmona. *Página 12.* Buenos Aires, 18 de fevereiro de 1997.

CHOMSKI, Noam. Entrevista. *La Jornada.* México, 1 de fevereiro de 1998.

ECONOMIC POLICY INSTITUTE. *The state of working America, 1996/1997.* Washington: Sharpe, 1997.

FIGUEROA, Héctor. In the name of fashion. Exploitation in de garment industry (e o testemunho da operária Judith Yanira Viera, "The GAP and sweatshop labor in El Salvador"). *Nacla.* New York, janeiro/fevereiro de 1996.

FILOCHE, Gérard. *Le travail jetable.* Paris: Ramsay, 1997.

FORRESTER, Viviane. *El horror económico.* México: FCE, 1997.

GORZ, André. *Misères du present, richesse du possible.* Paris: Galilée, 1997.

IACOCCA, Lee. Conferência em Buenos Aires. *El Cronista.* Buenos Aires, 12 de novembro de 1993.

MÉDA, Dominique. *Le travail. Une valeur en voie de disparition.* Paris: Aubier, 1995.

MOLEDO, Leonardo. En defensa de los bajos sueldos universitarios. *Página 12.* Buenos Aires, 02 de dezembro de 1997.

MONTELH, Bernart e outros. *C'est quoi le travail?* Paris: Autrement, 1997.

OIT (Organização Internacional do Trabalho). *Panorama laboral, 1996.* Genebra, 1996.

_____. *Panorama laboral, 1997.* Genebra, 1997.

_____. *El empleo en el mundo, 1996/1997. Las políticas nacionales en la era de la mundialización.* Genebra, 1997.

RIFKIN, Jeremy. *The end of work.* New York: Putnam's, 1995.

STALKER, Peter. *The work of strangers: A survey of international labour migration.* Genebra: OIT, 1994.

STRONACH, Frank. Declaração citada em *New York Newsday*, 07 de agosto de 1992.

VAM LIEMT, Gijsbert. *Industry on the move.* Genebra: OIT, 1992.

VERITY, J. A company that's 100% virtual. *Business Week*, 21 de novembro de 1994.

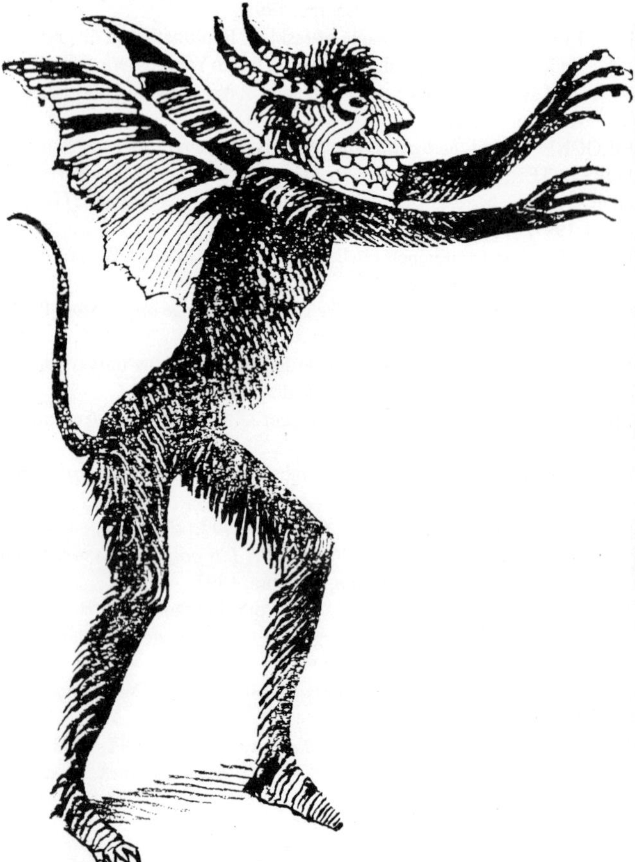

> "O roubo não é menos roubo
> quando cometido em nome
> de leis ou de imperadores.
> (John McDougall, senador pela
> Califórnia, num discurso de 1861)

Aulas magistrais de impunidade

- Modelos para estudar
- A impunidade dos caçadores de gente
- A impunidade dos exterminadores do planeta
- A impunidade do sagrado motor

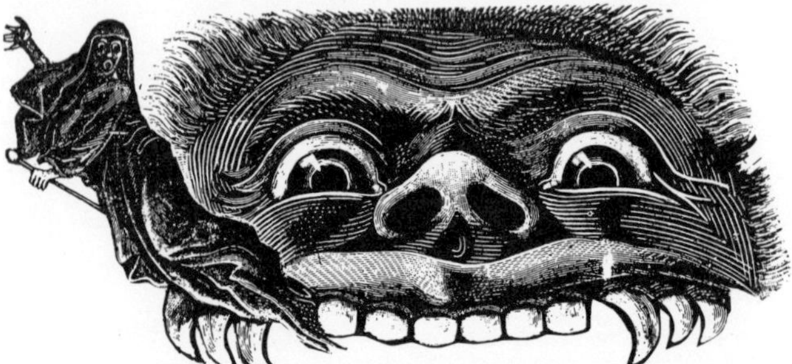

Modelos para estudar

Estes exemplos têm um indubitável valor didático. Aqui são relatadas instrutivas experiências da indústria petroleira, que ama a natureza com mais fervor do que os pintores impressionistas. São contados episódios que ilustram a vocação filantrópica da indústria militar e da indústria química e são reveladas certas fórmulas de sucesso da indústria do crime, que está na vanguarda da economia mundial.

O escritor enforcado

As empresas petroleiras Shell e Chevron arrasaram o delta do rio Níger. O escritor Ken Saro-Wiwa, do povo ogoni da Nigéria, denunciou: "O que a Shell e a Chevron fizeram ao povo ogoni, às suas terras e aos seus rios, aos seus córregos, à sua atmosfera, chega às raias do genocídio. A alma do povo ogoni está morrendo e eu sou sua testemunha."

No princípio de 1995, o gerente geral da Shell na Nigéria, Naemeka Achebe, explicou assim o apoio de sua empresa ao governo militar: "Para uma empresa comercial que se propõe a fazer investimentos, é necessário um ambiente de estabilidade (...) As ditaduras oferecem isso." Meses mais tarde, a ditadura da Nigéria enforcou Ken Saro-Wiwa. O escritor foi executado juntamente com outros oito ogonis, também culpados de lutar contra as empresas que aniquilaram suas aldeias e transformaram suas terras num vasto ermo. Muitos outros ogonis tinham sido assassinados, anteriormente, pelo mesmo motivo.

O prestígio de Saro-Wiwa deu a esse crime certa repercussão internacional. O presidente dos Estados Unidos declarou que seu país suspenderia a fornecimento de armas à Nigéria e o mundo aplaudiu. A declaração não foi entendida como uma confissão involuntária, embora o fosse: o presidente dos Estados Unidos estava reconhecendo que seu país vendera armas ao regime sanguinário do general Sani Abacha, que vinha executando cidadãos à base de cem por ano, através de fuzilamentos ou enforcamentos transformados em espetáculos públicos.

Um embargo internacional impediu depois que se assinassem *novos contratos* de venda de armas à Nigéria, mas a ditadura de Abacha continuou multiplicando seu arsenal graças aos contratos anteriores e aos *adendos* que lhes foram milagrosamente acrescentados, como um elixir da juventude, para que aqueles velhos contratos tivessem vida eterna.

Os Estados Unidos vendem aproximadamente a metade das armas do mundo e compram aproximadamente a metade do petróleo que consomem. Das armas e do petróleo dependem, em grande parte, sua economia e seu estilo de vida. A Nigéria, a ditadura africana que mais dinheiro destina aos gastos militares, é um país petroleiro. A empresa anglo-holandesa Shell leva a metade e a norte-americana

Chevron boa parte do resto. A Chevron arranca da Nigéria mais da quarta parte de todo o petróleo e todo o gás que negocia nos 22 países em que opera.

O preço do veneno

Nnimmo Bassey, compatriota de Ken Saro-Wiwa, visitou as Américas em 1996, no ano seguinte ao assassinato de seu amigo e companheiro de luta. Em seu diário de viagem, conta instrutivas histórias sobre os gigantes petroleiros e suas contribuições à felicidade pública.

Curaçau é uma ilha do Mar do Caribe. Segundo dizem, foi chamada assim porque seus ares curavam os enfermos. A empresa Shell construiu em Curaçau, em 1918, uma refinaria, que, desde então, vem lançando vapores venenosos sobre aquela ilha da saúde. Em 1983, as autoridades locais a mandaram parar. Sem incluir os prejuízos aos habitantes, de valor inestimável, os *experts* calcularam em 400 milhões de dólares a indenização mínima que a empresa deveria pagar pelos males que causara à natureza.

A Shell não pagou nada e ainda comprou a impunidade por um preço de fábula infantil: vendeu sua refinaria ao governo de Curaçau *por um dólar*, através de um acordo que liberou a empresa de qualquer responsabilidade pelos danos que fizera ao meio ambiente em toda a sua trajetória.

A borboletinha azul

Em 1994, a empresa petroleira Chevron, que em outros tempos se chamou Standard Oil of Califórnia, gastou milhares de dólares numa campanha publicitária que exaltava seus cuidados na defesa do meio ambiente nos Estados Unidos. A campanha estava centrada na proteção que a empresa oferecia a certas borboletinhas azuis ameaçadas de extinção. O refúgio que abrigava esses insetos custava à Chevron cinco mil dólares anuais, mas a empresa gastava oitenta vezes mais para produzir cada minuto da propaganda que alardeava sua vocação ecológica, e muito mais ainda por cada minuto de emissão do bombardeio publicitário das borboletinhas azuis adejando nas telas da televisão norte-americana.

O *spa* dos bichinhos estava instalado na refinaria El Segundo, nas areias do sul de Los Angeles. E esta refinaria continua sendo uma das piores fontes de contaminação da água, do ar e da terra da Califórnia.

A pedra azul

Cidade de Goiânia, Brasil, setembro de 1987: dois papeleiros encontram um tubo de metal num terreno baldio. Quebram-no a marretadas e descobrem uma pedra de luz azul. A pedra mágica transpira luz, azulece o ar e dá fulgor a tudo o que toca.

Os papeleiros partem em pedaços essa pedra de luz e os oferecem aos vizinhos. Quem passa a pedra na pele, brilha à noite. O bairro todo é uma lâmpada. O pobrerio, subitamente rico de luz, está em festa.

No dia seguinte, os papeleiros vomitam. Comeram manga com coco, será por isso? Mas todo o bairro vomita e todos estão inchados, com queimaduras. A luz azul queima, devora, mata, e se dissemina levada pelo vento, pela chuva, pelas moscas, pelos pássaros.

Foi uma das maiores catástrofes nucleares da história. Muitos morreram e muitos ficaram inutilizados para sempre. Naquele bairro do subúrbio de Goiânia ninguém sabia o que significava radioatividade e ninguém jamais ouvira falar em césio 137. Chernobyl ressoa diariamente nos ouvidos do mundo. De Goiânia, nunca mais se soube. Em 1992, Cuba recebeu os meninos enfermos de Goiânia e lhes deu tratamento médico gratuito. Tampouco esse gesto teve maior repercussão, embora as fábricas universais de opinião pública, como se sabe, estejam sempre muito preocupadas com Cuba.

Um mês depois da tragédia, o chefe da Polícia Federal em Goiás declarou:

— *A situação é absurda. Não existe ninguém responsável pelo controle da radioatividade que se usa para fins medicinais.*

Edifícios sem pés

Cidade do México, setembro de 1985: a terra treme. Mil casas e edifícios vêm abaixo em menos de três minutos.

Não se sabe, nunca se saberá quantos mortos deixou esse momento de horror na maior e mais frágil cidade do mundo. No princípio, quando começou a remoção dos escombros, o governo mexicano contou cinco mil. Depois, calou. Os primeiros cadáveres resgatados forraram todo um estádio de beisebol.

As construções antigas suportaram o terremoto, mas os novos edifícios desmoronaram como se não tivessem alicerces, *porque muitos não os tinham* ou os tinham tão somente nas plantas. Passaram-se muitos anos e os responsáveis continuam impunes: os empresários que ergueram e venderam modernos castelos de areia, os funcionários que autorizaram a construção de arranha-céus na zona mais funda da cidade, os engenheiros que mentiram criminosamente os cálculos de cimentação e carga, os fiscais que enriqueceram fazendo vista grossa.

Os escombros já foram retirados, novos edifícios se levantam sobre as ruínas, a cidade continua crescendo.

Verde que te quero verde

As mais exitosas empresas terrestres têm sucursais no inferno e também no céu. Quanto mais umas vendem, melhor passam as outras. E assim o Diabo paga e Deus perdoa.

Segundo as projeções do Banco Mundial, dentro de pouco tempo, já no final do século, as indústrias ecológicas movimentarão fortunas maiores do que a indústria química, e neste momento já estão faturando montanhas de dinheiro. A salvação do meio ambiente está se tornando o mais brilhante negócio das mesmas empresas que o aniquilam.

Num livro recente, *The corporate planet*, Joshua Karliner oferece três exemplos ilustrativos e de alto valor pedagógico:

o grupo General Eletric possui quatro das empresas que mais envenenam o ar do planeta, mas é também o maior fabricante norte-americano de equipamentos para o controle da contaminação do ar;

a indústria química DuPont, uma das maiores geradoras de resíduos industriais perigosos no mundo inteiro, desenvolveu um lucrativo setor de serviços especializados na incineração e no enterro de resíduos industriais perigosos;

e outro gigante multinacional, Westinghouse, que ganhou seu pão vendendo armas nucleares, vende também milionários equipamentos para limpar seu próprio lixo radiativo.

O pecado e a virtude

Há mais de cem milhões de minas antipessoais disseminadas pelo mundo. Esses artefatos continuam explodindo muitos anos depois de terminadas as guerras. Algumas delas foram desenhadas para atrair crianças, em forma de bonecas, borboletas ou bugigangas coloridas que chamam a atenção dos olhos infantis. As crianças são metade das vítimas.

Paul Donovan, um dos promotores da campanha universal pela proibição, denunciou que uma nova galinha dos ovos de ouro está chocando nas mesmas fábricas de armamentos que venderam as minas: essas empresas ofereceram seu *know-how* para limpar os vastos campos minados e não há como não reconhecer que ninguém entende tanto do assunto como elas. Um negócio da China: desmontar minas sai cem vezes mais caro do que colocá-las.

Até 1991, a empresa CMS fabricava minas para o exército dos Estados Unidos. A partir da Guerra do Golfo, mudou de ramo, e desde então ganha 160 milhões de dólares por ano limpando terrenos minados. A CMS pertence ao consórcio alemão Daimler Benz, que produz mísseis com o mesmo entusiasmo com que produz automóveis e que continua fabricando minas através de outra de suas filiais, a empresa Messerschmidt-Bölkow-Blohm.

Também está percorrendo o caminho da redenção o grupo britânico British Aerospace: uma de suas empresas, a Royal Ordinance, assinou um contrato de noventa milhões de dólares para desmontar nos campos do Kuwait as minas que foram plantadas, casualmente, pela Royal Ordinance. No Kuwait, concorre com ela nessa abnegada tarefa a empresa francesa Sofremi, que limpa esses terrenos minados ao preço de 111 milhões de dólares, enquanto exporta armas que abastecem as guerras do mundo.

Um dos anjos que com mais fervor cumpre na terra essa missão humanitária é um especialista sul-africano chamado Vernon Joynt, que passou a vida desenhando minas antipessoais e outras engenhocas mortíferas. Esse homem tem a seu cargo a limpeza dos campos de Moçambique e Angola, onde estão plantadas milhares de minas que ele inventou para o exército racista da África do Sul. Sua tarefa é patrocinada pelas Nações Unidas.

O crime e o prêmio

O general Augusto Pinochet violou, torturou, assassinou, roubou e mentiu.

Violou a Constituição que tinha jurado respeitar; foi o chefão de uma ditadura que torturou e assassinou milhares de chilenos; pôs os tanques na rua para desestimular a curiosidade de quem quisesse investigar o que roubou e mentiu cada vez que abriu a boca para se referir a cada uma dessas experiências.

Concluída sua ditadura, Pinochet continuou sendo chefe do exército. E em 1998, na hora de aposentar-se, incorporou-se à paisagem civil do país: passou a ser senador da República, por mandato próprio, até o fim de seus dias. Nas ruas explodiu o protesto, mas o general ocupou sua poltrona no senado muito senhor de si, surdo a tudo que não fosse o hino militar que exaltava suas façanhas. Razões não lhe faltavam para a surdez: afinal, o dia 11 de setembro, dia do golpe de Estado que em 1973 dera um fim à democracia, foi celebrado durante um quarto de século, até 1998, como festa nacional, e ainda empresta o nome a uma das principais avenidas do centro de Santiago do Chile.

O crime e o castigo

Em meados de 1978, enquanto a seleção argentina ganhava o campeonato mundial de futebol, a ditadura militar lançava seus prisioneiros, *vivos*, no fundo do oceano.

Os aviões decolavam do Aeroparque, bem perto do estádio onde ocorreu a consagração esportiva.

Não é muita gente que nasce com essa incômoda glândula chamada consciência, que impede de dormir a sono solto e sem outra atrapalhação que não os mosquitos do verão; mas às vezes acontece. Quando o capitão Alfonso Scilingo revelou a seus superiores que não podia dormir sem lexotanil ou bebedeira, eles sugeriram um tratamento psiquiátrico. No princípio de 1995, o capitão Scilingo decidiu fazer uma confissão pública: disse que ele mesmo havia lançado ao mar trinta pessoas. E denunciou que em dois anos a Marinha argentina remetera à boca dos tubarões entre 1500 e dois mil prisioneiros políticos.

Depois de sua confissão, Scilingo foi preso. Não por ter assassinado trinta pessoas, mas por ter emitido um cheque sem fundos.

O crime e o silêncio

No dia 20 de setembro de 1996, o Departamento de Defesa dos Estados Unidos também fez uma confissão pública. Os meios massivos de comunicação não deram maior importância ao caso e a notícia teve pouca ou nenhuma divulgação internacional. Naquele dia, as máximas autoridades militares dos Estados Unidos reconheceram ter cometido *um erro*: tinham ensinado aos militares latino-americanos as técnicas de ameaça, extorsão, tortura, sequestro e assassinato, através de manuais que estiveram em uso, entre 1982 e 1991, na Escola das Américas de Fort Benning, na Geórgia, e no Comando Sul do Panamá. O *erro* durara uma década, mas não se informava quantos oficiais latino-americanos tinham recebido as equivocadas lições e quais as consequências.

Em verdade, já se denunciara antes, mil vezes, e se continuou denunciando depois, que o Pentágono fabrica ditadores, torturadores e criminosos nas aulas que vem ministrando há meio século e que teve como alunos uns sessenta mil militares latino-americanos. Muitos desses alunos, que se tornaram ditadores ou exterminadores públicos, deixaram um indelével rastro de sangue ao sul do rio Bravo. Para citar o caso de um único país, El Salvador – e para dar apenas uns poucos exemplos de uma lista interminável –, eram formados na Escola das Américas quase todos os oficiais responsáveis pelo assassinato de monsenhor Romero e das quatro freiras norte-americanas, em 1980, e também os responsáveis pelo assassinato de seis sacerdotes jesuítas em 1989.

O Pentágono sempre negara seus direitos de autor dos manuais que, afinal, veio a reconhecer como seus. A confissão era uma grande notícia, mas poucos foram os que ficaram sabendo dela e menos ainda os que se indignaram: a primeira potência do mundo, o país modelo, a democracia mais invejada e mais imitada, reconhecia que seus viveiros militares tinham estado a criar especialistas na violação dos direitos humanos.

Em 1996 o Pentágono prometeu corrigir o *erro*, com a mesma seriedade com que o praticara. No princípio de 1998, 22 culpados foram condenados a seis meses de prisão e ao pagamento de multas: eram 22 cidadãos norte-americanos que tinham cometido a atrocidade de ir a Fort Benning para promover uma procissão fúnebre em memória das vítimas da Escola das Américas.

O crime e os ecos

Em 1995, dois países latino-americanos, Guatemala e Chile, atraíram a atenção dos jornais dos Estados Unidos, algo bastante incomum.

A imprensa revelou que um coronel guatemalteco, acusado de dois crimes, havia muitos anos recebia soldo da CIA. O coronel era acusado do assassinato de *um cidadão dos Estados Unidos e do marido de uma cidadã dos Estados Unidos*. A imprensa não se preocupou nem um pouco com os milhares e milhares de outros crimes cometidos, desde 1954, pelas numerosas ditaduras militares que os Estados Unidos vinham instalando e removendo na Guatemala, a partir do dia em que a CIA derrubou o governo democrático de Jacobo Arbenz com a chancela do presidente Eisenhower. O longo ciclo de horror tivera seu auge nas matanças dos anos 80: os oficiais gratificavam os soldados que traziam e apresentavam um par de orelhas, pendurando em seus pescoços uma correntinha com uma folha dourada de carvalho. Mas as vítimas desse processo de mais de quarenta anos – o maior número de mortos da segunda metade do século XX nas três Américas – eram guatemaltecos e na maioria eram indígenas.

Ao mesmo tempo em que revelavam o caso do coronel guatemalteco, os jornais norte-americanos informaram que, no Chile, dois altos oficiais da ditadura de Pinochet tinham sido condenados à prisão. O assassinato de Orlando Letelier era uma das exceções à norma latino-americana da impunidade, mas este detalhe não chamou a atenção dos jornalistas: o que os motivou foi que a ditadura assassinara Letelier e sua secretária norte-americana *na cidade de Washington*. O que teria ocorrido se eles tivessem sido assassinados em Santiago do Chile ou em qualquer outra cidade latino-americana? O que aconteceu com o caso do general chileno Carlos Prats, impunemente assassinado com sua esposa, também chilena, em Buenos Aires, num atentado idêntico ao que matou Letelier? Até meados de 1998, mais de vinte anos transcorridos, não havia nenhuma novidade.

Fontes consultadas

BAÑALES, Jorge A. La lenta confirmación. *Brecha*. Montevideo, 27 de setembro de 1996.

BASSEY, Nnimmo. Only business: A pollution tour through Latin American. *Link*, Friends of the Earth. Amsterdam (80), setembro/outubro de 1997.

BERISTAIN, Carlos Martín. *Viaje a la memoria. Por los caminos de la milpa*. Barcelona: Virus, 1997.

DONOVAN, Paul. Making a killing. *The New Internationalist*. Oxford, setembro de 1997.

GREENPEACE INTERNATIONAL. *The Greenpeace book of greenwash*. Washington, 1992.

HELOU, Suzana; COSTA NETO, Sebastião Benício da. *Césio 137. Consequências psicossociais do acidente de Goiânia*. Goiânia: UFG, 1995.

Informe de *Uno más uno*. México, setembro de 1985.

INTERNATIONAL FINANCE CORPORATION (World Bank). *Investing in the environment: Business opportunities in developing countries*. Washington, 1992.

KARLINER, Joshua. *The corporate planet. Ecology and politics in the age of globalization*. San Francisco: Sierra Club, 1997.

MONSIVÁIS, Carlos. *Entrada libre*. México: Era, 1987.

PONIATOWSKA, Elena. *Nada, nadie. Las voces del temblor.* México: Era, 1988.

SARO-WIWA, Ken. *Genocide in Nigeria: The ogoni tragedy*. Londres: Saros, 1992.

SCHLESINGER, Stephen, e KINZER, Stephen. *Bitter fruit. The untold story of the american coup in Guatemala*. New York: Anchor, 1983.

STRADA, Gino. The horror of land mines. *Scientific American*, maio de 1996.

TÓTORO, Dauno. *La confradía blindada*. Santiago de Chile: Planeta, 1988.

VERBITSKY, Horacio. *El vuelo*. Buenos Aires: Planeta, 1995.

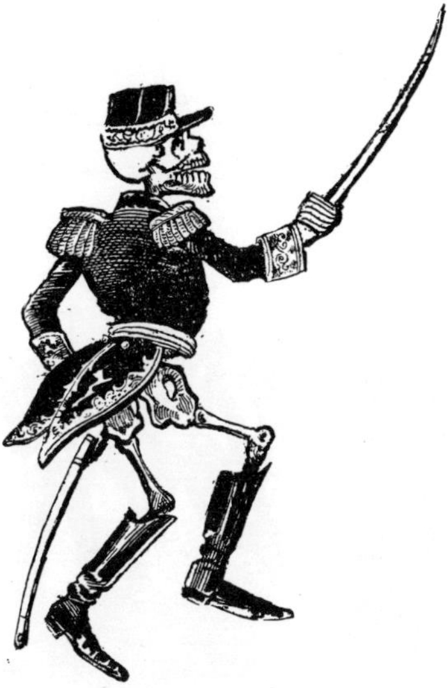

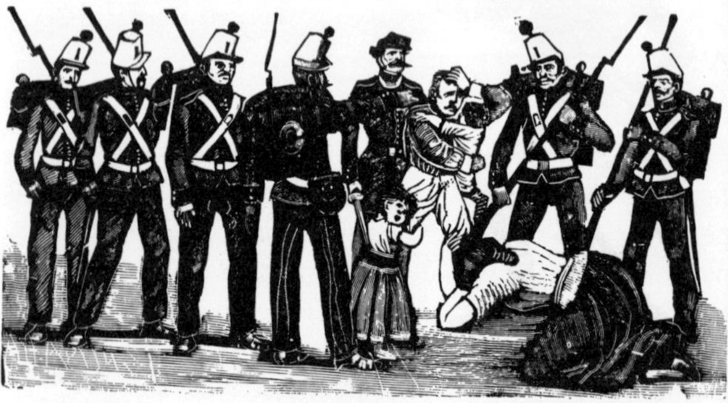

A impunidade dos caçadores de gente

Aviso aos delinquentes que se iniciam na profissão: não se recomenda assassinar com timidez. O crime compensa, mas só compensa quando praticado em grande escala, como nos negócios. Não estão presos por homicídio os altos chefes militares que deram a ordem de matar tanta gente na América Latina, embora suas folhas de serviço deixem rubro de vergonha qualquer bandido e vesgo de assombro qualquer criminologista.

Somos todos iguais perante a lei. Perante que lei? Perante a lei divina? Perante a lei terrena, a igualdade se desiguala o tempo todo e em todas as partes, porque o poder tem o costume de sentar-se num dos pratos da balança da justiça.

A amnésia obrigatória

A desigualdade perante a lei é o que fez e continua fazendo a história real, mas a história oficial não é escrita pela memória e sim pelo esquecimento. Bem o sabemos na América Latina, onde os exterminadores de índios e os traficantes de escravos têm estátuas nas praças das cidades e onde as ruas e as avenidas costumam levar os nomes dos ladrões de terras e dos cofres públicos.

Como os edifícios do México que desmoronaram no terremoto de 1985, as democracias latino-americanas tiveram seus alicerces roubados. Só a justiça poderia lhes dar uma sólida base de apoio, para que pudessem levantar-se e caminhar, mas ao invés de justiça temos uma amnésia obrigatória. Em regra, os governos civis se limitam a administrar a injustiça, fraudando as esperanças de mudança, em países onde a democracia política se despedaça continuamente contra os muros das estruturas econômicas e sociais, inimigas da democracia.

Nos anos 60 e 70, os militares assaltaram o poder. Para acabar com a corrupção política, roubaram muito mais do que os políticos, graças às facilidades do poder absoluto e à produtividade de suas jornadas de trabalho, que todos os dias começavam bem cedinho, ao toque da alvorada. Anos de sangue e sordidez e medo: para acabar com a violência das guerrilhas locais e dos fantasmas vermelhos universais, as forças armadas torturaram, violaram e assassinaram a torto e a direito, numa caçada que castigou qualquer expressão da aspiração humana por justiça, por mais inofensiva que fosse.

A ditadura uruguaia torturou muito e matou pouco. A Argentina, em contrapartida, praticou o extermínio. Mas apesar de suas diferenças, as muitas ditaduras latino-americanas desse período trabalharam unidas e se pareciam entre si, como cortadas pela mesma tesoura. Qual tesoura? Em meados de 1998, o vice-almirante Eladio Moll, que tinha sido chefe de inteligência do regime militar uruguaio, revelou que os assessores militares norte-americanos aconselhavam a eliminação dos subversivos, depois da obtenção das informações desejadas. O vice-almirante foi preso, por delito de franqueza.

Alguns meses antes, o capitão Alfredo Astiz, um dos açougueiros da ditadura argentina, foi exonerado por dizer a verdade: declarou que a Marinha de Guerra lhe ensinara

O diabo andava com fome

O *Familiar* é um cão negro que lança chamas pela garganta e pelas orelhas. Esses fogos deambulam, à noite, pelos canaviais do norte argentino. O Familiar trabalha para o Diabo, dá-lhe de comer carne de rebeldes, vigia e castiga os peões do açúcar. As vítimas vão embora do mundo sem dizer adeus.

No inverno de 1976, tempos da ditadura militar, o Diabo andava com fome. Na noite da terceira quinta-feira de julho, o exército invadiu o engenho Ledesma, em Jujuy. Os soldados levaram 140 trabalhadores. Trinta e três desapareceram e deles nunca mais se soube.

tudo o que fizera. E num acesso de pedantismo profissional, disse que ele próprio era "o homem tecnicamente melhor preparado no país para matar um político ou um jornalista". Na época, Astiz e outros militares argentinos estavam sendo intimados e processados em vários países europeus, pelo assassinato de cidadãos espanhóis, italianos, franceses e suecos, mas do crime contra milhares de argentinos eles tinham sido absolvidos pelas leis que apagaram tudo para recomeçar do zero.

Também as leis da impunidade parecem cortadas pela mesma tesoura. As democracias latino-americanas ressuscitaram condenadas ao pagamento das dívidas e ao esquecimento dos crimes. Foi como se os governos civis devessem ser gratos aos fardados pelo seu trabalho: o terror militar criara um clima favorável aos investimentos estrangeiros e limpara o caminho para que se concluísse impunemente a venda dos países, a preço de banana, nos anos seguintes. Em plena democracia, ultimaram-se a renúncia da soberania nacional, a traição dos direitos do trabalho e o desmantelamento dos serviços públicos.

Fez-se tudo, ou tudo se desfez, com relativa facilidade. A sociedade que, nos anos 80, recuperou os direitos civis, estava esvaziada de suas melhores energias, acostumada a sobreviver na mentira e no medo, e tão doente de desalento como necessitada do alento de vitalidade criadora que a democracia prometeu e não pôde ou não soube dar.

Os governos eleitos pelo voto popular identificaram a justiça à vingança e a memória à desordem, e lançaram água-benta na testa dos homens que tinham exercido o terrorismo de Estado. Em nome da estabilidade democrática e da reconciliação nacional, promulgaram-se leis de impunidade que desterravam a justiça, enterravam o passado e elogiavam a amnésia. Algumas dessas leis foram mais longe do que seus tenebrosos precedentes mundiais. A lei argentina da *obediência devida* foi editada em 1987 – e derrogada uma década depois, quando já não era necessária. Em seu afã de absolvição, eximiu de responsabilidade os militares que cumpriam ordens. Como não há militar que não cumpra ordens, ordens do sargento ou do capitão ou do general ou de Deus, a responsabilidade ia parar no

O pensamento vivo das ditaduras militares

Durante os recentes anos de chumbo, os generais latino-americanos deram a conhecer sua ideologia, a despeito do ruído da metralhadora, das bombas, das trombetas e dos tambores.

Em pleno arrebatamento bélico, o general argentino Ibérico Saint-Jean gritou:

– *Estamos ganhando a terceira guerra mundial!*

Em pleno arrebatamento cronológico, seu compatriota, o general Cristino Nicolaides, vociferou:

– *Há dois mil anos o marxismo ameaça a civilização ocidental e cristã!*

Em pleno arrebatamento místico, o general guatemalteco Efraín Ríos Montt bramiu:

– *O Espírito Santo guia nossos serviços de inteligência!*

Em pleno arrebatamento científico, o contra-almirante uruguaio Hugo Márquez rugiu:

– *Demos um giro de 360 graus na história nacional!*

Concluída a epopeia, o político uruguaio Adauto Puñales celebrou a derrota do comunismo. E em pleno arrebatamento anatômico, estrugiu:

– *O comunismo é um polvo que tem a cabeça em Moscou e os testículos em todas as partes!*

reino dos céus. O código militar alemão, que Hitler aperfeiçoou em 1940 a serviço de seus delírios, certamente era mais cauteloso: no artigo 47 estabelecia que o subordinado era responsável por seus atos "se soubesse que a ordem do superior referia uma ação que constituía delito comum ou crime militar".

As demais leis latino-americanas não eram tão fervorosas como a lei da *obediência devida*, mas todas coincidiam na humilhação civil em face da prepotência armada: por mandato do medo, os morticínios foram elevados acima do alcance da justiça e toda a sujeira da história recente foi empurrada para baixo do tapete. A maioria dos uruguaios apoiou a impunidade, no plebiscito de 1989, depois de um bombardeio publicitário que ameaçava com o retorno da violência: ganhou o medo, que é, entre outras coisas, fonte de direito. Em toda a América Latina, o medo, às vezes submerso, às vezes visível, alimenta e justifica o poder. E o poder tem raízes mais profundas e estruturas mais duradouras do que os governos que entram e saem no ritmo das eleições democráticas.

Que é o poder? Com certeiras palavras o definiu, no princípio de 1998, o empresário argentino Alfredo Yabrán:

– *Poder é impunidade*.

Ele sabia o que dizia. Acusado de ser a cabeça visível de uma máfia toda-poderosa, Yabrán tinha começado a vida vendendo sorvete nas ruas e acumulara, em seu próprio nome e sabe-se lá de quem mais, uma fortuna. Pouco depois dessa frase, um juiz expediu a ordem de sua captura, pelo assassinato do fotógrafo José Luis Cabezas. Era o princípio do fim de sua impunidade, era o princípio do fim de seu poder: Yabrán se suicidou com um tiro na boca.

A impunidade recompensa o delito, induz à sua repetição e faz sua propaganda: estimula o delinquente e torna contagioso seu exemplo. E quando o delinquente é o Estado, que viola, rouba, tortura e mata, sem prestar contas a ninguém, emite-se do topo a luz verde que autoriza a sociedade inteira a violar, roubar, torturar e matar. A mesma ordem que, no andar de baixo, usa o espantalho do castigo para assustar, no andar de cima ergue a impunidade como troféu para recompensar o crime.

A democracia paga o preço desses costumes. É como se qualquer assassino pudesse perguntar, com a pistola fumegante na mão:

– Que castigo mereço eu, que matei um, se os generais mataram meio mundo e andam tão faceiros pelas ruas, são heróis nos quartéis e aos domingos comungam na missa?

Em plena democracia, o ditador argentino Jorge Rafael Videla comungava, na província de San Luis, numa igreja que proibia a entrada de mulheres de mangas curtas ou de minissaias. Em meados de 1998, engasgou-se com a hóstia: o devoto foi parar na prisão. Depois, por conta dos privilégios da idade, passou à prisão domiciliar. Era de esfregar os olhos: a obstinação exemplar das mães, das avós e dos filhos das vítimas tinha conseguido o milagre de uma exceção à regra latino-americana da impunidade.

Publicidade

A ditadura militar argentina tinha o costume de enviar muitas de suas vítimas ao fundo do mar. Em abril de 1998, a fábrica de roupas Diesel publicou na revista *Gente* um anúncio que provava a resistência de suas calças a muitas lavagens. Uma fotografia mostrava oito jovens, acorrentados a blocos de cimento em águas profundas, e a legenda dizia: "Não são teus primeiros *jeans*, mas poderiam ser os últimos. Ao menos deixarás um formoso cadáver."

> ## A memória proibida
>
> O bispo Juan Gerardi presidiu o grupo de trabalho que resgatou a história recente do terror na Guatemala. Milhares de vozes, testemunhos recolhidos em todo o país, foram juntando os pedaços de quarenta anos de memória da dor: 150 mil guatemaltecos mortos, 50 mil desaparecidos, um milhão de exilados e refugiados, 200 mil órfãos, 40 mil viúvas. Nove de cada dez vítimas eram civis desarmados, na maioria indígenas; e em nove de cada dez casos, a responsabilidade era do exército ou de seus bandos paramilitares.
>
> A Igreja tornou público o informe numa quinta-feira de abril de 1998. Dois dias depois, o bispo Gerardi foi encontrado morto, com o crânio esfacelado a golpes de pedra.

Videla, assassino de milhares, não foi castigado pelo crime de genocídio, mas ao menos teve de responder pelo roubo das crianças recém-nascidas nos campos de concentração, que os militares repartiam, como butim de guerra, depois de assassinar suas mães.

A justiça e a memória são luxos exóticos nos países latino-americanos. Os militares uruguaios que mataram os legisladores Zelmar Michelini e Héctor Gutiérrez Ruiz caminham tranquilamente pelas ruas que têm os nomes de suas vítimas. O esquecimento, diz o poder, é o preço da paz, enquanto nos impõe uma paz fundada na aceitação da injustiça como normalidade cotidiana. Acostumaram-nos ao desprezo pela vida e à proibição de lembrar. Os meios de comunicação e os centros de educação não costumam contribuir muito, digamos, para a integração da realidade e sua memória. Cada fato está

A memória rasgada

No fim do século XVIII, os soldados de Napoleão descobriram que muitas crianças egípcias acreditavam que as pirâmides tinham sido construídas pelos franceses ou pelos ingleses.

No fim do século XX, muitas crianças japonesas acreditavam que as bombas de Hiroshima e Nagasaki tinham sido lançadas pelos russos.

Em 1965, o povo de São Domingos resistiu durante 132 noites à invasão de 42 mil *marines* norte-americanos. As pessoas lutaram casa por casa, corpo a corpo, com paus e facas e armas de caça e pedras e garrafas partidas. No que acreditarão, dentro de algum tempo, as crianças dominicanas? O governo não celebra a resistência nacional num Dia da Dignidade, mas no Dia da Confraternização, atribuindo igual peso a quem beijou a mão do invasor e a quem enfrentou de peito aberto os tanques.

---

divorciado dos demais fatos, divorciado de seu próprio passado e divorciado do passado dos demais. A cultura de consumo, cultura de desvinculação, nos adestra à crença de que as coisas ocorrem sem motivo. Incapaz de reconhecer suas origens, o tempo presente projeta o futuro como sua própria repetição, o amanhã é outro nome do hoje: a organização desigual do mundo, que humilha a condição humana, pertence à ordem eterna, e a injustiça é uma fatalidade que estamos obrigados a aceitar ou aceitar.

A história se repete? Ou só se repete como penitência para quem é incapaz de escutá-la? Não há história muda. Por mais que a queimem, por mais que a rasguem, por mais que a mintam, a história humana se nega a calar a boca. O tempo que foi continua pulsando, vivo, dentro do tempo que é, ainda que o tempo que é não o queira ou não o saiba. O direito de lembrar não figura entre os direitos humanos consagrados pelas Nações Unidas, mas hoje mais do que nunca é necessário reivindicá-lo e pô-lo em prática: não para repetir o passado, mas para evitar que se repita; não para que os vivos sejamos ventríloquos dos mortos, mas para que sejamos capazes de falar com vozes não condenadas ao eco perpétuo da estupidez e da desgraça. Quando está realmente viva, a memória não contempla a história, mas convida a fazê-la. Mais do que nos museus, onde a pobre se entedia, a memória está no ar que respiramos; e ela, no ar, nos respira.

Esquecer o esquecimento: Dom Ramón Gómez de la Serna contou a história de alguém que possuía tão má memória que um dia se esqueceu de que tinha má memória e se lembrou de tudo. Recordar o passado, para nos livrarmos de suas maldições: não para atar os pés do tempo presente, mas para que o presente caminhe livre das armadilhas. Há poucos séculos, dizia-se *recordar* para significar *despertar* e a palavra ainda é usada nesse sentido em algumas regiões da América Latina. A memória desperta é contraditória, como nós. Nunca está quieta e, conosco, vai mudando. Não nasceu para âncora. Tem, antes, a vocação da catapulta.

Quer ser ponto de partida, não de chegada. Não renega a nostalgia, mas prefere a esperança, seu perigo, sua intempérie. Acreditavam os gregos que a memória era irmã do tempo e do mar, e não se enganavam.

A impunidade é filha da má memória. Sabiam disso todas as ditaduras militares de nossas terras. Na América Latina foram queimadas cordilheiras de livros, livros culpados por contar a realidade proibida e livros culpados simplesmente por serem livros, e também montanhas de documentos. Militares, presidentes, padres: é longa a história das fogueiras, desde que em 1562, em Maní de Yucatán, frei Diego de Landa lançou às chamas os livros maias, pretendendo incendiar a memória indígena. Para citar apenas algumas labaredas, basta lembrar que em 1870, quando os exércitos da Argentina, Brasil e Uruguai arrasaram o Paraguai, os arquivos históricos do vencido foram reduzidos a cinzas. Vinte anos depois, o Brasil queimou toda a papelada que testemunhava três séculos e meio de escravidão negra. Em 1983, os militares argentinos lançaram ao fogo os documentos da guerra suja contra seus compatriotas; e em 1995, os militares guatemaltecos fizeram o mesmo.

Fontes consultadas

AMERICA'S WATCH. *Human rights in Central America: A report on El Salvador, Guatemala, Honduras and Nicaragua*. New York, 1984.

_____. *Into the quagmire: Human rights and U.S. policy in Peru*. New York, 1991.

AMNISTÍA INTERNACIONAL. *Crónica de las violaciones de los derechos humanos en Guatemala*. Londres/Madrid, 1987.

CERRUTTI, Gabriela. Entrevista con el capitán Alfredo Astiz. *Trespuntos*. Buenos Aires, 28 de janeiro de 1998.

COMISIÓN DE LA VERDAD PARA EL SALVADOR. *De la locura a la esperanza*. San Salvador: Arcoiris, 1993.

COMISIÓN INTERAMERICANA DE DERECHOS HUMANOS / Organización de Estados Americanos. *Informe sobre la situación de los derechos humanos en la república de Bolivia*. Washington D.C., 1981.

COMISIÓN NACIONAL DE VERDAD Y RECONCILIACIÓN (Chile). *Informe Rettig*. Santiago de Chile: La Nación, 1991.

COMISIÓN NACIONAL SOBRE LA DESAPARICIÓN DE PERSONAS (Argentina). *Nunca más*. Buenos Aires: EUDEBA, 1984.

GUENA, Márcia. *Arquivo de horror: Documentos da ditadura do Paraguai*. São Paulo: Memorial da América Latina, 1996.

INTER-CHURCH COMMITTEE ON CHILE. *Le cone sud de l'Amérique Latine: une prision gigantesque. Mission d'observation au Chili, en Argentine et en Uruguay*. Montréal, 1976.

SERVICIO PAZ Y JUSTICIA. *Nunca más: Informe sobre la violación a los derechos humanos en Uruguay, 1972/1985*. Montevideo, 1989.

JONAS, Susanne. *The battle for Guatemala, Rebels, death squads and U.S. power*. Boulder: Westview, 1991.

KLARE, Michael T. & STEIN, Nancy. *Armas y poder en América Latina*. México: Era, 1978.

MARÍN, Germán. *Una historia fantástica y calculada*. México: Siglo XXI, 1976.

RIBEIRO, Darcy. *Aos trancos e barrancos. Como o Brasil deu no que deu*. Rio de Janeiro: Guanabara, 1985.

ROUQUIÉ, Alain. *El estado militar en América Latina*. México: Siglo XXI, 1984.

VERBITSKY, op. cit.

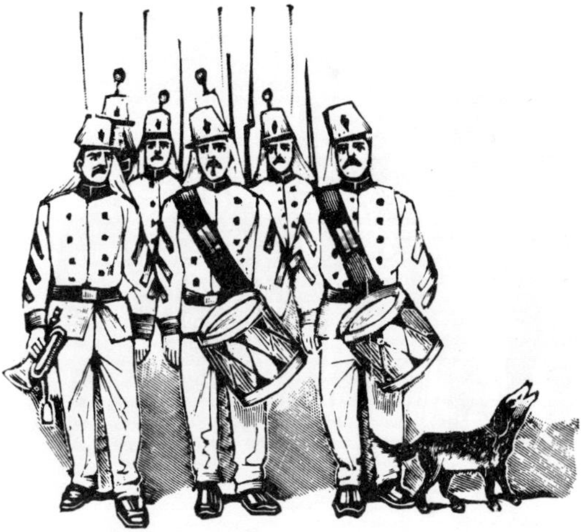

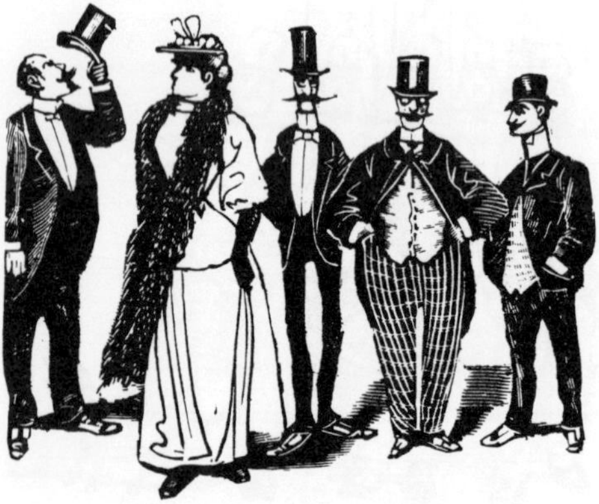

A impunidade dos exterminadores do planeta

Crimes contra as pessoas, crimes contra a natureza: a impunidade dos senhores da guerra é irmã gêmea da impunidade dos senhores que na terra comem natureza e no céu engolem a camada de ozônio.

As empresas de maior êxito no mundo são as que mais assassinam o mundo e os países que lhe decidem o destino são os que mais contribuem para aniquilá-lo.

Um planeta descartável

Inundações, imundações: torrentes de imundícies inundam o mundo e o ar que o mundo respira. Também inundam o mundo cataratas de palavras, informes de peritos, discursos, declarações de governos, solenes acordos internacionais, que ninguém cumpre, e outras expressões da preocupação oficial com a ecologia. A linguagem do poder concede impunidade à sociedade de consumo, àqueles que a impõem como modelo universal em nome do desenvolvimento e também às grandes empresas que, em nome da liberdade, adoecem o planeta e depois lhe vendem remédios e consolos. Os expertos do meio ambiente, que se reproduzem como coelhos, envolvem a ecologia no papel celofane da ambiguidade. A saúde do mundo está um bagaço e a linguagem oficial generaliza para absolver: *Somos todos responsáveis*, mentem os tecnocratas e repetem os políticos, querendo dizer que, se todos somos responsáveis, ninguém o é. A discurseira oficial exorta ao *sacrifício de todos* e o que ela quer dizer é que se fodam os de sempre.

A humanidade inteira paga as consequências da ruína da terra, da intoxicação do ar, do envenenamento da água, dos distúrbios do clima e da dilapidação dos bens mortais que a natureza outorga. Mas as estatísticas confessam e os numerozinhos não mentem: os dados, ocultos sob a maquiagem das palavras, revelam que 25 por cento da humanidade é responsável por 75 por cento dos crimes contra a natureza. Comparando-se as médias do norte e do sul, cada habitante do norte consome dez vezes mais energia, dezenove vezes mais alumínio, quatorze vezes mais papel e treze vezes mais ferro e aço. Cada norte-americano lança no ar, em média, 22 vezes mais carbono do que um hindu e treze vezes mais do que um brasileiro. Chama-se *suicídio coletivo* o assassinato que a cada dia executam os membros mais prósperos do gênero humano, que vivem nos países ricos ou que, nos países pobres, imitam seu estilo de vida: países e classes sociais que definem sua identidade através da ostentação e do esbanjamento. A adoção massiva desses modelos de consumo, se possível fosse, teria um pequeno inconveniente: *seriam necessários dez planetas como este para que os países pobres pudessem consumir tanto quanto consomem os países ricos*, segundo as conclusões do fundamentado relatório Bruntland, apresentado à Comissão Mundial de Meio Ambiente e Desenvolvimento em 1987.

As empresas mais exitosas do mundo são as que atuam com maior eficácia contra o mundo. Os gigantes do petróleo, os aprendizes de feiticeiro da energia nuclear e da biotecnologia e as grandes corporações que fabricam armas, aço, alumínio, automóveis, pesticidas, plásticos e mil outros produtos, costumam derramar lágrimas de crocodilo pelo muito que a natureza sofre.

> ## A linguagem dos *experts* internacionais
>
> No marco da avaliação dos aportes efetuados para o redimensionamento dos projetos em curso, centraremos nossa análise em três problemáticas fundamentais: a primeira, a segunda e a terceira. Como se deduz da experiência dos países em desenvolvimento, onde têm sido postas em prática algumas das medidas que foram objeto de consulta, a primeira problemática tem numerosos pontos de contato com a terceira e ambas se mostram intrinsecamente vinculadas à segunda, de modo que se pode dizer que as três problemáticas estão relacionadas entre si.
>
> A primeira...

Essas empresas, as mais devastadoras do planeta, figuram nos primeiros lugares entre as que mais dinheiro ganham. São também as que mais dinheiro gastam: na publicidade, que milagrosamente transforma a contaminação em filantropia, e nas ajudazinhas que desinteressadamente dão aos políticos que decidem a sorte dos países e do mundo. Explicando por que os Estados Unidos se negavam a assinar a Convenção da Biodiversidade, na cúpula mundial do Rio de Janeiro, em 1992, disse o presidente George Bush:

– *É importante proteger nossos direitos, os direitos de nossos negócios.*

Na verdade, assinando ou não assinando dava no mesmo, porque, de todo o modo, os acordos internacionais valem menos do que os cheques sem fundos. A Eco-92 fora convocada para evitar a agonia do planeta. Mas, com exceção da Alemanha – e isso até certo ponto –, nenhuma das grandes potências cumpriu os acordos que assinou, por causa do medo das empresas de perder competitividade e o medo dos governos de perder eleições. E a que menos cumpriu foi justamente a maior potência, cujos objetivos essenciais tinham sido certeiramente definidos na confissão do presidente Bush.

Os colossos da indústria química, da indústria petroleira e da indústria automobilística, que tanto tinham a ver com o tema da Eco-92, arcaram com boa parte dos gastos da reunião. Poder-se-ia dizer qualquer coisa de Al Capone, mas ele era um cavalheiro: o bom Al sempre enviava flores aos velórios de suas vítimas.

Cinco anos depois da Eco-92, as Nações Unidas convocaram outra reunião para avaliar os resultados daquele conclave salvador do mundo. No quinquênio transcorrido, o planeta tinha sido esfolado, num tal ritmo, de sua pele vegetal, que as florestas tropicais destruídas equivaliam a duas Itálias e meia, e as terras férteis tornadas estéreis tinham a

---

Morgan

Sem perna de pau e tapa-olho, andam os biopiratas pela selva amazônica e outras terras. Fazem a abordagem, arrancam sementes, depois as patenteiam e as transformam em produtos de êxito comercial.

Recentemente, quatrocentos povos indígenas da região amazônica denunciaram a empresa International Plant Medicine Corporation, que se apossou de uma planta sagrada da região, a *ayahuasca*, "que equivale, para nós, à hóstia sagrada dos cristãos". A empresa patenteou a *ayahuasca* no Registro de Marcas e Patentes dos Estados Unidos, elaborando com ela medicamentos para doenças psiquiátricas e cardiovasculares. A *ayahuasca*, desde então, é propriedade privada.

extensão da Alemanha. Tornaram-se extintas 250 mil espécies de animais e plantas, a atmosfera estava mais intoxicada do que nunca, 1,3 bilhões de pessoas não tinham casa nem comida, e 25 mil morriam a cada dia ao beber água contaminada por venenos químicos ou dejetos industriais. Pouco antes, 2500 cientistas de diversos países, também convocados pelas Nações Unidas, tinham coincidido em anunciar, para os próximos tempos, as mudanças de clima mais aceleradas dos últimos dez mil anos.

Quem mais sofre o castigo, como de costume, são os pobres, gente pobre, países pobres, condenados à expiação dos pecados alheios. O economista Lawrence Summers, doutorado em Harvard e guindado às altas hierarquias do Banco Mundial, deu seu testemunho em fins de 1991. Num documento para uso interno da instituição, que por descuido foi publicado, Summers propunha que o Banco Mundial estimulasse a migração de indústrias sujas e lixos tóxicos "para os países menos desenvolvidos" – uma razão de lógica econômica relacionada com as *vantagens comparativas* desses países. Resumindo, e sem babados, as tais vantagens eram três: salários raquíticos, grandes espaços com muita sobra por contaminar e a escassa incidência de câncer entre os pobres, que têm o costume de morrer cedo e por outras causas.

A divulgação do documento causou grande alvoroço: essas coisas são feitas, mas não são ditas. Summers cometera a imprudência de pôr no papel aquilo que, havia muito tempo, o mundo vinha praticando. O sul já conta com muitos anos de trabalho como lixeiro do norte. No sul vão parar as fábricas que mais envenenam o ambiente, o sul é o cano de esgoto da maior parte da merda industrial e nuclear que o norte gera.

Há dezesseis séculos Santo Ambrósio, padre e doutor da Igreja, proibiu a usura entre os cristãos e a autorizou contra os bárbaros. Em nossos dias, ocorre o mesmo com a contaminação mais assassina. O que está mal no norte, está bem no sul; o que no norte é proibido, no sul é bem-vindo. No sul, estende-se o reino da impunidade: não há controles nem limitações legais, e, quando há, já se sabe o preço. Raríssimas vezes a cumplicidade do governo local é exercida gratuitamente, e tampouco são gratuitas as campanhas publicitárias contra os defensores da natureza e da dignidade humana, acusados de advogados do atraso, que se dedicam a espantar os investimentos estrangeiros e a sabotar o desenvolvimento econômico.

Em fins de 1984, na cidade indiana de Bophal, a fábrica de pesticidas da empresa química Union Carbide sofreu uma perda de quarenta toneladas de gás mortífero. O gás se espalhou pelos subúrbios, matou 6600 pessoas e prejudicou a saúde de outras setenta mil, muitas das quais morreram pouco depois ou adoeceram para sempre. A empresa Union Carbide não aplicava na Índia *nenhuma* das normas de segurança que são obrigatórias nos Estados Unidos.

Union Carbide e Dow Chemical vendem na América Latina numerosos produtos proibidos em seu país e o mesmo ocorre com outros gigantes da indústria química mundial. Na Guatemala, por exemplo, os aviões fumigam as plantações de algodão com pesticidas que não podem ser vendidos nos Estados Unidos e na Europa: esses venenos deixam resíduos nos alimentos, desde o mel até os peixes, e chegam à boca dos bebês. Já em 1974, uma investigação do Instituto de Nutrição da América Central descobrira que, em numerosos casos, o leite das mães guatemaltecas estava contaminado até duzentas vezes mais do que o limite considerado perigoso.

A impunidade da empresa Bayer vem dos tempos em que fazia parte do consórcio IG Farben e usava a mão de

Mapas

Nos Estados Unidos, o mapa ecológico é também um mapa racial. As fábricas que mais contaminam e os lixões mais perigosos estão situados nos bolsões de pobreza onde vivem os negros, os índios e a população de origem latino-americana.

A comunidade negra de Kennedy Heights, em Houston, Texas, habita terras arruinadas pelos resíduos de petróleo da Gulf Oil. São quase todos negros os habitantes de Covent, o lugar da Louisiana onde operam quatro das fábricas mais sujas do país. Eram negros, na sua maioria, aqueles que foram parar nos serviços médicos de emergência quando, em 1993, a General Chemical despejou chuva ácida sobre a cidade de Richmond North, na baía da Califórnia. Um relatório da United Church of Christ, publicado em 1987, advertiu que é negra e latina a maioria da população que vive perto dos enterros de resíduos tóxicos.

O lixo nuclear é oferecido às reservas indígenas a troco de dinheiro e promessa de empregos.

---

obra gratuita dos prisioneiros de Auschwitz. Muitos anos depois, um militante ecológico do Uruguai foi acionista da Bayer por um dia. Graças à solidariedade dos companheiros alemães, ele pôde elevar sua voz na assembleia de acionistas do segundo produtor mundial de pesticidas. Numa reunião pródiga em cerveja, salsicha com mostarda e aspirina à vontade, Jorge Barreiro perguntou por que a empresa vendia no Uruguai vinte agrotóxicos não autorizados na Alemanha, três dos quais tinham sido considerados "extremamente perigosos" e outros cinco "altamente perigosos" pela Organização Mundial de Saúde.

Na assembleia de acionistas, aconteceu o que sempre acontece. Quando alguém os interpela sobre a questão das vendas para o sul dos venenos proibidos no norte, os executivos da Bayer e de outras empresas de magnitude internacional dão a mesma resposta: eles não violam as leis dos países – o que pode ser formalmente certo – e os produtos são inofensivos. Jamais explicam por que tais bálsamos da natureza não podem ser desfrutados por seus compatriotas.

Produção máxima, custos mínimos, mercados abertos, lucros altos: o demais é o de menos. Numerosas empresas norte-americanas estavam instaladas no lado mexicano da fronteira desde muito antes do tratado de livre comércio entre os Estados Unidos e o México. Essas empresas tinham transformado a zona fronteiriça num grande chiqueiro industrial, e o que o tratado fez foi aumentar as possibilidades de que se beneficiassem dos exíguos salários mexicanos e da mexicana liberdade de envenenar a água, a terra e o ar. Usando-se a linguagem dos poetas do realismo capitalista, dir-se-ia que *o tratado maximizou as oportunidades de utilização dos recursos oferecidos pelas vantagens comparativas*. No entanto, quatro anos antes do tratado já as águas próximas das instalações da Ford, em Nueva Laredo, e da General Motors em Matamoros, continham *milhares de vezes* mais toxinas do que o nível máximo permitido no outro lado da fronteira. E nos arredores das instalações da DuPont, também em Matamoros, o grau de imundície chegou a tal ponto que foi preciso evacuar os moradores.

É a difusão internacional do progresso. Já não se fabrica no Japão o alumínio japonês: fabrica-se na Austrália, na Rússia e no Brasil. No Brasil, a energia e a mão de obra são baratas e o meio ambiente sofre em silêncio o feroz impacto dessa indústria suja. Para dar eletricidade ao alu-

> ## O desenvolvimento
>
> A ponte sem rio.
> Altas fachadas de edifícios sem nada atrás.
> O jardineiro água a grama de plástico.
> A escada-rolante não conduz a parte alguma.
> A autopista nos permite conhecer os lugares que a autopista devastou.
> A tela do televisor nos mostra um televisor que contém outro televisor, dentro do qual há um televisor.

mínio, o Brasil inundou gigantescas extensões de mata tropical. Nenhuma estatística registra o custo ecológico desse sacrifício. Afinal, é o costume: outros e muitos sacrifícios cabem à Floresta Amazônica, mutilada dia após dia, ano após ano, a serviço das empresas madeireiras, mineiras e de criação de gado. A devastação organizada vai tornando cada vez mais vulnerável o chamado *pulmão do planeta*. O monstruoso incêndio de Roraima, que em 1998 arrasou as matas dos índios ianomanis, não foi obra tão só das diabruras do *El Niño*.

A impunidade se alimenta da fatalidade e a fatalidade obriga à aceitação das ordens ditadas pela divisão internacional do trabalho, como foi o caso do tipo aquele que se jogou do décimo andar para obedecer à lei da gravidade.

A Colômbia planta tulipas para a Holanda e rosas para a Alemanha. Empresas holandesas enviam o bulbo da tulipa e empresas alemãs enviam as mudas de roseira para a savana de Bogotá. Quando as flores crescem nas imensas plantações, a Holanda recebe as tulipas, a Alemanha recebe as rosas e a Colômbia fica com os baixos salários, a terra esgotada e a água diminuída e envenenada. Esses jogos florais da era industrial estão secando e afundando a savana, enquanto os trabalhadores, quase todos mulheres e crianças, sofrem o bombardeio dos pesticidas e dos adubos químicos.

Os países desenvolvidos que formam a Organização para a Cooperação com o Desenvolvimento Econômico organizam a cooperação com o desenvolvimento econômico do sul do mundo enviando-lhe dejetos tóxicos que incluem lixo radioativo e outros venenos. Esses países proíbem a importação de substâncias contaminantes, mas as derramam generosamente sobre os países pobres. Fazem com o lixo perigoso a mesma coisa que fazem com os pesticidas e herbicidas proibidos em casa: exportam para o sul com outros nomes. A Convenção de Basileia pôs um ponto final nessas remessas, em 1992. Desde então, chegam mais do que antes: vêm disfarçados como *ajuda humanitária* ou *contribuições para os projetos de desenvolvimento*, conforme já denunciou inúmeras vezes a organização Greenpeace, ou vêm de contrabando entre as montanhas de dejetos industriais que são recebidos legalmente. A lei argentina

---

A educação

Nos arredores da Universidade de Stanford, conheci outra universidade, não tão grande, que dá cursos de obediência. Os alunos, cães de todas as raças, cores e tamanhos, aprendem a não ser cães. Quando latem, a professora os castiga com um beliscão no focinho ou com um doloroso tirão na coleira de agulhões de aço. Quando calam, a professora lhes recompensa o silêncio com guloseimas. Assim se ensina o esquecimento de latir.

impede o ingresso de resíduos perigosos, mas, para resolver tal probleminha, basta um certificado de inocuidade expedido pelo país que quer se livrar deles. No fim de 1996, os ecologistas brasileiros conseguiram deter a importação de baterias usadas de automóveis norte-americanos, que durante anos tinham chegado ao país como *material reciclável*. Os Estados Unidos exportavam as baterias usadas e o Brasil *pagava* para recebê-las.

Expulsas pela ruínas de suas terras e pela contaminação de rios e lagos, 25 milhões de pessoas deambulam buscando seu lugar no mundo. Segundo os prognósticos mais dignos de crédito, a degradação ambiental será, nos próximos anos, a principal causa dos êxodos populacionais nos países do sul. Conseguirão se salvar os países que mais sorriem para as fotos, os felizes protagonistas do milagre econômico? Aqueles que puderam sentar-se à mesa, conquistar a meta, chegar a Meca? Os países que acreditam ter dado o grande salto para a modernização já estão pagando o preço da pirueta. Em Taiwan, um terço do arroz não pode ser comido: está envenenado de mercúrio, arsênico e cád-

> ## Vista do crepúsculo, no final do século
>
> Está envenenada a terra que nos enterra ou desterra.
> Já não há ar, só desar.
> Já não há chuva, só chuva ácida.
> Já não há parques, só *parkings*.
> Já não há sociedades, só sociedades anônimas.
> Empresas em lugar de nações.
> Consumidores em lugar de cidadãos.
> Aglomerações em lugar de cidades.
> Não há pessoas, só públicos.
> Não há realidades, só publicidades.
> Não há visões, só televisões.
> Para elogiar uma flor, diz-se: "Parece de plástico".

mio. Na Coreia do Sul, só se pode beber água da terça parte dos rios. Já não há peixes comestíveis na metade dos rios da China. Numa carta, um menino chileno assim retratou seu país: "Saem barcos cheios de árvores e chegam barcos cheios de carros". O Chile é, hoje em dia, uma longa autopista, cujos acostamentos têm *shopping malls*, terras secas e matos industriais onde não cantam os pássaros: as árvores, soldadinhos em fila, marcham rumo ao mercado mundial.

O século XX, artista cansado, termina pintando naturezas mortas. O extermínio do planeta já não perdoa ninguém. Nem sequer o norte triunfal, que é o que mais contribui para a catástrofe e, na hora da verdade, assobia e olha para outro lado. No passo em que vamos, em pouco tempo será preciso colocar cartazes novos nas salas de maternidade dos Estados Unidos: *Avisa-se aos bebês que terão duas vezes mais possibilidades de câncer do que seus avós*. E já a empresa japonesa Daido Hokusan vende ar em latas, dois minutos de oxigênio, por dez dólares. Os rótulos garantem: *Esta é a central elétrica que recarrega o ser humano.*

Fontes consultadas

BAIRD, Vanessa. Trash. *The New Internationalist*. Oxford, outubro de 1997.
BARREIRO, Jorge. Accionista de Bayer por un día. *Tierra Amiga*. Montevideo, junho de 1994.
BRUNO, Kenny. The corporate capture of the Earth Summit. *Multinational Monitor*, julho/agosto de 1992.
BOWDEN, Charles. *Juárez, the laboratory of our future*. New York: Aperture, 1997.
CARSON, Rachel. *La primavera silenciosa*. Barcelona: Grijalbo, 1986.
COLBORN, Theo; DUMANOSKI, Dianne; MEYERS, John Person. *Nuestro futuro robado*. Madrid: Ecoespaña, 1997.
DURNING, Alan Thein. *How much is enough?* London: Earthscan, 1992.
LISBOA, Marijane. Ship of ills. *The New Internationalist*. Oxford, outubro de 1997.
LUTZENBERGER, José. Re-thinking progress. *The New Internationalist*. Oxford, abril de 1996.
PAYERAS, Mario. *Latitud de la flor y del granizo*. Tuxtla Gutiérrez: Instituto Chapaneco de Cultura, 1993.
SALAZAR, María Cristina et al. *La floricultura en la sabana de Bogotá*. Bogotá: Universidad Nacional/CES, 1996.
SIMON, Joel. *Endangered Mexico*. San Francisco: Sierra Club, 1997.
THE NATIONAL TOXIC CAMPAIGN. *Border trouble: Rivers in peril*. Boston, maio de 1991.
WORLDWATCH INSTITUTE. *State of the world, 1996*. New York: Norton, 1996.

Azul selvagem

Este céu jamais fica nublado, aqui não chove nunca. Neste mar ninguém corre perigo de afogar-se, nesta praia não há risco de roubos. Não há medusas que queimem, não há ouriço-do-mar que pique, não há mosquitos que incomodem. O ar, sempre na mesma temperatura, e a água, climatizada, evitam resfriados e pneumonias. As imundas águas do porto invejam estas águas transparentes. Este ar imaculado escarnece do veneno que as pessoas respiram na cidade.

A entrada não é cara, trinta dólares por pessoa, mas é preciso pagar em separado as cadeiras e os guarda-sóis. Na internet, lê-se: "Se você não os levar lá, seus filhos o odiarão". Wild Blue, a praia de Yokohama encerrada entre paredes de cristal, é uma obra-prima da indústria japonesa. As ondas têm a altura que os motores lhes dão. O sol eletrônico nasce e morre quando a empresa quer e proporciona à clientela desconcertantes amanheceres tropicais e vermelhos crepúsculos atrás das palmeiras.

– *É artificial* – diz um visitante. – *Por isso nós gostamos.*

Notícias

Em 1994, em Laguna Beach, ao sul da Califórnia, um cervo irrompeu dos bosques. O cervo galopou pelas ruas, foi atropelado pelos automóveis, saltou uma cerca e logo a janela de uma cozinha, rebentou outra janela e lançou-se do segundo andar, invadiu um hotel e passou como uma rajada, todo ensanguentado, diante dos atônitos frequentadores dos restaurantes litorâneos. E entrou mar adentro. Os policiais o prenderam na água e o arrastaram até a praia, onde sangrou até morrer.

– *Estava louco* – explicaram os policiais.

Um ano depois, em San Diego, também ao sul da Califórnia, um veterano de guerra roubou um tanque do arsenal. A bordo do tanque, esmagou quarenta automóveis, derrubou algumas pontes e investiu contra tudo o que encontrou, enquanto o perseguiam os patrulheiros. Quando empacou numa ladeira, os policiais avançaram, abriram a escotilha e cozinharam a tiros o homem que tinha sido soldado. Os telespectadores presenciaram, ao vivo, diretamente, o espetáculo completo.

– *Estava lou*co – explicaram os policiais.

EL AUTOMOVIL
NUEVA COLECCION DE CANCIONES
PARA EL PRESENTE AÑO.
RECOPILADAS POR
A. VANEGAS ARROYO.
MEXICO.

A impunidade do sagrado mortor

Os direitos humanos se humilham aos pés dos direitos das máquinas. São cada vez mais numerosas as cidades, sobretudo cidades do sul, onde as pessoas são proibidas. Impunemente, os automóveis usurpam o espaço humano, envenenam o ar e, frequentemente, assassinam os intrusos que invadem seu território conquistado. Qual a diferença entre a violência que mata com motor e a violência que mata com faca ou bala?

O Vaticano e suas liturgias

Este fim de século despreza o transporte público. Quando o século XX estava na metade de sua vida, os europeus usavam trens, ônibus, metrôs e bondes para três quartos de suas idas e vindas. Atualmente, a média caiu na Europa para um quarto. E isso ainda é muito, comparando-se com os Estados Unidos da América, onde o transporte público, virtualmente extinto na maioria das cidades, só corresponde a cinco por cento do transporte total.

Por volta dos anos vinte, Henry Ford e Harvey Firestone eram muito bons amigos e se davam muito bem com a família Rockefeller. Este carinho recíproco resultou numa aliança de influências, que muito teve a ver com o desmantelamento das vias férreas e a criação de uma vasta rede de estradas, logo transformadas em autopistas, em todo o território norte-americano. Com a passagem dos anos, tornou-se cada vez mais aplastante, nos Estados Unidos e no mundo todo, o poder dos fabricantes de automóveis, dos fabricantes de pneus e dos industriais do petróleo. Das sessenta maiores empresas do mundo, a metade pertence a essa santa aliança ou trabalha para ela.

O paraíso do fim do século: nos Estados Unidos se concentra o maior número de automóveis do mundo e também o maior número de armas. Seis, seis, seis: de cada seis dólares que gasta o cidadão médio, um é destinado ao automóvel; de cada seis horas de vida, uma é dedicada a andar no automóvel ou a trabalhar para pagá-lo; e de cada seis empregos, um está direta ou indiretamente relacionado com o automóvel e outro com a violência e suas indústrias. Quanto mais pessoas os automóveis e as armas assassinam, quanto mais natureza arrasam, mais cresce o Produto Nacional Bruto.

Talismãs contra o desamparo ou convites para o crime? A venda de automóveis é simétrica à venda de armas e poder-se-ia dizer que faz parte dela: os automóveis são a principal causa de morte entre os jovens, seguidos das armas de fogo. Os acidentes de trânsito matam e ferem, *anualmente*, mais norte-americanos do que todos os norte-americanos mortos e feridos ao longo da Guerra do Vietnã, e em numerosos estados da União a carteira de motorista é o único documento necessário para que qualquer pessoa possa comprar um fuzil automático e com ele peneirar a balaços toda a vizinhança. Também é usada para pagar com cheques ou recebê-los, para trâmites burocráticos ou na assinatura de contrato. A carteira de motorista faz as vezes de documento de identidade: são os automóveis que outorgam identidade às pessoas.

Os norte-americanos usam uma das gasolinas mais baratas do mundo, graças aos xeques de óculos escuros, aos reis de opereta e outros aliados da democracia que se dedicam a vender mal o petróleo, a violar os direitos humanos e

> ## O paraíso
>
> Se nos portarmos bem, está prometido, veremos todos as mesmas imagens e ouviremos os mesmos sons e vestiremos as mesmas roupas e comeremos os mesmos hambúrgueres e estaremos sós na mesma solidão dentro de casas iguais em bairros iguais de cidades iguais onde respiraremos o mesmo lixo e serviremos aos nossos automóveis com a mesma devoção e obedeceremos às mesmas máquinas num mundo que será maravilhoso para todo aquele que não tiver pernas nem pés nem asas nem raízes.

a comprar armas norte-americanas. Segundo os cálculos do Worldwatch Institute, se levados em conta os danos ecológicos e outros *custos ocultos*, o preço da gasolina, quando menos, deveria valer o dobro. Nos Estados Unidos, a gasolina é três vezes mais barata do que na Itália, que ocupa o segundo lugar do mundo entre os países mais motorizados; e cada norte-americano queima, em média, quatro vezes mais combustível do que um italiano, que por sua vez já queima bastante.

Essa sociedade norte-americana, enferma de carrolatria, gera a quarta parte dos gases que mais envenenam a atmosfera. Os automóveis, sedentos de gasolina, são em boa parte responsáveis por esse desastre, mas os políticos lhes garantem a impunidade em troca de dinheiro e votos. Cada vez que algum louco sugere o aumento dos impostos da gasolina, os *big three* de Detroit (General Motors, Ford e Chrysler) põem a boca no mundo e promovem campanhas milionárias e de ampla repercussão popular, denunciando tão grave ameaça às liberdades públicas. E quando algum político se sente assaltado pela dúvida, as empresas lhe aplicam uma terapia infalível para esse mal-estar: como constatou certa vez a revista Newsweek, "é tão orgânica a relação entre o dinheiro e a política, que tentar mudá-la seria o mesmo que pedir a um cirurgião que fizesse em si mesmo uma operação a coração aberto".

Raro é o caso do político, democrata ou republicano, capaz de cometer algum sacrilégio contra o modo de vida nacional, fundado na veneração da máquina e no esbanjamento dos recursos naturais do planeta. Imposto como modelo universal, esse modo de vida, que identifica o desenvolvimento humano ao crescimento econômico, realiza milagres que a publicidade exalta e difunde e dos quais o mundo inteiro gostaria de participar. Nos Estados Unidos, qualquer um pode realizar o sonho do carro próprio e são muitos os que podem trocar de carro com frequência. E se o dinheiro não é suficiente para o último modelo, a crise de identidade pode ser resolvida com aerossóis que o mercado oferece para dar cheiro de novo ao carrossauro comprado há três ou quatro anos.

Pânico da velhice: a velhice, como a morte, identifica-se ao fracasso. O automóvel, promessa de eterna juventude, é o único corpo que se pode comprar. Esse corpo, abastecido de gasolina e óleo em seus restaurantes, dispõe de farmácias onde lhe dão remédios e de hospitais onde o examinam, diagnosticam seu mal e o curam, e tem dormitórios para descansar e cemitérios para morrer.

Ele promete liberdade às pessoas – não é por nada que as autopistas são chamadas *freeways*, caminhos livres – e, no entanto, atua como uma jaula ambulante. O tempo de trabalho humano aumenta, apesar do progresso tecnológico, e também aumenta, ano após ano, o tempo necessário para ir e vir do trabalho, por causa dos engarrafamentos do trânsito, que obrigam a avançar a duras penas e trituram os nervos: vive-se dentro do automóvel e ele não te solta. *Drive-in shooting*: sem sair do carro, a toda velocidade, pode-se apertar o gatilho e atirar sem apontar para ninguém, como às vezes acontece nas noites de Los Angeles. *Drive-thru teller*, *drive-in restaurant*: sem sair do carro pode-se tirar dinheiro do banco e comer hambúrgueres. E sem sair do carro também se pode casar, *drive-in marriage*: em Reno, Nevada, o automóvel do casal passa sob arcos de flores de plástico; numa janelinha aparece a testemunha, noutra o pastor que, bíblia na mão, declara-os marido e mulher; e na saída, uma funcionária provida de asas e de auréola entrega a certidão de casamento e recebe o pagamento, que se chama *love donation*.

A fuga/3

Na cidade argentina de Córdoba, sob o asfalto, nos esgotos, moram bandos de meninos abandonados. De vez em quando emergem nas ruas para furtar bolsas e carteiras. Se a polícia não os prende e não os desanca a bordoadas, usam o dinheiro para comprar e dividir pizza e cerveja. Também compram tubos de cola para cheirar.

A jornalista Marta Platía perguntou-lhes o que sentiam quando se drogavam.

Um dos meninos disse que fazia redemoinhos com o dedo e fabricava vento: apontava uma árvore com o dedo e a árvore se movia, sacudida pelo vento que ele enviava.

Outro contou que o chão se enchia de estrelas e ele voava por aquele céu que estava em todos os lugares, havia céu acima e havia céu abaixo e havia céu nos quatro lados do mundo.

E outro disse que se sentava diante de uma moto, a moto mais cara e aerodinâmica da cidade, e assim, olhando-a, transformava-se em seu dono, e olhando-a e olhando-a ia correndo nela, a toda velocidade, enquanto a moto crescia e mudava de cor.

Direitos e deveres

Embora a maioria dos latino-americanos não tenha o direito de comprar um carro, todos têm o dever de pagar esse direito de poucos. De cada mil haitianos, apenas cinco estão motorizados, mas o Haiti dedica um terço de suas divisas à importação de veículos, peças de reposição e gasolina. Um terço dedica também El Salvador, onde o transporte público é tão desastroso e perigoso que o povo apelidou os ônibus de *ataúdes volantes*. Segundo Ricardo Navarro, especialista nesses temas, o dinheiro que a Colômbia gasta *anualmente* para subsidiar a gasolina daria para presentear à população dois milhões e meio de bicicletas.

O automóvel, corpo comprável, move-se em lugar do corpo humano, que permanece quieto e engorda; e o corpo mecânico tem mais direitos do que o de carne e osso. Como se sabe, os Estados Unidos têm promovido nesses últimos anos uma guerra santa contra o demônio do fumo. Vi numa revista um anúncio de cigarros, atravessado pela obrigatória advertência de perigo à saúde pública. A tarja dizia: *O fumo do cigarro contém monóxido de carbono*. Na mesma revista, no entanto, havia vários anúncios de automóveis e nenhum advertia que a fumaça dos automóveis contém muito mais monóxido de carbono. As pessoas não podem fumar. Os automóveis, sim.

Com as máquinas ocorre o que costuma ocorrer com os deuses: nascem a serviço dos homens, mágicos exorcismos contra o medo e a solidão, e acabam pondo os homens a seu serviço. A religião do automóvel, com seu Vaticano nos Estados Unidos, traz o mundo de joelhos: sua difusão produz catástrofes e as cópias multiplicam até o delírio os defeitos do original.

Pelas ruas latino-americanas circula uma ínfima parte dos automóveis do mundo, mas algumas das cidades mais contaminadas do mundo estão na América Latina. As estruturas da injustiça hereditária e as ferozes contradições sociais geraram, no sul do mundo, cidades que crescem além de todo o controle possível, monstros desmesurados e violentos: a importação da fé no deus de quatro rodas e a identificação da democracia ao consumo têm efeitos mais devastadores do que qualquer bombardeio.

Nunca tantos sofreram tanto por tão poucos. O transporte público desastroso e a inexistência de ciclovias tornam pouco menos do que obrigatório o uso do automóvel particular, mas quantos podem dar-se o luxo? Os latino-americanos que não têm carro próprio não poderão comprá-lo nunca, vivem encurralados pelo tráfego e afogados no *smog*. As calçadas diminuem ou desaparecem, as distâncias aumentam, há cada vez mais carros que se cruzam e cada vez menos pessoas que se encontram. Os ônibus não só são escassos: para piorar, na maioria de nossas cidades o transporte público corre por conta de uns desarranjados calhambeques, que lançam mortais fumaceiras pelos canos de escape e multiplicam a contaminação ao invés de aliviá-la.

Em nome da liberdade de empresa, da liberdade de circulação e da liberdade de consumo, torna-se irrespirável o ar do mundo. O automóvel não é o único culpado da cotidiana matança do ar, mas é o pior inimigo dos seres humanos, que foram reduzidos à condição de seres urbanos. Nas cidades de todo o planeta, o automóvel gera a maior parte do coquetel de gases que afeta os brônquios, os olhos e o resto, e também gera a maior parte do ruído e das tensões que afetam os ouvidos e os nervos. No norte do mundo, os automóveis, em regra, estão obrigados a utilizar combustíveis e tecnologias que, ao menos, reduzem a intoxicação provocada *pelos veículos*, o que poderia melhorar bastante as coisas se os carros não se reproduzissem como moscas. No sul é muito pior. Em raros casos a lei obriga o uso de gasolina sem chumbo e catalizadores, e nesses raros casos, em regra, a lei é acatada mas não é cumprida, segundo quer a tradição que vem dos tempos coloniais. Com criminosa impunidade, as ferozes descargas de chumbo entram no sangue e agridem os pulmões, o fígado, os ossos e a alma.

Algumas das maiores cidades latino-americanas vivem dependentes da chuva e dos ventos, que limpam o ar e levam o veneno para outro lugar. A Cidade do México, a mais povoada do mundo, vive em estado de perpétua emergência ambiental. Há cinco séculos, um canto azteca perguntava:

Quem poderá sitiar Tenochtitlán?
Quem poderá abalar os alicerces do céu?

Atualmente, na cidade que outrora se chamou Tenochtitlán, sitiada pela contaminação, os bebês nascem com chumbo no sangue e, de cada três cidadãos, um padece de frequentes dores de cabeça. Os conselhos do governo para a população, diante das devastações da praga motorizada, parecem lições práticas para o enfrentamento de uma invasão marciana. Em 1995, a Comissão Metropolitana de Prevenção e Controle da Contaminação Ambiental recomendou aos habitantes da capital mexicana que, nos chamados "dias de contingência ambiental", *permaneçam o menor tempo possível ao ar livre, mantenham fechadas as portas, janelas e outras aberturas e não pratiquem exercícios entre as dez e as dezesseis horas*.

Nesses dias, cada vez mais frequentes, mais de meio milhão de pessoas requer algum tipo de assistência médica, pelas dificuldades para respirar, naquela que outrora foi "a região do ar mais transparente". No fim de 1996, quinze camponeses do estado de Guerrero vieram à Cidade do México fazer uma manifestação para denunciar injustiças: todos foram parar no hospital público.

Longe dali, noutro dia do mesmo ano, choveu torrencialmente na cidade de São Paulo. O trânsito enlouqueceu a tal ponto que produziu o pior engarrafamento da história nacional. O prefeito, Paulo Maluf, festejou:

– *Os engarrafamentos são sinais de progresso.*

Mil carros novos aparecem a cada dia nas ruas de São Paulo. São Paulo respira nos domingos e se asfixia no resto da semana. Só aos domingos se pode ver, à distância, a cidade habitualmente envolta numa nuvem de gases.

É uma anedota/1

Numa grande avenida de uma grande cidade latino-americana, alguém espera para atravessar. Plantado junto ao meio-fio, diante da incessante rajada de automóveis, o pedestre espera dez minutos, vinte minutos, uma hora. Volta-se, então, e vê um homem encostado numa parede, fumando. Pergunta-lhe:
– *Como é que eu posso passar para o outro lado?*
– *Não sei. Eu nasci no lado de cá.*

Também o prefeito do Rio de Janeiro, Luiz Paulo Conde, elogiou as tranqueiras do trânsito: graças a essa bênção da civilização urbana, os automobilistas podem viver melhor falando pelo telefone celular, assistindo à televisão portátil e alegrando os ouvidos com as fitas e os CDs.

– *No futuro* – anunciou o prefeito – *uma cidade sem engarrafamentos será muito aborrecida.*

Enquanto a autoridade carioca formulava essa profecia, ocorreu uma catástrofe ecológica em Santiago do Chile. Suspenderam-se as aulas e uma multidão de crianças superlotou os serviços de assistência médica. Em Santiago do Chile, como já denunciaram os ecologistas, cada criança que nasce respira o equivalente a sete cigarros diários e uma em cada quatro sofre de alguma forma de bronquite. A cidade está separada do céu por um guarda-chuva de contaminação, que nos últimos quinze anos duplicou sua densidade enquanto se duplicava, também, o número de automóveis.

Ano após ano vão-se envenenando os *aires* da cidade chamada Buenos Aires, no mesmo ritmo em que vão aumentando os automóveis, em torno de meio milhão por

> ## Não é uma anedota/1
>
> 1996, Manágua, bairro Las Colinas: noite de festa. O cardeal Obando, o embaixador dos Estados Unidos, alguns ministros do governo e *socialites* locais assistem às cerimônias da inauguração. Erguem-se taças brindando à prosperidade da Nicarágua. Ouve-se música, ouvem-se discursos.
> – *Assim se criam fontes de trabalho, assim se edifica o progresso* – declara o embaixador.
> – *Parece que estamos em Miami* – derrete-se o cardeal Obando. Sorrindo para as câmeras de televisão, Sua Eminência corta a fita vermelha. Está inaugurado o novo posto da Texaco. A empresa anuncia que instalará outros postos no futuro.

ano. Em 1996, eram dezesseis os bairros de Buenos Aires com níveis de ruído *muito perigosos*, ruídos perpétuos do tipo que, segundo a Organização Mundial da Saúde, "pode produzir danos irreversíveis à saúde humana". Charles Chaplin gostava de dizer que o silêncio é o ouro dos pobres. Passaram-se os anos e o silêncio é cada vez mais um privilégio dos poucos que podem pagar por ele.

A sociedade de consumo nos impõe sua simbologia do poder e sua mitologia da ascensão social. A publicidade convida para que se entre na classe dominante, por obra e graça da mágica chavezinha que liga o motor do automóvel: *Imponha-se!*, manda a voz que dita as ordens do mercado, e também: *Você manda!*, e também: *Demonstre sua personalidade!* E se você puser um tigre no seu tanque, segundo os cartazes que recordo da minha infância, você será mais veloz e poderoso do que todos e esmagará aquele que quiser obstruir seu caminho para o êxito. A linguagem fabrica a realidade ilusória que a publicidade precisa inventar para vender. Mas a realidade real tem muito pouco a ver com essas feitiçarias comerciais. A cada duas crianças que nascem no mundo, nasce um automóvel. E cada vez nascem mais automóveis em proporção às crianças que nascem. Cada criança nasce querendo ter um automóvel, dois automóveis, mil automóveis. Quantos adultos conseguem materializar suas fantasias infantis? Os numerozinhos dizem que o automóvel não é um direito, é um privilégio. Apenas vinte por cento da humanidade dispõe de oitenta por cento dos automóveis, embora cem por cento da humanidade tenha de sofrer o envenenamento do ar. Como tantos outros símbolos da sociedade de consumo, o automóvel está nas mãos de uma minoria, que transforma seus costumes em verdades universais e nos obriga a acreditar que o motor é o único prolongamento possível do corpo humano.

O número de carros cresce e não para de crescer nas babilônias latino-americanas, mas este número continua sendo pequeno na comparação com os centros da prosperidade mundial. Em 1995, os Estados Unidos e o Canadá, juntos, tinham mais veículos motorizados do que todo o resto do mundo, tirando a Europa. No mesmo ano, a Alemanha tinha tantos carros, caminhões, caminhonetes, *motor homes* e motocicletas como a soma de todos os países da América Latina e da África. No entanto, de cada quatro mortos por automóveis em todo o planeta, três morrem nas cidades do sul do mundo. E dos três que morrem, dois são pedestres. O Brasil tem três vezes menos automóveis do que a Alemanha, mas tem três vezes mais vítimas. Na Colômbia ocorrem por ano seis mil homicídios chamados *acidentes de trânsito*.

Os anúncios costumam promover os novos modelos de automóveis como se fossem armas. Nisso, ao menos, não mente a publicidade: acelerar fundo é como disparar uma arma, proporciona o mesmo prazer e o mesmo poder. Anualmente, os carros matam no mundo mais gente do que mataram, somadas, as bombas de Hiroshima e Nagasaki, e em 1990 causaram mais mortes ou incapacidades físicas do que as guerras ou a Aids. Segundo as projeções da Organização Mundial de Saúde, no ano 2020 os carros ocuparão o terceiro lugar como fatores de morte ou incapacidade; as guerras serão a oitava causa e a Aids a décima.

A caçada aos que caminham integra as rotinas da vida cotidiana nas grandes cidades latino-americanas, onde a armadura de quatro rodas estimula a tradicional prepotência dos que mandam e dos que agem como se mandassem. A carteira de motorista equivale ao porte de arma e dá permissão para matar. Há cada vez mais energúmenos dispostos a esmagar quem lhes atravesse o caminho. Nestes últimos tempos, tempos de histeria da insegurança, à impune truculência sobre rodas soma-se o pânico dos assaltos e dos sequestros. Torna-se cada vez mais perigoso, e cada vez menos frequente, parar o carro diante da luz vermelha da sinaleira: em algumas cidades, a luz vermelha é como uma ordem de aceleração. As minorias privilegiadas, condenadas ao medo perpétuo, pisam no acelerador para fugir da realidade, e a realidade é essa coisa muito perigosa que espreita do outro lado dos vidros fechados do automóvel.

Em 1992 houve um plebiscito em Amsterdã. Os habitantes decidiram reduzir à metade a área, já muito limitada, onde circulam os automóveis nessa cidade holandesa que é o reino dos ciclistas e dos pedestres. Três anos depois, a cidade italiana de Florença se rebelou contra a carrocracia, a ditadura dos automóveis, e proibiu o trânsito de automóveis particulares em todo o centro. O prefeito anunciou que a proibição se estenderá pela cidade inteira na medida que se multiplicarem os bondes, as linhas do metrô, os ônibus e as vias de pedestres. E também as bicicletas: segundo os planos oficiais, será possível atravessar a cidade inteira, sem riscos, por qualquer parte, pedalando ao longo das ciclovias, num meio de transporte que é barato e não gasta nada, ocupa pouco lugar, não envenena o ar e não mata ninguém, e que foi inventado, há cinco séculos, por um vizinho de Florença chamado Leonardo da Vinci.

Modernização, motorização: o ronco dos motores não permite que se ouçam as vozes denunciativas do artifício de uma civilização que te rouba a liberdade para depois te vender e que te corta as pernas para depois te obrigar a comprar automóveis e aparelhos de ginástica. Impõe-se ao mundo, como único modelo possível de vida, o pesadelo de cidades onde os carros governam. As cidades latino-americanas sonham parecer-se com Los Angeles, com seus oito milhões de automóveis dando ordens a todos. Ambicionamos ser a cópia dessa vertigem. Durante cinco séculos, fomos adestrados para copiar ao invés de criar. Já que estamos condenados à copiandite, poderíamos, ao menos, escolher nossos modelos com um pouco mais de cuidado.

Fontes consultadas

AMERICAN AUTOMOBILE MANUFACTURERS ASSOCIATION. *World motor vehicle data*. Detroit, 1995.

BARRETT, Richard; SERAGELDIN, Ismail. *Environmentally sustainable urban transport. Defining a global policy*. Washington: World Bank, 1993. *Business Week*, The global 1.000, 13 de julho de 1992.

CEVALLOS, Diego. El reino del auto. *Tierramérica*. México, junho de 1996.

FAIZ, Asif et al. *Automotive air pollution: Issues and options for developing countries*. Washington: World Bank, 1990.

FORTUNE, Global 500: The world's largest corporations. 7 de agosto de 1995 e 29 de abril de 1996.

GREENPEACE INTERNATIONAL. *El impacto del automóvil sobre el medio ambiente*. Santiago de Chile, 1992.

GUINSBERG, Enrique. El auto nuestro de cada día. *Transición*. México, fevereiro de 1996.

INTERNATIONAL ROAD FEDERATION. *World road statistics*. Genebra, 1994.

MARSHALL, Stuart. Gunship or racing car? *Financial Times*, 10 de novembro de 1990.

NAVARRO, Ricardo; HEIRLI, Urs; BECK, Victor. *La bicicleta y los triciclos*. Santiago de Chile: SKAT/CETAL, 1985.

WORLD HEALTH ORGANIZATION (Organização Mundial da Saúde). *World Health Report*. Genebra, 1996.

_____. Programa de Medio Ambiente de las Naciones Unidas (WHO/UNEP). *Urban air pollution in megacities of the world*. Cambridge: Blackwell, 1992.

_____. *City air quality trends*. Nairobi, 1995.

WOLF, Winfried. *Car mania. A critical history of transport*. London: Pluto, 1996.

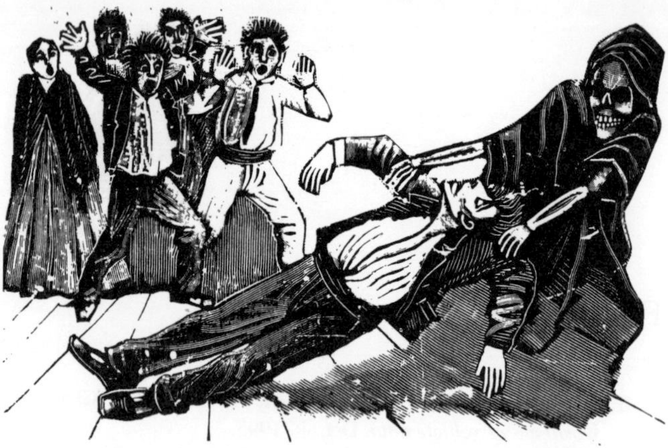

> "De noite, para não ver,
> acendo a luz."
> (Escutado por Mercedes Ramírez)

Pedagogia da solidão

- ■ Lições da sociedade de consumo
- ■ Curso intensivo de incomunicação

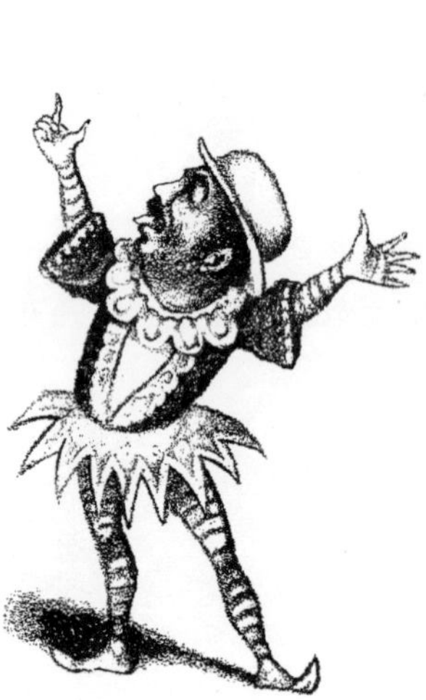

Lições da sociedade de consumo

O suplício de Tântalo atormenta os pobres. Condenados à sede e à fome, também estão condenados a contemplar os manjares que a publicidade oferece. Quando aproximam a boca ou levam a mão, as maravilhas se afastam. E se, aventurando-se ao assalto, conseguem dar de mão em alguma, vão parar na cadeia ou no cemitério.

Manjares de plástico, sonhos de plástico. É de plástico o paraíso que a televisão promete a todos e a poucos dá. A seu serviço estamos. Nesta civilização onde as coisas importam cada vez mais e as pessoas cada vez menos, os fins foram sequestrados pelos meios: as coisas te compram, o automóvel te governa, o computador te programa, a TV te vê.

Globalização, bobalização

Até algum tempo atrás, o homem que não devia nada a ninguém era um virtuoso exemplo de honestidade e vida laboriosa. Hoje, é um extraterrestre. Quem não deve, não é. Devo, logo existo. Quem não é digno de crédito, não merece nome ou rosto: o cartão de crédito prova o direito à existência. Dívidas: isto é o que tem quem nada tem; e uma patinha presa nessa ratoeira há de ter qualquer pessoa ou país que pertença a este mundo.

O sistema produtivo, transformado em sistema financeiro, multiplica os devedores para multiplicar os consumidores. Dom Karl Marx, que há mais de um século já antevia tal processo, advertiu que a tendência à queda da taxa de lucro e a tendência à superprodução obrigavam o sistema a crescer sem limites e a dilatar até a loucura o poder dos parasitas da "moderna bancocracia", que definiu como "uma quadrilha que nada sabe da produção e não tem nada a ver com ela".

A explosão do consumo no mundo atual faz mais barulho do que todas as guerras e mais alvoroço do que qualquer carnaval. Como diz um velho provérbio turco, *quem bebe na conta se emborracha em dobro*. A folia aturde e embaça o olhar: esta grande borracheira universal parece não ter limites no tempo e no espaço. Mas a cultura de consumo é tão sonora porque, como o tambor, é vazia: na hora da verdade, quando a algazarra cessa e se acaba a festa, o borracho desperta, sozinho com sua sombra e com os pratos quebrados que tem de pagar. A expansão da demanda esbarra nas fronteiras impostas pelo mesmo sistema que a gera. O sistema necessita de mercados cada vez mais abertos e mais amplos, como os pulmões necessitam de ar, e ao mesmo tempo necessita que os preços das matérias-primas e da força humana de trabalho andem ao rés do chão, como de fato andam. O sistema fala em nome de todos, a todos dirige suas imperiosas ordens de consumo, entre todos difunde a febre compradora. Não é o bastante: para quase todos, a aventura começa e termina na tela do televisor. A maioria, que se endivida para ter coisas, termina não tendo outra coisa senão dívidas para pagar dívidas que geram novas dívidas, e acaba consumindo fantasias que só pode materializar delinquindo.

A difusão massiva do crédito, adverte o sociólogo Tomás Moulian, faz com que a cultura cotidiana do Chile gire em torno de símbolos de consumo: a aparência

Pobrezas

Pobres, verdadeiramente pobres, são os que não têm tempo para perder tempo.

Pobres, verdadeiramente pobres, são os que não têm silêncio e nem podem comprá-lo.

Pobres, verdadeiramente pobres, são os que têm pernas que se esqueceram de andar, como as asas das galinhas, que se esqueceram de voar.

Pobres, verdadeiramente pobres, são os que comem lixo e pagam por ele como se fosse comida.

Pobres, verdadeiramente pobres, são os que têm o direito de respirar merda, como se fosse ar, sem pagar nada por ela.

Pobres, verdadeiramente pobres, são os que não têm liberdade senão para escolher entre um e outro canal de televisão.

Pobres, verdadeiramente pobres, são os que vivem dramas passionais com as máquinas.

Pobres, verdadeiramente pobres, são os que sempre são muitos e sempre estão sós.

Pobres, verdadeiramente pobres, são os que não sabem que são pobres.

---

como núcleo da personalidade, o artifício como modo de vida, "a utopia com 48 meses de prazo". O modelo consumista foi-se impondo, ao longo dos anos, desde que em 1973 os *jets* Hawker Hunter bombardearam o palácio presidencial de Salvador Allende, e o general Augusto Pinochet inaugurou a era do milagre. Um quarto de século depois, no princípio de 1998, *The New York Times* comentou que esse golpe de Estado deflagrara "a transformação do Chile, que era uma estagnada república bananeira e se tornara a estrela econômica da América Latina".

Quantos chilenos essa estrela ilumina? A quarta parte da população sobrevive em estado de pobreza absoluta e o senador Jorge Lavandero constatou que os cem chilenos mais ricos ganham mais do que tudo o que o Estado gasta, por ano, em serviços sociais. O jornalista norte-americano Marc Cooper encontrou muitos impostores no paraíso do consumo: chilenos que fecham os vidros do automóvel para mentir que têm ar-condicionado, falam por telefones celulares de brinquedo, usam cartão de crédito para comprar batatas ou uma calça em doze prestações. O jornalista também foi testemunha da irritação de empregados do supermercados Jumbo: há pessoas que enchem o carrinho com os artigos mais caros, passeiam um bom tempo entre as gôndolas, exibindo-se, depois abandonam o carrinho num canto e vão embora sem comprar nem um chiclete.

O direito ao esbanjamento, privilégio de poucos, quer significar a liberdade para todos. Diz-me quanto consomes, dir-te-ei quanto vales. Esta civilização não deixa ninguém dormir, nem as flores, nem as galinhas, nem as pessoas. Nas estufas, as flores são submetidas à luz constante, para que cresçam mais rapidamente. Nos aviários, a

---

Um mártir

No outono de 1998, um pleno centro de Buenos Aires, um transeunte distraído foi esmagado por um ônibus. A vítima atravessava a rua falando por um telefone celular. Falando? Fingindo que falava: o telefone era de brinquedo.

Magia

Em Cerro Norte, um bairro pobre de Montevidéu, um mágico fez uma função pública. Com um toque da varinha, fazia com que um dólar brotasse do punho ou do chapéu.

Terminada a função, a varinha mágica desapareceu. No dia seguinte, os vizinhos viram um menino descalço que andava pelas ruas, com a varinha na mão: batia em qualquer coisa que encontrava e ficava esperando.

Como muitos meninos do bairro, esse menino, de nove anos, costumava afundar o nariz num saco plástico de cola. E certa vez explicou:

– *Assim eu vou para outro país*.

---

noite é proibida às galinhas. E as pessoas estão condenadas à insônia, pela ânsia de comprar e pela angústia de pagar.

Esse modo de vida não é bom para as pessoas, mas é muito bom para a indústria farmacêutica. Os Estados Unidos consomem a metade dos sedativos, tranquilizantes e demais drogas químicas que se vendem legalmente no mundo, e mais da metade das drogas proibidas que se vendem ilegalmente, o que não é pouco, levando-se em conta que os Estados Unidos somam apenas cinco por cento da população mundial.

"Gente infeliz, essa que vive competindo", lamenta uma mulher no bairro de Buceo, em Montevidéu. *El dolor de ya no ser*, que outrora cantava o tango, deu lugar à vergonha de não ter. Um homem pobre é um pobre homem. "Se não tens nada, pensas que não vales nada", diz um rapaz no bairro Villa Fiorito, em Buenos Aires. E outro constata, na cidade dominicana de San Francisco de Macorís:

> ### É uma anedota/2
>
> Acidenta-se um automóvel na saída de Moscou. O condutor emerge das ferragens e geme:
> – *Meu Mercedes... Meu Mercedes...*
> Alguém diz:
> – *Mas, senhor... Que importa o carro? Não vê que perdeu um braço?*
> Olhando o coto sangrento, o homem chora:
> – *Meu Rolex... Meu Rolex!*

"Minhas irmãs trabalham para as marcas. Vivem comprando etiquetas e comendo o pão que o diabo amassou para pagar as prestações."

Invisível violência do mercado: a diversidade é inimiga da rentabilidade, e a uniformidade manda. A produção em série, em escala gigantesca, impõe em todas as partes suas obrigatórias pautas de consumo. A ditadura da uniformização obrigatória é mais devastadora do que qualquer ditadura de partido único: impõe, no mundo inteiro, um modo de vida que reproduz os seres humanos como fotocópias do consumidor exemplar.

O consumidor exemplar é o homem imóvel. Esta civilização, que confunde quantidade com qualidade, confunde gordura com boa alimentação. Segundo a revista científica *The Lancet*, na última década a "obesidade severa" cresceu em quase trinta por cento entre a população jovem dos países mais desenvolvidos. Entre as crianças norte-americanas, a obesidade aumentou em quarenta por cento nos últimos dezesseis anos, segundo investigação recente do Centro de Ciências da Saúde da Universidade do Colorado. O país que inventou as comidas e as bebidas

> ## Não é uma anedota/2
>
> Na primavera de 1998, em Viena, nasce um novo perfume. É batizado diante das câmeras de televisão, na secção dos cofres de segurança do Banco da Áustria. A criatura atende pelo nome de *Cash* e exala o excitante cheiro do dinheiro. Novas apresentações à sociedade estão programadas para a Alemanha, na sede do Deutsche Bank, e na Suíça, na Union de Banques Suisses.
>
> O perfume *Cash* só pode ser comprado através da internet ou nas *boutiques* mais exclusivas.
>
> – *Queremos que seja a Ferrari dos perfumes* – dizem os criadores.

light, a *diet food* e os alimentos *fat free* tem o maior número de gordos do mundo. O consumidor exemplar só desce do automóvel para trabalhar e ver televisão. Sentado diante da telinha, passa quatro horas devorando comida de plástico.

Triunfa o lixo disfarçado de comida: esta indústria está colonizando os paladares do mundo e fazendo em pedaços as tradições da comida local. Os costumes de comer bem, que vêm de longe, têm em alguns países milhares de anos de refinamento e diversidade, e são um patrimônio coletivo que de algum modo está nos fogões de todos e não apenas na mesa dos ricos. Essas tradições, essas senhas de identidade cultural, essas festas da vida, estão sendo esmagadas, de modo fulminante, pela imposição do sabor químico e único: a globalização do hambúrguer, a ditadura do *fast food*. A plastificação da comida em escala mundial, obra do McDonald's, Burger King e outras empresas, viola o direito de autodeterminação da cozinha: sagrado direito, porque a boca é uma das portas da alma.

O campeonato mundial de futebol de 1998 nos confirmou, entre outras coisas, que o cartão MasterCard tonifica os músculos, que a Coca-Cola possibilita eterna juventude e que o cardápio do McDonald's não pode faltar no estômago de um bom atleta. O imenso exército de McDonald's dispara hambúrgueres às bocas das crianças e dos adultos do planeta inteiro. O duplo arco desse M serviu de estandarte durante a recente conquista dos países do leste da Europa. As filas diante do McDonald's de Moscou, inaugurado em 1990 com o estardalhaço de bumbos e pratos, simbolizaram a vitória do Ocidente com tanta eloquência quanto a queda do Muro de Berlim.

Um sinal dos tempos: essa empresa, que encarna as virtudes do mundo livre, nega a seus empregados a liberdade de se filiar a sindicatos. O McDonald's, portanto, viola um direito legalmente constituído em muitos países onde opera. Em 1997, num restaurante de Montreal, no Canadá, alguns de seus empregados, membros daquilo que a empresa chama *Macfamília*, tentaram sindicalizar-se: o restaurante fechou. Mas em 1998, outros empregados do McDonald's, numa pequena cidade perto de Vancouver, alcançaram essa vitória, digna do Guinness.

Em 1996, os militantes ecológicos britânicos Helen Steel e David Morris entraram na justiça com um processo contra o McDonald's. Acusaram a empresa de maltratar seus empregados, violar a natureza e manipular comercialmente as emoções infantis: seus empregados são mal pagos, trabalham em más condições e não podem se organizar em associações; a produção da carne para os hambúrgueres arrasa as matas tropicais e despoja os indígenas; e a multimilionária publicidade atenta contra a saúde pública, induzindo as crianças a preferir alimentos de duvidoso valor nutritivo. A ação, que a princípio parecia ser uma picada de mosquito no lombo de um elefante, teve grande repercussão, ajudou a divulgar informações que a opinião pública ignorava e está resultando numa longa e cara dor de cabeça para uma empresa acostumada à impunidade do poder. Afinal, é de poder que se trata: McDonald's, nos Estados Unidos, emprega mais gente do que toda a indústria metal-mecânica, e em 1997 suas vendas superaram as exportações da Argentina e da Hungria. O *Big Mac* é tão, mas tão importante, que em diversos países seu preço é usado como unidade de valor para as transações financeiras internacionais: a comida virtual orienta a economia virtual. Segundo a propaganda do McDonald's no Brasil, o *Big Mac*, a estrela da casa, é como o amor: dois corpos que se abraçam e se beijam escorrendo molho tártaro, excitados pelo queijo e pelo pepino, enquanto ardem seus corações de cebola, estimulados pela verde esperança da alface.

Preços baratos, tempo curto: as máquinas humanas recebem seu combustível e de imediato retornam ao sistema produtivo. O escritor alemão Günter Wallraff tra-

As caras e as máscaras/1

Só os pobres estão condenados a ser feios e velhos. Os demais podem comprar cabeleiras, narizes, pálpebras, lábios, pômulos, seios, ventres, bundas, coxas e panturrilhas que eventualmente precisem para corrigir a natureza e deter a passagem do tempo. Os ambulatórios dos cirurgiões plásticos são os *shopping centers* onde se oferecem a cara, o corpo e a idade que você está procurando. "A cirurgia é uma necessidade da alma", explica o Rodin argentino Roberto Zelicovich. Em Lima, os cartéis oferecem nas ruas narizes perfeitos e peles brancas, ao alcance de qualquer bolso que possa pagá-los. A televisão peruana mostra uma entrevista com um jovem empregado que substituiu seu nariz indígena, aquilino, por uma pequena almôndega que ele exibe, orgulhoso, de frente e de perfil. Diz que agora faz sucesso com as garotas.

Em cidades como Los Angeles, São Paulo ou Buenos Aires, as pessoas de dinheiro podem dar-se o luxo de ir ao ambulatório como quem vai ao dentista. Ao cabo de alguns anos e umas quantas cirurgias, todos se parecem entre si, eles com cara de múmias sem rugas, elas transformadas em noivas do Drácula, e padecem todos de certa dificuldade de expressão. Se dão uma piscada, o umbigo sobe.

---

balhou num desses *postos de gasolina* em 1983. Era um McDonald's da cidade de Hamburgo, que não tem culpa das coisas que fazem em seu nome. Wallraff trabalhava correndo, sem parar, salpicado de gotas de azeite fervente: uma vez descongelada, a carne do hambúrguer tem apenas dez minutos de vida. Depois, estraga-se. É preciso

As caras e as máscaras/2

Também as cidades latino-americanas adotam o *lifting*. Um apagador da idade e da identidade: sem rugas, sem narizes, as cidades têm cada vez menos memória, se parecem cada vez menos consigo mesmas e cada vez mais se parecem entre si.

Os mesmos altos edifícios, prismas, cubos, cilindros, impõem sua presença, e os mesmos gigantescos anúncios de marcas internacionais atravancam a paisagem urbana. Na época da clonagem obrigatória, os verdadeiros urbanistas são os publicitários.

---

levá-la à chapa sem demora. Tudo tem o mesmo gosto: as batatas fritas, as verduras, a carne, o frango. É um sabor artificial, ditado pela indústria química, que também trata de ocultar, com corantes, os 25 por cento de gordura que a carne contém. Esta porcaria é a comida preferida de nosso fim de século. Seus mestres-cozinheiros se formam na Hamburger University, em Elk Grove, Illinois. Mas os donos do negócio, segundo fontes bem informadas, preferem os caríssimos restaurantes que oferecem os mais sofisticados pratos daquilo que se convencionou chamar *comida étnica*: sushi, thai, persa, javanesa, hindu, mexicana... Democracia não é brincadeira.

As massas consumidoras recebem ordens num idioma universal: a publicidade conseguiu aquilo que o esperanto ambicionou e não fez. Qualquer pessoa entende, em qualquer lugar, as mensagens que o televisor transmite. No último quarto de século, os gastos de publicidade duplicaram no mundo. Graças a eles, as crianças pobres tomam cada vez mais Coca-Cola e cada vez menos leite, e o tempo do ócio vai tornando-se tempo de consumo obrigatório.

Tempo livre, tempo prisioneiro: as casas muito pobres não têm cama, mas têm televisor, e o televisor tem a palavra. Comprado a prazo, esse animalzinho prova a vocação democrática do progresso: não escuta ninguém, mas fala para todos. Assim pobres e ricos ficam conhecendo as virtudes dos automóveis último tipo, e pobres e ricos ficam sabendo das vantajosas taxas de juros que tal ou qual banco pode oferecer.

Pobre é aquele que não tem ninguém, diz e repete uma velha que fala sozinha pelas ruas de São Paulo. Cada vez mais se multiplicam as pessoas e cada vez estão mais sozinhas. Os sozinhos multiplicados formam multidões que se apertam e se empurram nas grandes cidades:

– *Por favor, quer tirar o cotovelo do meu olho?*

Os *experts* sabem transformar mercadorias em passes de mágica contra a solidão. As coisas têm atributos humanos, acariciam, acompanham, compreendem, ajudam, o perfume te beija e o carro é o amigo que nunca falha. A cultura de consumo fez da sociedade o mais lucrativo dos mercados. Os dolorosos vazios do peito são preenchidos com coisas ou com o sonho de possuí-las. E as coisas não se limitam a abraçar: elas também podem ser símbolos de ascensão social, salvo-condutos para atravessar as alfândegas da sociedade de classes, chaves que abrem portas proibidas. Quanto mais exclusivas, melhor: as coisas te escolhem e te salvam do anonimato multitudinário. A publicidade não informa sobre o produto que vende, ou raramente o faz. Isso pouco importa. Sua função primordial é compensar frustrações e alimentar fantasias. Comprando esta loção de pós-barba, em quem você quer se transformar?

O criminologista Anthony Platt observou que os delitos de rua não são frutos tão só da probreza extrema. Também são frutos da ética individualista. A obsessão social do êxito, diz Platt, concorre decisivamente na apropriação ilegal das coisas. Sempre ouvi dizer que o dinheiro não traz a felicidade, mas qualquer telespectador pobre tem motivos de sobra para crer que o dinheiro traz algo parecido, tão parecido que a diferença é assunto para especialistas.

Segundo o historiador Eric Hobsbawn, o século XX deu fim a um período de sete mil anos da vida humana, que estivera centrada na agricultura desde que apareceram os primeiros cultivos no final do paleolítico. A população mundial se urbaniza, os camponeses se tornam citadinos. Na América Latina, temos campos sem ninguém e enormes formigueiros urbanos: as maiores cidades do mundo e as mais injustas. Expulsos pela moderna agricultura de exportação e pela erosão de suas terrinhas, os camponeses invadem os subúrbios. Eles acreditam que Deus está em todas as partes, mas por experiência sabem que está mais frequentemente nas grandes urbes. As cidades prometem trabalho, prosperidade, um futuro para os filhos. Nos campos, os que esperam veem passar a vida e morrem bocejando; nas cidades, a vida acontece, e chama. Amontoados em ranchos, a primeira coisa que descobrem os recém-chegados é que falta trabalho e sobram braços, que nada é grátis e que os mais caros artigos de luxo são o ar e o silêncio.

Enquanto nascia o século XIV, frei Giordano da Rivalto fez em Florença um elogio das cidades. Disse que as cidades cresciam "porque as pessoas gostam de unir-se". Unir-se, encontrar-se. Hoje, quem se encontra com quem? Encontra-se a esperança com a realidade? O desejo se encontra com o mundo? As pessoas se encontram com as pessoas? Se as relações humanas foram reduzidas a relações entre coisas, quantas pessoas se encontram com as coisas?

O mundo inteiro tende a se transformar numa grande tela de televisão, onde as coisas são vistas mas não tocadas.

Os dias

Não se sabe se no Natal se celebra o nascimento de Jesus ou de Mercúrio, deus do comércio, mas seguramente é Mercúrio quem batiza os dias da compra obrigatória: Dia da Criança, Dia dos Pais, Dia das Mães, Dia dos Avós, Dia dos Namorados, Dia do Amigo, Dia da Secretária, Dia da Polícia, Dia da Enfermeira. Cada vez mais dias de alguém no calendário comercial.

Do jeito que vamos, logo teremos dias para homenagear o Canalha Desconhecido, o Corrupto Anônimo e o Trabalhador Sobrevivente.

O grande dia

Vivem do lixo e vivem no lixo, em casas de lixo, comendo lixo. Mas uma vez ao ano os lixeiros de Manágua são protagonistas do espetáculo que maior público atrai. *As corridas de Ben Hur* nasceram da inspiração de um empresário que regressou de Miami com a intenção de contribuir para a "americanização da Nicarágua".

Empoleirados nas carroças de lixo, os lixeiros saúdam, com o punho erguido, o presidente do país, o embaixador dos Estados Unidos e demais autoridades que ornamentam a tribuna de honra. Sobre seus farrapos de sempre, os competidores exibem amplas capas coloridas, e levam nas cabeças capacetes emplumados de guerreiros romanos. As escangalhadas carroças trazem pintura nova, para que mais se destaquem os nomes dos *sponsors*. Os cavalos, famélicos, maltratados como seus donos, castigados como seus donos, são os corcéis que voarão para outorgar a seus donos a glória ou um engradado de refrigerante.

Estridulam as cornetas. Da bandeira, a corrida começa. Os chicotes estalam nas ossudas ancas dos matungos, enquanto a multidão delira:

– *Co-ca-co-la! Co-ca-co-la!*

As mercadorias em oferta invadem e privatizam os espaços públicos. As estações rodoviárias e ferroviárias, que até há pouco eram espaços de encontro entre as pessoas, vão tornando-se espaços de exibição comercial.

O *shopping center*, ou *shopping mall*, vitrina de todas as vitrinas, impõe sua presença avassalante. As multidões acorrem, em peregrinação, a esse templo maior das missas do consumo. A maioria dos devotos contempla, em êxtase, as coisas que seus bolsos não podem comprar, enquanto a minoria compradora se submete ao bombardeio da oferta incessante e extenuante. O povaréu, que sobe e desce as escadas-rolantes, viaja pelo mundo: os manequins vestem como em Milão ou Paris, as máquinas fazem barulho como em Chicago e para ver e ouvir não é preciso pagar passagem. Os turistas vindos das pequenas cidades do interior ou daquelas cidades que ainda não mereceram a bênção da felicidade moderna, posam para fotos, ao pé das marcas internacionais mais famosas, como antes posavam ao pé da estátua do figurão na praça. Beatriz Sarlo observou que os habitantes dos bairros suburbanos vão ao *center*, ao *shopping center*, como antes iam ao *centro*. O tradicional passeio de fim de semana ao centro da cidade tende a ser substituído pela excursão a esses oásis urbanos. Lavados, bem passados e penteados, trajando suas melhores roupas, os visitantes vêm a uma festa para a qual não foram convidados, mas que, enfim, podem olhar. Famílias inteiras empreendem a viagem na cápsula espacial que recorre o universo do consumo, onde a estética do mercado desenhou uma paisagem alucinante de modelos, marcas e etiquetas.

O futebol global

Em sua forma atual, o futebol nasceu há mais de um século. Nasceu falando inglês e em inglês ainda fala, mas agora o que se ouve é a exaltação do valor de um bom *sponsor* e as virtudes do *marketing*, com o mesmo fervor com que antes se exaltava o valor de um bom *forward* e as virtudes do *dribbling*.

Os campeonatos recebem o nome de quem paga. O campeonato argentino se chama Pepsi-Cola. Chama-se Coca-Cola o campeonato mundial de futebol juvenil. O torneio intercontinental de clubes se chama Copa Toyota.

Para o torcedor do esporte mais popular do mundo, para o apaixonado da mais universal das paixões, a camiseta do clube é um manto sagrado, uma segunda pele, o outro peito. A camiseta, no entanto, transformou-se num cartaz publicitário ambulante. Em 1998, os jogadores do Rapid de Viena exibiam quatro letreiros: na camiseta, publicidade de um banco, de uma empresa comercial e de uma marca de automóvel; nos calções, de um cartão de crédito. Quando River Plate e Boca Juniors disputam, em Buenos Aires, o clássico do futebol argentino, Quilmes joga contra Quilmes: as duas equipes exibem, em suas camisetas, o marca da mesma cerveja nacional. Em plena globalização, o River também joga para a Adidas, o Boca para a Nike. Poder-se-ia dizer que a Adidas venceu a Nike quando a França derrotou o Brasil na final do Mundial de 1998.

A cultura do consumo, cultura do efêmero, condena tudo ao desuso imediato. Tudo muda no ritmo vertiginoso da moda, posta a serviço da necessidade de vender. As coisas envelhecem num piscar de olhos e são substituídas por outras de vida não menos fugaz. Neste fim de século, em que só a insegurança é permanente, as mercadorias, fabricadas para não durar, resultam tão voláteis quanto o capital que as financia e o trabalho que as gera. O dinheiro voa na velocidade da luz, ontem estava lá, hoje está aqui, amanhã ninguém sabe, e todo trabalhador é um desempregado em potência. Paradoxalmente, os *shopping centers*, reinos da fugacidade, oferecem a mais bem-sucedida ilusão de segurança. Eles existem fora do tempo, sem idade e sem raiz, sem noite e sem dia e sem memória, e existem fora do espaço, muito além das turbulências da perigosa realidade do mundo.

Nesses santuários do bem-estar se pode fazer tudo, sem necessidade de se expor à intempérie suja e ameaçadora. Até dormir se pode, segundo os últimos modelos de *shoppings*, que em Los Angeles e Las Vegas incluem serviços de hotelaria e ginásios. Os *shoppings*, que não estão sujeitos ao frio nem ao calor, estão a salvo das contaminações e da violência. Michael A. Petti publica seus conselhos científicos na imprensa mundial numa conhecida coluna chamada *Viva más*. Nas cidades com *má qualidade de ar*, o doutor Petti aconselha a quem quer viver mais: "Caminhe dentro de um centro comercial". O cogumelo atômico da contaminação pende sobre cidades como México, São Paulo e Santiago do Chile, e nas esquinas o crime está à espreita; mas nesse neutro mundo fora do mundo, ar asséptico, passeios vigiados, pode-se respirar e caminhar e comprar sem riscos.

Os *shoppings* são todos mais ou menos iguais, em Los Angeles ou em Bangkok, em Buenos Aires ou em Glasgow. Esta unanimidade não os impede de competir na invenção de novos atrativos para chamar clientes. No fim de 1991, a revista *Veja* exaltava uma das novidades do *shopping* Praia de Belas, em Porto Alegre: "Para o conforto dos bebês, são oferecidos carrinhos, facilitando assim o passeio desses pequenos consumidores". A segurança, contudo, é o

> ## A injeção
>
> Há mais de meio século, o escritor Felisberto Hernández publicou um conto profético. Um senhor vestido de branco subia nos bondes de Montevidéu, seringa na mão, e amavelmente injetava um líquido no braço de cada passageiro. De imediato os injetados começavam a ouvir, dentro de si, os *jingles* publicitários da fábrica de móveis *El Canario*. Para tirar a publicidade das veias, era preciso comprar na farmácia as pastilhas marca *El Canario*, que suprimiam o efeito da injeção.

artigo mais importante que todos os *shopping centers* oferecem. A segurança, mercadoria de luxo, está ao alcance de qualquer pessoa que penetre nesses *bunkers*. Em sua infinita generosidade, a cultura do consumo nos proporciona o salvo-conduto para a fuga do inferno das ruas. Rodeadas de imensas praias de estacionamento, onde os automóveis esperam, essas ilhas oferecem espaços fechados e protegidos. Ali pessoas se cruzam com pessoas, atraídas pelas vozes do consumo, como antes pessoas se encontravam com pessoas, atraídas pelo prazer do encontro, nos cafés ou nos espaços abertos das praças, nos parques e nos velhos mercados: em nossos dias, esses lugares estão demasiadamente expostos aos riscos da violência urbana. Nos *shoppings* não há perigo. A polícia pública e a polícia particular, a polícia visível e a polícia invisível, conduzem os suspeitos à rua ou à cadeia. Os pobres que não sabem disfarçar sua periculosidade congênita, sobretudo os pobres de pele escura, podem ser culpados até que nunca se prove sua inocência. E se são crianças, é pior. A periculosidade é inversamente proporcional à idade. Já em 1979, um informe da polícia colombiana, apresentado ao congresso policial sul-americano, explicava que autoridade policial para a infância não tivera outro remédio senão abandonar sua obra social para dedicar-se à "reprimir as perversidades" das crianças perigosas e "evitar o estorvo que sua presença causa nos centros comerciais".

Esses gigantescos supermercados, transformados em cidades em miniatura, estão também sob a vigilância de sistemas eletrônicos de controle, olhos que veem sem ser vistos, câmeras ocultas que seguem os passos da multidão entre as mercadorias. Mas a eletrônica não é usada apenas para vigiar e castigar os indesejáveis que podem sucumbir à tentação do fruto proibido. A tecnologia moderna também serve para que os consumidores consumam mais. Na era cibernética, quando o direito à cidadania se fundamenta no dever do consumo, as grandes empresas espiam os consumidores e os bombardeiam com sua publicidade. Os computadores oferecem uma radiografia de cada cidadão. Pode-se saber quais são seus hábitos, seus gostos, seus gastos, através do uso que cada cidadão faz dos cartões de crédito, dos caixas automáticos e do correio eletrônico. De fato, assim ocorre cada vez mais nos países desenvolvidos, onde a manipulação do universo *on-line* está violando impunemente a vida privada para colocá-la a serviço do mercado. Torna-se cada vez mais difícil, por exemplo, que um cidadão norte-americano possa manter em segredo as compras que faz, as doenças de que sofre, o dinheiro que tem e o que deve: partindo-se desses dados, não é difícil de se descobrir os novos serviços que pode contratar, as novas dívidas que pode assumir e as novas coisas que pode comprar.

Por mais que cada cidadão compre, sempre será pouco em relação ao muito que é preciso vender. Nos últimos anos, por exemplo, a indústria automobilística tem fabricado mais carros do que a demanda absorve. As grandes cidades latino-americanas compram mais e mais. Até onde? Há um teto que não podem atravessar, submetidas como estão à contradição entre as ordens que o mercado interno recebe e as ordens que o mercado internacional transmite – a contradição entre a obsessão de consumir, que exige salários cada vez mais altos, e a obrigação de competir, que exige salários cada vez mais baixos.

A publicidade fala do automóvel como uma benção ao alcance de todos. Um direito universal, uma conquista democrática? Se isso fosse verdade e todos os seres humanos pudessem se tornar felizes proprietários desse talismã de quatro rodas, o planeta teria morte súbita por falta de ar. E antes, deixaria de funcionar por falta de energia. O mundo já queimou, num momento, a maior parte do petróleo que gerou ao longo de milhões de anos. Fabricam-se carros, um atrás do outro, no mesmo ritmo das batidas do coração, e os carros estão devorando mais da metade de todo o petróleo que o mundo produz a cada ano.

Os donos do mundo usam o mundo como se ele fosse descartável: uma mercadoria de vida efêmera, que se esgota como se esgotam, logo depois de aparecer, as imagens que a televisão dispara como uma metralha, e como se esgotam também as modas e os ídolos que a publicidade, sem trégua, lança no mercado. Mas para que mundo vamos nos mudar? Estamos todos obrigados a acreditar na história de que Deus vendeu o planeta a umas quantas empresas porque, estando de mau humor, resolveu privatizar o universo? A sociedade de consumo é uma arapuca para bobos. Os que puxam os cordéis fingem ignorar, mas qualquer um que tenha olhos pode ver que a grande maioria das pessoas consome *necessariamente* pouco, pouquinho ou nada, para que se garanta a existência da pouca natureza que nos resta. A injustiça social não é um erro a corrigir, um defeito a superar: é uma necessidade essencial. Não há natureza capaz de alimentar um *shopping center* do tamanho do planeta.

Os presidentes dos países do sul que prometem o ingresso no Primeiro Mundo – um passe de mágica que nos transformará em prósperos membros do reino do esbanjamento – deveriam ser processados por fraude e por apologia do crime. Por fraude, porque prometem o impossível. Se todos consumíssemos como consomem os espremedores do mundo, ficaríamos sem mundo. E por apologia do crime: este modelo de vida que nos é oferecido como um grande orgasmo da vida, estes delírios de consumo que dizem ser a chave da felicidade, estão adoecendo nosso corpo, envenenando nossa alma e nos deixando sem casa: aquela casa que o mundo quis ser quando ainda não era.

Fontes consultadas

BELLAH, R. N. et al. *Habits of the heart: Individualism and commitment in american life*. Berkeley: University of California, 1985.

CENTRE DE RECHERCHES HISTORIQUES (École Pratique des Hautes Études). Edição especial de *Annales*. Paris: Armand Colin, julho/agosto de 1970.

COOPER, Marc. Twenty-five years after Allende. *The Nation*. New York, 23 de março de 1998.

FLORES CORREA, Mónica. Alguien está mirando. *Página 12*. Buenos Aires, 4 de janeiro de 1998.

Annual report on american industry. *Forbes*, 12 de janeiro de 1998.

HERNÁNDEZ, Felisberto. Muebles El Canario. In: *Narraciones incompletas*. Madrid: Siruela, 1990.

Informe de la Policía de Colombia al Primer Congreso Policial Sudamericano. Montevideo, dezembro de 1979.

JOUVENEL, Bertrand de. *Arcadie, essai sur le mieux-vivre*. Paris: Sedeis, 1968.

MAJUL, Luis. *Las máscaras de la Argentina*. Buenos Aires: Atlántida, 1995.

MARX, Karl. *El capital. Crítica de la economía política/III*. Madrid: Siglo XXI, 1976.

MOULIAN, Tomás. *Chile actual; anatomía de un mito*. Santiago do Chile: Arcis/Lom, 1997.

SARLO, Beatriz. *Instantáneas. Medios, ciudad y costumbres en el fin de siglo*. Buenos Aires: Ariel, 1996.

STEEL, Helen. Entrevista a *The New Internationalist*. Oxford, julho de 1997.

WACHTEL, Paul. *The poverty of affluence*. New York: Free Press, 1983.

WALLRAFF, Günter. *Cabeza de turco*. Barcelona: Anagrama, 1986.

ZURITA, Félix. *Nica libre*. Documentário em vídeo. Managua: Alba Films, 1997.

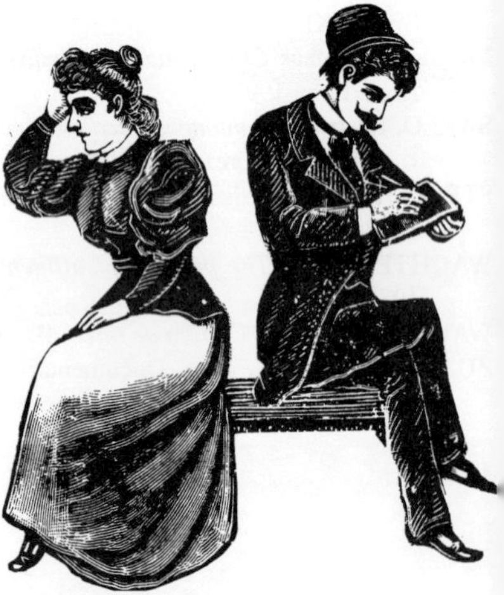

Curso intensivo de incomunicação

A guerra é a continuação da televisão por outros meios, diria Karl von Clausewitz, se o general ressuscitasse um século e meio depois e começasse a praticar o *zapping*. A realidade real imita a realidade virtual, que imita a realidade real, num mundo que transpira violência por todos os poros. A violência gera a violência, como se sabe, mas também gera lucros para a indústria da violência, que a vende como espetáculo e a transforma em objeto de consumo.

Já não é necessário que os fins justifiquem os meios. Agora os meios, os meios massivos de comunicação, justificam os fins de um sistema de poder que impõe seus valores em escala planetária. O Ministério da Educação do governo mundial está em poucas mãos. Nunca tantos tinham sido incomunicados por tão poucos.

O direito de expressão é o direito de escutar?

No século XVI, alguns teólogos da Igreja Católica legitimavam a conquista da América em nome do direito da comunicação. *Jus communicationis*: os conquistadores falavam, os índios escutavam. A guerra era inevitável

Dá-me teus segredos/1

A Malásia renovou recentemente sua rede de comunicações. Uma empresa japonesa ia encarregar-se da tarefa, mas, subitamente, a empresa norte-americana AT&T ganhou o contrato, graças aos bons ofícios da NSA, National Security Agency, que detectara e decifrara a oferta japonesa.

A NSA, agência norte-americana de espionagem, conta com um orçamento quatro vezes maior do que o da CIA e dispõe da tecnologia necessária para registrar tudo o que se disser por telefone, fax ou e-mail, em qualquer lugar do mundo: pode interceptar até *dois milhões de conversações por minuto*. A NSA atua a serviço do controle econômico e político do planeta, mas a segurança nacional e a luta internacional contra o terrorismo lhe servem de justificativas. Seus sistemas de vigilância lhe permitem controlar todas as mensagens que tenham algo a ver com organizações criminosas tão perigosas como, por exemplo, o Greenpeace e a Anistia Internacional.

O assunto veio à tona em março de 1998, quando foi divulgado o informe intitulado *Avaliação das tecnologias de controle político*, do Parlamento europeu.

---

justamente quando os índios se faziam de surdos. Seu direito de comunicação consistia no direito de obedecer. No fim do século XX, aquela violação da América ainda se chama *encontro de culturas*, enquanto continua se chamando *comunicação* o monólogo do poder.

Ao redor da Terra gira um anel de satélites cheios de milhões e milhões de palavras e imagens, que da Terra vêm e à Terra voltam. Prodigiosas engenhocas do tamanho de uma unha recebem, processam e emitem, na velocidade

> ## Dá-me teus segredos/2
>
> Como se comunica uma empresa moderna com seus clientes reais? Por meio de seus clientes virtuais, programados por computador.
>
> A cadeia britânica de supermercados Sainsbury pôs em prática um modelo matemático que simula à perfeição os movimentos e os sentimentos de seus compradores. A tela, que reproduz a clientela virtual caminhando pelos corredores entre as gôndolas, permite que se conheçam seus gostos e aversões, seus compromissos familiares e suas necessidades pessoais, sua situação social e suas ambições. Também se podem avaliar o impacto da publicidade e das ofertas promocionais, a influência dos horários sobre o fluxo do público e a importância da localização da mercadoria.
>
> Assim se estuda a conduta de compra e se desenha a estratégia de venda, para multiplicar, por meios virtuais, os lucros reais.

da luz, mensagens que há meio século exigiriam trinta toneladas de maquinaria. Milagres da tecnociência nestes tecnotempos: os mais afortunados membros da sociedade midiática podem desfrutar suas férias atendendo o telefone celular, recebendo e-mail, respondendo ao bipe, lendo faxes, transferindo as chamadas do receptor automático para outro receptor automático, fazendo compras por computador e preenchendo o ócio com os videogames e a televisão portátil. Voo e vertigem da tecnologia da comunicação, que parece bruxaria: à meia-noite, um computador beija a testa de Bill Gates, que de manhã desperta transformado no homem mais rico do mundo. Já está no mercado o primeiro microfone incorporado ao computador, para que se converse com ele. No ciberespaço, *Cidade celestial*, celebra-se o matrimônio do computador com o telefone e a televisão, convidando-se a humanidade para o batismo de seus filhos assombrosos.

A cibercomunidade nascente encontra refúgio na realidade virtual, enquanto as cidades se transformam em imensos desertos cheios de gente, onde cada qual vela por seu santo e está metido em sua própria bolha. Há quarenta anos, segundo as pesquisas, seis de cada dez norte-americanos confiavam na maioria das pessoas. Hoje a confiança murchou: só quatro de cada dez confiam nos demais. Esse modelo de desenvolvimento desenvolve o desvinculação. Quanto mais se sataniza a relação com as pessoas, que podem te passar a Aids, te tirar o emprego ou te depenar a casa, mais se sacraliza a relação com as máquinas. A indústria da comunicação, a mais dinâmica da economia mundial, vende os abracadabras que dão acesso à Nova Era da história da humanidade. Mas esse mundo comunicadíssimo está se parecendo demais com um reino de sozinhos e de mudos.

Os meios dominantes de comunicação estão em poucas mãos, que são cada vez menos mãos e em regra atuam a serviço de um sistema que reduz as relações humanas ao mútuo uso e ao mútuo medo. Nos últimos tempos, a galáxia internet abriu imprevistas e valiosas oportunidades de expressão alternativa. Pela internet estão irradiando suas mensagens numerosas vozes que não são ecos do poder. Mas o acesso a essa nova autopista da informação é ainda um privilégio dos países desenvolvidos, onde reside 95 por cento dos usuários. E já a publicidade comercial está tentando transformar a internet em businessnet: esse novo espaço para a liberdade de comunicação é também um novo espaço para a liberdade de comércio. No planeta virtual não se corre o risco de encontrar alfândegas, nem governos com delírios de independência. Em meados de 1997, quando o espaço comercial da rede já superava com sobras o espaço educativo, o presidente dos Estados Unidos recomendou que todos os países do mundo mantivessem livres de impostos a venda de bens e serviços através da internet, e desde então este é um dos assuntos que mais preocupam os representantes norte-americanos nos organismos internacionais.

O controle do ciberespaço depende das linhas telefônicas e não é nada casual que a onda de privatizações dos últimos anos, no mundo inteiro, tenha arrancado os telefones das mãos públicas para entregá-los aos grandes conglomerados da comunicação. Os investimentos norte-americanos em telefonia estrangeira se multiplicam muito mais do que os demais investimentos, enquanto avança a galope a concentração de capitais: até meados de 1998, oito megaempresas dominavam o negócio telefônico nos Estados Unidos, e numa só semana se reduziram a cinco.

A televisão aberta e por cabo, a indústria cinematográfica, a imprensa de tiragem massiva, as grandes editoras de livros e de discos e as emissoras de rádio de maior alcance também avançam, com botas de sete léguas, para o monopólio. Os *mass media* de difusão universal puseram nas nuvens o preço da liberdade de expressão: cada vez são mais numerosos os *opinados*, os que têm o direito de ouvir, e cada vez são menos numerosos os *opinadores*, os que têm o direito de se fazer ouvir. Nos anos seguintes à Segunda Guerra Mundial, ainda tinham ampla ressonância os meios independentes de informação e de opinião e as aventuras criadoras que revelavam e alimentavam a diversidade cultural. Em 1980, a absorção de muitas empresas médias e pequenas já deixara a maior parte do mercado planetário na posse de cinquenta empresas. Desde então, a independência e a diversidade se tornaram mais raras do que cachorro verde.

Segundo o produtor Jerry Isenberg, o extermínio da criação independente na televisão norte-americana foi fulminante nos últimos vinte anos: as empresas independentes proporcionavam entre trinta e cinquenta por cento do que se via na telinha e agora chegam a apenas dez por cento. Também são reveladores os números da publicidade no mundo: atualmente, metade de todo o dinheiro que o planeta gasta em publicidade vai parar no bolso de apenas dez conglomerados, que açambarcaram a produção e a distribuição de tudo o que se relaciona com imagem, palavra e música.

Nos últimos cinco anos, duplicaram seu mercado internacional as principais empresas norte-americanas de comunicação: General Eletric, Disney/ABC, Time Warner/CNN, Viacom, Tele-Communications Inc. (TCI) e a recém-chegada Microsoft, a empresa de Bill Gates, que reina no mercado de *software* e entrou com sucesso na televisão a cabo e na produção televisual. Esses gigantes exercem um poder oligopólico, que em escala planetária é compartilhado pelo império Murdoch, pela empresa japonesa Sony, pela alemã Bertelsmann e uma que outra mais. Juntas,

O herói globalizado

O agente secreto 007 já não trabalha para a coroa britânica. Agora James Bond é um homem-sanduíche a serviço de muitas empresas de muitos países. Cada cena do filme *Tomorrow never dies*, estreado em 1997, funciona como um *spot* publicitário. O infalível Bond consulta seu relógio Omega, fala por um telefone celular Ericsson, salta de um terraço para cair sobre um caminhão de cerveja Heineken, foge num automóvel BMW alugado da Avis, paga com cartão Visa, bebe champanha Don Pérignon, despe mulheres previamente vestidas por Armani e Gucci e penteadas por L'Oréal e combate contra um rival que brilha com trajes de Kenzo.

teceram uma teia universal. Seus interesses se entrecruzam, atadas que estão por numerosos fios. Ainda que esses mastodontes da comunicação simulem competir e às vezes até se enfrentem e se insultem para satisfazer a plateia, na hora da verdade o espetáculo cessa e, tranquilamente, eles repartem o planeta.

Por obra e graça da boa sorte cibernética, Bill Gates amealhou uma rápida fortuna equivalente a todo orçamento anual do Estado argentino. Em meados de 1998, o governo dos Estados Unidos entrou com uma ação contra a Microsoft, acusada de impor seus produtos através de métodos monopolistas que esmagavam seus competidores. Tempos antes, o governo federal entrara com um processo similar contra a IBM: ao cabo de treze anos de marchas e contramarchas, o assunto deu em nada. Pouco podem as leis jurídicas contra as leis econômicas: a economia capitalista gera concentração de poder como o inverno gera o frio. Não é provável que as leis antitruste, que outrora ameaçavam os reis do petróleo e do aço, possam pôr em perigo a trama planetária que está tornando possível o mais perigoso dos despotismos: o que atua sobre o coração e a consciência da humanidade inteira.

A diversidade tecnológica quer significar diversidade democrática. A tecnologia põe a imagem, a palavra e a música ao alcance de todos, como nunca antes ocorrera na história humana, mas essa maravilha pode se transformar num logro para incautos se o monopólio privado acabar impondo a ditadura da imagem única, da palavra única e da música única. Ressalvadas as exceções, que afortunadamente existem e não são poucas, essa pluralidade tende, em regra, a nos oferecer milhares de possibilidades de escolher entre o mesmo e o mesmo. Como diz o jornalista argentino Ezequiel Fernández-Moores, a propósito da informação: "Estamos informados de tudo, mas não sabemos de nada".

Vidas exemplares/4

Admiradores e inimigos coincidem: sua virtude principal é a falta de escrúpulos. Também lhe reconhecem a imprescindível capacidade de extermínio para triunfar no mundo do fim do século. Aniquilando sindicatos e devorando competidores, Rupert Murdoch se fez do nada e atualmente é um dos campeões mundiais da informação. Sua trajetória inapelável começou quando ele herdou um jornal na remota Austrália. Agora é dono de 130 jornais em vários países, incluindo o venerável *Times* de Londres e os *tabloids* ingleses que viveram seus dias de glória quando informavam com quem a princesa Diana havia dormido à noite. Esse modelador de mentes e guia de almas fez o mais alto investimento do mundo em tecnologia da comunicação por satélite e possui uma das maiores redes de televisão de todo o planeta. De resto, é dono dos estúdios cinematográficos Fox e da editora Harper Collins, onde publica algumas obras-primas da literatura universal, como as que escrevem seus amigos Margaret Thatcher e Newt Gingrich.

Embora as estruturas de poder estejam cada vez mais internacionalizadas, tornando-se difícil distinguir fronteiras, não constitui pecado de anti-imperialismo primitivo dizer que os Estados Unidos ocupam o centro do sistema nervoso da comunicação contemporânea. As empresas norte-americanas reinam no cinema e na televisão, na informação e na informática. O mundo, imenso *Far West*, convida à conquista. Para os Estados Unidos, a difusão mundial de suas mensagens massivas é uma questão de Estado. Os governos do sul do mundo costumam atribuir à cultura um papel decorativo, mas os inquilinos da Casa Branca, ao menos nesse assunto, não são tolos: nenhum presidente norte-americano ignora que a importância política da indústria cultural pesa tanto quanto seu valor econômico, que já pesa bastante. Há muitos anos, por exemplo, o governo influi diretamente nas vendas para o exterior dos produtos de Hollywood, exercendo pressão diplomática, que costuma não ser muito diplomática, sobre os países que tentam proteger seu cinema nacional.

Mais da metade do que ganha Hollywood já vem dos mercados estrangeiros, e essas vendas crescem num ritmo espetacular, ano após ano, enquanto os prêmios Oscar atraem uma teleaudiência universal só comparável à dos campeonatos mundiais de futebol ou das olimpíadas. O poder imperial não come vidro e sabe muito bem que, em grande parte, está apoiado na difusão ilimitada de emoções, nas ilusões de sucesso, nos símbolos de força, nas ordens de consumo e nos elogios da violência. No filme *Perto do paraíso*, de Nikita Mikhalkov, os camponeses da Mongólia dançam rock, fumam Marlboro, usam bonés do Pato Donald e se cercam de imagens de Sylvester Stallone no papel de Rambo. Outro grande mestre na arte de pulverizar o próximo, *Terminator*, é o personagem mais admirado pelos meninos do mundo: em 1997, uma enquete da UNESCO, procedida simultaneamente na Europa, África, Ásia e América Latina, revelou que nove de cada dez meninos se identificavam a essa musculosa e violenta encarnação de Arnold Schwarzenegger.

Na aldeia global do universo midiático, misturam-se todos os continentes e todos os séculos simultaneamente: "Somos ao mesmo tempo daqui e de todas as partes, isto é, de nenhuma", diz Alain Touraine, a propósito da televisão: "As imagens, sempre atrativas para o público, justapõem a bomba de gasolina e o camelo, a Coca-Cola e a aldeia andina, os *blue jeans* e o castelo principesco". Acreditando-se

O espetáculo

Um processo penal foi o produto de maior sucesso vendido pela televisão norte-americana ao longo do ano de 1995. As intermináveis sessões do julgamento do atleta O. J. Simpson, acusado de dois assassinatos, tomaram conta da programação dos canais e capturaram os fervores da teleaudiência.

O crime como espetáculo: cada um dos numerosos atores desempenhava seu papel, e a boa ou má atuação era mais importante do que a culpa ou a inocência do acusado, a razão ou a sem-razão das alegações, a validade dos laudos periciais ou a veracidade dos testemunhos. Em suas horas livres, o juiz dava aulas a outros juízes, ensinando-lhes os segredos de uma atuação convincente diante das câmeras de tevê.

---

condenadas a escolher entre a cópia e o isolamento, muitas culturas locais, desconcertadas, desgarradas, tendem a desaparecer ou a se refugiar no passado. Com desesperada frequência, essas culturas locais buscam abrigo nos fundamentalismos religiosos ou em outras verdades absolutas, negadoras de qualquer verdade alheia: propõem o regresso aos tempos idos, quanto mais puritanos melhor, como se as únicas respostas possíveis à modernidade avassalante fossem a intolerância e a nostalgia.

A Guerra Fria ficou para trás. O chamado *mundo livre* perdeu os mágicos pretextos proporcionados pela santa cruzada do Ocidente contra o totalitarismo imperante nos países do leste. Hoje, torna-se cada vez mais evidente que a comunicação manipulada por um punhado de gigantes pode chegar a ser tão totalitária quanto a comunicação monopolizada pelo Estado. Estamos todos obrigados a identificar a liberdade de expressão à liberdade de empresa. A cultura se reduz ao entretenimento e o entretenimento se transforma num brilhante negócio universal; a vida se reduz ao espetáculo e o espetáculo se transforma em fonte de poder econômico e político; a informação se reduz à publicidade e a publicidade manda.

Dois de cada três seres humanos vivem no chamado Terceiro Mundo, mas dois de cada três correspondentes das agências noticiosas mais importantes fazem seu trabalho na Europa e nos Estados Unidos. Em que consistem o livre fluxo da informação e o respeito à pluralidade, que os tratados internacionais afirmam e os discursos dos governantes invocam? A maioria das notícias que o mundo recebe provém da minoria da humanidade e a ela se dirige. Isso é muito conveniente do ponto de vista das agências, empresas comerciais dedicadas à venda da informação, que arrecadam na Europa e nos Estados Unidos a parte do leão de seus ganhos. Um monólogo do norte do mundo: as demais regiões e países recebem pouca ou nenhuma atenção, salvo em caso de guerra ou catástrofe, e com frequência os jornalistas, que transmitem o que acontece, não falam a língua do lugar nem têm a menor ideia a respeito da história e da cultura locais. As informações que divulgam costumam ser duvidosas e, nalguns casos, francamente mentirosas. O sul fica condenado a olhar para si mesmo através de olhos que o depreciam.

No começo dos anos 80, a UNESCO patrocinou um projeto, nascido da certeza de que a informação não é uma simples mercadoria, mas um direito social, e que a comunicação tem a responsabilidade da função educativa que exerce. Aventou-se, então, a possibilidade de se criar uma nova agência internacional de notícias, para informar com independência e sem nenhum tipo de pressão, desde os países que são tratados com indiferença pelas fábricas de informação e de opinião. Embora o projeto tenha sido formulado em termos bem mais ambíguos e cuidadosos, o governo norte-americano trovejou furiosamente diante desse atentado contra a liberdade de expressão. Por que tinha de se imiscuir a UNESCO nos assuntos que pertencem às forças vivas do mercado? Os Estados Unidos se retiraram da UNESCO batendo a porta, retirou-se também a Grã-Bretanha, que costuma agir como se fosse colônia daquela que foi sua colônia, e assim foi arquivada a possibilidade de uma informação internacional desvinculada do poder político e do interesse mercantil. Por tímido que seja, qualquer projeto de independência é considerado ameaçador à divisão internacional do trabalho, que atribui a uns poucos a função ativa de produzir notícias e opiniões e atribui a todos os demais a função passiva de consumi-las.

Pouco se informa sobre o sul do mundo, e nunca, ou quase nunca, de seu ponto de vista: a informação massiva reflete, em regra, os preconceitos do olhar alheio, que olha de cima e de fora. Entre comerciais e comerciais, a televisão costuma introduzir imagens da fome e da guerra. Esses horrores, essas *fatalidades*, vêm do submundo onde o

A era da informação

Na véspera do Natal de 1989, pudemos todos assistir ao mais horrendo testemunho dos morticínios de Nicolae Ceausescu na Romênia.

Este déspota delirante, que se fazia chamar *O Danúbio Azul do Socialismo*, tinha liquidado quatro mil dissidentes na cidade Timisoara. Vimos muitos desses cadáveres, graças à divulgação mundial da televisão e graças ao bom trabalho das agências internacionais que alimentam de imagens os jornais e as revistas. As filas de mortos, deformados pela tortura, fizeram o mundo estremecer.

Depois, alguns jornais publicaram a retificação, que poucos leram: o morticínio de Timisoara tinha ocorrido, mas causara uma centena de vítimas, entre as quais estavam os policiais da ditadura, e aquelas imagens arrepiantes eram somente uma representação. Os cadáveres nada tinham a ver com o caso e tampouco estavam deformados pela tortura, mas pela passagem do tempo: os fabricantes de notícias haviam desenterrado os mortos de um cemitério e organizado a exposição às câmeras.

---

inferno acontece e servem para destacar o caráter paradisíaco da sociedade de consumo, que oferece automóveis para suprimir as distâncias, cremes faciais para suprimir as rugas, tinturas para suprimir os cabelos brancos, pílulas para suprimir a dor e muitos outros prodígios. A fome africana é mostrada como uma catástrofe natural e as guerras africanas são *coisas de negros*, sangrentos rituais de *tribos* que têm a selvagem tendência de se esquartejar entre si. As imagens da fome jamais aludem, nem sequer de passagem, ao saque colonial. Jamais se menciona a responsabilidade das potências ocidentais, que ontem dessangravam a África através do tráfico de escravos e do monocultivo obrigatório, e hoje perpetuam a hemorragia pagando salários de fome e preços vis. O mesmo ocorre com a informação sobre as guerras: sempre o mesmo silêncio sobre a herança colonial, sempre a mesma impunidade para o amo branco que hipotecou a independência africana, deixando em sua passagem burocracias corruptas, militares despóticos, fronteiras artificiais e ódios mútuos; e sempre a mesma omissão de qualquer referência à indústria da morte, que desde o norte vende as armas para que o sul se mate brigando.

À primeira vista, como diz o escritor Wole Soyinka, o mapa da África parece "a criação de um tecelão demente que não prestou nenhuma atenção à urdidura, à cor ou ao desenho da manta que tecia". Muitas das fronteiras que rasgaram a África negra em mais de quarenta pedaços só se explicam como conveniências do controle militar ou

Brinquemos de guerra/1

Yenuri Chihuala morreu em 1995, durante a guerra de fronteiras entre Peru e Equador. Tinha quatorze anos. Como muitos outros meninos dos bairros pobres de Lima, foi recrutado à força. A leva o levou sem deixar rastros.

A televisão, o rádio e os jornais exaltaram o menino mártir, exemplo para a juventude, que se sacrificara pelo Peru. Nesses dias de guerra, o jornal *El Comercio* consagrava suas primeiras páginas à glorificação dos mesmos jovens que amaldiçoava em suas páginas policiais e esportivas. Os *cholos trinchudos*, netos de índios, pobres de cabelo liso e duro e pele escura, eram heróis da pátria quando vestiam o uniforme militar nos campos de batalha, mas esses mesmos bons selvagens eram bestas perigosas, violentas por natureza, quando usavam trajes civis nas ruas das cidades ou nos estádios de futebol.

comercial e não têm absolutamente nada a ver com as raízes históricas e tampouco com a natureza. As potências coloniais, que inventaram as fronteiras, também foram hábeis na manipulação das contradições étnicas. *Divide et impera*: um bom dia o rei da Bélgica decidiu que tutsis eram todos os que possuíam mais de oito vacas e hutus os que possuíam menos, no espaço que agora ocupam Ruanda e Burundi. Embora os tutsis, pastores, e os hutus, plantadores, tivessem origens diferentes, haviam compartilhado vários séculos de história comum no mesmo território, falavam a mesma língua e conviviam pacificamente. Eles não sabiam que eram inimigos, mas acabaram acreditando nisso com tanto fervor que, durante 1994 e 1995, as matanças entre eles causaram mais de meio milhão de vítimas. Nas informações sobre essa carnificina

Brinquemos de guerra/2

Os *videogames*, os videojogos, contam com um público multitudinário e crescente, de todas as idades. Seus defensores dizem que a violência dos videojogos é inocente, porque imita os noticiários, e que essas distrações são úteis para manter os jovens longe dos perigos da rua e manter jovens e adultos longe do cigarro.

Os videojogos falam uma linguagem que inclui o matraquear de metralhadoras, música terrífica, gritos de agonia e ordens categóricas: *Finish him!* (Acaba com ele!), *Beat'em up!* (Bate neles!), *Shoot'em up!* (Atira neles!). A guerra do futuro, o futuro como guerra: os videojogos de maior difusão oferecem campos de batalha onde o jogador está obrigado a atirar primeiro e tornar a atirar depois, sem nunca hesitar, contra tudo o que se move. Não há vacilações nem trégua diante da investida dos perversos, impiedosos extraterrestres, robôs ferozes, hordas de humanoides, ciberdemônios espantosos, monstros mutantes e caveiras que lançam fogo. Quanto mais adversários mata o jogador, mais se aproxima do triunfo. No já clássico *Mortal Kombat*, valem mais pontos os golpes certeiros: golpes que arrancam a cabeça do inimigo pela raiz ou lhe arrancam do peito o coração sangrento ou lhe rebentam o crânio em mil pedaços.

Por exceção, também há vídeos não militares. Por exemplo, corridas de automóveis. Numa delas, um dos modos de acumular pontos é atropelar pedestres.

nem por casualidade se ouviu, e raras vezes se leu, qualquer menção à obra colonial da Alemanha e da Bélgica contra a tradição de convivência dos dois povos irmãos, nem à participação da França, que depois forneceu armas e ajuda militar para o mútuo extermínio.

Com os países pobres ocorre o mesmo que ocorre com os pobres de cada país: os meios massivos de comunicação só se dignam a lhes dar atenção quando são personagens de alguma desgraça espetacular que possa ter sucesso no mercado. Quantas pessoas devem ser despedaçadas pela guerra ou por um terremoto, ou afogadas por uma inundação, para que alguns países sejam notícia e apareçam uma vez no mapa do mundo? Quantos espantos deve acumular um morto de fome para que as câmeras o focalizem uma vez na vida? O mundo tende a se transformar no cenário de um gigantesco *reality show*. Os pobres, os desaparecidos de sempre, só aparecem na tevê como objeto de zombaria da câmera oculta ou como atores de suas próprias truculências. O desconhecido precisa ser reconhecido, o invisível quer tornar-se visível, procura a raiz o desenraizado. O que não existe na televisão, existe na realidade? Sonha o pária com a glória da telinha, onde qualquer espantalho se transfigura num galã irresistível. Para entrar no olimpo onde os teledeuses moram, um infeliz seria capaz de dar-se um tiro diante das câmeras de um programa de entretenimento. Ultimamente, a chamada *telelixo* está tendo, nuns quantos países, tanto ou mais sucesso do que as telenovelas: a menina estuprada chora diante do entrevistador, que a interroga como se a estuprasse outra vez; este monstro é o novo homem elefante, olhem só, senhoras e senhores, não percam esse fenômeno incrível; a mulher barbuda procura noivo; um senhor gordo garante estar grávido. Há trinta e poucos anos, no Brasil, os concursos de horror já atraíam multidões de candidatos e conseguiam enormes teleaudiências. Quem era o anão mais baixo do país? Quem era o narigudo de nariz mais comprido, ao ponto de não molhar os pés debaixo do chuveiro? Quem era o mais desgraçado entre os desgraçados? Nos concursos de desgraçados, apresentava-se no palco o cortejo dos milagres: uma menina sem orelhas, que tinham sido comidas pelos ratos; o débil mental que passara trinta anos acorrentado ao pé da cama; a mulher que era filha, cunhada, sogra e esposa do marido bêbado que a tornara inválida. E cada desgraçado tinha sua torcida, que da plateia gritava em coro:

– *Já ganhou! Já ganhou!*

Para a cátedra de história

Durante o ano de 1998, os meios globalizados de comunicação dedicaram seus maiores espaços e suas melhores energias ao romance do presidente do planeta com uma gordinha voraz e loquaz chamada Monica Lewinsky.

Fomos todos lewinskizados, em todos os países. O tema invadiu os jornais que tomei no café da manhã, os informativos de rádio que almocei, os telejornais que jantei e as páginas das revistas que acompanharam meus cafés.

Parece-me que em 1998 também aconteceram outras coisas, mas não consigo me lembrar.

Os pobres ocupam também, quase sempre, o primeiro plano da crônica policial. Qualquer suspeito pobre pode ser impunemente filmado e fotografado e humilhado quando detido pela polícia, e assim as tevês e os jornais ditam a sentença antes que se abra o processo. Os meios de comunicação condenam previamente, e sem apelação, os pobres perigosos, como previamente condenam os países perigosos.

Em fins dos anos 80, Saddam Hussein foi demonizado pelos mesmos meios de comunicação que antes o sacralizavam. Transformado no Satã de Bagdá, Hussein passou a ser a estrela da maldade no firmamento da política mundial, e do mentiródromo da imprensa se difundiu para o mundo que o Iraque representava um perigo para o gênero humano. No começo de 1991, os Estados Unidos lançaram a Operação Tempestade do Deserto, com o auxílio de 28 países e grande apoio público. Os Estados Unidos, que vinham de invadir o Panamá, invadiram o Iraque porque o Iraque invadira o Kuwait. O grande *show*, que o escritor Tom Engelhardt classificou como a maior superprodução da história da televisão, com a participação de milhões de extras e um custo de um bilhão de dólares por dia, conquistou a teleplateia internacional e teve elevadíssimos índices de *rating* em todos os países. E também na Bolsa de Valores de Nova York, que bateu recordes.

Antes da guerra, o canibalismo como gastronomia: a Guerra do Golfo foi um interminável e obsceno espetáculo em homenagem às armas de alta tecnologia e de desprezo pela vida humana. Nesta guerra de máquinas, protagonizada por satélites, radares e computadores, as telas de televisão mostraram belos mísseis, *rockets* maravilhosos, prodigiosos aviões e *smart bombs* que pulverizavam pessoas com admirável precisão. A façanha deixou um saldo de 115 norte-americanos mortos. Os mortos iraquianos ninguém contou. Calcula-se que não foram menos de cem mil. Na telinha, nunca foram vistos. A única vítima da guerra que a tevê mostrou foi um pato encharcado de petróleo. Depois se soube que a imagem era falsa: o pato vinha de outra guerra. O almirante reformado Gene LaRocque, da Marinha de Guerra dos Estados Unidos, disse ao jornalista Studs Terkel: "Agora matamos gente que não vemos, apertando um botão a milhares de milhas de distância. É a morte por controle remoto, sem piedade e sem remorso. Depois, voltamos para casa em triunfo."

Poucos anos depois, no princípio de 1998, os Estados Unidos quiseram repetir a façanha. A imensa maquinaria da comunicação colocou-se novamente a serviço da imensa maquinaria militar, para convencer o mundo de que o Iraque estava ameaçando a humanidade. Desta vez, foi o turno das armas químicas. Anos antes, Hussein usara gases mortíferos norte-americanos contra o Irã e com os mesmos

---

O amigo eletrônico

Os jogadores, absortos, em transe, não falam entre si.

No caminho do trabalho para casa, ou da casa para o trabalho, trinta milhões de japoneses se encontram com o *pachinko* e ao *pachinko* encomendam suas almas. Os jogadores passam horas diante da máquina, disparando bolinhas de aço para acertar buraquinhos que prometem prêmios. Cada máquina é controlada por um computador que faz com que os jogadores quase sempre percam e possam ganhar lá uma vez que outra para não perder a fé. Como o jogo por dinheiro é proibido no Japão, joga-se com cartões que são comprados e os prêmios são pagos em bugigangas que, por sua vez, são trocadas por dinheiro na volta da esquina.

Em 1998, os japoneses gastavam quinhentos milhões de dólares por dia nos templos do *pachinko*.

gases arrasara os curdos sem que ninguém movesse uma palha. Mas, subitamente, propagou-se o pânico quando se divulgou a notícia de que o Iraque possuía um arsenal bacteriológico, antrax, peste bubônica, botulismo, células cancerosas e outros agentes letais patogênicos que, nos Estados Unidos, por telefone ou por correio, qualquer laboratório pode adquirir na empresa American Type Culture Collection (ATCC), instalada nos arredores de Washington. Mas os inspetores das Nações Unidas não encontraram nada nos palácios das mil e uma noites e a guerra foi suspensa até o próximo pretexto.

A manipulação militar da informação mundial não chega a ser surpreendente, levando-se em conta a história contemporânea da tecnologia da comunicação. O Pentágono sempre foi o principal financiador e o principal cliente de todas as novidades. O primeiro computador eletrônico nasceu por encomenda do Pentágono. Os satélites de comunicação derivam de projetos militares e foi o Pentágono que articulou pela primeira vez a rede internet, para coordenar suas operações em escala internacional. Os multimilionários investimentos das forças armadas em tecnologia da comunicação simplificaram e aceleraram sua tarefa e tornaram possível a promoção mundial de seus atos criminosos como se fossem contribuições à paz do planeta.

Afortunadamente, a história também se alimenta de paradoxos. Jamais o Pentágono suspeitou de que a internet, criada para programar o mundo como um grande campo de batalha, viria a ser utilizada na divulgação da palavra dos movimentos pacifistas, tradicionalmente condenados ao quase silêncio. Mas o espetacular progresso da tecnologia da comunicação e dos sistemas de informação está servindo, sobretudo, para irradiar a violência como modo de vida e cultura dominante. Os meios de comunicação que mais mundo e mais gente abarcam nos acostumam à inevitabilidade da violência e nos adestram para ela desde a infância.

As telas – cinema, televisão, computador – sangram e explodem sem cessar. Uma investigação de duas universidades de Buenos Aires aferiu a violência nos programas infantis da televisão aberta e por cabo, em 1994: havia uma cena a cada três minutos. A investigação chegou à conclusão de que, ao completar dez anos de idade, a criança argentina teria visto 85 mil cenas de violência, sem contar os numerosos episódios da violência sugerida. A dose, ficou comprovado, aumentava nos fins de semana. Um ano antes, uma enquete realizada nos arredores de Lima revelou que quase todos os pais estavam de acordo com esse tipo de programa. As respostas diziam: *são os programas que os meninos preferem; assim eles ficam quietos; se eles gostam, deve ser bom; assim eles aprendem como é a vida*. E também: *Não os afeta, é como se não vissem nada*. Simultaneamente, uma investigação do governo do estado do Rio de Janeiro concluiu que a programação infantil concentrava a metade das cenas de violência transmitidas pela Rede Globo de Televisão: os meninos brasileiros recebiam uma descarga de brutalidade a cada dois minutos e 46 segundos.

As horas de televisão superam amplamente as horas de aula – quando as horas de aula existem – na vida cotidiana das crianças de nosso tempo. É a unanimidade universal: com ou sem escola, as crianças encontram nos programas de tevê sua fonte primordial de informação, encontrando também seus temas principais de conversação. O predomínio da pedagogia da televisão ganha alarmante importância nos países latino-americanos, face à deterioração da educação pública nos últimos anos. Nos discursos, os políticos morrem pela educação e nos fatos a matam, liberando-a para as aulas de consumo e violência que a telinha ministra. Nos discursos, os políticos denunciam a praga da delinquência e exigem mão de ferro; nos fatos, estimulam a colonização mental das novas gerações: desde muito cedo, as crianças são adestradas para reconhecer sua identidade nas mercadorias que simbolizam o poder e para conquistá-las a balaços.

Os meios de comunicação refletem a realidade ou a moldam? O que vem do quê? O ovo ou a galinha? Como metáfora zoológica, não seria mais adequada a da cobra que morde o rabo? Oferecemos às pessoas o que as pessoas querem, dizem os meios de comunicação, e assim se absolvem, mas tal oferta, que responde à demanda, gera cada vez mais demanda da mesma oferta: faz-se costume, cria sua própria necessidade, transforma-se em soma. Nas ruas há tanta violência quanto na televisão, dizem os meios de comunicação. Mas a violência deles, que expressa a violência do mundo, também contribui para multiplicá-la.

A Europa fez saudáveis experiências em matéria de comunicação de massa. Em vários países europeus, a televisão e o rádio alcançaram um alto nível de qualidade como *serviços públicos*, dirigidos não pelo Estado, mas diretamente pelas organizações que representam as diversas expressões da sociedade civil. Essas experiências, que hoje em dia atravessam momentos difíceis face à investida da concorrência comercial, dão exemplos de uma comunicação realmente comunicativa e democrática, capaz de dirigir-se ao cidadão respeitando sua dignidade humana e seu direito à informação e ao conhecimento. Mas não é este o modelo que se internacionalizou. O mundo foi invadido

A linguagem/5

Alguns antropólogos recorrem os campos colombianos na costa do Pacífico, em busca de histórias de vida. E um velho lhes pede:

– *Não gravem o que eu digo, eu falo muito mal. É melhor gravar com meus netos.*

Muito longe dali, outros antropólogos recorrem os campos da ilha Grande Canária. E outro velho lhes dá boas-vindas, serve-lhes café e lhes conta histórias alucinantes com as mais saborosas palavras. E lhes diz:

– *Nós falamos muito mal. Eles sim que falam bem, os rapazes.*

Os netos, os rapazes, os que falam bonito, falam como na tevê.

---

pelo mortal coquetel de sangue, *valium* e publicidade ministrado pela televisão privada dos Estados Unidos: impôs-se um modelo baseado na premissa de que é bom tudo aquilo que dá mais lucro com menos custo, e mau tudo aquilo que não dá dividendos.

Na Grécia, nos tempos de Péricles, havia um tribunal que julgava as coisas: castigava uma faca, digamos, que tinha sido instrumento de um crime, e a sentença determinava que fosse partida em pedaços ou lançada no fundo das águas. Hoje em dia, seria justo condenar, talibanamente, o televisor? Pode-se dizer que o caluniam aqueles que lhe atribuem maus bofes ou o chamam de *caixa boba*: a televisão comercial reduz a comunicação ao negócio, mas, por óbvio que seja dizê-lo, o televisor é inocente do uso e do abuso que dele se faz. No entanto, isso não impede que se diga o que é mais do que evidente: esse adorado totem de nosso tempo é o meio que com mais êxito se usa para impor, nos quatro pontos cardeais, os ídolos, os mitos e os sonhos que os engenheiros de emoções desenham e as fábricas de almas produzem em série.

Peter Menzel e outros fotógrafos reuniram num livro as mais diversas famílias do planeta. São muito diferentes as fotografias da intimidade familiar na Inglaterra e no Kuwait, na Itália e no Japão, México, Vietnã, Rússia, Albânia, Tailândia e África do Sul. Mas algo todas as famílias têm em comum e este algo é o televisor. Há 1,2 bilhão de televisores no mundo. Algumas investigações e pesquisas recentes, de norte a sul das Américas, são reveladoras da onipresença e da onipotência da telinha:

em quatro de cada dez lares do Canadá, os pais não conseguem recordar uma só refeição da família sem a tevê ligada;

presos ao colar eletrônico, as crianças dos Estados Unidos dedicam à tevê quarenta vezes mais tempo do que à conversação com os pais;

na maioria das residências do México, os móveis são colocados em torno do televisor;

no Brasil, a quarta parte da população reconhece que não saberia o que fazer com a vida se a tevê não existisse.

Trabalhar, dormir e ver televisão são as três atividades que mais tempo ocupam no mundo contemporâneo. Bem o sabem os políticos. Essa rede eletrônica, com milhões e milhões de púlpitos a domicílio, assegura uma divulgação com a qual jamais sonharam os muitos pregadores que o mundo já teve. O poder de persuasão não depende do conteúdo, da maior ou menor força de verdade de cada mensagem, mas da boa imagem e da eficácia do bombardeio publicitário que vende o produto. Impõe-se no mercado um detergente do mesmo modo que, na opinião pública, impõe-se um presidente. Ronald Reagan foi o primeiro telepresidente da história, eleito e reeleito nos anos 80: um ator medíocre, que em seus longos anos de Hollywood aprendera a mentir com sinceridade diante do olho da câmera e que graças à sua voz aveludada conseguira emprego como locutor da General Eletric. Na era da televisão, Reagan não precisava de mais nada para fazer carreira política. Suas ideias, não muito numerosas, provinham da *Seleções do Reader's Digest*. Segundo constatou o escritor Gore Vidal, a coleção completa do *Reader's* tinha para Reagan a mesma importância que as obras de Montesquieu tinham para Jefferson. Graças à telinha, o presidente Reagan pôde convencer a opinião pública norte-americana de que a Nicarágua era um perigo. Falando diante do mapa do norte da América, que progressivamente se tingia de vermelho do sul para cima, Reagan pôde demonstrar que a Nicarágua ia invadir os Estados Unidos via Texas.

Depois de Reagan, outros telepresidentes triunfaram no mundo. Fernando Collor, que tinha sido modelo de Dior, chegou à presidência do Brasil, em 1990, por obra da televisão. E a mesma televisão que fabricou Collor para impedir a vitória eleitoral da esquerda, derrubou-o um par de anos depois. A ascensão de Silvio Berlusconi ao topo do poder político na Itália, em 1994, seria inexplicável sem a televisão. Berlusconi influía sobre uma vasta teleaudiência desde que obtivera, em nome da diversidade democrática, o monopólio da televisão privada. E foi esse monopólio, somado ao seu sucesso como empresário à frente do clube de futebol Milan, que serviu de eficaz catapulta para suas ambições políticas.

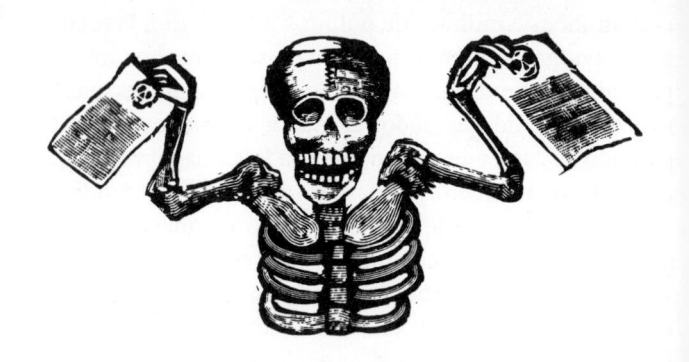

Em todos os países, os políticos temem ser castigados ou excluídos pela televisão. Nos noticiários e nas telenovelas há mocinhos e bandidos, vítimas e verdugos. Nenhum político gosta de fazer o papel de vilão; mas os vilões, ao menos, figuram na tela. Pior é não figurar. Os políticos têm um medo pânico de que a televisão os ignore, condenando-os à morte cívica. Quem não aparece na televisão, não está na realidade; quem desaparece da televisão, vai embora do mundo. Para ter presença no cenário político, é preciso aparecer com certa frequência na telinha, e essa frequência, difícil de conseguir, costuma não ser gratuita. Os empresários da televisão brindam os políticos com a tribuna, os políticos lhes retribuem o favor com a impunidade: impunemente, os empresários podem dar-se o luxo de pôr um serviço público a serviço de seus bolsos privados.

Os políticos não ignoram, não podem dar-se o luxo de ignorar, o desprestígio de sua profissão e o mágico poder de sedução que a televisão, e em muito menor grau o rádio e a imprensa escrita, exercem sobre as multidões. Uma enquete realizada em vários países latino-americanos confirmou, em 1996, o que qualquer pessoa pode escutar nas ruas de nossas cidades: nove de cada dez guatemaltecos e equatorianos têm má ou péssima opinião sobre seus parlamentares, e nove de cada dez peruanos e bolivianos não confiam nos partidos políticos. Em troca, dois de cada três latino-americanos dão crédito ao que veem ou escutam nos meios de comunicação.

José Ignacio López Vigil, um militante da comunicação alternativa, resume bem o assunto:

– *A verdade é que, na América Latina, se você quiser fazer carreira política, sua melhor opção é ser apresentador, locutor ou cantor.*

Para conquistar ou consolidar a legitimação popular, alguns políticos se apoderam da televisão diretamente. Por exemplo, o mais poderoso e conservador dos políticos brasileiros, Antônio Carlos Magalhães, recebeu a graciosa concessão da televisão privada no estado da Bahia e exerce em seu feudo o virtual monopólio, em sociedade com a Rede Globo, que é a empresa mandachuva da televisão no Brasil. Lídice da Mata, prefeita da capital da Bahia, foi eleita com o apoio do Partido dos Trabalhadores, o PT, uma poderosa

> ## Elogio da imaginação
>
> Algum tempo atrás, a BBC perguntou às crianças britânicas se preferiam a televisão ou o rádio. Quase todas escolheram a televisão, o que foi algo assim como constatar que os gatos miam e os mortos não respiram. Mas entre as poucas crianças que escolheram o rádio, houve uma que explicou:
> – *Gosto mais do rádio, porque pelo rádio vejo paisagens mais bonitas.*

força que é, e não esconde ser, um partido de esquerda. Em 1994, a prefeita denunciou que nunca pôde usar a televisão de Magalhães, nem sequer pagando os espaços, quando ocorreram inundações, desmoronamentos, greves e outras situações de emergência que requeriam mensagens urgentes à população. A televisão baiana, espelho embaçado, só reflete a voz do dono.

Em muitos países latino-americanos há canais que dizem ser públicos, mas essa é apenas uma das típicas coisas que o Estado faz para desprestigiar o Estado: em regra, e tirante uma que outra exceção, a programação é um chumbo. Trabalha-se com máquinas paleolíticas e com salários ridículos, e com frequência o canal oficial aparece um tanto apagado nas telas. É a televisão privada que dispõe de meios para capturar a audiência massiva. Em toda a América Latina, esta pródiga fonte de dinheiro e de votos está em muito poucas mãos. No Uruguai, três famílias dispõem de toda a televisão privada, aberta ou por cabo. O oligopólio familiar engole dinheiro e cospe comerciais, compra por quase nada os programas enlatados que vêm do estrangeiro e raras vezes, muito raras vezes, dá trabalho aos artistas nacionais ou se arrisca a produzir algum programa próprio de bom nível de qualidade: quando o milagre ocorre, os teólogos afirmam que esta é uma prova da existência de Deus. Dois grandes grupos de multimídia ficam com a parte do leão na televisão argentina. Também na Colômbia são dois os grupos que têm nas mãos a televisão e os demais meios importantes de comunicação. A empresa Televisa, no México, e a Rede Globo, no Brasil, exercem monarquias apenas disfarçadas pela existência de outros reinos menores.

A América Latina oferece mercados muito lucrativos à indústria norte-americana das imagens. Nossa região consome muita televisão, mas gera muito pouca, com exceção de alguns programas jornalísticos e das exitosas telenovelas. As telenovelas, que os brasileiros costumam fazer muito bem, são o único produto de exportação da televisão latino-americana. Às vezes aparecem nelas temas deste mundo, como a corrupção política, o tráfico de drogas, os meninos de rua ou os camponeses sem-terra, mas as telenovelas de maior sucesso são aquelas que foram definidas pelo presidente da empresa mexicana Televisa, quando comentou, no começo de 1998:

– *Vendemos sonhos. Não pretendemos, de modo algum, refletir a realidade. Vendemos sonhos, como o sonho da Cinderela.*

A telenovela de sucesso, em regra, é o único lugar do mundo onde a Cinderela se casa com o príncipe, a maldade é castigada, a bondade recompensada, os cegos recuperam a visão e os pobres pobríssimos recebem heranças que os transformam em ricos riquíssimos. Esses *minhocões*, assim chamados por seu comprimento, criam espaços ilusórios onde as contradições sociais se dissolvem em lágrimas ou méis. A fé religiosa te promete que entrarás no Paraíso depois da vida, mas qualquer ateu pode entrar no *minhocão* depois das horas de trabalho. Enquanto transcorrem os capítulos, a *outra* realidade, a dos personagens, substitui a realidade das pessoas, e durante esse tempo mágico a televisão é o tempo portátil que proporciona a fuga, a redenção e a salvação das almas desamparadas. Alguém disse, não sei quem, certa vez: "Os pobres adoram o luxo. Só os intelectuais adoram a pobreza." Qualquer pobre, por mais pobre que seja, pode penetrar nos cenários suntuosos onde muitas telenovelas acontecem, e assim compartilhar, de igual para igual, os prazeres dos ricos e também suas desventuras e choradeiras: uma das telenovelas de maior sucesso no mundo inteiro chama-se *Os ricos também choram*.

São frequentes as intrigas milionárias. Durante semanas, meses, anos ou séculos, a teleplateia espera, mordendo as unhas, que a criada jovem e infeliz descubra que é filha natural do presidente da empresa, triunfe sobre a garota rica e antipática e seja desposada pelo senhorito da casa. O longo calvário do amor abnegado da pobrezinha, que chora escondida no quarto de serviço, mistura-se com cenas nas canchas de tênis, nas festas ao redor da piscina, nas Bolsas de Valores e nas salas de reuniões das sociedades anônimas, onde outros personagens também sofrem e às vezes matam pelo controle acionário. É a Cinderela nos tempos da paixão neoliberal.

Fontes consultadas

ALFARO MORENO, Rosa Maria; MACASSI, Sandro. *Seducidos por la tele*. Lima: Calandria, 1995.

ALER (Associación Latinoamericana de Educación Radiofónica). *Un nuevo horizonte teórico para la radio popular en América latina*. Quito: ALER, 1996.

AULETTA, Ren. Une toile d'araignée jetée sur l'information. *Courrier International / The New Yorker*. Paris, 9 a 15 de abril de 1998.

CHOMSKY, Noam; HERMAN, Edward S. *Manufacturing consent*. New York: Pantheon, 1988.

DA MATA, Lídice. Salvador resiste. *Folha de São Paulo*. São Paulo, 28 de abril de 1994.

DAVIDSON, Basil. *The black man'a burden*. New York: Times Books, 1995.

ENGELHARDT, Tom. *The end of victory culture*. New York: Basic Books, 1995.

GAKUNZI, David. Ruanda. *Archipel*. Basileia, janeiro de 1998.

GATTI, Claudio. Attention, vous êtes sur écoûtes. Comment les Etats Unis surveillent les européens. *Courrier International / Il Mondo*. Paris, 2 a 8 de abil de 1998.

GONZÁLEZ-CUECA, Eduardo. Heroes or hooligans: media portrayals of peruvian youth. *Nacla*. New York, julho/agosto de 1998.

HERMAN, Edward S.; McCHESNEY, Robert N. *The new missionaries of Corporate Capitalism*. Londres: Cassell, 1997.

HERTZ, J. C. *Joystick nation*. Boston: Little, Brown, 1997.

LEONARD, John. *Smoke and mirrors. Violence, television and other american cultures*. New York: The New Press, 1997.

LÓPEZ VIGIL, José Ignacio. *Manual urgente para radialistas apasionados*. Quito: AMARC / ALER, 1997.

MARTÍN-BARBERO, Jesús. *De los medios a las mediaciones*. Barcelona: Gili, 1987.

MARTÍN-BARBERO, Jesús et al. *Televisión y melodrama*. Bogotá: Tercer Mundo, 1982.

MILLER, Mark Crispin e outros. The national entertainment state. *The Nation*. New York, 3 de junho de 1996 e 8 de junho de 1988.

NOBLE, David. *The religion of technology*. New York: Knopf, 1997.

OIT (Organización Internacional del Trabajo). *Documento de base para el coloquio sobre la convergencia de los medios de comunicación múltiples*. Genebra, 1996.

PASQUINI DURÁN, José María et al. *Comunicación: el Tercer Mundo frente a las nuevas tecnologías*. Buenos Aires: Legasa, 1987.

POSTMAN, Neil, *Amusing ourselves to death. Public discourse in the age of show business*. New York: Penguin, 1986.

_____. *Technopoly*. New York: Vintage, 1993.

POSTMAN, Neil; POWERS, Steve. *How to watch TV news*. New York: Penguin, 1992.

RAMONET, Ignacio. *La tiranía de la comunicación*. Madrid: Debate, 1998.

SANTOS, Rolando. *Investigación sobre la violencia en la programación infantil de la TV argentina*. Buenos Aires: Universidade de Quilmes y de Belgrano, 1994.

TERKEL, Studs. *Coming of age. The story of our century by those who have lived it*. New York: The New Press, 1995.

TOURAINE, Alain. *Podremos vivir juntos?* México: FCE, 1997.

UNESCO. *Many voices, one world*. New York/Paris, 1980.

ZERBISIAS, Antonia. The world at their feet. *The Toronto Star*, 27 de agosto de 1995.

> "Deus morreu. Marx morreu. E eu mesmo não me sinto nada bem."
> (Woody Allen)

A contraescola

- Traição e promessa do fim do milênio
- O direito ao delírio

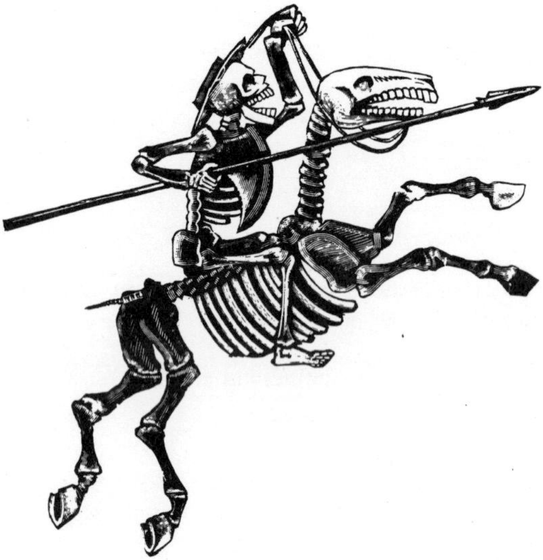

Traição e promessa do fim do milênio

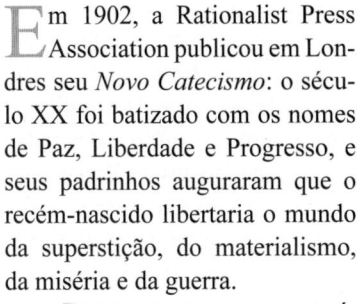

Em 1902, a Rationalist Press Association publicou em Londres seu *Novo Catecismo*: o século XX foi batizado com os nomes de Paz, Liberdade e Progresso, e seus padrinhos auguraram que o recém-nascido libertaria o mundo da superstição, do materialismo, da miséria e da guerra.

Passaram-se os anos, o século está morrendo. Que o mundo ele nos deixa? Um mundo sem alma, desalmado, que pratica a superstição das máquinas e a idolatria das armas: um mundo ao avesso, com a esquerda à direita, o umbigo nas costas e a cabeça nos pés.

Perguntas e respostas que são novas perguntas

A fé nos poderes da ciência e da técnica tem alimentado, ao longo de todo o século XX, as expectativas de progresso. Quando o século andava pela metade de seu caminho, alguns organismos internacionais promoviam o desenvolvimento dos subdesenvolvidos distribuindo leite em pó para os bebês e fumigando os campos com DDT: depois se soube que o leite em pó, ao substituir o leite materno, ajuda os bebês pobres a morrerem mais cedo, e que o DDT propaga o câncer. Anos mais tarde, no fim do século, a mesma história: os técnicos elaboram, em nome da ciência, receitas para curar o subdesenvolvimento que costumam ser piores do que a doença e que se impõem à custa da deterioração das gentes e da aniquilação da natureza.

Talvez o mais adequado símbolo da época seja a bomba de nêutrons, que respeita as coisas e torra os seres vivos. Triste sorte da condição humana, tempo dos envoltórios sem conteúdo e das palavras sem sentido. A ciência e a técnica, postas a serviço do mercado e da guerra, põem-nos a seu serviço: somos instrumentos de nossos instrumentos. Os aprendizes de feiticeiro desencadearam forças que já não podem conhecer nem conter. O mundo, labirinto sem centro, está se rompendo e rompendo seu próprio céu. Os meios e os fins se divorciaram, ao longo do século, pelo mesmo sistema de poder que divorcia a mão humana do fruto de seu trabalho, obriga o perpétuo desencontro da palavra e do ato, esvazia a realidade de sua memória e faz de cada pessoa competidora e inimiga das demais.

Despojada de raiz e de vínculo, a realidade se transforma no reino do preço e da depreciação: o preço, que nos deprecia, define o valor das coisas, das pessoas e dos países. Os objetos de luxo causam inveja aos indivíduos que o mercado ninguniza, num mundo onde o mais digno de respeito é aquele que tem mais cartões de crédito. Os ideólogos da neblina, os pontífices do obscurantismo que agora está na moda, dizem-nos que a realidade é indecifrável, o que quer dizer que a realidade é imutável. A globalização reduz o internacionalismo à humilhação, e o cidadão exemplar é aquele que vive a realidade como fatalidade: se assim é, é porque assim foi; se assim foi, assim será. O século XX nasceu sob o signo das esperanças de mudança e logo foi sacudido pelos furacões da revolução social. Agora, no fim de seus dias, o século parece vencido pelo desalento e pela resignação.

A injustiça, motor de todas as rebeliões que ocorreram na história, não só não diminuiu no século XX, como multiplicou-se até extremos que nos pareceriam incríveis se não estivéssemos adestrados para aceitá-la como costume e obedecê-la como destino. Mas o poder não ignora que a injustiça está se tornando cada vez mais injusta e que o perigo está se tornando cada vez mais perigoso. Desde que caiu o Muro de Berlim e os regimes chamados comunistas desmoronaram ou se transformaram até se tornar irreconhecíveis, o Capitalismo ficou sem pretextos. Nos anos da Guerra Fria, cada metade do mundo podia encontrar na outra metade as justificativas de seus crimes e de seus horrores. Cada uma dizia ser melhor, porque a outra era pior. Hoje, subitamente órfão do inimigo, o capitalismo celebra sua hegemonia e dela usa e abusa sem limites. Mas certos sinais indicam que começa a se assustar de seus próprios atos. Descobre, então, a dimensão *social* da economia, como um exorcismo contra os demônios da ira popular. O capitalismo tinha resolvido chamar-se *economia de mercado*, mas agora tornou mais abrangente o apelido e viaja aos países pobres com um passaporte onde figura seu novo nome completo: *economia social de mercado*.

Para a cátedra da história das ideias

– *Como mudaste de ideia, Manolo!*
– *Não, não, Pepe, não.*
– *Claro que sim, Manolo. Tu eras monarquista. Te tornaste falangista. Logo foste franquista. Depois, democrata. Até pouco tempo estavas com os socialistas e agora com os direitistas. E dizes que não mudaste de ideia?*
– *Não, Pepe. Minha ideia foi sempre a mesma: eu sempre quis ser o prefeito desta cidade.*

O estádio e o teatro

Nos anos 80, o povo da Nicarágua sofreu o castigo da guerra por acreditar que a dignidade nacional e a justiça social eram luxos possíveis num país pequeno e pobre.

Em 1996, Félix Zurita entrevistou o general Humberto Ortega, que tinha sido um revolucionário. Os tempos tinham mudado muito e em pouco tempo. Humilhação? Injustiça? A natureza humana é assim, disse o general: nunca ninguém está contente com o que lhe toca.

– *Pois há uma hierarquia* – disse. E disse que a sociedade é como um estádio de futebol: – *No estádio entram cem mil, mas no teatro cabem quinhentos. Por muito que você queira o povo, não pode colocar todo mundo no teatro.*

Uma propaganda do McDonald's mostra um rapaz comendo um hambúrguer: "Eu não divido nada", diz. O panaca não sabe que os novos tempos mandam ceder os restos, ao invés de jogá-los no lixo. A energia solidária continua sendo considerada um esbanjamento inútil e a consciência crítica apenas uma etapa da estupidez na vida humana, mas o poder decidiu alternar o garrote com a esmola e agora prega a assistência social, que é a única forma de justiça social que ele se permite. O filósofo argentino Tato Bores, que atuava como cômico, soube formular esta doutrina muito antes de que os ideólogos a promovessem, os tecnocratas a implementassem e os governos a adotassem no chamado terceiro mundo:

– *Vamos dar milho aos aposentados* – aconselhou Dom Tato – *ao invés de dá-lo às pombas*.

A santa mais chorada do fim do século, a princesa Diana, encontrou sua vocação na caridade, depois de ter sido

O campo de jogo

O povo assiste o jogo ou joga o jogo?

Numa democracia, se verdadeira, o lugar do povo não é no campo de jogo? A democracia é exercida apenas no dia em que o voto é depositado na urna, a cada quatro, cinco ou seis anos, ou é exercida todos os dias de cada ano?

Uma das experiências latino-americanas de democracia está em andamento na cidade brasileira de Porto Alegre. Ali, os vizinhos discutem e *decidem* o destino das verbas municipais disponíveis para cada bairro, e aprovam, corrigem ou desaprovam os projetos do governo local. Os técnicos e os políticos propõem, mas são os vizinhos que dispõem.

---

abandonada pela mãe, atormentada pela sogra, enganada pelo marido e traída pelos amantes. Quando morreu, Diana presidia 81 organizações de caridade pública. Se estivesse viva, poderia muito bem assumir o Ministério da Economia de qualquer governo do sul do mundo. Por que não? Afinal, a caridade consola, mas não questiona.

– *Quando dou comida aos pobres, me chamam de santo* – disse o arcebispo brasileiro Hélder Câmara. – *E quando pergunto por que eles não têm comida, me chamam de comunista.*

Diferentemente da solidariedade, que é horizontal e praticada de igual para igual, a caridade é praticada de cima para baixo, humilha quem a recebe e jamais altera um milímetro as relações de poder: na melhor das hipóteses, um dia poderá haver justiça, mas lá no céu. Aqui na terra, a caridade não perturba a injustiça. Só se propõe a disfarçá-la.

Nasceu o século sob o signo da revolução e morre marcado pela desesperança. Aventura e naufrágio das tentativas de criação de sociedades solidárias: padecemos de uma crise universal da fé na capacidade humana de mudar a história. Parem o mundo, que eu quero descer: nestes tempos de desmoronamento, multiplicam-se os arrependidos, arrependidos da paixão política e arrependidos de toda paixão. Agora abundam os galos de rinha transformados em pacíficas galinhas, enquanto os dogmáticos, que se acreditavam a salvo da dúvida e do desalento, refugiam-se na nostalgia da nostalgia que evoca a nostalgia, ou se paralisam no estupor. *Quanto tínhamos todas as respostas, mudaram as perguntas*, escreveu uma mão anônima num muro da cidade de Quito.

Com uma celeridade e uma eficácia que fariam inveja a Michael Jackson, as cirurgias ideológicas mudam a cor de muitos militantes revolucionários e de muitos partidos da esquerda vermelha ou rosada. Certa vez ouvi alguém dizer que o estômago é a vergonha da cara, mas os camaleões contemporâneos preferem explicar de outro modo: é preciso consolidar a democracia, devemos modernizar a economia, não há outro remédio senão nos adaptarmos à realidade.

A realidade, no entanto, diz que a paz sem justiça, essa paz que hoje em dia temos na América Latina, é um campo de cultivo da violência. Na Colômbia, o país que mais sofre com a violência, 85 por cento dos mortos são vítimas da chamada *violência comum* e apenas quinze por cento morre em consequência da chamada *violência política*. Não seria o caso de pensar que, de algum modo, a violência comum expressa a impotência política das sociedades, que não puderam fundar uma paz digna de seu nome?

A história é contundente: o veto norte-americano proibiu, ou esmagou até a asfixia, muitas das experiências políticas que tentaram arrancar as raízes da violência. A justiça e a solidariedade foram condenadas como agressões forâneas contra os fundamentos da civilização ocidental, e, sem papas na língua, deixou-se muito claro que a democracia tem fronteiras e atenção para não pisar na linha. Esta é uma longa história, mas vale a pena lembrar, ao menos, os exemplos recentes do Chile, da Nicarágua e de Cuba.

No começo dos anos 70, quando o Chile tentou tornar-se uma democracia verdadeira, Henry Kissinger, da Casa Branca, pôs os pingos nos is e anunciou o castigo para essa imperdoável ousadia:

– Não vejo por que teríamos de ficar de braços cruzados ante um país que se torna comunista pela irresponsabilidade de seu próprio povo.

O processo que desembocou no quartelaço do general Pinochet deixou no ar algumas perguntas que já quase ninguém faz, a propósito das relações entre os países das Américas e a desigualdade de seus direitos: seria normal se o presidente Allende dissesse que o presidente Nixon era inaceitável para o Chile, assim como o presidente Nixon disse, com toda a normalidade, que o presidente Allende era inaceitável para os Estados Unidos? Seria normal que o Chile tivesse tivesse organizado um bloqueio internacional de créditos e de investimentos contra os Estados Unidos? Seria normal que o Chile tivesse comprado políticos, jornalistas e militares norte-americanos, e os tivesse compelido a afogar em sangue a democracia? E se Allende tivesse articulado um golpe de estado para impedir a posse de Nixon, e outro golpe de estado para derrubá-lo? As grandes potências que governam o mundo exercem a delinquência internacional com impunidade e sem remorsos. Seus crimes não conduzem à cadeira elétrica, mas aos tronos do poder; e a delinquência do poder é a mãe de todas as delinquências.

Com dez anos de guerra foi castigada a Nicarágua, por ter cometido a insolência de ser Nicarágua. Um exército recrutado, treinado, armado e orientado pelos Estados Unidos atormentou o país durante os anos 80, enquanto uma campanha de envenenamento da opinião pública mundial confundia o projeto sandinista com uma conspiração tramada nos porões do Kremlin. Mas a Nicarágua não foi atacada por tornar-se satélite de uma grande potência e sim para que tornasse a sê-lo; não foi atacada por não ser democrática e sim para que não o fosse. Em plena guerra, a revolução sandinista alfabetizara meio milhão de pessoas, derrubara em um terço a mortalidade infantil e estimulara a energia solidária e a vocação de justiça de muitíssima gente. Foi esse o seu desafio e a sua maldição. E os sandinistas, enfim, perderam as eleições, uma consequência do cansaço da guerra exasperante e devastadora. Depois, como costuma ocorrer, alguns dirigentes pecaram contra a esperança, dando as costas, assombrosamente, às suas próprias palavras e às suas próprias obras.

Nos anos da guerra, havia paz nas ruas das cidades da Nicarágua. Desde que se declarou a paz, as ruas são cenários de guerra: os campos de batalha da delinquência

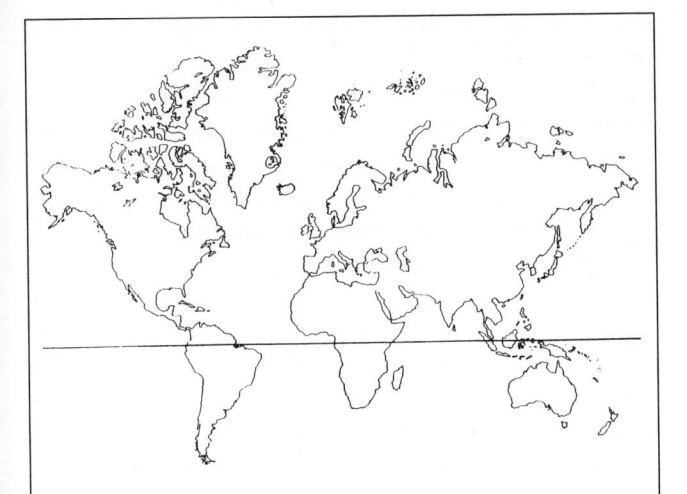

Mapa-múndi

A linha do equador não atravessa a metade do mapa-múndi, como aprendemos na escola. Há mais de meio século o investigador alemão Arno Peters constatou aquilo que todos tinham olhado e ninguém tinha visto: o rei da geografia estava nu.

O mapa-múndi que nos ensinaram dá dois terços para o norte e um terço para o sul. No mapa, a Europa é mais extensa do que a América Latina, embora, na verdade, a América Latina tenha o dobro da superfície da Europa. A Índia parece menor do que a Escandinávia, embora seja três vezes maior. Os Estados Unidos e o Canadá, no mapa, ocupam mais espaço do que a África, embora correspondam a apenas dois terços do território africano.

O mapa mente. A geografia tradicional rouba o espaço, assim como a economia imperial rouba a riqueza, a história oficial rouba a memória e a cultura formal rouba a palavra.

comum e das gangues juvenis. Um jovem antropólogo norte-americano, Dennis Rodgers, conseguiu entrar numa das gangues que aterrorizam os bairros da cidade de Manágua. Ele pôde constatar que as gangues são a resposta violenta que dão os jovens à sociedade que os exclui e chegou à conclusão de que se reproduzem não só por causa da pobreza feroz e da inexistência de qualquer possibilidade de trabalhar ou estudar, mas também pela busca desesperada de uma identidade. Nos anos 70 e 80, anos da revolução e da guerra, os jovens se reconheciam em seu país, uma colônia que queria ser pátria, mas os jovens dos anos 90 ficaram sem espelho. Agora são patriotas de bairro ou de alguma rua de bairro e lutam até a morte contra as gangues dos bairros inimigos ou da rua inimiga. Defendendo seu território e organizando-se para lutar e roubar, sentem-se menos sós e menos pobres em sua comunidade atomizada e empobrecida. Eles dividem o que roubam e o butim dos assaltos é transformado em cola para cheirar, maconha, bebida, munição, punhais, tênis Nike e bonés de beisebol.

Também em Cuba se multiplicaram a violência urbana e a prostituição, depois que desmoronaram seus aliados da Europa Oriental e o dólar se tornou a moeda dominante na ilha. Durante quarenta anos Cuba foi tratada como a leprosa da América, pelo delito de ter criado a sociedade mais solidária e menos injusta da região. Nos últimos anos, essa sociedade perdeu, em grande parte, sua base material de apoio: a economia se desorganizou, a invasão dos turistas transtornou a vida cotidiana do povo, o trabalho perdeu o valor e os traidores de ontem se tornaram nos *traidólares* de hoje. Apesar desses recentes fracassos, continuam de pé algumas conquistas da revolução, nas áreas da educação e da saúde, reconhecidas até pelos seus mais acérrimos inimigos: a mortalidade infantil, por exemplo, foi reduzida de tal modo que, em Cuba, o índice de mortalidade corresponde exatamente à metade do

Lido nos muros das cidades

Gosto tanto da noite que poria um toldo no dia.
Sim, a cigarra não trabalha. Mas a formiga não canta.
Minha avó disse não à droga. E morreu.
A vida é uma doença que se cura sozinha.
Esta fábrica fuma pássaros.
Meu pai mente como um político.
Basta de fatos! Queremos promessas!
A esperança é a última que se perdeu.
Não fomos consultados para vir ao mundo, mas exigimos que nos consultem para viver nele.
Existe um país diferente, em algum lugar.

índice de Washington. E Fidel Castro continua sendo o governante que mais se impõe aos mandachuvas do mundo e o que mais teimosamente insiste na necessidade de que os mandados se unam. Como me disse um amigo recém-chegado da ilha:

– *Lá falta tudo, mas dignidade tem de sobra, até pra fazer transfusão.*

Mas a crise de Cuba e sua trágica solidão desnudaram as limitações da verticalidade do poder, que continua tendo o mau costume de acreditar que os fatos não existem se a imprensa oficial não os menciona.

Os nove presidentes dos Estados Unidos que, sucessivamente, em altos brados, condenaram a falta de democracia em Cuba, nada fizeram senão denunciar as consequências de seus próprios atos. Foi por obra da agressão incessante e do longo e implacável bloqueio que a revolução cubana se militarizou cada vez mais e acabou por adotar um modelo de poder que não correspondia ao projeto original. A onipotência do Estado, que começou sendo uma resposta à onipotência do mercado, viu-se transformada na impotência burocrática. A revolução queria multiplicar-se, transformando-se, e gerou uma burocracia que se reproduz, repetindo-se. O bloqueio interno, o bloqueio autoritário, tornou-se tão inimigo da energia criadora da revolução quanto o bloqueio imperial externo. São muitos os cidadãos que perdem a opinião, por falta de uso. Mas há outros que não têm medo de dizer e têm ganas de fazer e é com tal alento que Cuba continua viva, respirando: eles provam que as contradições são o pulso da história, a despeito de quem as confunde com heresias ou enfermidades que a vida inocula nos grandes projetos.

Durante boa parte do século XX, a existência do bloco do leste, o chamado *Socialismo real*, favoreceu as aventuras de independência de alguns países que quiseram tirar o pé da ratoeira da divisão internacional do trabalho. Mas os Estados socialistas do leste da Europa tinham muito de Estados e pouco ou nada de socialistas. Quando ocorreu o desmoronamento, fomos todos convidados para os funerais do Socialismo. Os coveiros se enganaram de defunto.

Em nome da justiça, esse presumido Socialismo sacrificava a liberdade. Reveladora simetria: em nome da liberdade, o Capitalismo, todos os dias, sacrifica a justiça. Estamos todos obrigados a nos ajoelhar diante de um desses dois altares? Quem não acredita que a injustiça seja o nosso destino inevitável, não há de identificar-se ao despotismo de uma minoria negadora da liberdade, que não prestava contas a ninguém, que tratava o povo como menor de idade e que confundia unidade com unanimidade e a diversidade com a traição. Aquele poder petrificado estava divorciado das pessoas. Isso explica, talvez, a facilidade com que desmoronou, sem pena nem glória, e a rapidez com que se impôs o poder novo, com os mesmos

> ## A outra globalização
>
> O *acordo multilateral de investimentos*, novas regras para favorecer a circulação do dinheiro no mundo, era dado por fechado no começo de 1998. Os países mais desenvolvidos negociaram secretamente esse acordo e desejavam impô-lo aos demais países e à pouca soberania que lhes restava.
>
> Mas a sociedade civil descobriu o segredo. Através da internet, as organizações alternativas puderam acender rapidamente as luzes vermelhas de alarme em escala universal e exerceram eficaz pressão sobre os governos. O acordo morreu na casca.

personagens: os burocratas deram um salto acrobático e, subitamente, transformaram-se em empresários de sucesso e chefes mafiosos. Moscou tem agora duas vezes mais cassinos do que Las Vegas, enquanto os salários caem pela metade e, nas ruas, a criminalidade cresce como os cogumelos depois da chuva.

Estes tempos são de trágica e quem sabe também saudável crise das certezas. Crise dos que acreditaram em Estados que diziam ser de todos e eram de poucos, e terminaram sendo de ninguém; crise dos que acreditaram nas fórmulas mágicas da luta armada; crise dos que acreditaram na via eleitoral, através de partidos que passaram da palavra ardente aos discursos de água e sal: partidos que começaram prometendo combater o sistema e terminaram administrando-o. São muitos os que pedem desculpas por ter acreditado que se podia conquistar o céu; são muitos os que fervorosamente se dedicam a apagar suas próprias pegadas e desmontam da esperança, como se a esperança não passasse de um cavalo cansado.

Fim do século, fim do milênio: fim do mundo? Quantos ares não envenenados ainda nos restam? Quantas terras não arrasadas, quantas águas não mortas? Quantas almas não enfermas? Em sua versão hebraica, a palavra *enfermo* significa "sem projeto" e esta é a mais grave enfermidade entre as muitas pestes deste tempo. Mas alguém, sabe-se lá quem, andou escrevendo num muro da cidade de Bogotá: *Deixemos o pessimismo para tempos melhores*.

Em língua castelhana, quando queremos dizer que ainda temos esperança, dizemos: abrigamos a esperança. Bela expressão, belo desafio: abrigá-la, para que não morra de frio nas implacáveis intempéries dos tempos que correm. Segundo uma pesquisa recente, realizada em dezessete países latino-americanos, três de cada quatro pessoas dizem que sua situação está estagnada ou piorando. Deve-se aceitar a desgraça como se aceitam o inverno e a morte? Já está na hora de nos perguntarmos, nós, os latino-americanos, se vamos nos resignar com o sofrimento e com nossa condição de caricatura do norte. Não mais do que um espelho que multiplica as deformações da imagem original? O salve-se quem puder agravado até o morra quem não puder? Multidões de perdedores numa corrida que expulsa a maioria da pista? O crime transformado em morticínio, a histeria urbana elevada à loucura total? Não temos outra coisa para dizer, para viver?

Já quase não se ouve, felizmente, que a história é infalível. Agora sabemos muito bem que a história se engana, distrai-se, adormece e se extravia. Nós a fazemos e ela se parece conosco. Mas ela é também, como nós, imprevisível. Com a história ocorre o mesmo que com o futebol: o melhor que oferece é a capacidade de surpresa. Às vezes, contra todos os prognósticos, contra toda evidência, o pequeno aplica um tremendo baile no grandão invencível.

Latino-americanos

Dizem que temos faltado ao nosso encontro com a história e, enfim, é preciso reconhecer que chegamos tarde a todos os encontros.

Tampouco conseguimos tomar o poder, e a verdade é que, às vezes, nos perdemos pelo caminho ou nos enganamos de rumo e depois tratamos de fazer um longo discurso sobre o tema.

Nós, latino-americanos, temos a má fama de charlatães, vagabundos, criadores de caso, esquentados e festeiros, e não há de ser por nada. Ensinaram-nos que, por lei do mercado, o que não tem preço não tem valor, e sabemos que nossa cotação não é muito alta. No entanto, nosso aguçado faro para negócios nos faz pagar por tudo que vendemos e comprar todos os espelhos que traem nosso rosto.

Levamos quinhentos anos aprendendo a nos odiar entre nós mesmos e a trabalhar de corpo e alma para a nossa perdição, e assim estamos; mas ainda não conseguimos corrigir nossa mania de sonhar acordados e esbarrar em tudo, e certa tendência à ressurreição inexplicável.

Na urdidura da realidade, por pior que seja, novos tecidos estão nascendo e esses tecidos são feitos de uma mistura de muitas e diversas cores. Os movimentos sociais alternativos se expressam não só através dos partidos e dos sindicatos: também assim, mas não só assim. O processo nada tem de espetacular e ocorre, sobretudo, em nível local, mas por toda parte, no mundo inteiro, estão surgindo mil e uma forças novas. Brotam de baixo para cima e de dentro para fora. Sem estardalhaço, estão contribuindo expressivamente para a retomada da demo-

Os sem-terra

Sebastião Salgado os fotografou, Chico Buarque os cantou, José Saramago os escreveu: cinco milhões de famílias de camponeses sem-terra deambulam, "vagando entre o sonho e o desespero", pelas despovoadas imensidões do Brasil.

Muitos deles se organizaram no Movimento dos Sem-Terra. Dos acampamentos, improvisados às margens das rodovias, jorra um rio de gente que avança em silêncio, durante a noite, para ocupar os latifúndios vazios. Rebentam o cadeado, abrem a porteira e entram. Às vezes são recebidos à bala por pistoleiros e soldados, os únicos que trabalham nessas terras não trabalhadas.

O Movimento dos Sem-terra é culpado: além de não respeitar o direito de propriedade dos parasitas, chega ao cúmulo de desrespeitar o dever nacional: os sem-terra cultivam alimentos nas terras que conquistam, embora o Banco Mundial determine que os países do sul *não* produzam sua própria comida e sejam submissos mendigos do mercado internacional.

---

cracia, nutrida pela participação popular, e estão recuperando as maltratadas tradições de tolerância, ajuda mútua e comunhão com a natureza. Um de seus porta-vozes, Manfred Max-Neef, compara-as a uma nuvem de mosquitos atacando o sistema que trocou os abraços pelas cotoveladas:

– *Mais poderosa do que o rinoceronte* – diz – *é a nuvem de mosquitos. Eles vão crescendo e crescendo, zumbindo e zumbindo.*

Na América Latina, são uma perigosa espécie em expansão: as organizações dos sem-terra e dos sem-teto, os

Os zapatistas

A névoa é o véu da selva. Assim ela esconde seus filhos perseguidos. Da névoa saem, à névoa voltam: os índios de Chiapas vestem roupas majestosas, caminham flutuando, calam ou falam caladas palavras. Esses príncipes, condenados à servidão, foram os primeiros e são os últimos. Foram expulsos da terra e da história e encontraram refúgio na névoa e no mistério. Dali têm saído, mascarados, para desmascarar o poder que os humilha.

sem-trabalho, os sem-tudo; os grupos que trabalham pelos direitos humanos; os lenços brancos das mães e avós inimigas da impunidade do poder; os movimentos que congregam vizinhos de bairro; as frentes de cidadãos que lutam por preços justos e produtos saudáveis; os que lutam contra a discriminação racial e sexual, contra o machismo e contra a exploração das crianças; os ecologistas; os pacifistas; os voluntários da saúde pública e os educadores populares; os que promovem a criação coletiva e os que resgatam a memória coletiva; as cooperativas que praticam a agricultura orgânica; as rádios e as televisões comunitárias; e muitas outras vozes da participação popular, que não são setores auxiliares dos partidos nem capelas submetidas a qualquer Vaticano. Com frequência, essas energias da sociedade civil são acossadas pelo poder, que às vezes chega ao ponto de enfrentá-las a tiros. Alguns militantes tombam pelo caminho, crivados de balas. Que os deuses e os diabos os tenham na glória: são as árvores que dão frutos as que mais levam pedradas.

Com algumas exceções, como os zapatistas do México e os sem-terra do Brasil, raramente esses movimentos ocupam o primeiro plano da atenção pública; e não é porque não a mereçam. Para citar um caso: uma dessas organizações populares, nascida nos últimos anos e desconhecida fora das fronteiras de seu país, dá um exemplo que os presidentes latino-americanos deveriam seguir. Chama-se *El Barzón* a entidade dos devedores que se uniram, no México, para fazer frente à usura dos bancos. *El Barzón* surgiu espontaneamente. No princípio, eram poucos. Poucos, mas contagiosos. Agora, são multidões. Bem o fariam nossos presidentes aprendendo com essa experiência, para que os países se unissem, como no México se uniram as pessoas, e formassem uma frente única contra o despotismo financeiro, que impõe sua vontade negociando com cada país em separado. Mas os presidentes têm os ouvidos ocupados pelos sonoros lugares comuns que trocam a cada vez que se encontram e fazem pose em torno do presidente dos Estados Unidos, a Mãe Pátria, sempre colocado no centro da foto de família.

Está ocorrendo em muitos lugares do mapa latino-americano: contra os gases paralisantes do medo, as pessoas se unem e, unidas, aprendem a não se acovardar. Como diz o *Viejo Antonio*, "cada qual é tão pequeno como o medo que sente e tão grande como o inimigo que escolhe". Essa gente, encorajada, está dizendo o que pensa. Não há outro mandar senão *mandar obedecendo*. Para citar outro exemplo mexicano, o subcomandante Marcos representa os sub: os subdesenvolvidos, os subalimentados, os subtratados, os subescutados. As comunidades indígenas de Chiapas discutem e decidem e ele é a boca de suas vozes. A voz dos que não têm voz? Eles, os obrigados ao silêncio, são os que mais voz têm. Dizem pelo que falam, dizem pelo que calam.

A história oficial, memória mutilada, é uma longa cerimônia de autoelogio dos mandachuvas do mundo. Seus refletores, que iluminam os topos, deixam a base na obscuridade. Na melhor das hipóteses, os invisíveis de sempre integram o cenário, como os extras de Hollywood. Mas são eles, os negados, mentidos, escondidos protagonistas da realidade passada e presente, que encarnam o esplêndido leque de outra realidade possível. Ofuscada pelo elitismo, pelo racismo, pelo machismo e pelo militarismo, a América continua ignorando a plenitude que contém. E isto é duas vezes certo para o sul: a América Latina conta com a mais fabulosa diversidade humana e vegetal do planeta. Ali residem sua fecundidade e sua promessa. Como disse o antropólogo Rodolfo Stavenhagen, "a diversidade cultural é para a espécie humana o que a diversidade biológica é para a riqueza genética do mundo". Para que essas energias possam expressar as possíveis maravilhas das gentes e da terra, seria preciso não confundir a identidade com a arqueologia, nem a natureza com a paisagem. A identidade não está quieta nos museus, nem a ecologia se reduz à jardinagem.

Há cinco séculos, a gente e a terra das Américas foram incorporadas ao mercado mundial na condição de coisas. Uns poucos conquistadores, os conquistadores conquistados, foram capazes de intuir a pluralidade americana, e nela, e por ela, viveram. Mas a conquista, empresa cega e cegante como toda invasão imperial, só podia reconhecer

Advertência

A autoridade competente adverte a população que estão à solta uns quantos jovens rebeldes, safados, errantes, vadios e mal-intencionados que são portadores do perigoso vírus que transmite, por contágio, a peste da desobediência.

Felizmente para a saúde pública, não é difícil a identificação desses elementos, que manifestam escandalosa tendência a pensar em voz alta, a sonhar a cores e a violar as normas de resignação coletiva que constituem a essência da convivência democrática. Eles se caracterizam por não portar certificado de velhice obrigatória, embora, como é notório, a expedição de tal documento seja gratuita em qualquer esquina da cidade ou palanque campeiro, em atenção à campanha "Mente anciã em corpo são", que há muitos anos é promovida com sucesso em nosso país.

Ratificando o princípio da autoridade e ignorando as provocações dessa minoria de desordeiros, o Superior Governo faz constar, mais uma vez, sua inabalável decisão de continuar zelando pelo desenvolvimento dos jovens, que são o principal produto de exportação do país e constituem a base de equilíbrio de nossa balança comercial e de pagamentos.

os indígenas e a natureza como objetos de exploração ou como obstáculos. A diversidade cultural foi considerada como ignorância e castigada como heresia, em nome do deus único, da língua única e da verdade única, enquanto a natureza, besta feroz, era domada e obrigada a transformar-se em dinheiro. A comunhão dos indígenas com a terra constituía a certeza essencial de todas as culturas americanas e este pecado da idolatria mereceu a pena do açoite, da forca e do fogo.

Já não se fala em *submeter* a natureza: agora os verdugos preferem dizer que é preciso *protegê-la*. Num e noutro caso, antes e agora, a natureza está *fora* de nós: a civilização que confunde os relógios com o tempo, também confunde a natureza com os cartões-postais. Mas a vitalidade do mundo, que zomba de qualquer classificação e está além de qualquer explicação, nunca fica quieta. A natureza se realiza em movimento e também nós, seus filhos, que somos o que somos e ao mesmo tempo somos o que fazemos para mudar o que somos. Como dizia Paulo Freire, o educador que morreu aprendendo: "Somos andando".

A verdade está na viagem, não no porto. Não há mais verdade do que a busca da verdade. Estamos condenados

Parentela

Somos parentes de tudo o que brota, cresce, amadurece, cansa, morre e renasce.

Cada criança tem muitos pais, tios, irmãos, avós. Avós são os mortos e as montanhas. Filhos da terra e do sol, regados por chuvas fêmeas e chuvas machos, somos todos parentes das sementes, dos grãos, dos rios e das raposas que uivam anunciando como será o ano. As pedras são parentes das cobras e das lagartixas. O milho e o feijão, irmãos entre si, crescem juntos sem problemas. As batatas são filhas e mães de quem as planta, pois quem cria é criado.

Tudo é sagrado e nós também o somos. Às vezes nós somos deuses e os deuses são, às vezes, umas pessoazinhas.

Assim dizem, assim sabem, os indígenas dos Andes.

A música

Era um mago da harpa. Nos altiplanos da Colômbia, não havia festa sem ele. Para que a festa fosse festa, Mesé Figueredo tinha de estar ali, com seus dedos bailarinos que alegravam os ares e alvoroçavam as pernas.

Certa noite, num caminho deserto, os ladrões o assaltaram. Ia Mesé Fiqueredo, em lombo de mula, a uma festa de casamento. Numa das mulas ia ele, na outra a harpa, quando os ladrões o atacaram e o moeram a bordoadas.

No dia seguinte, alguém o encontrou. Estava atirado no chão, um trapo sujo de barro e sangue, mais morto do que vivo. E então aquele farrapo humano disse, com um fiapo de voz:

– *Levaram as mulas*.

E disse:

– Levaram a harpa.

E respirou fundo, acrescentando:

– Mas não levaram a música.

---

ao crime? Bem sabemos que os bichos humanos andamos muito dedicados a devorar o próximo e a devastar o planeta, mas também sabemos que não estaríamos aqui se nossos remotos avós do paleolítico não tivessem sabido adaptar-se à natureza, da qual faziam parte, e não tivessem sido capazes de compartilhar o que colhiam e caçavam. Viva onde viva, viva como viva, viva quando viva, cada pessoa contém muitas pessoas possíveis e é o sistema de poder, que nada tem de eterno, que a cada dia convida para entrar em cena nossos habitantes mais safados, enquanto impede que os outros cresçam e os proíbe de aparecer. Embora estejamos malfeitos, ainda não estamos terminados; e é a aventura de mudar e de mudarmos que faz com que valha a pena esta piscadela que somos na história do universo, este fugaz calorzinho entre dois gelos.

Fontes consultadas

BLACKBURN, Robin et al. *After the fall. The failure of communismo and the future of socialism*. London: Verso, 1991.

BURBACH, Roger. Socialism is dead, long live socialism. *Nada*. New York, novembro/dezembro de 1997.

EJÉRCITO ZAPATISTA DE LIBERACIÓN NACIONAL. *Documentos y comunicados*. México: Era, 1994 y 1995.

FALS BORDA, Orlando et al. *Investigación participativa y praxis rural*. Santiago de Chile: CEAAL, 1998.

_____. *Participación popular: retos del futuro*. Bogotá: ICFES / IEPRI / Colciencias, 1998.

FERNANDES, Bernardo Marcano. *MST: Movimento dos trabalhadores rurais sem-terra: formalização e territorialização em São Paulo*. São Paulo: Hucitec, 1996.

FREIRE, Paulo. *La educación como práctica de la libertad*. México: Siglo XXI, 1995.

GALLO, Max. *Manifiesto para un oscuro fin de siglo*. Madrid: Siglo XXI, 1991.

GENRO, Tarso; SOUZA, Ubiratan de. *Orçamento participativo. A experiência de Porto Alegre*. Porto Alegre: Fundação Abramo, 1997.

GRAMMOND BARBET, Hubert. *El Barzón: un movimiento social contra la crisis económica o un movimiento social de nuevo cuño?* Querétaro: UNAM / PHSECAM / AMER, março de 1998. Conferência.

LATOUCHE, Serge. *La planète des naufragés*. Paris: La Découverte, 1993.

LÓPEZ VIGIL, María. Sociedad civil en Cuba: diccionario urgente. *Envío*. Managua, julho de 1997.

MAX-NEEF, Manfred. *La economía descalza*. Montevideo: Cepaur / Nordan, 1984.

_____. Economía, humanismo y neoliberalismo. In: *Participación popular: retos del futuro*. Bogotá: ICFES / IEPRI / Colciencias, 1998.

RODGERS, Dennis. Un antropólogo pandillero en un barrio de Managua. *Envío*. Managua, julho de 1997.

RENGIFO, Grimaldo. *La interculturalidad en los Andes*, no encontro "Con los pies en la tierra". Associación para el Desarollo Campesino / Colombia Multicolor. La Cocha, Colômbia, 1998.

STAVENHAGEN, Rodolfo. Racismo y xenofobia en tiempos de la globalización. *Estudios sociológicos*. Colegio de México (34), 1994.

UNITED STATES SENATE. *Covert action in Chile, 1963/1973. Staff report of the select committee to study governmental operations with respect to intelligence activities*. Washington, 1975.

ZURITA, Félix, op. cit.

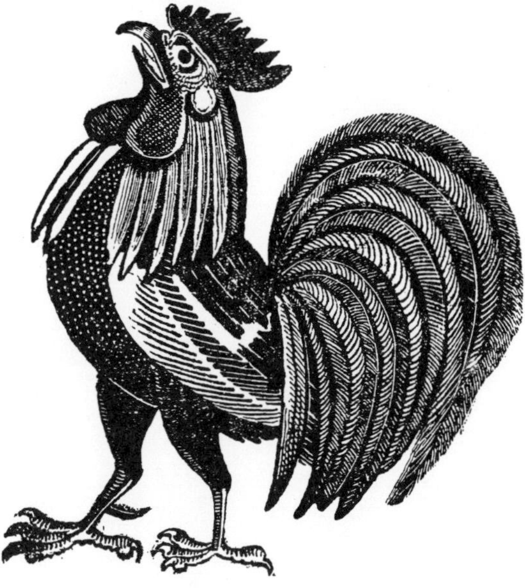

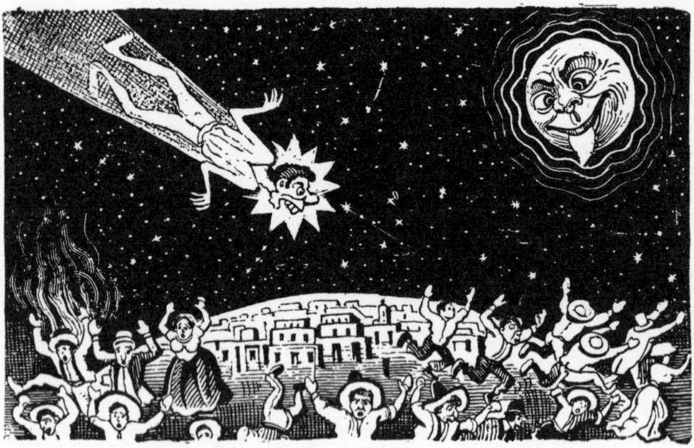

O direito ao delírio

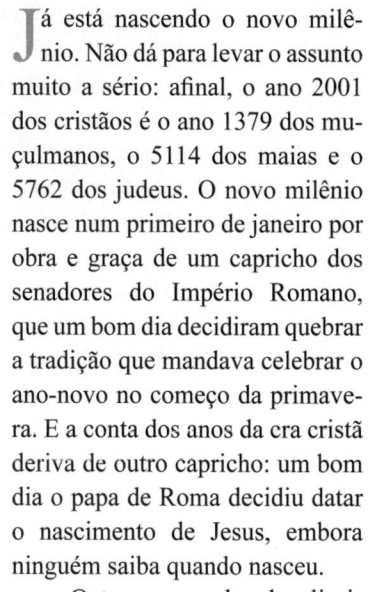

Já está nascendo o novo milênio. Não dá para levar o assunto muito a sério: afinal, o ano 2001 dos cristãos é o ano 1379 dos muçulmanos, o 5114 dos maias e o 5762 dos judeus. O novo milênio nasce num primeiro de janeiro por obra e graça de um capricho dos senadores do Império Romano, que um bom dia decidiram quebrar a tradição que mandava celebrar o ano-novo no começo da primavera. E a conta dos anos da era cristã deriva de outro capricho: um bom dia o papa de Roma decidiu datar o nascimento de Jesus, embora ninguém saiba quando nasceu.

O tempo zomba dos limites que lhe atribuímos para crer na fantasia de que nos obedece; mas o mundo inteiro celebra e teme essa fronteira.

Um convite ao voo

Milênio vai, milênio vem, a ocasião é propícia para que os oradores de inflamado verbo discursem sobre os destinos da humanidade e para que os porta-vozes da ira de Deus anunciem o fim do mundo e o aniquilamento geral, enquanto o tempo, de boca fechada, continua sua caminhada ao longo da eternidade e do mistério.

Verdade seja dita, não há quem resista: numa data assim, por mais arbitrária que seja, qualquer um sente a tentação de perguntar-se como será o tempo que será. E vá-se lá saber como será. Temos uma única certeza: no século XXI, se ainda estivermos aqui, todos nós seremos gente do século passado e, pior ainda, do milênio passado.

Embora não possamos adivinhar o tempo que será, temos, sim, o direito de imaginar o que queremos que seja. Em 1948 e em 1976 as Nações Unidas proclamaram extensas listas de direitos humanos, mas a imensa maioria da humanidade só tem o direito de ver, ouvir e calar. Que tal começarmos a exercer o jamais proclamado direito de sonhar? Que tal delirarmos um pouquinho? Vamos fixar o olhar num ponto além da infâmia para adivinhar outro mundo possível:

o ar estará livre de todo veneno que não vier dos medos humanos e das humanas paixões;

nas ruas, os automóveis serão esmagados pelos cães;

as pessoas não serão dirigidas pelos automóveis, nem programadas pelo computador, nem compradas pelo supermercado e nem olhadas pelo televisor;

o televisor deixará de ser o membro mais importante da família e será tratado como o ferro de passar e a máquina de lavar roupa;

as pessoas trabalharão para viver, ao invés de viver para trabalhar;

será incorporado aos códigos penais o delito da estupidez, cometido por aqueles que vivem para ter e para ganhar, ao invés de viver apenas por viver, como canta o pássaro sem saber que canta e como brinca a criança sem saber que brinca;

em nenhum país serão presos os jovens que se negarem a prestar o serviço militar, mas irão para a cadeia os que desejarem prestá-lo;

os economistas não chamarão *nível de vida* ao nível de consumo, nem chamarão *qualidade de vida* à quantidade de coisas;

os cozinheiros não acreditarão que as lagostas gostam de ser fervidas vivas;

os historiadores não acreditarão que os países gostam de ser invadidos;

os políticos não acreditarão que os pobres gostam de comer promessas;

ninguém acreditará que a solenidade é uma virtude e ninguém levará a sério aquele que não for capaz de rir de ele mesmo;

a morte e o dinheiro perderão seus mágicos poderes e nem por falecimento nem por fortuna o canalha será transformado em virtuoso cavaleiro;

ninguém será considerado herói ou pascácio por fazer o que acha justo em lugar de fazer o que mais lhe convém;

o mundo já não estará em guerra contra os pobres, mas contra a pobreza, e a indústria militar não terá outro remédio senão declarar-se em falência;

a comida não será uma mercadoria e nem a comunicação um negócio, porque a comida e a comunicação são direitos humanos;

ninguém morrerá de fome, porque ninguém morrerá de indigestão;

os meninos de rua não serão tratados como lixo, porque não haverá meninos de rua;

os meninos ricos não serão tratados como se fossem dinheiro, porque não haverá meninos ricos;

a educação não será um privilégio de quem possa pagá-la;

a polícia não será o terror de quem não possa comprá-la;

a justiça e a liberdade, irmãs siamesas condenadas a viver separadas, tornarão a unir-se, bem juntinhas pelas costas;

uma mulher, negra, será presidente do Brasil, e outra mulher, negra, será presidente dos Estados Unidos da

América; e uma mulher índia governará a Guatemala e outra o Peru;

na Argentina, as *loucas* da Praça de Maio serão um exemplo de saúde mental, porque se negaram a esquecer nos tempos da amnésia obrigatória;

a Santa Madre Igreja corrigirá os erros das tábuas de Moisés e o sexto mandamento ordenará que se festeje o corpo;

a Igreja também ditará outro mandamento, do qual Deus se esqueceu: "Amarás a natureza, da qual fazes parte";

serão reflorestados os desertos do mundo e os desertos da alma;

os desesperados serão esperados e os perdidos serão encontrados, porque eles são os que se desesperaram de tanto esperar e os que se perderam de tanto procurar;

seremos compatriotas e contemporâneos de todos os que tenham vontade de justiça e vontade de beleza, tenham nascido onde tenham nascido e tenham vivido quando tenham vivido, sem que importem nem um pouco as fronteiras do mapa ou do tempo;

a perfeição continuará sendo um aborrecido privilégio dos deuses; mas neste mundo fodido e trapalhão, cada noite será vivida como se fosse a última e cada dia como se fosse o primeiro.

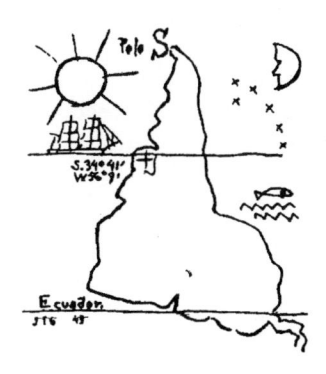

Uma pergunta

No século XII, o geógrafo oficial do reino da Sicília, Al-Idrisi, traçou o mapa do mundo, o mundo que a Europa conhecia, com o sul na parte de cima e o norte na parte de baixo. Isso era habitual na cartografia daquele tempo. E assim, com o sul acima, desenhou o mapa sul-americano, oito séculos depois, o pintor uruguaio Joaquín Torres-García. "Nosso norte é o sul", disse. "Para ir ao norte, nossos navios não sobem, descem."

Se o mundo está, como agora está, de pernas pro ar, não seria bom invertê-lo para que pudesse equilibrar-se em seus pés?

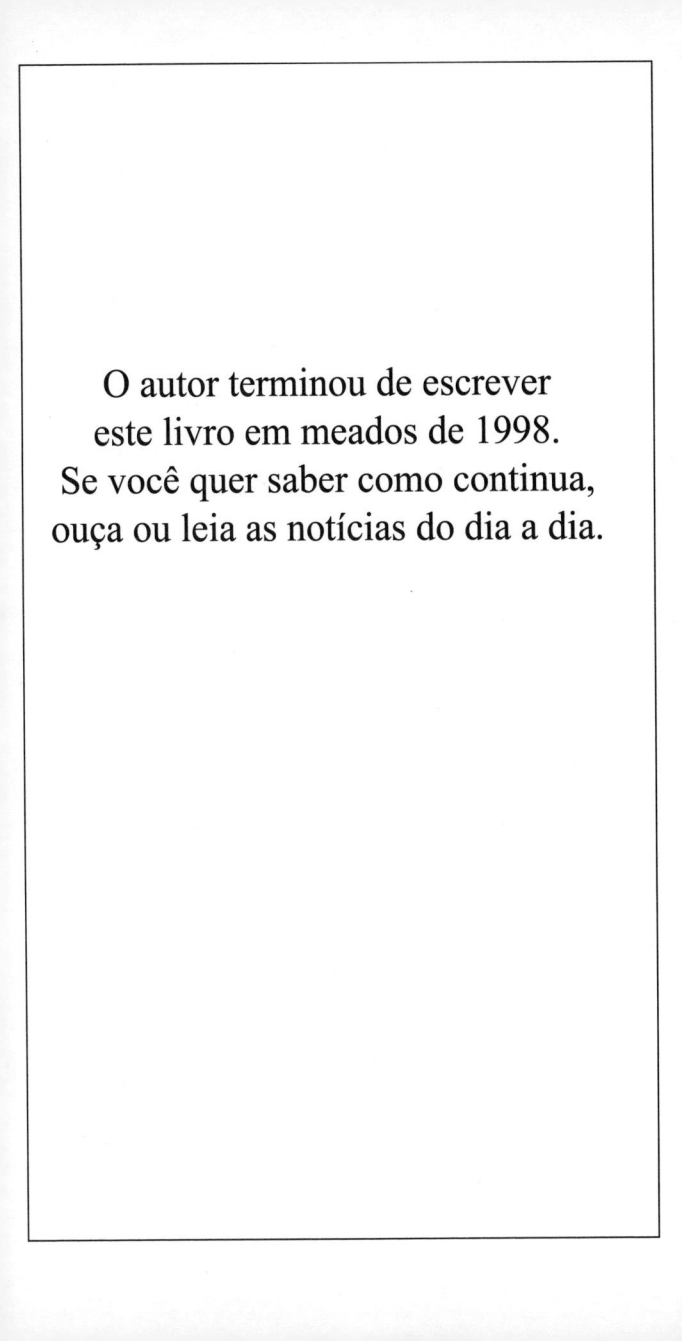

O autor terminou de escrever
este livro em meados de 1998.
Se você quer saber como continua,
ouça ou leia as notícias do dia a dia.

Nota do tradutor

Castizo: filho de mestiço com espanhola ou o contrário; *cuarterón*: aquele que tem um quarto de sangue negro ou índio. No Brasil, quarterão, quadrarão, quadrum; *quinterón*: aquele que tem um quinto de sangue negro ou índio; *morisco*: mouro, mourisco. No México, diz-se do descendente de mulato com europeia ou o contrário; *cholo*: descendente de europeu com índia ou o contrário; *albino*: no México, descendente de mouro com europeia ou o contrário. No Brasil, diversa acepção; *lobo*: no México, descendente de negro com índia ou o contrário; *zambai*go: no México, descendente de chinês com índia ou o contrário; *cambu*jo: no México, o mesmo que *zambaigo*; *albarazado*: descendente de chinês com filhas de pais de diversa nação, como a espanhola ou a francesa. No México, descendente de chinês com *cambuja* ou o contrário; *barcino*: segundo os dicionários, aplica-se sobretudo aos animais que têm pelo branco e pardo ou avermelhado; *coyote*: no caso, pardo, aludindo ao pelo do lobo mexicano; *chamiso*: os dicionários dão *chamizo*, choupana sórdida habitada por pessoas de má índole; *zambo*: o mesmo que *zambaigo*. No Brasil, filho de negro com mulata ou de negro com índia ou o contrário; *jíbaro*: no México, descendente de *albarazado* com *calpamulo*, isto é, do chinês/índio com chinês/negro; *tresalbo*: segundo os dicionários, aplica-se sobretudo ao equino que tem três patas brancas; *jarocho*: segundo os dicionários, rústico insolente, e também o habitante da província mexicana de Veracruz; *lunarejo*: na Colômbia e no Peru, indivíduo que tem sinais no rosto. No Brasil, particularmente no Rio Grande do Sul, aplicável aos animais que trazem sinais redondos no pelo; *rayado*: rajado.

Índice onomástico

Abacha, Sani 192
Abel 61
Achebe, Naemeka 191
Acteal 42
Adão 61, 70, 176
Adidas 271
Aerolíneas Argentinas 161
Aeroparque 200
Afonso V (Portugal) 68
África 16, 28, 37, 46, 58, 60, 69, 75, 76, 177, 248, 288, 292, 293, 323
África do Sul 55, 114, 198, 304
Agassiz, Louis 64
Alá 121
Aladim 129
Alagoas 53
Albânia 304
Alemanha 32, 61, 141, 171, 175, 223, 225, 227, 229, 248, 261, 296
Alhambra 51
Ali Babá 142
Alice 2
Al-Idrisi 345
Alitalia 146
Al-Khaddafi, Muamar 126
Allende, Salvador 257
Allen, Woody 128, 313
Amapá 27
Ambrósio, Santo 225
América (s) 14, 16, 17, 18, 21, 29, 30, 46, 47, 48, 51, 58, 60, 64, 66, 67, 68, 69, 70, 71, 73, 77, 78, 82, 84, 85, 93, 98, 103, 107, 133, 136, 144, 151, 158, 177, 182, 207, 212, 216, 217, 218, 237, 243, 248, 257, 267, 279, 280, 288, 305, 307, 308, 309, 311, 320, 323, 324, 330, 333, 343
América Central 36, 226
América do Sul 48, 60
América Latina 14, 16, 17, 21, 30, 51, 64, 67, 73, 78, 82, 84, 85, 93, 103, 107, 133, 136, 151, 158, 177, 207, 212, 216, 217, 218, 226, 243, 248, 257, 267, 288, 307, 308, 309, 323, 330, 333
American Medical Association 151
American Type Culture Collection (ATCC) 300
América (s) 14, 16, 17, 18, 21, 29, 30, 46, 47, 48, 51, 58, 60, 64, 66, 67, 68, 69, 70, 71, 73, 77, 78, 82, 84, 85, 93, 98, 103, 107, 133, 136, 144, 151, 158, 177, 182, 207, 212, 216, 217, 218, 237, 243, 248, 257, 267, 279, 280, 288, 305, 307, 308, 309, 311, 320, 323, 324, 330, 333, 343
Amsterdã 250
Andara, Guillermo 132
Andes 335
Angeles, Los 65, 130, 194, 241, 250, 264, 272

Angélica 74
Angola 198
Anistia Internacional 87, 93, 120, 280
Apóstolas, Santas 69
Arábia Saudita 120, 121
Arbenz, Jacobo 202
Argentina 49, 65, 66, 88, 97, 107, 109, 133, 136, 148, 150, 171, 217, 218, 263, 277, 344
Arlt, Roberto 148
Armani 285
Ásia 162, 177, 182, 288
Assembleia Geral 122
Assis, Machado de 66
Assunção 48, 112
Astiz, Alfredo 208, 209, 218
Atlântico 116
AT&T 280
Auschwitz 170, 227
Austrália 114, 228, 287
Avilés, Karina 15
Avis 285
Azcárraga, Emilio 6

Bacha, Edmar 30
Bagdá 298
Bahamas, Ilhas 145, 147
Bahia 51, 69, 307
Banco Ambrosiano 145, 148, 165
Banco da Áustria 261
Banco da Nação 39
Banco do Espírito Santo 145
Banco Interamericano de Desenvolvimento 84
Banco Mundial 28, 156, 158, 184, 196, 225, 330
Bangkok 179, 272
Bangladesh 15, 159
Banhofstrasse 142

Banzer, Hugo 84
Barbie 125, 150
Barcelona 76, 77, 78, 136, 165, 203, 233, 277, 311
Barreiro, Jorge 227
Barrionuevo, Luis 171
Barros, Adhemar de 148
Barzón, El 332, 337
Bassey, Nnimmo 193
Batista, Nilo VI, 133
Batman 149
Bayer 226, 227, 228, 233
BBC 308
Beethoven, Ludwig van 35
Belém 69
Bélgica 30, 76, 294, 296
Belíndia 30
Bellamy, Carol 74
Bell Atlantic 115
Bell curve, The 57, 77
Berlim, Muro de 125, 262, 317
Berlusconi, Silvio 305
Bermúdez, Jorge 183
Bertelsmann 284
Betinho, ver Souza, Herbert de
Bíblia 70
Big Mac 263
Binet, Alfred 57
Birmânia 15
Blixen, Samuel 91
BMW 285
Boca Juniors 271
Boeing 707 161
Boff, Leonardo 160
Bogotá 16, 77, 78, 85, 100, 103, 117, 229, 233, 312, 328, 337, 338
Bolívia 52, 56, 65, 66, 84, 130, 132, 157
Bolsa (s) 114, 147, 298
Bond, James 285
Bophal 226

Bores, Tato 318
Borges, Jorge Luis 58
Botafogo 90
Bowring, John 140
Brasil IV, 19, 21, 27, 30, 32, 53, 58, 65, 67, 69, 78, 81, 82, 84, 89, 90, 92, 97, 130, 133, 151, 152, 156, 161, 162, 181, 194, 217, 218, 228, 229, 231, 248, 263, 271, 297, 304, 305, 307, 309, 330, 331, 343, 349
Brasília 101, 149, 152
Bravo, rio 178, 201
Brecht, Bertolt 142
British Aerospace 198
Brito, Edivaldo 59
Bruntland, Relatório 222
Buarque, Chico 107, 330
Bucaram, Abdalá 150
Bucaram, Jacobito 150
Buceo 259
Buenaventura, Nicolás 102
Buenos Aires 20, 21, 29, 77, 78, 85, 97, 101, 111, 117, 136, 150, 154, 165, 166, 175, 187, 203, 204, 218, 246, 247, 258, 259, 264, 271, 272, 277, 301, 312
Bulgária 87
Buliubasich, Catalina 49
Bundesbank 158
Burger King 261
Burt, Cyril 100
Burundi 55, 66, 294
Bush, George 127, 130, 223
Businessnet 282
Bussi, General 84

Cabeça de homem 76
Cabeça de um cavaleiro 76
Cabezas, José Luis 212
Caetano, São 171

Caim 61
Calder, Alexander 76
Califórnia 129, 189, 194, 227, 235
Calvi, Roberto 145, 147, 148
Câmara de Comércio (Estados Unidos) 151
Câmara, Helder 319
Camdessus, Michel 157
Canadá 66, 107, 174, 248, 262, 304, 323
Canario, El 273
Candelária, Igreja da 92
Cantão 140
Capone, Alphonse, chamado Al 1, 147, 224
Caracas 16, 136
Cárdenas, Cuahutémoc 153
Cardona 33
Cardoso, Fernando H. 149, 161
Caribe, Mar do 17, 31, 58, 60, 63, 68, 77, 155, 178, 193
Cartagena das Índias 53
Caruaru 97
Casa Branca 127, 151, 156, 163, 288, 321
Casavalle 73
Cash 261
Castillo Armas, Carlos 50
Castro, Fidel 126, 325
Ceausescu, Nicolae 292
Center for Responsive Politics 151
Central Camionera del Norte 15
Centro de Ciências da Saúde 260
Centro Multilateral Antidrogas 131
Cerqueira, Nilton 82
Cerro Huego 49
Cerro Norte 259
Chaplin, Charles 247

Chechênia 124
Cheek, James 65
Chernobyl 195
Chevigny, Bell 93
Chevrolet 183
Chevroleta 49
Chevron 130, 191, 193, 194
Chiapas 42, 49, 97, 132, 331, 333
Chicago 78, 103, 147, 163, 270
Chichicastenango 50
Chihuala, Yenuri 294
Chile 52, 62, 78, 98, 100, 130, 158, 184, 199, 202, 203, 204, 218, 232, 246, 251, 256, 257, 272, 277, 321, 322, 337, 338
China 36, 47, 122, 124, 140, 141, 166, 182, 198, 232
Chocó 61
Chomski, Noam 172
Christie, Nils 113, 116
Chrysler 175, 239
Chumy Chúmez 19
Chung, Johnnie 151
CIA 136, 202, 280
Cidade celestial 282
Cidade Oculta 101
Cidades Perdidas 101
Cinderela 309, 310
Citibank 144, 156
Civilização 46
Clausewitz, Karl von 279
Clinton, Bill 127
Clube de Tiro 86
CMS 198
Coca-Cola 134, 262, 265, 271, 288
Colinas, Las 247
Collor, Fernando 151, 305
Colômbia 15, 19, 32, 42, 69, 84, 85, 91, 92, 107, 109, 130, 132, 146, 229, 242, 248, 309, 320, 336, 338, 349
Colombo 16
Colombo, Bartolomeu 47
Colombo, Cristóvão 31, 47
Colorado, Universidade de 260
Comando Sul do Panamá 201
Comercio, El 294
Comissão Metropolitana de Prevenção e Controle da Contaminação Ambiental 245
Comissão Mundial de Meio Ambiente e Desenvolvimento 222
Comte, Auguste 54
Conde, Luiz Paulo 88
Conde, Mario 155
Cone Sul 144
Conferência das Nações Unidas para o Comércio e o Desenvolvimento (UNCTAD) 152
Conferência Nacional sobre a Criança do Peru 62
Congo 14, 76, 143
Congresso (Estados Unidos) 163
Congressos Panamericanos sobre a Infância 18
Conselho de Segurança 122, 124
Constituição (Chile) 199
Contract Prison PLC 116
Convenção de Basileia 230
Conviver 42
Cooper, Marc 258
Copa do Mundo de 1998 55
Copa Toyota 271
Córdoba (Argentina) 241
Coreia do Sul 157, 232

Corporate planet, The 197
Corrections Corporation 114
Corrections Today 115
Correteire 142
Cosa Nostra 146
Costa do Marfim 76
Costa Rica 63
Covent 227
Crédit Suisse 143
Criação 102
Cruzadas 107
Cruz Vermelha 65, 144
Cuba 36, 160, 195, 321, 324, 325, 326, 337
Cunha, Sílvio 90
Curaçau 193

Daido Hokusan 233
Daimler Benz 198
Dante 94
Danúbio Azul do Socialismo 292
Darwin, Charles 5, 70
DDT 315
Declaração de Independência dos Estados Unidos 121
Demoiselles d'Avinyó, Les 76
Departamento de Defesa (Estados Unidos) 200
Der Spiegel 164
Detroit 239, 251
Deus VII, 31, 35, 46, 54, 61, 64, 68, 70, 72, 102, 108, 123, 125, 145, 146, 147, 176, 196, 210, 268, 276, 309, 313, 341, 344
Deutsche Bank 261
Diabo, ver Satã 17, 52, 100, 119, 125, 196, 209
Dia da Confraternização 215
Dia da Dignidade 215
Diana, Princesa 287, 318, 319

Dictionnaire universel 48
Diesel 213
Dignidade 42
Dinamarca 114
Dior 305
Discépolo, Enrique Santos 137
Disney 94, 180, 284
Disneylândia 50
Donovan, Paul 197
Don Pérignon 285
Dow Chemical 130, 226
Drácula 6, 264
Drake, Francis 36
Drew, Daniel 96
DuPont 197, 228
Duvalier, Dinastia 143
Dylan, Bob 122

Eclesiastes 71
Eco-92 223, 224
Edison Electric 151
Edwiges, Santa 156, 157
Egito 16
Eisenhower, Dwight D. 202
Elk Grove 265
Enciclopédia Britânica 139
Engelhardt, Tom 298
Equador 52, 150, 294
Era da Paz 122
Ericsson 285
Ernst, Max 76
Escandinávia 323
Escobar, Nicolás 112
Escócia 38
Escola das Américas 201, 202
Espanha 50, 68, 155
Espírito Santo 145, 146, 211
Estados Unidos 16, 28, 29, 34, 36, 38, 39, 57, 58, 63, 65, 66, 73, 75, 86, 88, 107, 108, 109, 110, 113, 114, 116, 120, 121, 122, 124, 125,

355

126, 127, 128, 131, 132,
133, 134, 135, 142, 146,
150, 151, 156, 159, 163,
172, 173, 174, 180, 182,
192, 194, 198, 200, 202,
223, 224, 226, 227, 228,
231, 232, 237, 238, 239,
240, 242, 247, 248, 259,
263, 269, 283, 285, 287,
290, 291, 298, 299, 300,
303, 304, 305, 322, 323,
325, 332, 343
Estônia 88
Estratégia Nacional contra a Droga 131
Etiópia 28
Europa 28, 36, 45, 51, 54, 61, 65, 75, 87, 158, 172, 177, 226, 237, 248, 262, 288, 290, 302, 323, 324, 326, 345
Eva 61, 70
Evangelhos 69

Faculdade de Psicologia (Montevidéu) 185
Fahd Ibn Abdul Aziz Al Saud 120, 121
Familiar, O 209
Far West 287
Faulkner, William 65
Feinmann, José Pablo 149
Fernández de Cevallos, Diego 153
Fernández-Moores, Ezequiel 286
Fernando, o Católico 68
Ferrari 261
Figueredo, Mesé 336
Filipinas 38, 142, 143, 182
Filoche, Gérard 179
Financial Times 145

Firestone, Harvey 237
Florença 250, 268
Flores, Mateo 57
Folha de São Paulo 82
Forbes 28, 183
Ford 28, 49, 228, 237, 239
Fort Benning 201, 202
Fortune 28
Fox 287
França 35, 42, 55, 122, 124, 171, 172, 175, 179, 271, 296
France, Anatole 56
Francisco de Assis, São 37, 123
Frankenstein, Doutor 164
Freire, Paulo 335
Friedman, Milton 5
Fujimori, Alberto 161
Fundação Casa Alianza 101
Fundo Monetário Internacional 156
Furetière, Antoine 48

Galeno 33
Galícia 155
Galileia 146
Gallup 154
Galton, Francis 64
GAP 182
Gardner, Sir Edward 116
Gates, Bill 281, 284, 285
Gates, Daryl 130
Genebra 142, 143, 144, 187, 251, 312
General Chemical 227
General Eletric 197, 284, 305
General Motors 28, 151, 228, 239
Gênesis 70
Gente 213
Geórgia 201
Gerardi, Juan 214

Giacometti, Alberto 76
Gingrich, Newt 287
Girón, Playa 37
Giuliani, Rudolph 88
Glasgow 272
Globo, Rede, ver Rede Globo
Goiânia 194, 195, 203
Goiás 195
Golfo, Guerra do 164, 198, 298
Gómez de la Serna, Ramón 216
Grã-Bretanha 121, 158, 172, 291
Graham, Billy 110
Granada 51
Grande Canária 303
Grande Irmão 110
Grécia 121, 303
Greenpeace 230, 280
Grupo Gay da Bahia 69
Guadalupe, Virgem de III, VI, 17, 174
Guamuch, Doroteo 57
Guanajuato 16
Guatemala 15, 21, 36, 48, 50, 52, 57, 65, 77, 84, 89, 101, 107, 117, 202, 204, 214, 218, 226, 344
Gucci 285
Guerrero 245
Guinness 263
Gulf Oil 227
Gutiérrez Rebollo, Jesús 132
Gutiérrez Ruiz, Héctor 214

Habibie, presidente 183
Haiti 16, 32, 60, 67, 143, 156, 180, 242
Hall, Frank 131
Hamburgo 264
Hamburger University 265
Harper Collins 287
Harvard 225
Hauchler, Ingomar 159

Heineken 285
Hernández, Felisberto 273
Hernández, José 96
Herodes 38
Herrnstein, Richard 5
Heston, Charlton 108
Heyn, Piet 36
Himalaia 152
Hipócrates 33
Hiroshima 215, 249
Hitler, Adolf 54, 61, 141, 212
Hobsbawn, Eric 267
Holanda 32, 35, 53, 103, 229
Hollywood 58, 126, 288, 305, 333
Honduras 15, 16, 21, 88, 218
Hong Kong 178
Houston 227
Human Rights Watch 19
Humboldt, Alexander von 66
Hume, David 64
Hungria 87, 263
Hunter, Hawker 257
Hussein, Saddam 126, 298, 299

Iacocca, Lee 175
Iberia 161
IBM 39, 285
Idade Média 162
Iemanjá 51, 60
IG Farben 226
Iglesias, Julio 150
Igreja 145, 146, 214, 225, 344
Illinois 100, 265
Império do Mal 125
Índia 15, 16, 17, 30, 36, 47, 61, 124, 140, 159, 226, 323
Indiana 61
Índias 50, 53
Indonésia 159, 182, 183
Ingenieros, José 62
Inglaterra 35, 36, 114, 139, 304
Ingrao, Pietro 54

357

Inocêncio IV 93
Inquisição 50, 63, 70, 72, 93, 157
Instituto de Nutrição da América Central 226
Instituto Internacional de Estudos Estratégicos 122
Instituto para Obras Religiosas 145, 147
International Plant Medicine Corporation 224
Internet 91, 109, 282, 300, 301, 327
Irã 16, 142, 299
Iraque 124, 126, 127, 128, 298, 299, 300
Isabel, a Católica 68
Isenberg, Jerry 284
Islã 157
Israel 93
Istoé 91
Itália 54, 145, 146, 171, 239, 304, 305
Iugoslávia 66

Jack o Estripador 37
Jackson, Michael 320
Jakarta 16
Jamaica 89
Japão 47, 163, 174, 175, 228, 299, 304
Java, Mar de 14
Jazadji, Afanásio 93
Jefferson, Thomas 305
Jesus 69, 101, 110, 140, 141, 268, 341
Joana d'Arc 55
José, São 67, 69
Joynt, Vernon 198
Jujuy 209
Jumbo 258

Kaála 71
Kant, Immanuel 48
Karliner, Joshua 197
Kennedy Heights 227
Kent, Clark 149
Kentucky 114
Kenzo 285
King, Martin Luther 122
King, Rodney 65
Kissinger, Henry 321
Klee, Paul 76
Klöckner 159
Kremlin 322
Ku Klux Klan 65
Kuwait 198, 298, 304

Laden, Usama bin 127
Lagos 14
Laguna Beach 235
Landa, Frei Diego de 217
LaRocque, Gene 299
LCN 115
Le Bon, Gustave 70
Ledesma, Engenho 209
Leguía, Augusto 62
Lélia 73
Leoncico 68
Leste da Europa 87, 262, 326
Letelier, Orlando 203
Letônia 87
Lewinsky, Monica 297
Liberdade 42
Liberdade, Estátua da 57
Liberty 1
Lima 16, 67, 264, 294, 301, 311
Linneo, Karl von 64
Lituânia 87
Loja P-2 146
Lolonois, François 36
Lombroso, Cesare 54
Londres 87, 116, 136, 148, 166, 204, 218, 287, 311, 315

López Vigil, José Ignacio 307
L'Oréal 285
Louisiana 88, 227
Love, Jack 113
Luxemburgo 141
Luz da lua numa rajada de vento 76

Magalhães, Antônio Carlos 307
Maimônides 33
Malaguti, Vera 90
Malásia 15, 163, 181, 280
Mali 76, 143
Maluf, Paulo 245
Malvinas 124
Manágua 247, 269, 324
Mandela, Nelson 55
Maní de Yucatan 217
Manila 14
Maomé 63
Marbella 50
Marcinkus, Paul 145, 147, 148
Marcos, Ferdinand 142
Marcos, Subcomandante 333
Maria, Virgem 48, 69
Marinha (Argentina) 200, 208
Mark Correctional Systems 115
Marlboro 288
Márquez, Hugo 211
Marselhesa 55
Marte 182
Martillo de las brujas, El 69
Martín Fierro 52
Marx, Karl 256
MasterCard 262
Mata, Lídice da 307
Matamoros 228
Max-Neef, Manfred 330
Mayan Golf Club 57
McClure, Diane 115
McDonald's 175, 180, 261, 262, 263, 264, 318

McDougall, John 189
McNamara, Joe 129
McNamara, Robert 33
Meca 231
Medellín 85, 91
Mediterrâneo 155, 178
Menem, Carlos 161
Menzel, Peter 304
Mercedes, Automóveis 143, 260
Mercúrio 268
Mercurio, El 62
Messerschmidt-Bölkow-Blohm 198
México 12, 14, 15, 17, 21, 30, 39, 43, 48, 67, 73, 74, 84, 87, 101, 103, 107, 117, 130, 132, 144, 153, 157, 173, 187, 195, 204, 208, 218, 228, 244, 245, 251, 272, 304, 309, 312, 331, 332, 337, 338, 349
México, Cidade do 30, 195
Miami 50, 103, 247, 269
Michelini, Zelmar 214
Microsoft 284, 285
Mikhalkov, Nikita 288
Milan 306
Miralles, Norma 88
Misiones 97
Mobius, Mark 164
Mobutu, ver Sese Keko, Mobutu
Moçambique 198
Modigliani, Amedeo 76
Modu Form 115
Moisés 344
Moledo, Leonardo 185
Moll, Eladio 208
Moloch 160
Mongólia 157, 288
Monsanto 130
Monsiváis, Carlos 29, 87

Montesquieu, Barão de 64, 305
Montevidéu VI, 18, 51, 73, 165, 185, 259, 273
Montreal 262
Morgan, Henry 36
Morris, David 263
Morrison, Toni 116
Mortal Kombat 295
Moscou 211, 260, 262, 327
Motor Coach Industries 115
Mott, Luiz 69
Moulian, Tomás 256
Movimento dos Sem-Terra 330
Murdoch, Império 284
Murdoch, Rupert 287
Muro de Berlim 125, 262, 317
Murray, Charles 5
Museu de Arte Moderna 75
Museu de Seattle 76
Museu Real da África Central 76

Nabuco, Joaquim 66
Nación, La 62
Nações Unidas 28, 30, 37, 38, 74, 122, 124, 152, 181, 198, 216, 224, 225, 300, 342
Nagasaki 215, 249
Napoleão 162, 215
Nassau 145
Natal 67, 268, 292
National Criminal Justice Commission 116
National Rifle Association 108, 109
National Security Agency (NSA) 280
National Shooting Sports Foundation 109
Navarro, Ricardo 242
Nepal 16, 159
Nevada 241
New England Firearms 109
Newsweek 240

Nicarágua 142, 143, 146, 247, 269, 305, 318, 321, 322
Nicolaides, Cristino 211
Nigéria 76, 157, 191, 192, 193
Níger, rio 191
Nik, Desenhista 110
Nike 271, 324
Niño, El 18
Nixon, Richard 147, 321, 322
Noé 123
North, Oliver 142
Nova York 12, 57, 75, 76, 85, 88, 114, 130, 131, 136, 163, 298
Nova Zelândia 42
Novo Catecismo 315
Novo Mundo 47
NSA, ver National Security Agency
Nueva Laredo 228
Núñez de Balboa, Vasco 68

Obando, Cardeal 247
Observador, El 161
Ocho 49
Ocidente 145, 262, 289
Oklahoma 128
Omega 285
Operação Tempestade do Deserto 298
Organização Internacional do Trabalho (OIT) 170
Organização Mundial da Saúde 247, 251
Organização para a Cooperação com o Desenvolvimento Econômico 230
Oriente Médio 16
Ortega, Humberto 318
Orwell, George 110
Oscar, Prêmios 288
Oviedo, General 84

Pachamama 60
Pacífico 42, 68, 124, 303
Página 12 154
Pais Fundadores 142
Palenque 53
Palmares 53
Palma, Ricardo 52
Panamá 21, 68, 124, 127, 131, 132, 147, 201, 298
Pandora 70
Paquistão 16, 124
Paracelso 33
Paraguai 36, 48, 52, 84, 112, 217, 218
Paris 12, 21, 43, 57, 77, 87, 103, 166, 179, 187, 270, 277, 311, 312, 337
Parlamento Europeu 280
Partido da Social Democracia Brasileira 149
Partido dos Trabalhadores (Brasil) 307
Partido Social-Democrata Alemão 159
Patagônia 49
Pato Donald 288
Paulo, São 148
Paulo V 145
Paz e Justiça 42
Pentágono 100, 125, 126, 131, 132, 201, 300, 301
Pepsi-Cola 271
Pequim 74, 141
Pereira 92
Pérez, Carlos Andrés 151
Péricles 303
Peru 14, 38, 52, 62, 65, 107, 130, 132, 161, 218, 294, 344, 349
Pescarmona, Enrique 178
Peters, Arno 323
Petti, Michael A. 272

Philip Morris 151
Picasso, Pablo 75
Pinochet, Augusto 158, 199, 203, 257, 321
Platía, Marta 241
Platt, Anthony 267
Pocahontas, princesa 179
Porto Alegre IV, 272, 319, 337
Porto Príncipe 16
Porto Rico 17, 114
Portugal 53
Potosí 57
Praça de Maio 344
Praia de Belas 272
Prata, rio da 15, 53, 86
Prats, Carlos 203
Prêmio Nobel da Paz 124
PRI 153
Primeiro Congresso Policial Sul-Americano 18, 98
Primeiro Mundo 276
Produto Criminal Bruto 125
Produto Nacional Bruto 125, 238
Programa das Nações Unidas para o Desenvolvimento 28
Puñales, Adauto 211

Quênia 55, 76
Quilmes 271, 312

Ramírez, Mercedes 253
Ramonet, Ignacio 159
Rapid de Viena 271
Rationalist Press Association 315
Reagan, Ronald 126, 142, 159, 305
Recife 16
Rede Globo de Televisão 152, 301, 307, 309
Registro de Marcas e Patentes (Estados Unidos) 224

Reino Unido 122
Renascimento 46, 179
René Moreno, Gabriel 56
Reno 241
República Dominicana 60, 67
República Tcheca 87
Richmond North 227
Ricupero, Rubens 152
Rio de Janeiro 21, 51, 73, 81, 82, 85, 87, 88, 89, 90, 92, 97, 99, 103, 120, 218, 223, 246, 301
Ríos Montt, Efraín 84, 211
Rivalto, frei Giordano da 268
River Plate 271
Robinson, Jack 55
Rockefeller, Família 237
Rockefeller, John 5
Rodgers, Dennis 324
Rodin, Auguste 264
Rodrigues, Raymundo Nina 62
Rolex 260
Roma 21, 43, 46, 77, 146, 165, 178, 341
Romênia 292
Romero, monsenhor Óscar Arnulfo 79, 201
Roosevelt, Teodoro 124
Roraima 229
Rotschild 162
Royal Ordinance 198
Rua do Muro 164
Ruanda 159, 294, 311
Rubin, William 75
Rússia 88, 122, 124, 125, 128, 157, 228, 304

Sagradas Escrituras 108
Sainsbury 281
Saint-Jean, Ibérico 211
Salgado, Sebastião 330
Salinas, Carlos 144
Salinas, Família 144
Salinas, Raúl 144
Salta 49, 67
Salvador, El 21, 32, 64, 84, 187, 201, 218, 242
San Andrés Itzapan 48
San Cristóbal de Las Casas 64
San Diego 235
San Francisco 120
San Francisco de Macorís 259
San Isidro 111
San José 64
San José da Califórnia 129
San Luis 213
San Salvador 79
Santa Sé 147
Santiago, Caminho de 152
Santiago do Chile 100, 130, 184, 199, 203, 246, 272, 277
Santos, Galdino Jesus dos 101
São Domingos 215
São Gonçalo do Amarante 68
São Paulo 12, 16, 21, 59, 67, 70, 82, 89, 93, 103, 112, 136, 148, 165, 218, 245, 264, 266, 272, 311, 337
São Salvador 16
Saramago, José 330
Sarlo, Beatriz 270
Sarmiento, Domingo Faustino 49
Saro-Wiwa, Ken 191, 192, 193
Satã, Satanás 63, 67, 72, 132, 298
Saturno 162
Schwarzenegger, Arnold 288
Scilingo, Alfonso 200
Security Industry Association 110
Security Passions 108
Segunda Guerra Mundial 30, 33, 65, 141, 284

Scgundo, El 194
Seleções do Reader's Digest 305
Senegal 61
Senhor Dez por Cento 144
Serres, Etienne 64
Sese Seko, Mobutu 143
Shakespeare, William 163
Shell 191, 192, 193
Sicília 146, 345
Siemens 159, 172
Simpson, O. J. 289
Sindona, Michele 145, 147, 148
Société de Banque Suisse 144
Sofremi 198
Somália 55
Somoza, Dinastia 143
Sony 284
Soros, George 164
Souza, Herbert de 158
Soyinka, Wole 293
Spencer, Herbert 56
Speth, James Gustave 28
Spiewak, Martin 159
Sri Lanka 16
Stallone, Sylvester 288
Standard Oil of Califórnia 194
Stanford, Universidade de 230
Stavenhagen, Rodolfo 333
Steel, Helen 263
Sudão 16
Suécia 61
Suharto, Ahmed 159, 183
Suíça 39, 141, 142, 143, 147, 175, 176, 261
Suíça da América 144
Summers, Lawrence 225
Superman 149
Supremo Tribunal de Israel 93
Suriname 71

Tailândia 16, 17, 182, 304
Taiwan 231
Tântalo 255
Tanzânia 15
Tarzan 58
Teatro Colón 185
Telebrás 161, 162
Tele-Communications Inc (TCI) 284
Televisa 309
Tell, Guilherme 141
Templo Maior 160
Tenochtitlán 244, 245
Terceiro Mundo 290
Terkel, Studs 299
Terminator 288
Texaco 247
Texas 77, 116, 136, 227, 305
Thatcher, Margaret 158, 287
The Lancet 260
The New York Times 257
Thugwane, Josiah 55
Tien An Men 124
Tietmeyer, Hans 157
Times 287
Time Warner, CNN 284
Timisoara 292
Tin-hai 140
Todman, Terence 150
Torres-García, Joaquín 345
Toto Zaugg 33
Touraine, Alain 288
Toynbee, Arnold 58
Traoré, Moussa 143
Trece 49
Tribunal de Justiça do Distrito Federal 102
Tribunal Federal (Suíça) 143
Trujillo, Leónidas 60
Tucumán 84
Turgueniev, Ivan 57
Turquia 146
Twain, Mark 47

Ulisses 72
UNCTAD, ver Conferência das Nações Unidos para o Comércio e o Desenvolvimento
UNESCO 288, 290, 291, 312
União Soviética 36
UNICEF 17, 19, 21, 74, 78
Union Carbide 226
Union de Banques Suisses 144, 261
United Church of Christ 227
Universidade Livre de Barranquilla 102
Uruguai 91, 98, 107, 144, 160, 177, 184, 217, 227, 308
US Public Health Service 133
US West Inmate Telephone Service 115

Vacher de Lapouge, Georges 95
Vancouver 263
Vanderbilt, Cornelius 1
Vaticano 145, 147, 237, 242, 331
Vegas, Las 272, 327
Veintisiete 49
Veja 72
Venezuela 38, 151
Verissimo, Luis Fernando 162
Viacom 284
Vidal, Gore 305
Videla, Jorge Rafael 213
Viejo Antonio 332
Viena 261
Vietnã 16, 33, 34, 100, 121, 130, 180, 238, 304
Vietnã, Guerra do 33
Villa Fiorito 259

Villa, Pancho 128
Vinci, Leonardo da 250
Violence Police Center 109
Virginia 65
Visa 285
Vitória da Inglaterra, Rainha 139
Viva más 272

Walker, William 36
Wallraff, Günter 263
Wall Street 164
Washington D.C. 218
Watergate 147
Waterloo 162
Wayne, Bruce 149
Westinghouse 197
Wilches, Gustavo 12
Wild Blue 234
Wolfensohn, James 29
Woods, Tiger 55
World Research Group 114
Worldwatch Institute 239

Yabrán, Alfredo 212
Yeltsin, Boris 88
Yokohama 234
Ypacaraí 48
Yucatán 48

Zaffaroni, Eugenio Raúl 69
Zelicovich, Roberto 264
Zerão, Estádio 27
Ziegler, Jean 142
Zurique 142
Zurita, Félix 318
Zweig, Stefan 99

Índice

Dedicatória V
Agradecimentos VI
Vão passando, senhoras e senhores! VII
Programa de estudos VIII

Mensagem aos pais 1
Se Alice voltasse 2
A escola do mundo ao avesso 3
* Educando com o exemplo 5
* Os alunos 11
   – Mundo infantil 12
   – Vitrinas 13
   – A fuga/1 15
   – A fuga/2 17
   – Para que o surdo escute 19
   – Fontes consultadas 21
* Curso básico de injustiça 25
   – A exceção 27
   – Pontos de vista /1 31
   – Pontos de vista/2 33
   – Pontos de vista/3 35
   – A linguagem/1 37
   – A linguagem/2 39
   – A linguagem/3 41
   – Fontes consultadas 43
* Curso básico de racismo e machismo 45

- A identidade 47
- Para a cátedra de direito penal 49
- A deusa 51
- O inferno 53
- Os heróis e os malditos 55
- Nomes 57
- Justiça 59
- Pontos de vista/4 61
- Assim se prova que os índios são inferiores 63
- Assim se prova que os negros são inferiores 64
- Pontos de vista/5 69
- Pontos de vista/6 70
- A mamãe desprezada 75
- Fontes consultadas 77

Cátedras do medo 79
* O ensino do medo 81
   - O medo global 83
   - América Latina, paisagens típicas 85
   - O inimigo público/1 90
   - O inimigo público/2 91
   - Falemos claramente 98
   - Fontes consultadas 103
* A indústria do medo 107
   - Deixai vir a mim os pequeninos 109
   - Crônica familiar 112
   - À venda 115
   - Fontes consultadas 117
* Aulas de corte e costura: como fazer inimigos sob medida ... 119
   - Pontos de vista/7 120
   - Pontos de vista/8 121
   - Enigmas 123

- Pontos de vista/9 125
- Nasce uma estrela? 127
- O desejo 129
- Serei curioso 134
- Fontes consultadas 136

Seminário de ética 137
* Trabalhos práticos: como triunfar na vida e fazer amigos 139
- Para a cátedra de religião 146
- Preços 149
- Para a cátedra das relações internacionais 150
- Almas generosas 151
- Vidas exemplares/1 152
- Vidas exemplares/2 155
- O azeite 159
- A linguagem/4 163
- Fontes consultadas 165

* Lições contra os vícios inúteis 169
- Frases célebres 171
- O realismo capitalista 175
- As estatísticas 177
- A lei e a realidade 179
- Vidas exemplares/3 183
- Ao deus-dará 184
- Vantagens 185
- Fontes consultadas 187

Aulas magistrais de impunidade 189
* Modelos para estudar 191
- Fontes consultadas 203

* A impunidade dos caçadores de gente 207
- O diabo andava com fome 209
- O pensamento vivo das ditaduras militares 211
- Publicidade 213
- A memória proibida 214
- A memória rasgada 215
- Fontes consultadas 218

* A impunidade dos exterminadores do planeta 221
- A linguagem dos *experts* internacionais 223
- Morgan 224
- Mapas 227
- O desenvolvimento 229
- A educação 230

- Vista do crepúsculo, no final do século 232
- Fontes consultadas 233
- Azul selvagem 234
- Notícias 235
* A impunidade do sagrado motor 237
- O paraíso 239
- A fuga/3 241
- Direitos e deveres 242
- É uma anedota/1 246
- Não é uma anedota/1 247
- Fontes consultadas 251

Pedagogia da solidão 253
* Lições da sociedade de consumo 255
- Pobrezas 257
- Um mártir 258
- Magia 259
- É uma anedota/2 260
- Não é uma anedota/2 261
- As caras e as máscaras/1 264
- As caras e as máscaras/2 265
- Os dias 268
- O grande dia 269
- O futebol global 271
- A injeção 273
- Fontes consultadas 277
* Curso intensivo de incomunicação 279
- Dá-me teus segredos/1 280
- Dá-me teus segredos/2 281
- O herói globalizado 285
- Vidas exemplares/4 287
- O espetáculo 289
- A era da informação 292
- Brinquemos de guerra/1 294
- Brinquemos de guerra/2 295
- Para a cátedra de história 297
- O amigo eletrônico 299
- A linguagem/5 303
- Elogio da imaginação 308
- Fontes consultadas 311

A contraescola 313
* Traição e promessa do fim do milênio 315

- Para a cátedra da história das ideias 317
- O estádio e o teatro 318
- O campo de jogo 319
- Mapa-múndi 323
- Lido nos muros das cidades 325
- A outra globalização 327
- Latino-americanos 329
- Os sem-terra 330
- Os zapatistas 331
- Advertência 334
- Parentela 335
- A música 336
- Fontes consultadas 337

* O direito ao delírio 341
- Uma pergunta 345

Nota do tradutor 349
Índice onomástico 351
Índice 365
Sobre o autor 371

Coleção **L&PM** POCKET

- 750. **Tito Andrônico** – Shakespeare
- 751. **Antologia poética** – Anna Akhmátova
- 752. **O melhor de Hagar 6** – Dik e Chris Browne
- 753.(12).**Michelangelo** – Nadine Sautel
- 754. **Dilbert (4)** – Scott Adams
- 755. **O jardim das cerejeiras** *seguido de* **Tio Vânia** – Tchékhov
- 756. **Geração Beat** – Claudio Willer
- 757. **Santos Dumont** – Alcy Cheuiche
- 758. **Budismo** – Claude B. Levenson
- 759. **Cleópatra** – Christian-Georges Schwentzel
- 760. **Revolução Francesa** – Frédéric Bluche, Stéphane Rials e Jean Tulard
- 761. **A crise de 1929** – Bernard Gazier
- 762. **Sigmund Freud** – Edson Sousa e Paulo Endo
- 763. **Império Romano** – Patrick Le Roux
- 764. **Cruzadas** – Cécile Morrisson
- 765. **O mistério do Trem Azul** – Agatha Christie
- 768. **Senso comum** – Thomas Paine
- 769. **O parque dos dinossauros** – Michael Crichton
- 770. **Trilogia da paixão** – Goethe
- 773. **Snoopy: No mundo da lua! (8)** – Charles Schulz
- 774. **Os Quatro Grandes** – Agatha Christie
- 775. **Um brinde de cianureto** – Agatha Christie
- 776. **Súplicas atendidas** – Truman Capote
- 779. **A viúva imortal** – Millôr Fernandes
- 780. **Cabala** – Roland Goetschel
- 781. **Capitalismo** – Claude Jessua
- 782. **Mitologia grega** – Pierre Grimal
- 783. **Economia: 100 palavras-chave** – Jean-Paul Betbèze
- 784. **Marxismo** – Henri Lefebvre
- 785. **Punição para a inocência** – Agatha Christie
- 786. **A extravagância do morto** – Agatha Christie
- 787.(13).**Cézanne** – Bernard Fauconnier
- 788. **A identidade Bourne** – Robert Ludlum
- 789. **Da tranquilidade da alma** – Sêneca
- 790. **Um artista da fome** *seguido de* **Na colônia penal e outras histórias** – Kafka
- 791. **Histórias de fantasmas** – Charles Dickens
- 796. **O Uraguai** – Basílio da Gama
- 797. **A mão misteriosa** – Agatha Christie
- 798. **Testemunha ocular do crime** – Agatha Christie
- 799. **Crepúsculo dos ídolos** – Friedrich Nietzsche
- 802. **O grande golpe** – Dashiell Hammett
- 803. **Humor barra pesada** – Nani
- 804. **Vinho** – Jean-François Gautier
- 805. **Egito Antigo** – Sophie Desplancques
- 806.(14).**Baudelaire** – Jean-Baptiste Baronian
- 807. **Caminho da sabedoria, caminho da paz** – Dalai Lama e Felizitas von Schönborn
- 808. **Senhor e servo e outras histórias** – Tolstói
- 809. **Os cadernos de Malte Laurids Brigge** – Rilke
- 810. **Dilbert (5)** – Scott Adams
- 811. **Big Sur** – Jack Kerouac
- 812. **Seguindo a correnteza** – Agatha Christie
- 813. **O álibi** – Sandra Brown
- 814. **Montanha-russa** – Martha Medeiros
- 815. **Coisas da vida** – Martha Medeiros
- 816. **A cantada infalível** *seguido de* **A mulher de centroavante** – David Coimbra
- 819. **Snoopy: Pausa para a soneca (9)** – Charles Schulz
- 820. **De pernas pro ar** – Eduardo Galeano
- 821. **Tragédias gregas** – Pascal Thiercy
- 822. **Existencialismo** – Jacques Colette
- 823. **Nietzsche** – Jean Granier
- 824. **Amar ou depender?** – Walter Riso
- 825. **Darmapada: A doutrina budista em versos**
- 826. **J'Accuse...!** – **a verdade em marcha** – Zola
- 827. **Os crimes ABC** – Agatha Christie
- 828. **Um gato entre os pombos** – Agatha Christie
- 831. **Dicionário de teatro** – Luiz Paulo Vasconcellos
- 832. **Cartas extraviadas** – Martha Medeiros
- 833. **A longa viagem de prazer** – J. J. Morosoli
- 834. **Receitas fáceis** – J. A. Pinheiro Machado
- 835.(14).**Mais fatos & mitos** – Dr. Fernando Lucchese
- 836.(15).**Boa viagem!** – Dr. Fernando Lucchese
- 837. **Aline: Finalmente nua!!! (4)** – Adão Iturrusgarai
- 838. **Mônica tem uma novidade!** – Mauricio de Sousa
- 839. **Cebolinha em apuros!** – Mauricio de Sousa
- 840. **Sócios no crime** – Agatha Christie
- 841. **Bocas do tempo** – Eduardo Galeano
- 842. **Orgulho e preconceito** – Jane Austen
- 843. **Impressionismo** – Dominique Lobstein
- 844. **Escrita chinesa** – Viviane Alleton
- 845. **Paris: uma história** – Yvan Combeau
- 846.(15).**Van Gogh** – David Haziot
- 848. **Portal do destino** – Agatha Christie
- 849. **O futuro de uma ilusão** – Freud
- 850. **O mal-estar na cultura** – Freud
- 853. **Um crime adormecido** – Agatha Christie
- 854. **Satori em Paris** – Jack Kerouac
- 855. **Medo e delírio em Las Vegas** – Hunter Thompson
- 856. **Um negócio fracassado e outros contos de humor** – Tchékhov
- 857. **Mônica está de férias!** – Mauricio de Sousa
- 858. **De quem é esse coelho?** – Mauricio de Sousa
- 860. **O mistério Sittaford** – Agatha Christie
- 861. **Manhã transfigurada** – L. A. de Assis Brasil
- 862. **Alexandre, o Grande** – Pierre Briant
- 863. **Jesus** – Charles Perrot
- 864. **Islã** – Paul Balta
- 865. **Guerra da Secessão** – Farid Ameur
- 866. **Um rio que vem da Grécia** – Cláudio Moreno
- 868. **Assassinato na casa do pastor** – Agatha Christie
- 869. **Manual do líder** – Napoleão Bonaparte
- 870.(16).**Billie Holiday** – Sylvia Fol
- 871. **Bidu arrasando!** – Mauricio de Sousa
- 872. **Os Sousa: Desventuras em família** – Mauricio de Sousa
- 874. **E no final a morte** – Agatha Christie

875. **Guia prático do Português correto – vol. 4** – Cláudio Moreno
876. **Dilbert (6)** – Scott Adams
877(17). **Leonardo da Vinci** – Sophie Chauveau
878. **Bella Toscana** – Frances Mayes
879. **A arte da ficção** – David Lodge
880. **Striptiras (4)** – Laerte
881. **Skrotinhos** – Angeli
882. **Depois do funeral** – Agatha Christie
883. **Radicci 7** – Iotti
884. **Walden** – H. D. Thoreau
885. **Lincoln** – Allen C. Guelzo
886. **Primeira Guerra Mundial** – Michael Howard
887. **A linha de sombra** – Joseph Conrad
888. **O amor é um cão dos diabos** – Bukowski
890. **Despertar: uma vida de Buda** – Jack Kerouac
891(18). **Albert Einstein** – Laurent Seksik
892. **Hell's Angels** – Hunter Thompson
893. **Ausência na primavera** – Agatha Christie
894. **Dilbert (7)** – Scott Adams
895. **Ao sul de lugar nenhum** – Bukowski
896. **Maquiavel** – Quentin Skinner
897. **Sócrates** – C.C.W. Taylor
899. **O Natal de Poirot** – Agatha Christie
900. **As veias abertas da América Latina** – Eduardo Galeano
901. **Snoopy: Sempre alerta! (10)** – Charles Schulz
902. **Chico Bento: Plantando confusão** – Mauricio de Sousa
903. **Penadinho: Quem é morto sempre aparece** – Mauricio de Sousa
904. **A vida sexual da mulher feia** – Claudia Tajes
905. **100 segredos de liquidificador** – José Antonio Pinheiro Machado
906. **Sexo muito prazer 2** – Laura Meyer da Silva
907. **Os nascimentos** – Eduardo Galeano
908. **As caras e as máscaras** – Eduardo Galeano
909. **O século do vento** – Eduardo Galeano
910. **Poirot perde uma cliente** – Agatha Christie
911. **Cérebro** – Michael O'Shea
912. **O escaravelho de ouro e outras histórias** – Edgar Allan Poe
913. **Piadas para sempre (4)** – Visconde da Casa Verde
914. **100 receitas de massas light** – Helena Tonetto
915(19). **Oscar Wilde** – Daniel Salvatore Schiffer
916. **Uma breve história do mundo** – H. G. Wells
917. **A Casa do Penhasco** – Agatha Christie
919. **John M. Keynes** – Bernard Gazier
920(20). **Virginia Woolf** – Alexandra Lemasson
921. **Peter e Wendy** *seguido de* **Peter Pan em Kensington Gardens** – J. M. Barrie
922. **Aline: numas de colegial (5)** – Adão Iturrusgarai
923. **Uma dose mortal** – Agatha Christie
924. **Os trabalhos de Hércules** – Agatha Christie
926. **Kant** – Roger Scruton
927. **A inocência do Padre Brown** – G.K. Chesterton
928. **Casa Velha** – Machado de Assis
929. **Marcas de nascença** – Nancy Huston
930. **Aulete de bolso**
931. **Hora Zero** – Agatha Christie
932. **Morte na Mesopotâmia** – Agatha Christie
934. **Nem te conto, João** – Dalton Trevisan
935. **As aventuras de Huckleberry Finn** – Mark Twain
936(21). **Marilyn Monroe** – Anne Plantagenet
937. **China moderna** – Rana Mitter
938. **Dinossauros** – David Norman
939. **Louca por homem** – Claudia Tajes
940. **Amores de alto risco** – Walter Riso
941. **Jogo de damas** – David Coimbra
942. **Filha é filha** – Agatha Christie
943. **M ou N?** – Agatha Christie
945. **Bidu: diversão em dobro!** – Mauricio de Sousa
946. **Fogo** – Anaïs Nin
947. **Rum: diário de um jornalista bêbado** – Hunter Thompson
948. **Persuasão** – Jane Austen
949. **Lágrimas na chuva** – Sergio Faraco
950. **Mulheres** – Bukowski
951. **Um pressentimento funesto** – Agatha Christie
952. **Cartas na mesa** – Agatha Christie
954. **O lobo do mar** – Jack London
955. **Os gatos** – Patricia Highsmith
956(22). **Jesus** – Christiane Rancé
957. **História da medicina** – William Bynum
958. **O Morro dos Ventos Uivantes** – Emily Brontë
959. **A filosofia na era trágica dos gregos** – Nietzsche
960. **Os treze problemas** – Agatha Christie
961. **A massagista japonesa** – Moacyr Scliar
963. **Humor do miserê** – Nani
964. **Todo o mundo tem dúvida, inclusive você** – Édison de Oliveira
965. **A dama do Bar Nevada** – Sergio Faraco
969. **O psicopata americano** – Bret Easton Ellis
970. **Ensaios de amor** – Alain de Botton
971. **O grande Gatsby** – F. Scott Fitzgerald
972. **Por que não sou cristão** – Bertrand Russell
973. **A Casa Torta** – Agatha Christie
974. **Encontro com a morte** – Agatha Christie
975(23). **Rimbaud** – Jean-Baptiste Baronian
976. **Cartas na rua** – Bukowski
977. **Memória** – Jonathan K. Foster
978. **A abadia de Northanger** – Jane Austen
979. **As pernas de Úrsula** – Claudia Tajes
980. **Retrato inacabado** – Agatha Christie
981. **Solanin (1)** – Inio Asano
982. **Solanin (2)** – Inio Asano
983. **Aventuras de menino** – Mitsuru Adachi
984(16). **Fatos & mitos sobre sua alimentação** – Dr. Fernando Lucchese
985. **Teoria quântica** – John Polkinghorne
986. **O eterno marido** – Fiódor Dostoiévski
987. **Um safado em Dublin** – J. P. Donleavy
988. **Mirinha** – Dalton Trevisan
989. **Akhenaton e Nefertiti** – Carmen Seganfredo e A. S. Franchini
990. **On the Road – o manuscrito original** – Jack Kerouac
991. **Relatividade** – Russell Stannard

- 992. **Abaixo de zero** – Bret Easton Ellis
- 993(24). **Andy Warhol** – Mériam Korichi
- 995. **Os últimos casos de Miss Marple** – Agatha Christie
- 996. **Nico Demo: Aí vem encrenca** – Mauricio de Sousa
- 998. **Rousseau** – Robert Wokler
- 999. **Noite sem fim** – Agatha Christie
- 1000. **Diários de Andy Warhol (1)** – Editado por Pat Hackett
- 1001. **Diários de Andy Warhol (2)** – Editado por Pat Hackett
- 1002. **Cartier-Bresson: o olhar do século** – Pierre Assouline
- 1003. **As melhores histórias da mitologia: vol. 1** – A.S. Franchini e Carmen Seganfredo
- 1004. **As melhores histórias da mitologia: vol. 2** – A.S. Franchini e Carmen Seganfredo
- 1005. **Assassinato no beco** – Agatha Christie
- 1006. **Convite para um homicídio** – Agatha Christie
- 1008. **História da vida** – Michael J. Benton
- 1009. **Jung** – Anthony Stevens
- 1010. **Arsène Lupin, ladrão de casaca** – Maurice Leblanc
- 1011. **Dublinenses** – James Joyce
- 1012. **120 tirinhas da Turma da Mônica** – Mauricio de Sousa
- 1013. **Antologia poética** – Fernando Pessoa
- 1014. **A aventura de um cliente ilustre** *seguido de* **O último adeus de Sherlock Holmes** – Sir Arthur Conan Doyle
- 1015. **Cenas de Nova York** – Jack Kerouac
- 1016. **A corista** – Anton Tchékhov
- 1017. **O diabo** – Leon Tolstói
- 1018. **Fábulas chinesas** – Sérgio Capparelli e Márcia Schmaltz
- 1019. **O gato do Brasil** – Sir Arthur Conan Doyle
- 1020. **Missa do Galo** – Machado de Assis
- 1021. **O mistério de Marie Rogêt** – Edgar Allan Poe
- 1022. **A mulher mais linda da cidade** – Bukowski
- 1023. **O retrato** – Nicolai Gogol
- 1024. **O conflito** – Agatha Christie
- 1025. **Os primeiros casos de Poirot** – Agatha Christie
- 1027(25). **Beethoven** – Bernard Fauconnier
- 1028. **Platão** – Julia Annas
- 1029. **Cleo e Daniel** – Roberto Freire
- 1030. **Til** – José de Alencar
- 1031. **Viagens na minha terra** – Almeida Garrett
- 1032. **Profissões para mulheres e outros artigos feministas** – Virginia Woolf
- 1033. **Mrs. Dalloway** – Virginia Woolf
- 1034. **O cão da morte** – Agatha Christie
- 1035. **Tragédia em três atos** – Agatha Christie
- 1037. **O fantasma da Ópera** – Gaston Leroux
- 1038. **Evolução** – Brian e Deborah Charlesworth
- 1039. **Medida por medida** – Shakespeare
- 1040. **Razão e sentimento** – Jane Austen
- 1041. **A obra-prima ignorada** *seguido de* **Um episódio durante o Terror** – Balzac
- 1042. **A fugitiva** – Anaïs Nin
- 1043. **As grandes histórias da mitologia greco-romana** – A. S. Franchini
- 1044. **O corno de si mesmo & outras historietas** – Marquês de Sade
- 1045. **Da felicidade** *seguido de* **Da vida retirada** – Sêneca
- 1046. **O horror em Red Hook e outras história** – H. P. Lovecraft
- 1047. **Noite em claro** – Martha Medeiros
- 1048. **Poemas clássicos chineses** – Li Bai, Du F e Wang Wei
- 1049. **A terceira moça** – Agatha Christie
- 1050. **Um destino ignorado** – Agatha Christie
- 1051(26). **Buda** – Sophie Royer
- 1052. **Guerra Fria** – Robert J. McMahon
- 1053. **Simons's Cat: as aventuras de um gato travesso e comilão – vol. 1** – Simon Tofield
- 1054. **Simons's Cat: as aventuras de um gato travesso e comilão – vol. 2** – Simon Tofield
- 1055. **Só as mulheres e as baratas sobreviverão** – Claudia Tajes
- 1057. **Pré-história** – Chris Gosden
- 1058. **Pintou sujeira!** – Mauricio de Sousa
- 1059. **Contos de Mamãe Gansa** – Charles Perrault
- 1060. **A interpretação dos sonhos: vol. 1** – Freud
- 1061. **A interpretação dos sonhos: vol. 2** – Freud
- 1062. **Frufru Rataplã Dolores** – Dalton Trevisan
- 1063. **As melhores histórias da mitologia egípcia** – Carmem Seganfredo e A.S. Franchini
- 1064. **Infância. Adolescência. Juventude** – Tolstói
- 1065. **As consolações da filosofia** – Alain de Botton
- 1066. **Diários de Jack Kerouac – 1947-1954**
- 1067. **Revolução Francesa – vol. 1** – Max Gallo
- 1068. **Revolução Francesa – vol. 2** – Max Gallo
- 1069. **O detetive Parker Pyne** – Agatha Christie
- 1070. **Memórias do esquecimento** – Flávio Tavares
- 1071. **Drogas** – Leslie Iversen
- 1072. **Manual de ecologia (vol.2)** – J. Lutzenberger
- 1073. **Como andar no labirinto** – Affonso Romano de Sant'Anna
- 1074. **A orquídea e o serial killer** – Juremir Machado da Silva
- 1075. **Amor nos tempos de fúria** – Lawrence Ferlinghetti
- 1076. **A aventura do pudim de Natal** – Agatha Christie
- 1078. **Amores que matam** – Patricia Faur
- 1079. **Histórias de pescador** – Mauricio de Sousa
- 1080. **Pedaços de um caderno manchado de vinho** – Bukowski
- 1081. **A ferro e fogo: tempo de solidão (vol.1)** – Josué Guimarães
- 1082. **A ferro e fogo: tempo de guerra (vol.2)** – Josué Guimarães
- 1084(17). **Desembarcando o Alzheimer** – Dr. Fernando Lucchese e Dra. Ana Hartmann
- 1085. **A maldição do espelho** – Agatha Christie
- 1086. **Uma breve história da filosofia** – Nigel Warburton
- 1088. **Heróis da História** – Will Durant
- 1089. **Concerto campestre** – L. A. de Assis Brasil
- 1090. **Morte nas nuvens** – Agatha Christie
- 1092. **Aventura em Bagdá** – Agatha Christie

093. **O cavalo amarelo** – Agatha Christie
094. **O método de interpretação dos sonhos** – Freud
095. **Sonetos de amor e desamor** – Vários
096. **120 tirinhas do Dilbert** – Scott Adams
097. **200 fábulas de Esopo**
098. **O curioso caso de Benjamin Button** – F. Scott Fitzgerald
099. **Piadas para sempre: uma antologia para morrer de rir** – Visconde da Casa Verde
100. **Hamlet (Mangá)** – Shakespeare
101. **A arte da guerra (Mangá)** – Sun Tzu
104. **As melhores histórias da Bíblia (vol.1)** – A. S. Franchini e Carmen Seganfredo
105. **As melhores histórias da Bíblia (vol.2)** – A. S. Franchini e Carmen Seganfredo
106. **Psicologia das massas e análise do eu** – Freud
107. **Guerra Civil Espanhola** – Helen Graham
108. **A autoestrada do sul e outras histórias** – Julio Cortázar
109. **O mistério dos sete relógios** – Agatha Christie
110. **Peanuts: Ninguém gosta de mim... (amor)** – Charles Schulz
111. **Cadê o bolo?** – Mauricio de Sousa
112. **O filósofo ignorante** – Voltaire
113. **Totem e tabu** – Freud
114. **Filosofia pré-socrática** – Catherine Osborne
115. **Desejo de status** – Alain de Botton
118. **Passageiro para Frankfurt** – Agatha Christie
120. **Kill All Enemies** – Melvin Burgess
121. **A morte da sra. McGinty** – Agatha Christie
122. **Revolução Russa** – S. A. Smith
123. **Até você, Capitu?** – Dalton Trevisan
124. **O grande Gatsby (Mangá)** – F. S. Fitzgerald
125. **Assim falou Zaratustra (Mangá)** – Nietzsche
126. **Peanuts: É para isso que servem os amigos (amizade)** – Charles Schulz
127(27). **Nietzsche** – Dorian Astor
128. **Bidu: Hora do banho** – Mauricio de Sousa
129. **O melhor do Macanudo Taurino** – Santiago
130. **Radicci 30 anos** – Iotti
131. **Show de sabores** – J.A. Pinheiro Machado
132. **O prazer das palavras** – vol. 3 – Cláudio Moreno
133. **Morte na praia** – Agatha Christie
134. **O fardo** – Agatha Christie
135. **Manifesto do Partido Comunista (Mangá)** – Marx & Engels
136. **A metamorfose (Mangá)** – Franz Kafka
137. **Por que você não se casou... ainda** – Tracy McMillan
138. **Textos autobiográficos** – Bukowski
139. **A importância de ser prudente** – Oscar Wilde
140. **Sobre a vontade na natureza** – Arthur Schopenhauer
141. **Dilbert (8)** – Scott Adams
142. **Entre dois amores** – Agatha Christie
143. **Cipreste triste** – Agatha Christie
144. **Alguém viu uma assombração?** – Mauricio de Sousa
145. **Mandela** – Elleke Boehmer
1146. **Retrato do artista quando jovem** – James Joyce
1147. **Zadig ou o destino** – Voltaire
1148. **O contrato social (Mangá)** – J.-J. Rousseau
1149. **Garfield fenomenal** – Jim Davis
1150. **A queda da América** – Allen Ginsberg
1151. **Música na noite & outros ensaios** – Aldous Huxley
1152. **Poesias inéditas & Poemas dramáticos** – Fernando Pessoa
1153. **Peanuts: Felicidade é...** – Charles M. Schulz
1154. **Mate-me por favor** – Legs McNeil e Gillian McCain
1155. **Assassinato no Expresso Oriente** – Agatha Christie
1156. **Um punhado de centeio** – Agatha Christie
1157. **A interpretação dos sonhos (Mangá)** – Freud
1158. **Peanuts: Você não entende o sentido da vida** – Charles M. Schulz
1159. **A dinastia Rothschild** – Herbert R. Lottman
1160. **A Mansão Hollow** – Agatha Christie
1161. **Nas montanhas da loucura** – H.P. Lovecraft
1162(28). **Napoleão Bonaparte** – Pascale Fautrier
1163. **Um corpo na biblioteca** – Agatha Christie
1164. **Inovação** – Mark Dodgson e David Gann
1165. **O que toda mulher deve saber sobre os homens: a afetividade masculina** – Walter Riso
1166. **O amor está no ar** – Mauricio de Sousa
1167. **Testemunha de acusação & outras histórias** – Agatha Christie
1168. **Etiqueta de bolso** – Celia Ribeiro
1169. **Poesia reunida (volume 3)** – Affonso Romano de Sant'Anna
1170. **Emma** – Jane Austen
1171. **Que seja em segredo** – Ana Miranda
1172. **Garfield sem apetite** – Jim Davis
1173. **Garfield: Foi mal...** – Jim Davis
1174. **Os irmãos Karamázov (Mangá)** – Dostoiévski
1175. **O Pequeno Príncipe** – Antoine de Saint-Exupéry
1176. **Peanuts: Ninguém mais tem o espírito aventureiro** – Charles M. Schulz
1177. **Assim falou Zaratustra** – Nietzsche
1178. **Morte no Nilo** – Agatha Christie
1179. **Ê, soneca boa** – Mauricio de Sousa
1180. **Garfield a todo o vapor** – Jim Davis
1181. **Em busca do tempo perdido (Mangá)** – Proust
1182. **Cai o pano: o último caso de Poirot** – Agatha Christie
1183. **Livro para colorir e relaxar** – Livro 1
1184. **Para colorir sem parar**
1185. **Os elefantes não esquecem** – Agatha Christie
1186. **Teoria da relatividade** – Albert Einstein
1187. **Compêndio da psicanálise** – Freud
1188. **Visões de Gerard** – Jack Kerouac
1189. **Fim de verão** – Mohiro Kitoh
1190. **Procurando diversão** – Mauricio de Sousa
1191. **E não sobrou nenhum e outras peças** – Agatha Christie
1192. **Ansiedade** – Daniel Freeman & Jason Freeman

1193. **Garfield: pausa para o almoço** – Jim Davis
1194. **Contos do dia e da noite** – Guy de Maupassant
1195. **O melhor de Hagar 7** – Dik Browne
1196.(29). **Lou Andreas-Salomé** – Dorian Astor
1197.(30). **Pasolini** – René de Ceccatty
1198. **O caso do Hotel Bertram** – Agatha Christie
1199. **Crônicas de motel** – Sam Shepard
1200. **Pequena filosofia da paz interior** – Catherine Rambert
1201. **Os sertões** – Euclides da Cunha
1202. **Treze à mesa** – Agatha Christie
1203. **Bíblia** – John Riches
1204. **Anjos** – David Albert Jones
1205. **As tirinhas do Guri de Uruguaiana 1** – Jair Kobe
1206. **Entre aspas (vol.1)** – Fernando Eichenberg
1207. **Escrita** – Andrew Robinson
1208. **O spleen de Paris: pequenos poemas em prosa** – Charles Baudelaire
1209. **Satíricon** – Petrônio
1210. **O avarento** – Molière
1211. **Queimando na água, afogando-se na chama** – Bukowski
1212. **Miscelânea septuagenária: contos e poemas** – Bukowski
1213. **Que filosofar é aprender a morrer e outros ensaios** – Montaigne
1214. **Da amizade e outros ensaios** – Montaigne
1215. **O medo à espreita e outras histórias** – H.P. Lovecraft
1216. **A obra de arte na era de sua reprodutibilidade técnica** – Walter Benjamin
1217. **Sobre a liberdade** – John Stuart Mill
1218. **O segredo de Chimneys** – Agatha Christie
1219. **Morte na rua Hickory** – Agatha Christie
1220. **Ulisses (Mangá)** – James Joyce
1221. **Ateísmo** – Julian Baggini
1222. **Os melhores contos de Katherine Mansfield** – Katherine Mansfield
1223.(31). **Martin Luther King** – Alain Foix
1224. **Millôr Definitivo: uma antologia de *A Bíblia do Caos*** – Millôr Fernandes
1225. **O Clube das Terças-Feiras e outras histórias** – Agatha Christie
1226. **Por que sou tão sábio** – Nietzsche
1227. **Sobre a mentira** – Platão
1228. **Sobre a leitura *seguido do* Depoimento de Céleste Albaret** – Proust
1229. **O homem do terno marrom** – Agatha Christie
1230.(32). **Jimi Hendrix** – Franck Médioni
1231. **Amor e amizade e outras histórias** – Jane Austen
1232. **Lady Susan, Os Watson e Sanditon** – Jane Austen
1233. **Uma breve história da ciência** – William Bynum
1234. **Macunaíma: o herói sem nenhum caráter** – Mário de Andrade
1235. **A máquina do tempo** – H.G. Wells
1236. **O homem invisível** – H.G. Wells
1237. **Os 36 estratagemas: manual secreto da arte da guerra** – Anônimo
1238. **A mina de ouro e outras histórias** – Agatha Christie
1239. **Pic** – Jack Kerouac
1240. **O habitante da escuridão e outros contos** – H.P. Lovecraft
1241. **O chamado de Cthulhu e outros contos** – H.P. Lovecraft
1242. **O melhor de Meu reino por um cavalo!** – Edição de Ivan Pinheiro Machado
1243. **A guerra dos mundos** – H.G. Wells
1244. **O caso da criada perfeita e outras histórias** – Agatha Christie
1245. **Morte por afogamento e outras histórias** – Agatha Christie
1246. **Assassinato no Comitê Central** – Manuel Vázquez Montalbán
1247. **O papai é pop** – Marcos Piangers
1248. **O papai é pop 2** – Marcos Piangers
1249. **A mamãe é rock** – Ana Cardoso
1250. **Paris boêmia** – Dan Franck
1251. **Paris libertária** – Dan Franck
1252. **Paris ocupada** – Dan Franck
1253. **Uma anedota infame** – Dostoiévski
1254. **O último dia de um condenado** – Victor Hugo
1255. **Nem só de caviar vive o homem** – J.M. Simmel
1256. **Amanhã é outro dia** – J.M. Simmel
1257. **Mulherzinhas** – Louisa May Alcott
1258. **Reforma Protestante** – Peter Marshall
1259. **História econômica global** – Robert C. Allen
1260.(33). **Che Guevara** – Alain Foix
1261. **Câncer** – Nicholas James
1262. **Akhenaton** – Agatha Christie
1263. **Aforismos para a sabedoria de vida** – Arthur Schopenhauer
1264. **Uma história do mundo** – David Coimbra
1265. **Ame e não sofra** – Walter Riso
1266. **Desapegue-se!** – Walter Riso
1267. **Os Sousa: Uma família do barulho** – Mauricio de Sousa
1268. **Nico Demo: O rei da travessura** – Mauricio de Sousa
1269. **Testemunha de acusação e outras peças** – Agatha Christie
1270.(34). **Dostoiévski** – Virgil Tanase
1271. **O melhor de Hagar 8** – Dik Browne
1272. **O melhor de Hagar 9** – Dik Browne
1273. **O melhor de Hagar 10** – Dik e Chris Browne
1274. **Considerações sobre o governo representativo** – John Stuart Mill
1275. **O homem Moisés e a religião monoteísta** – Freud
1276. **Inibição, sintoma e medo** – Freud
1277. **Além do princípio de prazer** – Freud
1278. **O direito de dizer não!** – Walter Riso

279. **A arte de ser flexível** – Walter Riso
280. **Casados e descasados** – August Strindberg
281. **Da Terra à Lua** – Júlio Verne
282. **Minhas galerias e meus pintores** – Kahnweiler
283. **A arte do romance** – Virginia Woolf
284. **Teatro completo v. 1: As aves da noite** *seguido de* **O visitante** – Hilda Hilst
285. **Teatro completo v. 2: O verdugo** *seguido de* **A morte do patriarca** – Hilda Hilst
286. **Teatro completo v. 3: O rato no muro** *seguido de* **Auto da barca de Camiri** – Hilda Hilst
287. **Teatro completo v. 4: A empresa** *seguido de* **O novo sistema** – Hilda Hilst
289. **Fora de mim** – Martha Medeiros
290. **Divã** – Martha Medeiros
291. **Sobre a genealogia da moral: um escrito polêmico** – Nietzsche
292. **A consciência de Zeno** – Italo Svevo
293. **Células-tronco** – Jonathan Slack
294. **O fim do ciúme e outros contos** – Proust
295. **A jangada** – Júlio Verne
296. **A ilha do dr. Moreau** – H.G. Wells
297. **Ninho de fidalgos** – Ivan Turguêniev
298. **Jane Eyre** – Charlotte Brontë
299. **Sobre gatos** – Bukowski
300. **Sobre o amor** – Bukowski
301. **Escrever para não enlouquecer** – Bukowski
302. **222 receitas** – J. A. Pinheiro Machado
303. **Reinações de Narizinho** – Monteiro Lobato
304. **O Saci** – Monteiro Lobato
305. **Memórias da Emília** – Monteiro Lobato
306. **O Picapau Amarelo** – Monteiro Lobato
307. **A reforma da Natureza** – Monteiro Lobato
308. **Fábulas** *seguido de* **Histórias diversas** – Monteiro Lobato
309. **Aventuras de Hans Staden** – Monteiro Lobato
310. **Peter Pan** – Monteiro Lobato
311. **Dom Quixote das crianças** – Monteiro Lobato
312. **O Minotauro** – Monteiro Lobato
313. **Um quarto só seu** – Virginia Woolf
314. **Sonetos** – Shakespeare
315.(35). **Thoreau** – Marie Berthoumieu e Laura El Makki
316. **Teoria da arte** – Cynthia Freeland
317. **A arte da prudência** – Baltasar Gracián
318. **O louco** *seguido de* **Areia e espuma** – Khalil Gibran
319. **O profeta** *seguido de* **O jardim do profeta** – Khalil Gibran
320. **Jesus, o Filho do Homem** – Khalil Gibran
321. **A luta** – Norman Mailer
322. **Sobre o sofrimento do mundo e outros ensaios** – Schopenhauer
323. **Epidemiologia** – Rodolfo Sacacci
324. **Japão moderno** – Christopher Goto-Jones
325. **A arte da meditação** – Matthieu Ricard
326. **O adversário secreto** – Agatha Christie
327. **Pollyanna** – Eleanor H. Porter
328. **Espelhos** – Eduardo Galeano
1329. **A Vênus das peles** – Sacher-Masoch
1330. **O 18 de brumário de Luís Bonaparte** – Karl Marx
1331. **Um jogo para os vivos** – Patricia Highsmith
1332. **A tristeza pode esperar** – J.J. Camargo
1333. **Vinte poemas de amor e uma canção desesperada** – Pablo Neruda
1334. **Judaísmo** – Norman Solomon
1335. **Esquizofrenia** – Christopher Frith & Eve Johnstone
1336. **Seis personagens em busca de um autor** – Luigi Pirandello
1337. **A Fazenda dos Animais** – George Orwell
1338. **1984** – George Orwell
1339. **Ubu Rei** – Alfred Jarry
1340. **Sobre bêbados e bebidas** – Bukowski
1341. **Tempestade para os vivos e para os mortos** – Bukowski
1342. **Complicado** – Natsume Ono
1343. **Sobre o livre-arbítrio** – Schopenhauer
1344. **Uma breve história da literatura** – John Sutherland
1345. **Você fica tão sozinho às vezes que até faz sentido** – Bukowski
1346. **Um apartamento em Paris** – Guillaume Musso
1347. **Receitas fáceis e saborosas** – José Antonio Pinheiro Machado
1348. **Por que engordamos** – Gary Taubes
1349. **A fabulosa história do hospital** – Jean-Noël Fabiani
1350. **Voo noturno** *seguido de* **Terra dos homens** – Antoine de Saint-Exupéry
1351. **Doutor Sax** – Jack Kerouac
1352. **O livro do Tao e da virtude** – Lao-Tsé
1353. **Pista negra** – Antonio Manzini
1354. **A chave de vidro** – Dashiell Hammett
1355. **Martin Eden** – Jack London
1356. **Já te disse adeus, e agora, como te esqueço?** – Walter Riso
1357. **A viagem do descobrimento** – Eduardo Bueno
1358. **Náufragos, traficantes e degredados** – Eduardo Bueno
1359. **Retrato do Brasil** – Paulo Prado
1360. **Maravilhosamente imperfeito, escandalosamente feliz** – Walter Riso
1361. **É...** – Millôr Fernandes
1362. **Duas tábuas e uma paixão** – Millôr Fernandes
1363. **Selma e Sinatra** – Martha Medeiros
1364. **Tudo que eu queria te dizer** – Martha Medeiros
1365. **Várias histórias** – Machado de Assis
1366. **A sabedoria do Padre Brown** – G. K. Chesterton
1367. **Capitães do Brasil** – Eduardo Bueno
1368. **O falcão maltês** – Dashiell Hammett
1369. **A arte de estar com a razão** – Arthur Schopenhauer
1370. **A visão dos vencidos** – Miguel León-Portilla

lepmeditores
www.lpm.com.br
o site que conta tudo

IMPRESSÃO:

PALLOTTI
GRÁFICA

Santa Maria - RS | Fone: (55) 3220.4500
www.graficapallotti.com.br